SANTA A

P9-DVH-747

Dos veces única

Seix Barral Biblioteca Breve

Elena Poniatowska
Dos veces única

Diseño de la portada: Músicos del Titanic / Sergi Rucabado Rebés
Investigación bibliográfica y hemerográfica: Sonia Peña
Ilustraciones en páginas interiores: © 2015, Carmen Irene Gutiérrez Romero

© 2015, Elena Poniatowska
c/o Schavelzon Graham Agencia Literaria
www.schavelzon.com

Derechos reservados

© 2015, Editorial Planeta Mexicana, S.A. de C.V.
Bajo el sello editorial SEIX BARRAL M.R.
Avenida Presidente Masarik núm. 111, Piso 2
Colonia Polanco V Sección
Deleg. Miguel Hidalgo
C.P. 11560, México, D.F.
www.planetadelibros.com.mx

Primera edición: septiembre de 2015
ISBN: 978-607-07-3088-7

Impreso en los talleres de Litográfica Ingramex, S.A. de C.V.
Centeno núm. 162-1, colonia Granjas Esmeralda, México, D.F.
Impreso y hecho en México – *Printed and made in Mexico*

A Cristóbal Hagerman Haro,
mi maestro.

EL MÉXICO DE LUPE MARÍN

En 1976 entrevisté en su casa de Paseo de la Reforma número 137 a Lupe Marín. De esa larga conversación se publicó una entrevista en el periódico *Novedades* el 10 de febrero de ese año. Tiempo atrás, el 26 de febrero de 1964, también para *Novedades*, había entrevistado a su hija, la arquitecta Ruth Rivera Marín, y el 17 de diciembre de 1969 el mismo diario publicó mi artículo «Ruth Rivera, una flor de Nochebuena que ha muerto», a la mañana siguiente de su fallecimiento.

El 22 de mayo de 1997 recibí en Chimalistac a Antonio Cuesta Marín, hijo de Lupe Marín. Cada vez que venía a México desde Tlaxcala traía a la casa copias de bodegones de Frida Kahlo para ver si podía yo venderlas, tarea para la cual resulté totalmente inepta. También me ofrecía artesanías de barro, de ixtle, copias de códices y alguno que otro objeto tallado en madera. Devanó frente a mis ojos una vida de mucho sufrimiento.

A lo largo de dos años, 1997 y 1999, hablé largamente con los nietos de Lupe: Juan Pablo Gómez Rivera, Diego

Julián López Rivera, Ruth María Alvarado Rivera, Pedro Diego Alvarado Rivera y Juan Coronel Rivera. Guardo un recuerdo conmovido de Ruth, la única mujer, a quien siempre vi como a una niña desamparada que vivía en los terrenos de lava negra cercanos al Anahuacalli con su hijito, Diego María. Casi todos los nietos de Diego Rivera y ese bisnietito llevan su nombre marcado a sangre y fuego, como una huella indeleble o una cadena con candado cuya llave solo guarda, para bien o para mal, su mítico abuelo.

También tuve la oportunidad de entrevistar a Miguel Capistrán, a Concha Michel, a Juan Soriano y a Chaneca Maldonado, que trataron y amaron a Lupe Marín.

Años después, al ver la cantidad de material, decidí escribir una novela sobre ese México en el que Lupe Marín —mujer de Diego Rivera y luego de Jorge Cuesta— jugó un papel inesperado que la convierte —al igual que Frida— en un personaje legendario. A pesar de Frida Kahlo, Lupe Marín brilló con luz propia.

¿Por qué una novela? Porque todas las respuestas de los entrevistados apuntaban a un relato fantástico, y porque tanto *Dos veces única* como *Leonora* o *Tinísima* pueden ser el punto de arranque para que un verdadero biógrafo rescate la vida y obra de personajes fundamentales en la historia y en la literatura de México.

A medida que avanzaba en la escritura, Sonia Peña y yo fuimos a Cuernavaca a entrevistar a Rafael Coronel, segundo esposo de Ruth Rivera Marín, y más tarde a Tlaxcala para hablar con el escritor Wilebaldo Herrera, amigo y protector de Antonio Cuesta Marín. En el ingenio El Potrero, en Córdoba, Marduck Obrador Cuesta, nieto de don Néstor Cuesta de su segundo matrimonio, no solo me reveló detalles de la vida de Jorge Cuesta, sino que me enseñó libros que le pertenecieron. En la Ciudad de México, Horacio Flores Sánchez trazó con admiración y nostalgia los rasgos de su amiga y compañera en Bellas Artes, Ruth Rivera Marín. El generoso Víctor Peláez Cuesta, hijo de Natalia Cuesta Porte-Petit y sobrino de Jorge Cuesta, no dudó en llenar lagunas y responder a preguntas cada vez que venía desde Canadá para hablar de la vida y la obra de su tío Jorge, ya que prepara un libro sobre la saga familiar de los Cuesta. En su casa de Coyoacán, Arturo García Bustos y Rina Lazo recordaron a Diego y a Frida, y Martha Chapa fue hasta mi casa con la devoción de una hija y ponderó los días y las horas que pasó al lado de Lupe. Las numerosas entrevistas a Guadalupe Rivera Marín, la hija mayor de Diego y de Lupe, hechas a lo largo de los años, confirmaron su inteligencia, su lucidez y el gran amor que le profesó a su padre.

Lupe Rivera Marín leyó la versión íntegra de *Dos veces única* como también lo hizo Juan Coronel.

¿Por qué una novela? Cuando llegué a México en 1942 me asombró encontrar en un mapa de la República Mexicana que muchas zonas por descubrir, pintadas de amarillo, se ofrecían a la vista de los alumnos de primaria. Venía de Francia, donde los jardines son pañuelos y se cultiva hasta el último pedacito de tierra. Quise documentar a mi país no solo por sus aguas como las del Papaloapan, o sus jaraneros bajo los arcos del Café de la Parroquia, sino por sus personajes que eran en sí mismos un territorio florido y contradictorio: Carlos Pellicer, Tabasco; José Revueltas, Durango; Lupe Marín y Juan Soriano, Jalisco; Diego Rivera, Guanajuato; Octavio Paz, Mixcoac, en la capital; Guillermo Haro, Puebla, o mejor dicho, Tonantzintla.

Adentrarse en la geografía de Lupe Marín es recuperar la Revolución y sus armas calientes, el costurero con su Singer, sus hilos y agujas, los arrayanes, el vértigo de los Contemporáneos, al gran Lázaro Cárdenas y su heroica expropiación petrolera. Es caminar por el mercado de la Merced e ir a pie al Monte de Piedad del Zócalo y a la Secretaría de Educación en la calle de Argentina, en el Centro Histórico. Es abrir la puerta del imponente despacho de Narciso Bassols y su educación socialista, asomarse al balcón del Palacio Nacional bajo el estallido de los cohetes y los fuegos de artificio, esquirlas de luz en la noche del Grito cada 15 de septiembre. Inclinarse sobre Lupe es descifrar la biblia en los murales de los Tres Grandes pero también el dios mineral de Cuesta de la mano de José Gorostiza y el «torpe andar a tientas por el lodo» de su muerte sin fin. Lupe canjeó los brazos de un gigante subido en andamios por los de un desesperado poeta y alquimista que se movía —como él mismo escribe— en «un raquítico medio intelectual».

Lupe Marín siempre fue una tierra vasta y fértil, a veces árida, otras tormentosa y despiadada, pero jamás plana. Conocerla es descubrir un aspecto recóndito de ese terrible rompecabezas que es México.

Capítulo 1

EL PARAÍSO

Guadalupe viene hacia él, sus labios de gajos rojos se caen de tan llenos, sus manos sobre su vientre se abren y Diego la abarca entera, alta como él, voraz como él.

—¿A poco toda esa fruta es suya?

Sí, toda la fruta es de Diego Rivera, la luz en los melones y las naranjas es de Diego Rivera, el suave vello que cubre los duraznos y la piel de las uvas es de Diego Rivera.

Desde ese día Lupe se come al pintor a quien saca de una batea rebosante de mangos, sandías, plátanos y piñas. Después de hincarle los dientes y tragárselo, chupa la miel en sus largos dedos y se limpia la boca con la mano, una boca olmeca grande, fuerte, demandante.

—Ya no dejé nada.

—Nada —constata el pintor.

Julio Torri, atónito tras sus anteojos redondos, le explica a Diego:

—Me pidió que la trajera: «Llévame a conocerlo porque me voy a casar con él». No imaginé que te devoraría tan pronto.

Al ver a Diego sonreír, Lupe estira la mano hacia un plátano y lo pela, luego destripa una guanábana toda perfume:

—¿Han oído a las guanábanas caer sobre la tierra? —pregunta—. Caen muy bonito.

Y ella, ¿caerá bonito?

Comerse una fruta a mordiscos, el jugo escurriendo por la comisura de los labios, es algo que Diego no ha visto antes. Mira los ojos verdes de sulfato de cobre, ¿o serán azules?, el cuello largo, el pecho plano de Lupe. La miel resbala hasta llegar al cuenco del vientre, resbala sobre los muslos, las largas piernas. Cuando de un tronido la mujer revienta una manzana, Diego escucha el ruido en su corazón. También en sus entrañas. «Va a relinchar», pero no es el relincho lo que lo parte como un rayo, sino la mano que se alarga. Esa mano es una garra y una flor de manita a la vez, un sarmiento, una raíz, una pata de gallo con espolones, un tronco de vid, una antiquísima concha de mar, una rama de marihuana, un flamboyán.

Cuando ya no queda sino una semilla en el frutero, Lupe, como animal agradecido, le enseña a Diego sus encías rosas:

—Me comería otra batea…

—Si quieres vamos por otra.

Julio Torri —pequeño entre los dos gigantes— limpia sus anteojos:

—Bueno, Lupe, tú querías conocerlo, ya te lo presenté —se despide.

Diego toma una cazuela de barro: «Vamos a llenarla en la Merced».

Descienden del piso alto del estudio en el ruinoso edificio del Colegio Máximo de San Pedro y San Pablo, antiguo colegio de San Gregorio, al lado del Anfiteatro Bolívar, y caminan hombro con hombro, fruta con fruta. Diego avanza lento, pesado, plácido, sin apuro ni prisa, asentándose sobre la tierra con la gravedad de un paquidermo.

A su paso salen las lechugas esponjadas y cubiertas de gotas de agua, las coles, los rábanos, el amarillo pálido de las guayabas, el anaranjado de las mandarinas, los betabeles abiertos que oscilan entre el morado y el azul violeta, el verde tierno de la alfalfa que sirve de alfombra a todas las verduras, el verde profundo de los pepinos, esmeralda, amarillo limón, el índigo ultramar y rojo sangre de las fresas más maduras, el azul añil del papel de China que envuelve las peras que vienen de Oregon y por eso cuestan más. Lupe toma una chirimoya, la aprieta y la hace estallar, su pulpa al aire, y frente a la vendedora de jícamas pide sal:

—*Pa* mi jícama con limón, seguro aquí tienen un salero —le asegura a Diego.

Y tienen.

—Jícamas, zanahorias y fresas, esa es mi dieta —informa Diego y abarca el mercado entero con el brazo extendido—: Toda esta gente es mía, mira a esta marchanta con los ojos color de uva, toda, todita va a ir a dar a mi mural.

Lupe camina a zancadas y Diego observa sus piernas largas, sus pies grandes.

Saciada, la fiera mira con gratitud al hombrón a su lado.

—¿Sabes?, en Guadalajara mi madre me enviaba a comprar el pan de la merienda y yo, ya desde entonces, tenía hambre. Pagaba en el mostrador de zinc y de regreso abría la bolsa, sacaba una concha y la lamía hasta dejarla sin azúcar. De tanta hambre no me importaba que me vieran.

Para sus hermanas Justina, Victoria, María, Carmen, Mariana e Isabel, Lupe es un fenómeno, demasiado alta y demasiado morena. «Qué prieta salió Lupe, ¿verdad? Nosotros somos descendientes de españoles; a ella la sacaron de la carbonería». Para Lupe, sus hermanas son unas gorditas sin chiste que no saben salir a la calle a jugar canicas, no se ensucian ni rompen su vestido, no saltan la cuerda ni pelean con los chamacos, no suben a los árboles, no roban las ramas floreadas en el Jardín de Escobedo. Claro que a ellas tampoco su madre, Isabel Preciado, les da sus cuerazos con el chicote de amansar a los caballos.

Lupe hace tronar sus recuerdos como antes tronó la manzana.

«Mire nomás a la flaca, anda chiroteando en la banqueta». ¿Qué es eso de chirotear? «¿No has visto sus patotas? Ni zapatos puede comprarle mi papá de tan grandes sus pies. Por eso hereda los de Celso». «¿Cuándo se le va a quitar lo prieta y lo mechuda?».

—¿Sabes, Diego?, tampoco mi madre me quería, le chocaba todo lo que yo hacía, cómo hablaba, cómo caminaba. «Lupe, vete al mercado y traes el cambio». Ir al mercado, aunque fuera por cuatro jitomates, era una fiesta. Hoy, para mí, tú eres cuatro jitomates.

Diego jamás ha visto una boca igual y se concentra en sus labios.

—Marchantita, estos dominicos son más sabrosos que los plátanos grandes…

Lupe se los traga de una mordida. Diego, fascinado, ve cómo sus manos tapan su boca. «Es un animal prehistórico».

—No tengo llenadera, si seguimos aquí voy a acabarme el mercado.

¡Qué manos las de Lupe! A su lado, las de Diego no existen; las de ella son cinco veces más grandes, las uñas cortas, duras, eternas como conchas de mar. Son garras de águila, podrían alzarlo en el aire, a él, tan gigantón. De colgarse de esas manos, ¿lo ahorcarían? Lupe las sacude para limpiarlas, los dedos interminables bailan desguanzados, los huesos expuestos, nudillos y coyunturas saltonas a lo José Guadalupe Posada.

Diego al principio le parece «un monstruo horrendo y fachoso»; ahora le cae en gracia, y a los pocos días le divierten su panzota, sus calcetines caídos, sus zapatos sin bolear, sus pantalones rabones, su sombrero aguado y su bastón de Apizaco. Carajo, él es Diego Rivera y puede hacer lo que se le dé la gana, vestirse como se le dé la gana. Rivera usa ropa que venden en la acera por montones y compra sus camisas a los soldados en la Lagunilla.

—A él esas fachas le quedan bien y a ti tu trajecito y tu corbatita —le asegura Lupe más tarde a Julio Torri, cuyos anteojos siempre están empañados—. Finalmente, Diego es el rey de México.

—Será el tlatoani.

Capítulo 2

LA PRIETA MULA

Diego se cuida de interrumpir a Lupe, le fascina observar esa boca casi siempre abierta y escuchar su respiración ruidosa. Cuando deja de hablar, mantiene los labios entreabiertos esperando la respuesta. El enojo la hermosea, y como en ella es frecuente Diego no la pierde de vista. Todo en Lupe es instinto. Diego ha conocido mujeres desenvueltas, pero ninguna como esta, intuición pura.

¡Qué bueno caminar del brazo de un hombrón que todos voltean a ver!

¿Por qué le contaba a él toda su vida? ¿Sería por la bondad en sus ojos saltones? ¿O sería porque ya se había enamorado? Todas sus fuerzas vitales se concentraban en Diego, sería su salvador.

—¡Qué infancia tan jodida la tuya, Lupe! Vamos a la Merced a llenar la olla.

La miel de las frutas suple el desamor de la infancia.

—Oye, gordito, ¿eres el pintor más grande de México o del mundo?

—Del mundo, Lupe, del mundo.

—¿Hasta de Chinajapón?

—Hasta de China y de Japón.

—¿Chinajapón no es un solo país?

—No.

—¿Entonces por qué cantan eso de «chino, chino, japonés, come caca y no me des»?

—¿Es eso lo que sabes de geografía, Lupe?

—¿Y eres rico? —cambia la conversación.

—No.

—¡Ay, qué horror, yo odio la pobreza! Desde niña me impidió tener zapatos, nunca pude invitar a nadie a la casa. Tampoco nadie nos invitaba porque a la gente pobre nadie la quiere. Lo que me consolaba era que en el mercado Corona las marchantas me regalaran un puñado de tamarindo con sal. Cuando supe que mi hermana María se había casado en la capital, decidí buscarte y ganarle. Ella se pescó al pintor Carlos Orozco Romero. Tú eres mejor, ¿verdad?

Diego escucha con la avidez de los curiosos, el brazo de Lupe apoyado en el suyo. Para Lupe, lo más sorprendente es que esta montaña alta y gruesa a su lado termine en unas manos diminutas. Diego sostiene entre ellas una libreta de apuntes y dibuja al mecapalero, a la vendedora de alcatraces, su niño dormido en la espalda como un alcatracito a punto de abrirse. Lupe se une al coro admirativo que observa a Diego. Dibuja el puesto de rábanos, el de los jitomates. No hay la menor malevolencia en sus ojos boludos. «Es un gordo bueno, jamás me va a hacer daño», le confía Lupe a la vendedora de calabacitas. El gordo también la dibuja a ella: Lupe, de frente y de perfil, sus orejas expuestas, sus palabras que estiran o aflojan sus labios olmecas y sus manos, sobre todo sus manos que la hacen única. Esa mujer es una yegua, no, más bien una mula por prieta, por el brillo de sus ancas, su piel que no se arruga en los codos, sus rodillas lisas, pulidas como dos huesos de aguacate, sus cabellos de chapopote caliente, el verde azul inclasificable de sus ojos. Lupe lo mira a él como un ave de presa, siempre al acecho. Y sin más, él la conmina: «Prieta Mula, pero muy chuza», y ella dobla la cerviz y acepta.

Cuando Lupe conoce a Diego piensa que a su lado bastaría estirar la mano.

El pintor la acompaña a casa de sus primas las Preciado, muy cerca de la plaza Garibaldi. Antes, todos se fijaban en sus ojos verdes y grises dentro de un círculo negro, ojos de gato, ojos de agua, ojos de traición, ojos pagados de sí mismos; Diego, en cambio, se detiene en sus manos. «Quiero pintarte en el Anfiteatro Bolívar, Prieta Mula. ¿Cuándo me vas a posar?».

Ya posaron para él la pequeña Palma Guillén (elegida por doña María del Pilar Barrientos, madre de Diego, para casarse con él); Lupe Rivas Cacho, la actriz que Diego enamora; Julieta, la esposa del crítico Jorge Juan Crespo de la Serna; Carmen Mondragón, Carmencita; María Asúnsolo, la prima hermana de Dolores del Río; Graziella Garbalosa, venida de Cuba «ebria de tropical erotismo», y finalmente dos camaradas del Partido Comunista: Luz González, quien sería secretaria de Inés Amor en la Galería de Arte Mexicano, y Concha Michel, la cantante viajera.

Roberto Montenegro, convocado por José Vasconcelos, es el primero en pintar en San Pedro y San Pablo. A él lo enloquecen Gabriela Mistral y Berta Singerman y habrá de pintarlas más tarde en la gran oficina de Vasconcelos, secretario de Educación. Este le asigna a Rivera un corredor y una sala para novecientas personas, con un órgano empotrado en el muro central. En ese espacio se dan conciertos y recitales poéticos de la argentina Berta Singerman venida de Buenos Aires.

«Podrías pintar *La Creación*», aconseja Roberto Montenegro, y Diego se decide por la encáustica, que se mezcla con cera de abeja y resina y es difícil de aplicar.

—¿Cómo le vas a hacer con el órgano? —pregunta de nuevo Montenegro.

El órgano interrumpe la superficie; imposible quitarlo. «Voy a callarlo con mujeres», responde Diego, y a cada una de sus modelos le hace una aureola de mosaicos bizantinos de Ravena. Convierte los tubos del órgano en el tronco del árbol de la vida. Los símbolos cristianos, la Música, la Fortaleza, la Caridad, la Canción, la Danza, la Justicia, la Templanza, cada una vestida con una túnica, la cabeza cubierta por una aureola dorada. Carmen Mondragón, Carmencita, a quien el Dr. Atl, Gerardo Murillo, más tarde bautizaría como *Nahui Ollin*, representa la Poesía con el inmenso impacto de sus ojos desquiciados. A Lupe, criolla de Jalisco, la sitúa detrás de una mujer desnuda con un rostro faunesco. La cubre con un rebozo rojo.

En el mismo San Pedro y San Pablo, subido en el andamio de otro muro, José Clemente Orozco declara que el mural de Diego es malo, «una miseria». «¿Qué relación tiene este mural con México? Ninguna».

Diego pide a Lupe que lo acompañe a casa de Carlos Braniff en el Paseo de la Reforma. A Lupe no la intimidan el jardín versallesco, el piso de mármol, la parvada de meseros de filipina blanca que giran con sus charolas en torno a los invitados. A Braniff le divierten las historias truculentas de Diego y hasta aplaude su pistola. A Lupe, lo único que le importa ahora es confrontar a la Rivas

Cacho, a la que Diego aplaude en el Lírico y besa en su camerino. «Pero si es una cucaracha, no me llega ni a la cintura», piensa Lupe, roja de celos.

Lupe Rivas Cacho tiene un público adorador al que llama «mis pelados». Diego acude noche tras noche al Lírico a verla moverse al ritmo de «¡Vacilón, qué rico vacilón!».

«Dale, dale, dale, no pierdas el tino, porque si lo pierdes, pierdes el camino», corean Braniff y sus invitados a la hora de la piñata, porque a los adultos les gusta jugar a ser niños. Lupe acecha a uno de los meseros y sin más le pide: «¿No me presta tantito un cuchillo?», y aunque lo sorprende, el muchacho se lo trae de inmediato. Lupe busca con la mirada la cuerda que detiene la piñata y en el momento en que la Rivas Cacho queda exactamente debajo de la olla, corta la cuerda y cae sobre la cabeza de la actriz. Estupefactos, los anfitriones ven cómo Lupe se avienta por encima de Diego con el palo de la piñata.

—Mira lo que le hago a tu consentida. Voy a rematarla, a ver si ahora sigues visitando a esa cucaracha.

Ante el asombro de los Braniff, las *vedettes* y los cómicos del Teatro Lírico y demás invitados, Diego saca a Lupe de la fiesta, pero en vez de reprenderla le conmueve su osadía. Nadie como ella. Esta fiera le ha dado la más alta prueba de amor.

«De veras me quiere. ¿Con qué cortaría la cuerda? ¿Traería navaja esta bárbara?».

Al día siguiente le propone viajar a Juchitán. «Tengo que ir al sureste, a Tehuantepec, ¿me acompañas? Vasconcelos, el secretario de Educación, considera indispensable que conozca México a fondo. Cree que no sé de sus indios ni de sus costumbres aunque ya le demostré lo contrario, pero como él es el que paga quiero hacer apuntes para un árbol de la vida…

—¿Oaxaca es el árbol de la vida?

A Lupe le encantan las enaguas floreadas de las tehuanas que barren la tierra suelta, su cabello trenzado con cintas de colores, sus huipiles de terciopelo o de satén bordados de flores y pájaros, sus monedas de oro convertidas en medallas y collares, sus largos aretes de filigrana, sus dientes también de oro: «Mira, Panzón, traen encima toda su herencia, solo les faltó colgarse el tejolote del molcajete». El clima cálido y lleno de murmullos la intoxica y por eso reacciona despacio cuando doña Laila, quien nunca abandona su hamaca, se pone de pie frente a ella:

—Oye, Prieta Mula, las muchachas quieren comprarte al Puerco Pelado.

—¿A quién?

—A tu marido. ¿Cuánto quieres por él?

—Ni es mi marido ni lo vendo.

—Además de oro, las muchachas están dispuestas a darte una vaca y dos marranos.

—¿Qué?

—Si te parece poco yo puedo regalarte un pedazo de tierra y pagarle a los hombres que tú escojas para que te la trabajen.

En la noche Lupe, con los puños cerrados, golpea a Diego. «Es tu culpa; tú les diste entrada a esas muchachas, por eso se atrevieron, hasta me llamaron Prieta Mula como tú lo haces. A ti te dicen el Puerco Pelado».

Lupe resplandece cuando se enoja y a Diego lo recorren sensaciones jamás experimentadas. En sus ojos de pantera se agrandan dos cuchillos de obsidiana dispuestos a destazarlo. Todo en ella se precipita; su risa es un escándalo. Es Xochiquetzal pero también es Chicomecóatl.

La dulce Angelina Beloff desaparece frente a esta serpiente de plumaje esmeralda. Tehuantepec, su agua, la carnosidad de sus hojas verdes, la mano morena que toma la jícara para verter el agua, el brazo, las peras que son pechos, el cabello mojado, le abren la puerta a lo que de ahora en adelante será su pintura. ¡Ahora sí, Diego ya sabe qué pintar! La bañista es lo suyo, la bañista que es todas las mujeres de Oaxaca, la bañista que es Lupe y duerme a su lado. En el río, las tehuanas son cántaros de barro, su sensualidad se impregna en la yema de los dedos y pinta con el deseo de Lupe, el cuerpo de Lupe, los ojos de Lupe. Repasa a pinceladas sus muslos y se detiene en su cuerpo, más hermoso aún que el de las juchitecas que lo acechan. Cuando Lupe le jura: «Te amo con todas mis fuerzas», le responde que también él la ama, que Lupe es su nueva piel, y es verdad que ella lo ha vuelto de adentro para afuera.

Por eso, en el momento en que Lupe le comunica: «Mi papá pregunta qué ando haciendo en México, seguro me acusaron las primas envidiosas. ¡Qué desgraciadas! Tengo que regresar a Guadalajara», Diego se siente desolado, sobre todo porque ahora la Rivas Cacho no le dirige la palabra.

Imposible vivir sin esta mujer, imposible vivir sin este país.

CAPÍTULO 3

LA BODA DE UN COMUNISTA

Además de informar a quien quiere escucharla que va a
casarse con Diego Rivera, Lupe lo sorprende con sus cartas
de Guadalajara, como también lo hizo una noche, en una
reunión de compañeros del partido, cuando de pronto pidió
la palabra en medio de un silencio apenado: «Pobre mujer,
cómo se atreve». Sus palabras dejaron a todos boquiabier-
tos porque sus argumentos eran los de la inteligencia.

A pesar de su delgadez, que a ratos la hace parecer un
muchacho desgarbado, su belleza radica en lo inesperado
de su conducta. Sabe más de lo que deja ver y detrás de sus
desplantes bulle una vida interior inusitada.

Amado me trajo la fotografía del centro del mural ya terminado. En mi opinión es incomparablemente mejor que lo pintado
en los lados. ¡Qué sencillez! Una planta tan hermosa como todas aquellas de que hay tantas en el Istmo. ¡Cuánta vida tiene!
Se parece a una de las que hemos visto juntos, no hay nada en
ella del exceso de refinamiento y tirantez de la primera parte,
posee una vitalidad increíble. Pienso que mi presencia te daña;
probablemente agotas tu imaginación y con mi presencia llegas a perder fuerza. Fuerza que aquí tienes en magnífica forma
y que revelas en la parte central.

Me da temor confesarte mis sentimientos; después de lo que acabo de decir, me parece que hablándote de amor te interrumpo… ¡No importa! (perdóname). ¡Te amo tanto que nada, nada, absolutamente nada atrae mi atención excepto tú!; me parece una enormidad esperar un mes para verte y entonces temo que algún día las cartas que me ofreciste no lleguen y pienso que soy una carga para ti y cuando estoy contigo te quiero mucho tiempo, y al mismo tiempo no puedo vivir en México: el clima me aterra… Trabaja duro, así podrás venir pronto y no lamentes el tiempo que pierdes aquí con tu Prieta. Come bien. De vez en cuando sal a caminar para tomar el sol, porque después de ello, nada te hará daño aunque trabajes todo el día. Piensa en tu Prieta (pero solamente durante los momentos de descanso). No olvides que ella te ama profundamente. Adiós, Gordito.

Diego viaja a Guadalajara a conocer a la familia de Lupe: «Todos son de una belleza incomparable». Mundano, seductor, a la hora de la sobremesa y frente a la jefa de familia, Isabel Preciado, elogia a cada una de las Marín; la más hermosa es obviamente ella, sentada a la cabecera, la matriarca. Jesús, con sus ojos azules, parece un sureño de España; Carmen también es andaluza; Justina, la mayor, blanca y rubia, es una hormiga de trabajo y de responsabilidad; Victoria, totalmente distinta, es la más bella al igual que la zapoteca Guadalupe, con sus labios caídos y su nariz bíblica de judía. «Su árbol genealógico se inicia en Egipto, pasa por el desierto bíblico y culmina en los ojos de Lupe». Federico, el hermano menor, tan hermoso como Lupe, también es seguramente judío; María, la favorita del rey Salomón, merece un trono de alabastro; Isabel, la menor, la más fina, debe de haber nacido en Tahití como Victoria, también isleña. Hay que visualizarlas bañándose en las aguas del Pacífico.

Los Marín, extrañados, escuchan en silencio. Diego impone por su tamaño, que abarca la mitad del comedor.

—Por fin, ¿somos madrileñas o somos egipcias? —pregunta Justina.

Diego pondera sus rasgos sefarditas, papúes, egipcios, españoles y zapotecas. Como el amante del *Cantar de los cantares,* aclara entre una sopeada y otra de un chocolate y unos chilaquiles insuperables: «He aquí que tú eres hermosa, he aquí que tú eres bella, tus ojos son como palomas». Lupe es la única morena porque el sol la distinguió entre todos. Sus hermanas y hermanos son apenas una réplica de su extraordinaria belleza.

—Oye, Lupe, ¿por qué te dice Prieta Mula? —inquiere su hermana menor, Isabel.

—Porque no hay nada más bello que el pelaje negro de una mula.

La insistencia de Diego en la belleza y el crisol de razas de la familia Marín sorprende a Lupe, que antes deseaba que a todos, salvo a Jesús y a Justina, los pulverizara un rayo. Observa a sus hermanos con ojos nuevos. «Oye, ¿tú crees que yo sea egipcia como dice tu pretendiente?», pregunta Victoria.

A Diego le fascina que lo atiendan las Marín. Muy alegre, sonoro como campana, al cabo de cinco minutos su desenvoltura lo vuelve un imán, y a la hora de la conversación olvidan su fealdad y no hay más que él en el comedor. Sonríe enseñando unos dientes diminutos para su estatura. Ríe con facilidad. La risa sacude no solo su pecho, sino su humanidad entera. Se ocupa de todos; su afán por complacer bulle en sus manos pequeñas que hacen que Victoria pregunte: «¿Con esas pinta?». Cuando Diego les habla del Partido Comunista el interés de la familia decae. «¿De veras quieres hacer vida común con esa inmensa bola de manteca?», pregunta de nuevo Victoria y le asegura a su hermana que su fealdad va a aumentar con los años. «Es un genio. A mí ya me cautivó, imposible vivir sin él y su fealdad me atrae», se encabrita Lupe.

—Mira a tus hermanos. Ese gigantón ocupa demasiado espacio. ¿Qué come? —pregunta Federico.

—Siempre está a dieta.

Lupe no comprende el afán de Diego por los «cacharros» y los «tepalcates», como llama al tesoro bajo tierra de los antiguos mexicanos. Menos mal que en Guadalajara escasean los sitios arqueológicos porque Diego pondera Teotihuacán, Uxmal y los «ídolos» que Lupe ha visto en los anaqueles del estudio y le parecen horrorosos. Imposible comprender por qué Diego se extasía con pedazos de cerámica en cuya compra invierte su sueldo en vez de hacerse de una casa. Todas esas sonajas y víboras de barro, esas máscaras de turquesa la rechazan, mientras su amante asegura que los aztecas lograron lo abstracto antes que ningún otro país y ningún otro creador en el mundo. «¿Lupe, sabes lo que es Aztlán?», le pregunta. Lupe está dispuesta a reconocer a un conejo, un coyote o hasta un tigre pero no a descifrarlos en glifos o en templos.

—¿Qué no ves que con dos o tres trazos el tlacuilo nos da lo esencial? La nuestra fue una raza de gigantes, lo escribió Clavijero.

—No sé quién es Clavijero —se avergüenza Lupe y se promete buscar a alguien que le explique esa grandeza pasada de la que habla Diego.

David Alfaro Siqueiros le contó a Diego que don Ramón del Valle-Inclán se enamoró de Lupe cuando vino a México. En la estación de Guadalajara, dos hermosas muchachas, María Labad y Lupe Marín, pidieron permiso de subir al tren. «Queremos un autógrafo del célebre don Ramón María del Valle-Inclán y Montenegro, marqués de Bradomín y pariente del mexicano Roberto Montenegro».

Don Ramón, quien era manco como Cervantes, escribió en el volumen de Lupe:

¡Qué triste destino el mío
encontrarte en mi camino
cuando los años blanquean
mis barbas de peregrino!

Insistió de nuevo al verla en el Teatro Degollado: «Lupe, ¿me atreveré a mezclar la negra luz de tus cabellos con la nieve de mis barbas? ¡Ay, dilo tú!».

Lupe no respondió pero le aclaró a María Labad:

—Oye, este Valle-Inclán está mejor que mi enamorado, José Guadalupe Zuno.

Los acompañantes de Valle-Inclán, Julio Torri, Daniel Cosío Villegas, Pedro Henríquez Ureña, también se impresionaron con la fiera belleza de la tapatía. En años anteriores Lupe y su amiga solían ir al llamado Círculo Bohemio que Zuno y Siqueiros presidían en Guadalajara, y cuando Lupe oyó hablar de Diego Rivera no dudó en pedirle a Zuno cincuenta pesos. «No me voy a casar contigo, sino con él».

Diego regresa a la Ciudad de México y deja de escribirle. Su mural en la Escuela Nacional Preparatoria lo absorbe y Lupe pierde pie: «¿Cómo le hago? Tengo que estar a su altura».

De vez en cuando la abruma la leyenda de Diego; aunque planeó su viaje a México solo para conquistarlo, decidió, a las primeras de cambio, «con ese hombre me caso», solo para ganarle la partida a su hermana María. «Voy a darle en toditita la torre porque Diego es *el* pintor, el que todos reconocen, y no el suyo».

En la noche, el miedo cae desde lo alto. ¿Cómo va a compararse ella, Lupe Marín, con un hombre tan superior, que vivió catorce años en Europa y trató a grandes personajes? Lupe, alta y temeraria, se empequeñece, la invade un sentimiento desagradable. Por eso, cuando Diego le responde: «Por ahora me será imposible viajar de nuevo a Guadalajara, tú vente a vivir conmigo», no lo piensa dos veces. «Voy pero con una condición: casarnos por la Iglesia». Diego responde, contundente: «Los comunistas vivimos en unión libre».

«Mis padres, Francisco e Isabel Marín, nunca lo van a permitir. Ya María se casó con Orozco Romero y tiene sus bendiciones en orden».

Diego es ateo, nadie va a obligarlo a hacer algo en lo que no cree. Lupe salta y alega: «Entonces, ¿qué te importa casarte por la Iglesia, panzoncito?».

Para sorpresa de todos, Diego dice que sí.

Su hermana, María Rivera, habla con el padre Enrique Servín, quien dirigió el Liceo Católico en el que Diego estudió. El cura, ahora párroco de San Miguel Arcángel en la calle de San Jerónimo, ordena que Diego vaya a verlo. Aparece con pistola al cincho y enoja a Enrique Servín. «No tenías que venir armado, hombre… Voy a arreglarlo, no por ti ni por ella, que es tan sinvergüenza como tú, sino por la familia de la novia. Eso sí, me traes tu boleta de confesión».

Ignacio Asúnsolo se confiesa en lugar de Diego y exige que le den la constancia a nombre de Rivera.

Lupe le explica a María Olga, hermana de Alfonso Michel, el pintor —tapatío como ella—, que sus padres no van a asistir. «Quiero que tú seas mi madrina. A mi madre, Isabel Preciado, le hubiera gustado que me casara con un médico, un licenciado, algún compañero de mis hermanos, un muchacho así delgadito y con aspecto decente, pero no con Diego. Mi papá, desde luego, habría querido que me quedara toda la vida a su lado haciéndome la tonta».

El 20 de julio de 1922, día de la boda, Diego, soltero de treinta y cinco años, hijo legítimo de Diego Rivera (difunto), originario de Guanajuato, y de María Barrientos viuda de Rivera (partera), se presenta con un listón rojo en su sombrero y unas botas sin bolear que le llegan hasta la rodilla. Naturalmente olvidó los anillos y tampoco tiene dinero para comprarlos. Lupe, de veintiséis años, hija legítima de Francisco Marín y de Isabel Preciado, arrodillada ante el barandal del altar comulga con los ojos cerrados. «Todavía tenía mucha fe en esa época», aclarará más tarde. El padre Servín los casa de mala gana. Xavier Guerrero, *el Perico*, *el Mono con Sueño*, *el Metate Sagrado* (porque nunca habla) y Amado de la Cueva son los padrinos de Diego. María Olga Michel abraza a Lupe, su «ahijada de matrimonio», y le dice que tiene muy buena suerte.

Capítulo 4

LA CAMARADA MICHEL

Los recién casados se instalan en la calle de Flora, cerca de la de Frontera, en la colonia Roma, porque ahí viven Julieta y Jorge Juan Crespo de la Serna, amigos de Diego.

—¿Hasta qué hora vas a pintar, panzón? ¿Hasta que se vaya el sol?

—No. Cuando se va el sol me alumbro con un farol, mira, hasta me sale en verso porque también soy poeta.

Encantado consigo mismo, Diego, en mangas de camisa, chocarrero, se seca las lágrimas con un paliacate de tanto reír con las ocurrencias de Lupe. Imposible no quererlo, las horas pasan sin que nadie busque irse. Fabulador, seduce. «Nunca estamos solos», se queja Lupe. «Es que yo les hago falta a todos. ¿No te enorgullece eso?». «Pues sí, pero ¿por qué viene tanto Concha Michel?».

—Porque esa camarada es muy leal. Concha canta corridos que ha recogido en fiestas de pueblos perdidos, lanza denuestos y dice cosas muy ocurrentes contra la Iglesia. Es la Revolución andando.

A las dos semanas, Lupe se da cuenta de que la vida junto a Diego está lejos de ser el paraíso esperado. Solo tienen una cama, una hornilla, tres sartenes, cuatro cucharas y guardan su ropa en huacales. Diego la deja sola, y cada vez que tocan a la puerta un camarada pide «una ayuda, no tenemos para la lona del mitin». «¡Pinches zánganos, muertos de hambre!». «Lupe, no te enojes, es para la causa», explica Diego.

A la que sí recibe con gusto es a Concha Michel, que a los catorce años cantó en el Museo de Arte Moderno de Estados Unidos en el cumpleaños de Rockefeller, y ahora es la compañera del comunista Hernán Laborde.

—Oye, tú, ¿por qué tu marido siempre trae sombrero negro? —le pregunta a Concha.

—Para que no se le escapen las ideas.

Aunque Concha es mandadera del Partido Comunista —Diego Rivera no la llama Concha sino camarada— y aparece con frecuencia para pedir ayuda, Lupe nunca desconfía de ella, al contrario, despierta su curiosidad. La escucha con atención. Más bien pequeña, su cabeza coronada de trenzas, se para frente a Lupe y esta la desafía:

—Tú y yo no nos parecemos nada pero me caes bien —dice Lupe.

—También tú a mí, por eso te invito a una reunión del partido.

—¡Ah, no!, eso sí que no, no aguanto a esos idiotas.

Lupe se equivoca al decir que no se parecen porque una es alta y la otra chaparra, una delgada como un junco y la otra redonda. Las une su origen tapatío. Nacida en Villa de Purificación, a Concha la expulsaron del convento de San Ignacio por encabezar una fuga de novicias y una quema de santos, pero ahí mismo le enseñaron a tocar la guitarra y a cantar y ahora atrae a todos con su voz, con sus trenzas tejidas de colores y la guitarra que siempre la acompaña. Lupe nació en Zapotlán el Grande el 16 de octubre de 1895, y su hermana mayor, Justina, le enseñó a coser. Concha le lleva cuatro años y al verla piensa: «¡Mil veces mejor Lupe que la cuzca de la Rivas Cacho!».

«Tengo una amiga». La amistad de Concha cobija a Lupe. «Tengo una amiga», se repite en voz baja. Desconoce lo que significa la práctica cotidiana de la amistad, la emoción, su calor suavecito. Jamás fue amiga de sus hermanas. Justina, la que le enseñó a coser, de tan mayor habría podido ser su madre; las demás la rechazaban, la hostigaban sin tregua: flaca, garrocha, negra, patona, chirotera; por ellas habría salido volando por la ventana. La cercanía con Concha la retiene en la tierra, la obliga a pensarse. «Eso se lo voy a decir a Concha, eso no». Imposible contarle todo lo que piensa porque Concha es parte de una comunidad, ella no. Concha tiene una causa; Lupe ya logró la suya: casarse con el hombre más importante de México. Concha cree en el bien común y Lupe no quiere dar nada. Concha usa enaguas floridas y huipiles que evidencian sus brazos regordetes, y para Lupe el placer perfecto sería figurar en *L'Officiel*. Sin embargo, Concha es su amiga y quererla la hace quererse más a sí misma.

***

Cuando los comunistas gorrones se pierden de vista, la vida de Lupe es fácil y hasta ríe. En el momento en que Diego y ella salen a la calle, le enorgullece tomar el brazo de ese hombre descomunal que saluda a los que caminan en la acera: «Buenas tardes, buenas las tenga usted», y tiene el don de extasiarse ante el tejido del petate enrollado contra el muro y el sabor del mole de olla. Para él todo es descubrimiento: la calle está empedrada de talento, en el mercado danzan los rábanos gigantes como si fueran las raíces de la luna; Diego saca lápiz y papel, retrata al niño y lo acuna como una madre a su hijo. ¡Qué fuerte es el abrazo de Diego! «Se ve que te gustan los niños —le dice Lupe—. A mí me recontrachocan».

«Vámonos a dar la vuelta, Prieta Mula». A veces ruge como león, a veces maúlla. Se cubre la boca con un paliacate, se encasqueta un sombrero, y pistola en mano camina a grandes pasos a media acera logrando que todos se atemoricen. «Es una broma, no les va a hacer nada», previene Lupe a los caminantes.

A Diego le gusta traer dos pistolones al cincho. En la Ciudad de México todo el que puede carga pistola «*pa* defenderse». Muchos campesinos conservan enrollada en un petate su escopeta matahuilotas, la de la Revolución.

Bajo las flores desmesuradas cosidas a un sombrero de paja, Lupe se ve cada día más feliz.

¡Qué gran espectáculo!

La ciudad de casas de tezontle rojo es entrañable; Diego y Lupe la recorren con facilidad, con razón extasió a Bernal Díaz del Castillo. Los volcanes no solo se ven desde las azoteas sino desde la acera misma. «Buenos días, Izta, buenos días, Popo», los saluda Diego. México huele a pan. Con sus grandes canastas en la cabeza, montados en su bicicleta, los panaderos lo reparten y no se les cae ni una telera ni una concha ni una oreja ni una flauta. Las mujeres jamás se quejan ante su metate y muelen de rodillas hasta que la masa queda lista para palmearla y volverla una tortilla redonda. Quince millones de mexicanos van a la Villa cada 12 de diciembre a cubrir a la Morenita de nardos y alcatraces, tamales, tostadas de pata y garnachas, y a pedirle que la Electropura siga repartiendo botellones de agua para sus aguas de jamaica, limón y tamarindo y que siempre haya leche. Y maíz. Y frijoles, y, y, y…

Diego es un hombre público. Nadie le hace sombra; en cambio, Orozco se aísla y cultiva sus rencores; Diego es amable, Diego es noticia, los periodistas lo acechan y lo aplauden. Lupe jamás ha estado en el candelero pero ahora brilla con una luz refleja. Ya no le parece tan horroroso que le pregunten con mucho respeto si sabe a qué horas va a venir Diego. Eso de ser el centro de atenciones gracias a la celebridad de su marido empieza a gustarle y se queda callada para no desmerecer nunca. A Diego le fascinan los elogios, le alienta figurar en los periódicos. Y Lupe también hojea *El Universal* preguntándose «a ver si salí».

Lupe ya no abre la puerta con cara de pocos amigos. «Pasen, pásenle por favor», les dice a dos «extranjeros», uno francés, Jean Charlot, otro gringo, Paul O'Higgins, quienes buscan al maestro.

—¿Cuál maestro, tú?

—Oí hablar de él en Estados Unidos.

—¿Y desde allá vienen? —se asombra Lupe.

Lupe nunca ha conocido a un gringo, menos a un francés; al único extranjero que trató es a Valle-Inclán, el viejito español barbudo. Años más tarde reconocerá: «Yo no estaba preparada pero todo ese revuelo en torno a Diego comenzó a gustarme».

—Charlot es francés, llegó a México hace dos años —le explica Diego.

Cenan en la fonda Los Monotes de José Luis Orozco, hermano de José Clemente Orozco. Sobre las paredes Orozco pintó para su hermano escenas jocosas, caricaturas del mundo de la farándula, mujeres con los senos al aire y hombres con brazos en lo alto terminados en rifles y pistolas.

Los hacendados que perdieron sus tierras lamentan que Diego Rivera —al igual que otro malnacido que responde al nombre de José Clemente Orozco— los caricaturice en sus murales. Ni Cortés ni los virreyes eran sifilíticos y ahí están los franciscanos para desmentir la crueldad en contra de los indios. Curiosamente, David Alfaro Siqueiros es menos denostado porque su padre se encargó de la contabilidad de hacendados y, por lo tanto, trató a «la gente decente». Además, se cuenta que en una cantina sostuvo que el día que se le haga una estatua a Cortés, «nos habremos civilizado».

En cambio, los visitantes extranjeros veneran a Diego y lo buscan antes que a cualquier otro mexicano. «Maestro». Contemplan sus trazos y colores y consideran un privilegio verlo pintar en su andamio.

Animados por un senador que anda armado como Diego, Manuel Hernández Galván, Diego y Lupe pasean los domingos en San Ángel, en Churubusco, en los dínamos de Tlalpan. Hacen excursiones a las pirámides de Teotihuacán, llevan su *picnic* hasta Tepotzotlán y admiran su fantástico altar de puro oro, y si Diego no puede asistir porque tiene que pintar «antes de que se le seque el aplanado», Lupe se presenta sola en las fiestas de disfraces de Edward Weston y Tina Modotti, en El Buen Retiro, vestida de niña, con tobilleras, falda tableada, blusa de cuello redondo y unas trencitas escolares rematadas por moños color de rosa. Tiene razón en vestirse de colegiala porque según Dalila y Carlos Mérida, se porta como niña malcriada y anima las fiestas con su vozarrón y sus respuestas de cohete atronador. Weston no la pierde de vista. «¡Qué magnífica cabeza! ¡Qué porte! ¡Qué manos extraordinarias!, quiero que pose para mí». Dalila —muy hermosa— y Carlos Mérida, recién llegados de Guatemala, también animan la fiesta.

—Pues yo los invito a merendar, voy a hacerles el mejor chocolate de México —se lanza Lupe.

Weston lleva sus fotografías a la casa de Mixcalco 12. En la planta baja viven Lola Cueto, que teje tapices, pinta y esculpe además de crear unas marionetas que a todos seducen, y su esposo Germán, escultor. Weston sube con su portafolio bajo el brazo, lo abre ante Diego y el pintor se aísla con él y Tina Modotti y repasa las fotos lentamente. Se detiene ante la de Tina desnuda. «Tu mujer es un portento, una obra de arte, provoca no solo admiración sino deseo». Weston medio entiende español pero la fogosidad en las palabras del pintor y la lentitud con la que examina cada imagen lo halaga. Tina traduce. A Weston nunca en Estados Unidos lo han elogiado con esa inteligencia. También Tina se emociona y mira a Diego agradecida, y a la hora de la merienda Lupe sonríe de buen humor. Es cierto, su chocolate en jarritos de barro es una delicia y Tina pide otro y le explica a Weston que el chocolate es afrodisiaco.

CAPÍTULO 5

MÉXICO POSTREVOLUCIONARIO

¡La locura! El muralista permanece en su andamio hasta dieciocho horas. Diego es quien más trabaja y cubre los muros de los edificios públicos. Desde su andamio se ha propuesto salvar a México a pinceladas y ofrecérselo al mundo. Su empresa es titánica a pesar de que muchos funcionarios, incluido Vasconcelos, llamen a los frescos «monotes».

Desde la Conquista México reparte los colores del sol. A los conquistadores los deslumbró el rojo, el azul, el ocre. Guanajuato, la tierra de Diego, es ocre y oro. Las fachadas de la capital gritan su alegría; el azul añil levanta los ánimos, el rosa escandaloso invita al baile, el amarillo da confianza, el azul se «cae de morado», como pide el poeta Carlos Pellicer; los pintores de brocha gorda son muy solicitados y al mismito pulque lo curan con fresas «para que agarre color», rosa el de fresa, verde el de apio. ¡Cuánta energía en los muros de la patria! *What a feast, Mexico!* El fotógrafo gringo Edward Weston recorre las calles con los ojos fijos en el nombre de las pulquerías y los apunta

43

en su libreta. Imposible encontrar nada semejante en Los Ángeles; allá todo es plano, no hay Plaza Mayor ni pirámides de naranjas ni pencas de plátano colgando del techo ni mercados de flores donde las gladiolas se abren a los ojos de los compradores ni multitudes cubiertas por sombreros de palma. Este país es un regalo del cielo, aquí lo inesperado acecha a la vuelta de la esquina.

Charros y No Fifís, Mi Oficina, Hombres Sabios sin Estudio, El Gallo de Oro, Los Recuerdos del Porvenir, el fotógrafo Edward Weston apunta los nombres de las pulquerías así como disfruta de las macetas de geranios en las ventanas que dan a la calle. «Voy a dormir en un petate», le anuncia a Tina Modotti.

—¿No vienes a dormir, Panzas?

En lo único que piensa Diego es en su mural, y afiebrado, duerme, cuando mucho, cuatro horas.

—Hoy regresaré muy noche porque no puedo correr el riesgo de que ya no agarre el color.

A las cuatro de la mañana, Diego cae de bulto en su cama.

—Si sigues así, Panzón, te vas a morir.

Diego tampoco le da importancia a lo que come.

De pronto, de la nada, zumba una bofetada.

Diego no puede creerlo, su mujer le ha pegado, lo está golpeando. Un manazo vuela hacia su cabeza y otro le da en pleno pecho. La furia tiene buen tino. Cuando Diego le toma el brazo, Lupe todavía alcanza a golpearlo, el puñetazo cae sobre sus labios que sangran. El pintor tarda en salir de su sorpresa cuando otra cachetada, esa con la mano izquierda, le da en la mandíbula. «¿Qué te pasa, mujer, te has vuelto loca?». La súbita furia de Lupe lo desconcierta. «Te voy a sacar los ojos», amenaza con sus ojos de fiera. A mediodía en el andamio,

Xavier Guerrero le pregunta a Diego por un moretón en el cuello.

—Me quiso ahorcar.

Basta que una muchacha se acerque al muralista para que Lupe lo golpee: «¡Tú le diste entrada! ¿Qué busca esa changa esquelética?».

Sus gritos atraviesan lienzos a medio pintar y cuadernos de apuntes. «¿Jamás vas a hacer otra cosa que pintar, pintar, pintar, gordo rabo verde?». No solo los gritos rompen el silencio, Lupe también rompe los platos, las telas, los bocetos para el próximo mural. «Mira, mira lo que hago con tus garabatos».

Diego admira la fiereza de sus cóleras. Sus escenas de celos lo halagan. Iluso, se convence: «Pobrecita, nadie me ha querido tanto». Dispuesto a todo con tal de que su mujer siga siendo el espléndido espectáculo que lo estimula, la apacigua:

—Hagas lo que hagas, yo te quiero.

También Lupe ama a su gigantón. No solo lo ama, lo admira. «Yo estaba enamorada de él. No discutía su físico; toda su manera de ser, su espíritu, lo que él pintaba, todo me gustaba».

A cambio de que su hembra lo deje pintar, Diego le llena la casa de fruteros y después de cada pleito le compra un sombrero floreado. La Prieta Mula se atraganta de ciruelas y piñas y ahora sí recoge las cáscaras que antes tiraba en el piso. Descubre los colores, el grosor de las pinceladas y se apasiona por la obra de ese hombre que la escogió entre todas las mujeres.

—¿Crees que podrías llevarme la comida al andamio, Prieta Mula?

Lupe se esmera; primero, el mantelito bordado y almidonado en una canasta. «Te hice un simple caldito de pollo», y Diego se da cuenta de que nunca ha probado nada semejante. Ahora sí Lupe bendice a Isabel Preciado por ser tan buena cocinera. Cuida de que sus tortillas hechas a mano lleguen bien calientes. Hasta un taco enrollado por sus manos sabe distinto.

Los muros de la casa de Mixcalco en la Merced se cubren de Lupes dormidas, Lupes con la boca abierta, Lupes bañándose, Lupes gritando, Lupes con los brazos en alto, Lupes despeinadas, Lupes con sus pechitos totalmente inexistentes al lado de las dos peras de la bañista del istmo de Tehuantepec.

—Lupe se pone medias dentro de su brasier —la acusa Diego ante Weston y Tina, poseedora de dos maravillas.

¿Cómo se repondrá Lupe de la traición?

—Esta es la mejor casa que he tenido —le dice Lupe a Diego al entrar a la de Mixcalco, encalada, blanca, intensa como ella misma.

Hay algo popular en esa mujer que conoce las especias como nadie y les pone adivinanzas a sus amigos mientras hierve el agua para el té de toronjil:

Yo soy un pobre negrito,
no tengo brazos ni pies,
navego por mar y tierra
y al mismo Dios sujeté.

Mientras todos conjeturan, Lupe exclama triunfante:
—¡El clavo, babosos!

«Panzón, le voy a poner dos parches a tu overol y te voy a hacer tus calzones». Se los empieza de manta como en la canción y los remacha en máquina de coser. También corta sus camisas y las cose a mano. «¡Son muchos metros! Tienes que enflacar». «¿No te gustaría que te cortara una buena chamarra de lana? No quiero que te vaya a dar frío».

A las dos de la tarde, sin un minuto de retraso, se presenta con su itacate: «Gordito, ya llegó tu comida». Mientras él prueba un guacamole insuperable y se hace un taco con el guiso del día, ella examina el mural y a Diego le emocionan sus comentarios: «Aquí se te fue la mano con el rojo». «Ese rostro no tiene expresión». «Ponle un poco más de amarillo a esos elotes». «Oye, Panzas, ¿por qué no usas el achiote? Pinta mucho».

Diego la escucha casi con reverencia.

—Diego, si sigues descuidándote te vas a morir.

Diego la oye como quien oye llover.

—Si no pintara preferiría morirme.

—¿Qué te pasa?

—Extraño el olor del espliego.

—Yo lo que extraño es mi gasto.

Diego le da clases de dibujo para que Lupe pueda enseñar en una escuela, «La Corregidora», en la Merced, que también ofrece clases de corte y confección y otros talleres de manualidades. Por más que se esfuerza, Lupe dibuja mal.

—Prieta Mula, estás negada.

Para lo que sí tiene talento, y eso desde niña, es para coser. En Guadalajara se aficionó a *Vogue* y a *L'Officiel*, ¡qué revistas tan costosas!, y con la única ayuda de su hermana Justina aprendió a cortar con mano firme.

—Estoy segura de que podría enseñar corte y eso sí me gustaría —le dice a Diego.

Diego acumula metros de pintura. Las horas de mayor tensión son las primeras porque las calcas tienen que aplicarse con la mayor pericia.

Atrás quedó la lucha armada aunque todos sigan armados y disparar sea un apremio, una exudación. Construir el país a punta de balazos ya no es indispensable, pero tener el dedo sobre el gatillo es ya una costumbre. Los muralistas lo hacen desde la consigna de David Alfaro Siqueiros: «No hay más ruta que la nuestra». En su pintura, los más pobres, los don nadie, los ninguneados, los sin tierra, son los héroes. Si Porfirio Díaz festejó los cien años de la Independencia con vinos franceses y un banquete en el que se sirvió *coq au vin,* ahora los gallos son otros, el presidente Obregón ordena que corra el tequila, se maten guajolotes, se reparta chicharrón crujiente. Si antes se leía a los afrancesados Ignacio Manuel Altamirano y Manuel Payno, ahora los entendidos buscan los fascículos semanales de *Los de abajo* que Mariano Azuela publicó en el diario *El Paso del Norte.*

El México que pinta Diego es el de sus vendedoras de alcatraces, el de sus marchantas enrebozadas, el de sus niños callejeros, el de la piel morena y los pies descalzos, el de los 2 250 metros de altitud sobre el nivel del mar, el de la transparencia del aire, el de los volcanes, el de su propia naturaleza porque en su corazón, en sus vísceras y en sus ojos hierven los indios. A su lado, Lupe es apenas una prodigiosa partícula que se hace presente a gritos y golpes, aunque si él decidiera borrarla desaparecería de un plumazo.

Capítulo 6

LA ITALIANA

A Lupe le aburre el pintor Xavier Guerrero que muchas veces llega acompañado de Alva de la Canal. Relata, como si tuviera sueño, paso a paso cómo debe prepararse el muro y repite que hay que despojarlo del aplanado anterior para aplicarle dos manos de pintura de asfalto que lo impermeabilicen y rellenar también con lo mismo todas las hendiduras y grietas. Ya seco, es indispensable una segunda mano para que la superficie quede lisa y libre de burbujas de aire.

Lupe ya se hartó de oír hablar de resinas, espátulas, esencia de espliego, textura y consistencia. Y de las luchas del pueblo de México. Xavier Guerrero y Ramón Alva solo saben una tonada: la de la técnica del fresco, el repellado con arena gruesa y cal, el aplanado con arena fina y cal. Repiten que hay que moler los pigmentos con agua, solo con agua, y que el repellado debe hacerse con dos tercios de cemento y uno de cal y nada de arena gruesa. Xavier Guerrero es el de la voz de mando y asegura que en los pueblos el repellado se hace con un tercio de cemento y no dos tercios, porque lo importante es echarle al muro una capa de lechada de cal muy remolida y bien apagada a la que se le mezcla baba de nopal.

—Ah, sí, ¿y cómo se conserva la baba de nopal? —inquiere Lupe—, si yo me la paso quitándosela a mis nopalitos.

—Se maceran las pencas y se machucan hasta que se pudren, fermenten. La baba que sueltan se mezcla con agua y se aplica. El nopal es el mejor aglutinante de colores.

Al empezar su mural Diego traza sus figuras al carbón sobre la superficie del penúltimo aplanado ya seco; lo hace rápidamente, sitúa a sus personajes en un abrir y cerrar de ojos, luego el dibujo toma fuerza y con un color disuelto en agua vuelve a repasar los contornos hasta lograr un conjunto que le guste. Cuando ya está seguro de cómo va a pintar, coloca sobre el muro las calcas. Son hojas numeradas de papel transparente. Para sus colores emplea distintos pigmentos: ocre rojo, rojo de Venecia, almagre, verde viridián, azul cobalto, azul ultramar, tierra sombra y negro de viña, que deja caer en un plato de peltre; una cagarruta de color que irá comiendo su pincel.

Pinceles de todos tamaños aguardan a que los saque de un ancho pocillo para aplicar tierra de Siena natural, tierra de Siena quemada, tierra de Pozzuoli.

Al principio, Lupe le preguntaba cuántos metros cuadrados había pintado pero pronto abandonó su interrogatorio porque Diego llegaba exhausto y farfullaba: «Hoy pinté seis metros» y caía dormido apenas ponía la cabeza en la almohada. Al menos antes, cuando pintaba solo un metro, le ofrecía ir a ver a Carlos y Dalila Mérida o a *los gringos* Tina y Edward Weston, pero ahora solo quiere dormir.

—¿Y cuándo vamos a hacer el amor?

—Por lo pronto solo le hago el amor al mural.

Si Lupe escucha las palabras *enjarre* o *aplanado, cal* o *grano de mármol,* se tapa los oídos. Hace meses que sabe que la mejor cal es la que tiene el más alto porcentaje de calcio. También sabe que a la cal deben apagarla por lo menos durante dos meses y medio para evitar efectos desastrosos.

Diego le cede en todo a Lupe. Angelina Beloff, la rusa, se inmolaba, dispuesta al sacrificio; Diego, cuchillo en mano, le cortaba un dedo, una oreja; en cambio, Lupe busca lo suyo. No es solo la esposa ni la compañera ni la madre, sino una carne viva y demandante. Su pura subjetividad exige más que la de Angelina y la de la fogosa Marievna Vorobiev Stebelska, rival de Angelina en París, que la de la Rivas Cacho saciada por su público. La noche en blanco de los primeros días se prolonga y Diego se atemoriza ante la exigencia de su mujer. De pronto, al hacer una calca se sorprende pintando a Lupe con un puñal. Lupe lo trastorna y el único trance en el que quiere vivir es en el de su pintura.

Para Lupe, Diego es una revelación cotidiana, la revelación de su país, la del amor, pero también la del esfuerzo. Nadie, nunca, ha trabajado como Diego que no solo pinta, sino convoca, discute, organiza y regresa exhausto a Mixcalco. Jamás vio a su padre entregarse así. Sus amigos se le parecen en todo. Germán y Lola Cueto salen todos los días al alba a convencer a los niños que corren en la calle, a las mujeres que cantan en los lavaderos, a las que se bañan a jicarazos en la azotea para irse a bailar en la noche. «¡Ustedes van a ser felices si leen y escriben!», dicen a cada instante. Descubren que los títeres son los mejores maestros y dan funciones de teatro en las que el jabón y el cepillo de dientes son los personajes. México tiene que ser un país en el que además de conocer el significado de la higiene y de la enseñanza, todos se duerman habiendo comido lo mismo. Ellos, Germán y Lola, les van a mostrar el camino a los habitantes de Mixcalco. Su entrega no tiene límites.

El nombre de José Vasconcelos salta a la plática a cada momento desde que regresó de su largo exilio en Estados Unidos. Para él, enseñar a leer a los campesinos es una misión como la de los franciscanos que pinta Orozco. Hay que ir a los pueblos, los indígenas son el gran secreto de México, son los patarrajadas a pesar de Benito Juárez. Vasconcelos alega que no podrán pertenecer nunca al México moderno si desconocen *la castilla*. La educación es la gran esperanza de México, la única salvación de cualquier país. El joven economista Daniel Cosío Villegas asegura: «Aquí se respira un ambiente evangélico...». Según Vasconcelos, en México está naciendo una raza superior a todas, la de bronce. «Estamos forjando un país único», repite. En su viaje a Chile en 1921, convenció a la maestra Gabriela Mistral de venir a México para asesorarlo y escribir sus *Lecturas para mujeres*. Palma Guillén, la primera universitaria mexicana, se convierte en su secretaria y lo acompaña a visitar escuelas a lo largo y ancho de la República. Funda con *la maestra* una escuela para mujeres en la calle de Sadi Carnot. En las *misiones culturales* Luis Quintanilla, el grabador Leopoldo Méndez y el autor de *El café de nadie*, Arqueles Vela, Manuel Maples Arce, Germán List Arzubide y Fermín Revueltas se convierten en educadores y ordenan la vida de los demás antes que la suya. Primero son los niños sin escuela y luego los campesinos de calzón de manta los que observan al bellísimo Leopoldo trazar las letras del alfabeto sobre un pizarrón o sobre la arena de la playa o sobre un muro en la calle o sobre un grano de arroz. Para complacerlos, Méndez dibuja a cada uno de sus espectadores y arranca las hojas de su cuaderno: «Toma, toma, toma tú, toma, ándale» y les regala el único retrato que tendrán en la vida. Al despedirse insiste en repetir: «Ustedes son la semilla de nuestro continente».

José Vasconcelos convence al presidente Álvaro Obregón —de prodigiosa memoria— de que su misión es *civilizadora*. Si el pueblo sigue marginado no habrá salvación. México es para todos. Si *los indios* no salen de su atraso, como pide Domingo Faustino Sarmiento en la pampa argentina, América Latina desaparecerá del mapa.

—¿Tú sabes lo que es el universo?

No, Lupe no sabe más que de Diego y se da cuenta de que tampoco sabe de él, ni de política ni del indio ni de maldita la cosa. Cuando una tarde Vasconcelos habla de la raza cósmica y la señala a ella, se queda en Babia porque se pregunta qué le espera y qué diablos es eso del destino. Jamás ha leído a Homero, a Virgilio, a Platón, a Tolstói o a Shakespeare, ni sabe qué significa la palabra *mestizaje* ni cuál puede ser el futuro del México fabuloso que levantan entre todos. Vasconcelos habla de Zeus que se metió con Alcmena, la mujer que hizo durar la noche veinticuatro horas y concibió a un hijo tan fuerte como su afán amoroso: Hércules. ¿Cómo serán los hijos de Lupe y Diego? «¿Y ahora qué hago?», se pregunta Lupe. Escucha palabras: *laicidad, revolución, filosofía, historia, desasimiento,* y se avergüenza porque no sabe qué hacer con ellas.

La voz de Lupe es fuerte y pareja y no cabe en ella una sola duda; a ratos podría parecer monocorde, interrumpida solo por sus «Oye, tú». Se califica a sí misma de loqueta. Todo lo de la cocina le sale fácil y lo hace en un santiamén.

Con una sola mano avienta los cubiertos sobre la mesa y caen en el eje del mundo, en el lugar exacto, y a la hora de la comida los platos desaparecen y reaparecen porque ella jamás se sienta sino cuando ya ha servido a todos.

—Vamos a El Buen Retiro, ando cansado, quiero ver qué fotos ha hecho el gringo.

—Dirás que quieres ver a la italiana.

Tina Modotti, la italiana, atrae las miradas. Totalmente distinta a Lupe, es una mujer pequeña que se mueve con gracia. Más desenvuelta que Lupe, no grita para imponerse. Las dos parejas, Tina y Weston, Lupe y Diego, suben a la azotea y el modo de subir la escalera de Tina hace que los perros ladren.

—Desvergonzada —piensa Lupe.

Tina festeja las ocurrencias de Lupe, la sigue con admiración. ¡Qué rostro tan imponente el de la mexicana, qué manotas, qué crines de caballo!

—El domingo que entra, si quieren, podemos ir a Xochimilco —ofrece Diego.

—¡Panzas! ¿No que tenías mucho trabajo?

El domingo, en ausencia de Diego, que no pudo acompañarlos, bogan con Roberto Montenegro y Carlos y Dalila Mérida por los canales de *la Venecia de América* y Lupe deja caer sus manos dentro del agua. Ver las lechugas y las acelgas, los alhelíes rosas, azules y morados, la pone de buen humor. Además, Weston escogió una trajinera encopetada con el nombre de *Lupita*. Desde el gran canal es posible contemplar los dos volcanes, sobre todo la Iztaccíhuatl blanca y espléndida, y Lupe contenta recita: «Agua, pero no de río; diente, pero no de gente. ¿Qué es?». Y nadie sabe que es el aguardiente. Tampoco saben beber el pulque que ofrece un campesino que los sigue en una delgada canoa. Lupe canta «La borrachita» y pregunta: «¿Te la sabes, Tina?». Sí, Tina se la sabe porque también a ella se la enseñó Concha Michel.

—Definitivamente Lupe es una mujer de pueblo —dice Ricardo Gómez Robelo a Adolfo Best Maugard.

Lupe es amiga de Gómez Robelo, que muere por Tina, de Adolfo Best Maugard y de Roberto Montenegro, que no saben ni dónde poner sus largas piernas en la trajinera. Los dos pintores rinden pleitesía a su belleza y se entusiasman también con Tina Modotti, aunque Best Maugard prefiere a la mexicana: «Lupe, eres la imagen misma de nuestra cultura» y le tiende un alcatraz cortado al borde del agua. Lupe se encela de Tina a pesar de que la italiana le brinda una enorme sonrisa. De pronto, cuando Tina alaba sus ojos «únicos en el mundo, ojos que nunca había visto antes y nunca volveré a ver», ya no le parece tanta competencia. «Puedo con ella y con otras diez».

Las marquesinas con sus nombres de flores clavadas feminizan los canales de Xochimilco. Cuemanco ya no es un delgado río de agua sino un flujo de puras corolas de flores. «La azucena representa la pureza y la rosa roja la pasión. La orquídea es la seducción y el girasol la falsa riqueza porque se seca al día siguiente», explica, orgullosa, la señora de Rivera.

—Tomaré un pulque curado de apio —aventura Weston.

Cualquier plato sencillo le parece extravagante y le pide a Lupe:

—¿Por qué no nos haces el favor a Tina y a mí de llevarnos al mercado de San Juan?

—¿No prefieren el de la Viga, que es más grande? —se entusiasma Lupe.

—¿Cómo les doy los chapulines? ¿Fritos, tostados o cocidos? ¿Solitos o con sal y limón? ¿Los quieren enchilados?

55

—pregunta la vendedora que desde su canoa levanta sus ollitas de barro.

Los extranjeros aprenden que los chinicuiles se crían en el maguey y que nada es más delicioso que una tortilla con guacamole. Se enseñan a comer mixiote con sabor a tierra y chicatanas rojas, «hormigas que se muelen con sal y chile de árbol después de cortarles la cabeza y las patas porque esas amargan».

Los camarones son diminutos, nada que ver con los mediterráneos, pero resultan jugosos. Tina prueba el pato envuelto en lodo y xoconostles, pero como sabe a barro lo prefiere en pipián. Weston se enorgullece de que su paladar aguante el chile de árbol que temen hasta los yucatecos.

Weston compra sus cigarros en El Buen Tono, en la calle de Pugibet. Los dos, Tina y Weston, fuman como chimeneas. Cuando Lupe tose al prender su primer cigarro, que sostiene entre el índice y el pulgar, la italiana ríe y Lupe se lo devuelve. «Es que yo no fumo», explica.

No cabe duda, México es mágico, sus raíces, cortezas, granos, plantas, semillas y flores alivian el mal de ojo e inspiran buenos sentimientos, calman los nervios y nulifican las malas intenciones y las envidias. Weston y Tina Modotti recurren a las hierbas medicinales, se hacen limpias con pirul, ruda y limón contra la maldad, temen a los malos espíritus y consultan a hueseros, chupadores y yerberos. Su afición los acerca a Lupe y a su molinillo para batir el chocolate, sus ollas y cazos de cobre, sus cucharas de madera, su metate en el que muele maíz, sus guajes de todo tipo y la maravillosa olla de barro con agujeros que ella llama pichincha.

Capítulo 7

PICO

Según *El Universal*, el delegado apostólico del Vaticano, monseñor Ernesto Filippi, vino desde Italia a México a colocar la primera piedra de la estatua de Cristo Rey en el Cerro del Cubilete. Aún no hay nada pero los fieles se prosternan frente al enviado de Pío XI. «Ofrezco la indulgencia plenaria a todos los que asistan a este acto sagrado». El presidente Álvaro Obregón se enoja: «Esto es una falta de respeto a nuestra Constitución y al Estado laico», le dice a Aarón Sáenz, y sin más le aplica el artículo 33 que expulsa de México a los extranjeros indeseables.

El Episcopado Mexicano se disculpa ante el Vaticano: «Sírvase presentar al Santísimo Padre nuestra pena e indignación por la arbitraria, injusta y despiadada expulsión del Delegado Apostólico, monseñor Ernesto Filippi. Lamentamos la ofensa inferida implorando perdón».

Lupe aplaude al presidente Obregón: «¡Qué bueno que le enseñemos al mundo cómo somos! Dice Diego que si seguimos al *Nigromante* habremos avanzado un siglo». «¡Quién sabe cuál vaya a ser la reacción de la Virgen de

Guadalupe! —comenta Concha Michel—. En México es ella la que manda».

—Pues manda mal —exclama Diego.

—¿Cuántas veces te he dicho que no te metas con ella? —responde Concha—. Aquí todos somos guadalupanos.

—¡Matan y esquilman al primero que se les atraviesa pero son guadalupanos! —respinga Diego.

—Sí, Panzas, Concha tiene razón. Además, te casaste por la Iglesia.

Por toda respuesta, el pintor besa su mano y Lupe se fastidia: «Te pasas horas mirando mis manos y luego las pintas como si fueran sarmientos».

—Pintar manos es lo más difícil…

—¿Más que una cara? ¿Más que un cuerpo?

Antes de que Diego termine el mural en la Escuela Nacional Preparatoria en San Ildefonso, Lupe se embaraza. «¿Qué va a ser de mí?». Esa vida que crece dentro de ella le estorba, le quita su garbo, la ensancha y la adormece, a veces tropieza al subir la escalera y sus crines negras se caen a puños. «Me voy a quedar calva». Como es alta y delgada, su panza destaca como un globo: «Allá van Lupe y Pico», comentan los amigos.

—Se llamará Diego.

—¿Y si es mujer?

—Será varón, quiero un varón —se enoja Lupe.

Diego ya tuvo un varón.

A Lupe le molesta sentir sueño a todas horas y sobre todo no acompañar a Diego.

Los desnudos de Lupe impresionan a quienes los ven: su cuerpo irradia energía, es un río, una raíz.

La niña Guadalupe Rivera Marín nace el 23 de octubre de 1924. Al igual que sus amigos, el pintor también la llama Pico.

A los pocos días, Pico enferma y Lupe se persuade de que su hija va a morir. La niña, con su gorrito de olanes como el que usan las mazahuas para espantar los malos espíritus, llora día y noche:

—No seas mala madre, mójale un algodón con agua azucarada y pónselo entre los labios —le espeta Concha Michel.

Pico sigue mal.

Diego le cuenta a Alejandro Sux, el escritor argentino de paso por México, que su hija recién nacida no come.

—Mi hija se va a morir, nada detiene su diarrea —explica Lupe.

—Mujer, eso tiene solución.

Alejandro Sux pone a hervir agua con arroz y se la da a Pico en una mamila. La niña bebe hasta quedarse dormida.

Lupe retoma su vida. Además de los pintores, toda una corte se mueve en torno a Diego, quien al fin y al cabo pertenece a la clase dominante, a la raza privilegiada de la que habla Vasconcelos. Muchos mexicanos lo consideran un atlante y lo buscan, entre ellos Stanislav Pestkovski, el embajador de Rusia en México en 1925, quien goza de una enorme popularidad en los círculos políticos.

El embajador invita a Diego a cenar con Maiakovski, recién llegado de Cuba a Veracruz. Para ir a la cena, Lupe se corta un vestido largo de satén negro, una maravilla que la dramatiza, y cuelga de su cuello una cadena de oro. Después del brindis, Luis y Leopoldo Arenal atacan a Diego:

—¡Estás vendido al gobierno burgués! ¡No se puede pertenecer al partido y trabajar para los ricos!

Diego guarda silencio, pero Lupe pide la palabra y de pie frente a los comensales lo defiende.

La miran sorprendidos, ¿cómo es posible que una mujer se atreva a meterse en una discusión de hombres? Fascinado, Maiakovski observa a Lupe arremeter roja de furia:

—Miren, señores, yo creo que el arte es autónomo y no tiene nada que ver con la política. Diego puede pintar como quiera y donde quiera, incluso en el culo de Stalin, si se le da la gana.

El embajador Pestkovski mira azorado a esa belleza alta que brilla como un carbón encendido y ahora lo interpela: «El gran país, la Rusia que todos admiramos, no puede ser tan limitado como para censurar a sus creadores, ¿verdad, embajador?».

Diego, con la boca abierta, descubre en Lupe a una mujer insospechada. Antes de salir tras ella alcanza a reclamar: «Ni siquiera los representantes de la burguesía francesa me han faltado al respeto como ustedes». Maiakovski sale también pisándoles los talones. Los ojos de Lupe a punto de llorar de rabia son un imán azul y verde. Maiakovski le besa la mano, palmea a Diego, fascinado por esa pareja extraordinaria. En la puerta, Diego detiene al poeta ruso: «Nosotros nos vamos pero tú tienes que quedarte, la cena es en tu honor. Mañana te busco».

Del brazo de Lupe camina en silencio y cuando han recorrido dos cuadras la abraza:

—Te agradezco lo que hiciste.

Maiakovski es uno de los muchos extranjeros que arriban a México atraídos por su leyenda. Diego fue por él a la estación de Buenavista y el ruso le pidió ir a los toros, pero una vez adentro le resultó intolerable la «alegría malvada» del público y salió enfermo, tapándose los oídos para no escuchar los *ole* de la multitud. Diego le explica que la Revolución aún no termina, que México sigue armado y está llamado a desbancar a su poderoso vecino. Cuando Estados Unidos, que Maiakovski llama América, apenas balbuceaba, en 1539 México ya contaba con la primera imprenta del continente. «Nosotros somos los civilizados, ellos los bárbaros». México le dio al mundo el chocolate, la vainilla, el jitomate. «Ya, ya, ya, Diego, ya lo sé». Finalmente, Diego remite al poeta a Xavier Guerrero porque a él lo espera el andamio frente a su mural, pero Xavier es un hombre bueno y paciente. «Llévalo a *El Machete,* que conozca a Rafael Carrillo y al viejo Laborde, a los camaradas, que le cante Concha Michel».

De Estados Unidos se expatria la escritora Katherine Anne Porter y durante diez años, entre 1920 y 1930, regresa a nuestro país porque «vivir en México es superior a vivir en América». Los mexicanos no son ciudadanos de segunda, tampoco son unos resentidos frente a Estados Unidos, al contrario, tienen un proyecto de nación pluricultural. Anita Brenner, cuyos padres fueron dueños de una hacienda en Aguascalientes, también escoge México porque le fascinan su cultura, el pasado arqueológico y las artesanías. Frances Toor, una gringa formidable, conmueve a Diego por su total devoción a las artesanías y a las costumbres, y Diego la llama Paca o Pancha. Ya en diciembre de 1921 *Robo*, el poeta Roubaix de l'Abrie Richey, invitado a México por Ricardo Gómez Robelo, había escrito una carta de doce páginas a Tina y a Weston.

Hay más poesía y más belleza en la figura solitaria, envuelta en un sarape y recostada a la hora del crepúsculo en la puerta de una pulquería, o en una joven azteca de color bronce que amamanta a su hijo en una iglesia, de las que se podrá encontrar jamás en Los Ángeles en los próximos diez años. ¿Puedes imaginarte una escuela de arte como la de Ramos Martínez donde todo es gratuito para todos (mexicanos o extranjeros): clases, comida, alojamiento, colores, lienzos, modelos, todo gratuito? Ningún examen de admisión. La única condición es que uno quiera aprender.

En Taxco, William Spratling convence a Wenceslao Herrera, el mejor platero del estado de Guerrero, de abandonar la filigrana y crear sus propios diseños. «Los artesanos mexicanos son un verdadero lujo, van a causar sensación en Nueva York y en París». A Diego Rivera le ofrecen «unos idolitos» que compra a precios irrisorios. Cantinflas responde a quien lo invita a pasar un fin de semana en Taxco: «No, porque no sé hablar inglés». Además de asombrarse por la desigualdad social y extasiarse ante esa joya tirada en medio de los llanos de Puebla que es la iglesia de Santa María Tonantzintla, con su cúpula barroca cubierta de angelitos golosos y sus muros de oro henchidos de sandías, naranjas y uvas moradas, los visitantes descubren que el poder del clero es ilimitado. Dueños de tierras y haciendas hasta en la lejana y blanca Mérida, el clero manda en el país. El cura no solo es dueño de su parroquia, hereda la fortuna de todas las beatas, viudas y Caballeros de Colón a quienes les dio la absolución en el confesonario. De pronto surge otro México insospechado para los viajeros. Además del país que hace gala de su fe en las trescientas sesenta y cinco iglesias de Cholula, en el estado de Puebla, el pensamiento político de México resulta tan volcánico y contradictorio como el Popo y el Izta, listos para hacer erupción si se multiplican los pecadores. Descubrir a Ignacio Ramírez, que se llama a sí mismo *el Nigromante,* es adentrarse en otro México del que nada sospechan ni Estados Unidos ni Europa. Es un México temible. De conocerlo, Maximiliano y Carlota jamás se habrían aventurado a cruzar el Atlántico.

Ignacio Ramírez se puso así, *Nigromante* —el mago que le abre los ojos al Quijote— porque él quiere abrírselos a los mexicanos: «No hay Dios, los seres de la naturaleza se sostienen por sí mismos». Se indigna porque el sistema educativo de México es el último del mundo entero; dentro de la incipiente industria no hay laboratorios científicos ni expertos en agricultura y los casi doce mil kilómetros de costa se desaprovechan. Para Ignacio Ramírez, nada de «Padre, Hijo y Espíritu Santo», solo la ciencia puede mejorar la vida del hombre, como lo demuestra «la triple divinidad que vaga por el mundo y se llama electricidad, vapor, imprenta». La prédica de la Iglesia católica aniquila la natural rebeldía del ser humano con la promesa de una vida mejor en el cielo: «Hay que vivir el presente, disfrutar el aquí y ahora». Ramírez se gana el odio de eclesiásticos y curas de parroquia, pero Diego Rivera lo admira tanto que planea añadir a uno de sus murales su «Dios no existe» en la primera oportunidad.

«Estamos en el siglo de las desilusiones y las ciencias nos apremian a declararnos emancipados de toda religión o credo. ¿Cómo podemos creer en algo sobrenatural cuando se nos mueren más de diez millones de connacionales de hambre, rodeados de miseria y de enfermedad?», se pregunta el Nigromante a los diecinueve años en la Academia de San Juan de Letrán.

Diego Rivera aboga por el Nigromante en sus conferencias, y si pinta a los indígenas en cada pincelada es porque ha comprobado a lo largo de sus murales que México es el mismo del siglo XIX. Ahora, en 1924, los indios siguen siendo el grupo más marginado de México y las mujeres las más olvidadas. «Esa es una ignominia, y los culpables son los curas que se han apoderado de todo». Al redactar la Ley de Educación para el Estado de México,

Ignacio Ramírez dispuso que «cada municipio enviase al Instituto Literario a un joven pobre, inteligente y de preferencia indígena, para realizar sus estudios superiores».

Lupe, a quien el nombre no le dice nada, pregunta a la hora de cenar: «¿Por qué hablas tanto de ese individuo, tú?».

—Porque fue la mente más lúcida que ha dado México.

—¿Solo porque no creía en Dios?

—No solo por eso, es el autor de las leyes fundamentales de los pueblos; por él, se repartirían todas las haciendas cuyos propietarios disfrutan sin trabajar; por él, los jornaleros no serían esclavos del capital; por él, todos los niños irían a la escuela y terminaría la ignorancia de los olvidados; por él, cada campesino disfrutaría del producto de su trabajo; por él, todas las mujeres serían bravas como tú, Prieta Mula; por él, no habría explotados y los más pequeños tendrían derecho a quejarse.

—¿Y qué sacan con quejarse si de todas maneras nadie les hace caso? —replica Lupe.

CAPÍTULO 8

LA TIERRA FECUNDADA

Diego sale temprano y regresa tan tarde que Lupe se desespera. Con Pico en brazos no puede seguirlo a ningún lado ni restregarle la espalda en la tina.

—¿A poco te pasaste todo este tiempo pintando? ¿Dieciocho horas en el andamio? ¿Crees que soy una idiota?

Las discusiones se multiplican. Tina Modotti, la italiana, Tina Modotti, la fotógrafa, Tina Modotti, la que se desnuda en un dos por tres, se convierte en su pesadilla.

—A mí no me engaña el Panzón, yo creo que anda pirujeando con *la Monotti* —le confía a Concha Michel.

—Te advertí que el camarada Rivera es muy enamorado…

—¿Por qué no me ayudas a matarlo?

—¿Matarlo? ¿Estás loca?, tú estás recién parida.

—¿A ti qué te parece *la Monotti*, Concha?

—Tiene buen cuerpo, cara bonita, pero tú eres más guapa, Guadalupe, ella solo es medio simpaticona; aunque si quieres matarlo, te ayudo por lealtad contigo y con el partido, aunque ni el partido ni yo tenemos ahora motivo para mandar al carajo al camarada Diego.

65

—Oye, tú, ¿qué tiene de simpática *la Monotti*?

—Hasta Federico, tu hermano, espera su turno, todos la adoran.

—Será porque es de las meras guangas, así son las extranjeras.

—Tú no te desaparezcas, llévale a Pico al andamio.

—¡Ay sí, tú! Lo único que le interesa de su hija es su gorrita mazahua de olanes, punto. Yo estoy embarazada de otra criatura y este anda pirujeando.

—Una pistola funciona igual en manos de una mujer que en las de un hombre —viborea Concha.

—Pues vamos discurriendo cómo lo matamos, Concha.

La camarada comunista Michel es pequeña y fuerte. Cabe en cualquier lugar y cuando pone las manos sobre sus caderas parece una jarrita de atole o una campanita de barro negro de Oaxaca.

Después de darle vueltas llegan a un acuerdo. Lupe conducirá a Diego a la cocina y Concha, subida en el pretil, lo golpeará en la cabeza con la mano del metate.

—Cuando caiga al suelo lo rematamos entre las dos. ¡Zas! Se acabó san Diego. Pero para poder despacharlo tienes que eliminar a los testigos. ¿Qué día sale tu muchacha?

Lupe se entusiasma:

—Ya tengo la lona para envolverlo y enterrarlo al pie del naranjo en el segundo patio para que los Cueto no se den cuenta.

Concha filosofa: «Si matamos a Diego por infiel, tendríamos que despacharnos a todos los hombres».

Al anochecer, Lupe y Concha lo esperan. A qué hora vendrá, a qué hora vendrá y «a qué hora vendrá ese maldito desobligado», se enoja Concha. Cuando por fin oyen sus pasos, Guadalupe abre la puerta:

—¿Por qué vienes a esta hora? —reclama Lupe, sus ojos más verdes que nunca.

—Mira lo que te traje —le tiende Diego una guitarra.

Guadalupe se la ensarta en el cuello y todavía —por simpatía— resuenan algunas cuerdas de música aunque nadie las toque. Sus puñetazos dan en el pecho, sus patadas en el vientre y su fuerza lo obliga a entrar a la cocina; vuelan platos, vasos y cazuelas. Concha espera en lo alto del pretil y solo escucha el estrépito de la vajilla sobre el piso de mosaico. Después se hace el silencio. «Ahora, ¿qué pasa?».

—¡Ay, desgraciados!, estos dos ya se entendieron y esta cosa se amoló —adivina Concha.

Guadalupe abre la puerta con sigilo: «Conchita, soy yo, no me vayas a golpear. El Panzas ya se durmió».

En la cama, Lupe le contó a Diego cómo Concha y ella tenían todo dispuesto para asesinarlo. Sus carcajadas la contagiaron y por un momento volvió a creer en él, pero al alba sus celos regresan con más fuerza.

Diego, cansado, toma el camión a dos cuadras. Horas más tarde tres hombres lo devuelven cargándolo con dificultad.

—Lo recogimos en una zanja.

Lupe se alarma pero pronto se da cuenta de que está sano y salvo a pesar de que no abre los ojos. «Doctor, estoy grave, tengo meningitis», alcanza a balbucear Diego en el momento en que el médico con su maletín se inclina sobre su corazón. Ordena una bolsa de hielo para evitar la conmoción cerebral. «Póngasela en el cerebro». Apenas se despide, Lupe le grita a su marido:

—Es pura farsa la que tú haces, no tienes nada, ve a hacerte el interesante con tu *Monotti*, a mí ya no me la pegas, anda, quéjate con otra.

Diego, enfurecido, salta de la cama, blande su bastón de Apizaco y pretende echársele encima. Lupe escapa por la escalera en el momento en que suben Lola y Germán Cueto por noticias y los entretiene para que Diego alcance a regresar a la cama. «Lo que sucede es que Lupe es una bruja y me está matando», les informa Diego, quien sabe provocarse fiebres y escalofríos.

Para su convalecencia el pintor escoge la casa de su amigo Xavier Icaza en Xalapa, pero a los dos días extraña a Lupe y le envía un mensaje: «Prieta Mula, alcánzame, me haces falta».

Allá va Lupe. Encarga a Pico a Jacoba y sube al tren. Es la Lupe que ama a Diego, la que dice adivinanzas o recita consejas populares:

A cuatro hermanos crio Dios,
en nada los hizo iguales,
son enemigos mortales
los dos de los otros dos.
El uno mantiene al mundo,
el otro bautizó a Cristo,
el otro está en el infierno,
y al otro no lo hemos visto.

A ver, ¿qué es? Como nadie se preocupa por darle una respuesta, Lupe grita triunfante: «Tierra, agua, fuego y aire». También de pronto recita, su plancha en la mano:

El río pasa, pasa:
nunca cesa.
El viento pasa, pasa:
nunca cesa.
La vida pasa, pasa:
nunca regresa.

¿Qué tan inesperado puede ser un ser humano? ¿Qué tan distinto a sí mismo? Lupe se renueva cada día, como la vida, como las diminutas nubes de almidón que salpica con la mano en las servilletas antes de plancharlas para que se mantengan erguidas sobre cada plato en la mesa.

—Mira, Panzas, en Xalapa el pastito crece entre los adoquines.

—Es por el chipichipi…

Lupe camina bajo la lluvia frente a Diego y por un instante le recuerda que Angelina Beloff en Francia también abría un paraguas para proteger el costalito de carbón destinado a calentar los cuartos de la rue du Départ.

—Lupe, cierra el paraguas. Mañana regresamos a la Ciudad de México. Tengo que trabajar.

Al igual que el futuro secretario de Educación, Narciso Bassols, el astrónomo Luis Enrique Erro prioriza la enseñanza técnica como fuente de trabajo y recibe a Lupe con simpatía:

—¿Sabe dibujar?

—Diego dice que yo no podría dibujar ni la «o» por lo redondo.

—¿Sabe de peluquería?

—Tampoco.

—¿Costura?

—¡Eso sí! Mire, este vestido que traigo puesto me lo hice yo misma —Lupe se pone de pie y Erro aprecia su altura. ¡Qué mujer espléndida! Es una pura sangre de las que se ven en pocas ocasiones.

Lupe da clases de corte y confección en la escuela «Sor Juana Inés de la Cruz» en la Merced. «Estás en tu mero mole», la felicita Concha Michel. La ilusión en los ojos de las hijas de campesinos y obreros —algunas de ellas criadas— la estimula: «¿Cómo hago este dobladillo?». Por primera vez en su vida Lupe se inclina hacia los demás. Así como a ellas, la costura le abre la posibilidad de ganar dinero y salir temprano de la casa, al fin que Jacoba cuida a Pico. La costura la vuelve útil y esa sensación le da fe en sí misma. Lupe pierde peso, recupera su figura y ¡zas! Diego la embaraza de nuevo.

Capítulo 9

CHAPO

Fermín Revueltas y Siqueiros le reclaman a Diego la destrucción de los murales de Xavier Guerrero en la Secretaría de Educación Pública. También el maltrato a Jean Charlot y a Amado de la Cueva. David Alfaro Siqueiros, cada vez más agresivo, golpea la mesa en la casa de Mixcalco, y Revueltas —menos alto y fuerte— lo imita. Diego recibe la doble embestida sin inmutarse. Desde la cocina, Lupe grita:

—No te dejes chamaquear por esos inútiles, ¿no te da vergüenza?

—Con tu permiso, Diego —Siqueiros se levanta.

Entra a la cocina seguido por Fermín Revueltas y toma a Lupe de los hombros, la empuja hacia la recámara y la encierra con llave. Diego, impávido, no levanta una mano para impedirlo.

—Tú decides cuándo soltar a la fiera —Siqueiros le entrega la llave a Diego y se despiden como si nada hubiera pasado.

Días más tarde, Siqueiros lee en la primera plana de *La Prensa* que de la ventana de la casa de Diego Rivera en Mixcalco cuelga una manta: «En esta casa no vuelven a poner sus cochinos pies el padrote de Siqueiros y el borracho de Revueltas».

A raíz de su segundo embarazo aumenta la desconfianza de Lupe. «Tú te vas con alguien», encara a Diego. De pie, vestida de negro, aguarda la respuesta. Como Diego, exhausto, cierra los ojos, Lupe le escribe a Tina una carta llamándola puta.

Apenas pone la cabeza en la almohada, Lupe repasa a la italiana en la película de su mente y la mira caminar, comer y dormir. Recompone su historia: al principio congeniaron pero Tina cambió mucho. En su primer viaje a México le pareció elegante, fina, su falda negra bien cortada, sus zapatos de trabita a la moda. «Seguro son zapatos italianos». Reía, se movía bonito, y sobre todo, sus modales eran elegantes y graciosos. Tomaba a Lupe del brazo para felicitarla por su chocolate espumoso y con voz cantante decía: «¡Bravo, bravo!». Pero cuando Weston regresó a California y la dejó atrás en México, se hizo fodonga y Lupe y la camarada Concha constataron el cambio. «Óyeme, ya se dejó ir».

Lupe comenta a Concha: «Mira el daño que hace el comunismo a las mujeres. La gringa esa o la italiana o lo que sea, ya se hizo figurosa, ni se arregla, anda mechuda, todos los días con la misma ropa». «¡Ay sí, y tú tan peinada!», responde Concha. «¡Pues mis cabellos serán rebeldes pero no ando greñuda como la enana comunista! Lo que pasa es que la florearon tanto que se la creyó».

—Te ciegan los celos, tu hermano Federico no sale de casa de Tina. Xavier Guerrero la enamora y el cubano Julio Antonio Mella, que es muy guapo, solo viene a la sede de *El Machete* para verla.

—¿Y qué hace ella ahí si no sabe hacer nada?

—Toma fotografías y escribe a máquina.

Ajeno a los celos de su Mula Prieta, Diego se entrega a la capilla de Chapingo a la que acude todas las madrugadas. Viaja en tren a Texcoco con dos albañiles, Juan Rojano y Efigenio Téllez. Los pintores Pablo O'Higgins, Ramón Alba Guadarrama, y el más joven, Máximo Pacheco, son sus ayudantes.

En 1923 el gobierno de Obregón trasladó allí la Escuela Nacional de Agricultura, a la antigua hacienda pulquera. Ver por la ventanilla los magueyes que marchan en apretadas filas, los encinos y pirules en posición de firmes, las ondulaciones del maíz y pensar en los colores, en las proporciones, absorbe a Diego, como lo absorbe tratar de adivinar qué pensará Máximo Pacheco, el pastorcito otomí que le sonríe desde su asiento en el vagón.

—¿Qué por acá no se dará el trigo? A mí me gusta más el pan que las tortillas —informa Pacheco.

—Aquí se da el maíz, tú perteneces a la civilización del maíz y Pablo, el güero, a la del trigo.

—¿Entonces por qué come tortillas como yo?

—Porque quiere ser mexicano.

—¡Pues qué bárbaro! Toda la vida es mejor el pan.

La exhacienda de Chapingo tiene diez mil hectáreas de un terreno plano y fértil. Antes fue paraíso de los jesuitas y ahora pululan en ella los descreídos.

Cuando Diego regresa exhausto, Lupe arremete:

—¿A poco solo te van a pagar veinte pesos?

—Sí, y de allí voy a darle a los ayudantes.

—¡Veinte pesos! Pero si eso es lo que cobra un pintor de brocha gorda. ¡No puedo creerlo, Panzas! Vas a tener otro hijo.

—Los pintores somos obreros, no burgueses.

—Pero tu familia tiene que comer.

—Sí, Lupe, pero nosotros, los muralistas, trabajamos para el pueblo y estamos lejos del individualismo burgués. ¿Cuánto crees que gana Orozco?

—¡No puedo creer que si pintas los muros de la Secretaría de Educación Pública, los de la capilla de Chapingo y no sé cuántos más, no tengas para el gasto!

En Chapingo, en su *Canto a la tierra*, Diego exalta la revolución agraria. En el muro frontal de la escalera escribe: «Aquí se enseña a explotar la tierra. No a los hombres». Elige los mitos griegos y además la hoz, el martillo, la estrella roja en manos de obreros y campesinos. Abandona el ocre. Toma el azul y el rojo, el azul del cielo de Chapingo y el rojo de las rosas que se dan en abundancia.

A Emiliano Zapata y a Otilio Montaño los arropa y abona la tierra con sus cuerpos. Son dos entrañables difuntitos envueltos en el sarape rojo de su ideología, su rostro descansado y su bigote que, a pesar de la muerte, crece fuerte y tupido como el maíz. Diego se adelanta al Zapatita humilde del escritor Jesús Sotelo Inclán, quien se crio en tiempos de hambre y fue el primero en reconocer y defender al caudillo en su *Raíz y razón de Zapata*. Durante la Decena Trágica, la madre de Sotelo Inclán veía a los pobres recoger cáscaras de tuna en la acera y llevárselas a la boca.

Diego le pide a Lupe, entonces embarazada, que pose con su vientre abultado.

—Vas a ser la figura principal del muro detrás del altar. Eres la imagen perfecta de la tierra fecundada. Vas a representar la tierra, el agua, el fuego, el viento, la fuerza de la vida…

—¿En el altar?

—Sí, vas a ser la Madre Tierra. Te voy a coronar con un arcoíris soplado por los cuatro vientos.

—¿Quién más va a posarte? —desconfía Lupe.

—Tú, Graziella Garbalosa, Concha Michel, Luz Martínez...

—¿Y a la italiana dizque fotógrafa la vas a pintar? —lo interrumpe.

Para su despecho, Diego pinta con fervor a la Modotti. Uno de los desnudos más bellos es el suyo: «La tierra dormida», su cabello negro escondiéndole el rostro.

—Te va a nacer un magueyito en la mano para desafiar a la modernidad.

«Germinación» convierte a Tina en un árbol, una raíz, un chopo de agua. Posar con los brazos en alto es muy cansado pero Tina jamás se queja. Tina posaría para Diego en cualquier postura, acuclillada, de bruces, sus miembros estirados hasta el paroxismo. Algunas sesiones han sido lentas y duras pero jamás se ha quejado, ni siquiera la han amedrentado las irrupciones de Lupe:

—A ti no te reclamo —le espeta—, al que le reclamo es a este desgraciado porque voy a tener otro hijo con él y debe mantenernos, yo no puedo trabajar porque la mayor está débil. De este infeliz lo único que me interesa es el dinero que gana.

—En cambio a mí no me interesa nada de lo que a ti te interesa, Lupe. Rivera es un artista al que admiro y posar para él es un privilegio. El dinero de sus cuadros y dibujos no corre ningún peligro conmigo...

—Pues a ver si el Panzas, con su caracolito, puede con tu desenfrenado apetito, putaaaaa...

Lupe es incapaz de sospechar que Tina y Diego hablan durante horas de Uccello, Giotto y Piero della Francesca. Diego constata que la Kodak está a punto de desbancar a la pintura. «Hay que temerle a la fotografía». En cambio,

Lupe solo discurre acerca de la carestía de las tortillas y de lo putas que son las extranjeras. Jamás podría imaginar que Diego ha encontrado en Tina una interlocutora a su altura. El modernismo, las técnicas que amenazan con desbancar a la pintura, son temas que preocupan a ambos. El Estadio Nacional en construcción albergará a sesenta mil espectadores, el arte está volviéndose monumental. ¿Cómo mirar el mundo a partir del avance de las máquinas? Tina toma fotos del nuevo edificio que construye el arquitecto Carlos Obregón Santacilia, camina bajo el enjambre de cables de luz y de teléfono y los retrata con su pesada Graflex.

Para Lupe, que Diego Rivera, casado con ella, observe día tras día otro cuerpo desnudo es una inmensa ofensa. Claro, antes, en el Anfiteatro Bolívar, Diego pintó a varias encueradas, pero ella aún no aparecía en su vida. Solo ella —la legítima— puede desvestirse ante él. ¡Desgraciado! La devoran los celos y examina con tristeza su cuerpo. «¿Me estaré poniendo fea?». Con sus ojos —lluvia de azufre— podría ametrallar a *la Monotti* y a cualquiera de las putas que rodean a Diego porque él es su marido ante Dios. Solo ella, doña Lupe Marín, es la señora de Rivera.

Cuando Carleton Beals y Edward Weston viajan a Chapingo, consignan en sus diarios su emoción ante los murales. Dos tremendos desnudos dominan el espacio: a la derecha Tina Modotti, a la izquierda Lupe Marín, ambas provocadoras y monumentales. Para Weston, que Diego haya escogido a Tina para pintarla es un honor inmerecido; gracias a Diego Rivera Tina es parte de la historia del arte universal. Tina también agradece que el mayor pintor del continente americano la haya señalado entre todas las mujeres.

Contribuir a la gloria del muralismo mexicano, que tanto ella como Weston conocen a fondo porque lo han retratado, es un privilegio. Si la salvaje mujer de Diego no lo entiende, allá ella. Resistir sus denuestos es defender el arte.

Asomada al balcón de la calle de Mixcalco, Lupe ve a Tina venir del brazo de Diego. Los dos ríen. Convertida en basilisco, grita desde lo alto:

—¿Qué haces con esa puta, desvergonzado? ¡Tú y ella parecen enamorados!

Tina, que venía a posar, se da la media vuelta.

«Si vuelves a ver a esta tal por cual, la próxima vez que invites a tus amigotes del Partido Comunista me encuero —lo amenaza—. Voy a sentarme en tu equipal para que me conozcan tal y como me pintaste y vean que estoy mejor que esa tipeja. Ni siquiera llevas la cuenta de los cuernos que tienes porque esa italiana es de todos, empezando por el chaparro Xavier Guerrero y otros más que yo me sé».

El 18 de junio de 1927 nace Ruth, prieta como su madre y con los ojos saltones de su padre.

—Esta niña está más negra que el chapopote —exclama Diego y la llama Chapo.

Lupe cuida a Pico y a Chapo. Diego no las ve ni los domingos. Regresa a su casa a las dos o tres de la mañana y se deja caer como Tláloc sobre la tierra. Solo convive con su mujer e hijas en las fiestas y posadas en la casa de Mixcalco.

Los celos de Lupe —con Chapo recién nacida en brazos— hacen que Diego se aleje cada día más de la casa de Mixcalco.

Tina, la militante, se la vive en redacción de *El Machete* en la calle de Uruguay, frente a una máquina de escribir y toma fotografías que se publican en primera plana. Si

Weston huyó de ella a California —según Lupe—, Tina, en México, sigue siendo la mujer que todos codician.

«Weston no se la llevó por cuzca», insiste Lupe.

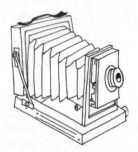

Capítulo 10

LOS CONTEMPORÁNEOS

Si Diego es un portento, Lupe también se propone convertirse en piedra imán. Julio Torri, quien da clases de literatura española, llega en su bicicleta desde la Escuela Nacional Preparatoria de San Cosme a visitarla. Lupe Marín ejerce un atractivo mayor al de las criaditas que salen por el pan a las seis de la tarde y que Torri acecha desde la ventana de su biblioteca. Si Lupe le pregunta por qué no toma el tranvía, responde que le atrae el riesgo:

—Ten en cuenta que el ciclista es un suicida en potencia porque enfrenta cada día las embestidas de los perros y los automovilistas.

—¿A poco vas a dar clases en bicicleta?

Torri le confiesa que al principio sus alumnos se reían de él: «Ya se acostumbraron, ahora soy su profesor preferido».

Una tarde, a las cinco, Torri aparece con Xavier Villaurrutia y Salvador Novo. ¡Qué guapo hombre y qué bien vestido!

—Me caes mejor que Torres Bodet, que vino el otro día a hablarle en francés al Panzas —le dice Lupe a Novo.

79

—¡Tienes razón! Soy mejor que él en todo.

—Aunque dicen que es poeta, lo poco que leí de él me dejó igual —vocifera Lupe—. En cambio, al que tengo muchas ganas de oír de nuevo es al mudito.

—¿Cuál mudito?

—José Gorostiza. Me parece guapo aunque no diga ni esta boca es mía.

—¿A ti te importa mucho la apariencia, Lupe?

—No tanto, mira a Diego.

José Gorostiza corre de una clase de literatura mexicana, en la calle de Donceles, al encuentro con amigos en el Sanborns de los Azulejos. El rector de la Universidad, Alfonso Pruneda, lo tiene en alta estima. De tan cumplido lo buscan para trabajar en la Escuela Nacional de Maestros.

—¿A qué horas pudo publicar sus *Canciones para cantar en las barcas*? —pregunta Novo, que critica a la burocracia, detesta a quienes pretenden *hacer patria* y llega tarde a todos sus compromisos.

Las ocurrencias de Lupe, que oscilan entre el ingenio y el chisme, hacen reír a las visitas. No solo tiene gracia, se atreve a todo. Salvador Novo, el más sarcástico, celebra su ingenio. Al menos esta mujer no tiene ojos de vaca como Amalia Castillo Ledón. Lupe, además, lo escucha con fervor, aplaude su maledicencia *divina* y le ofrece *celestiales* quesadillas con epazote o una rajita de chile.

—Lupe, tú compites con Parmentier.

—¿Y ese individuo quién es?

Para Lupe, Xavier Villaurrutia es un descubrimiento. Muy pequeño al lado de Salvador Novo, entra a la casa de Mixcalco a la misma hora que Gilberto Owen, pero el entusiasmo de la anfitriona es todo para Xavier, quien se peina con gran esmero y viste traje azul marino a rayas, chaleco, camisa con mancuernillas y trata a todos con una cortesía que raya en la ceremonia.

—¿Así que eres norteño y hablas francés? —pregunta Lupe, y Owen le explica que vivió y estudió en Toluca.

—¿No que eras un minero del norte de Sinaloa? —protesta Villaurrutia.

—Sí, mi padre encontró una veta de plata en una mina cercana al pueblo de Rosario.

—¡Eres un gambusino! —ríe Lupe.

Owen alardea menos que Novo, que acaba de depilarse las cejas para vergüenza de Villaurrutia.

—¿Y qué hacías en Sinaloa? —se interesa la anfitriona.

—Mi infancia solo le interesaría a Freud —responde Owen—. Mi padre era irlandés, mi madre india... Se parecía un poco a ti, Lupe, aunque ella era tan rezandera que ambicionaba que yo fuera obispo.

—¿Tú, obispo? Bueno, la verdad tienes muy buena facha —exclama Lupe.

—Curiosamente, a Lupe, casada con un fachoso, le interesa la buena facha —interviene Novo.

—De Rosario, el pueblo de mineros en Sinaloa, salí a Toluca y allá me hice bachiller, me encerré en la biblioteca a leer de física y de teología. Me hicieron director porque me interesa todo lo inútil y como los mineros, busco, busco...

—¿Qué buscas?

—Vetas nuevas y tú, Lupe Marín, eres una veta insospechada para todos nosotros.

—¡Ay sí, tú! —ríe Lupe.

—En tu casa conocí a Villaurrutia y a Jorge Cuesta, un librepensador.

—¿Qué cosa es un librepensador?

—Alguien sin ataduras de ningún tipo.

—No creo que Cuesta sea ningún librepensador —respinga Novo mientras Owen regresa al relato de su vida.

Owen compara a Cuesta con *Monsieur Teste*, de Valéry, «entregado por entero a las despiadadas disciplinas del espíritu».

—En cambio, tú te enamoraste hasta la idiotez de Clementina Otero y se te va la vida en el escenario —interviene Novo de nuevo.

Owen resiente las interrupciones de Novo y al despedirse le asegura a Villaurrutia a propósito de Lupe:

—Esta mujer nunca caerá en el lugar común. Es libre… ¿Crees que sería una buena actriz?

—Gilberto, tú solo piensas en Clementina Otero.

Alaban los desplantes de muchachito malcriado de Lupe Marín, que seducen sobre todo a Novo. «Jamás me dejaré envejecer, haré lo necesario», asegura Novo y de golpe envejece.

En general, los visitantes que suben la escalera al segundo piso de la casa de Mixcalco no le llegan a Lupe ni a los hombros. Siempre es la más alta. Owen es modesto, se dirige con afecto al primer interlocutor, Xavier Villaurrutia, también pequeño y delgado, se viste en grises y azules profundos. En sus ojos la ironía atraviesa como un relámpago, aunque defienda a Lupe contra los sarcasmos de Novo. A diferencia de Novo, Owen es afectuoso y mucho más poeta que Torres Bodet.

—No todo es hacer reír —le dice Owen—, tienes que leer, Lupe. Mira, aquí te dejo *Los hermanos Karamázov*. ¿Conoces *La guerra y la paz* de Tolstói?

—¡Ya Villaurrutia me hizo leerla y me enamoré del príncipe Andrei!

Para los Contemporáneos, Diego Rivera es un gordo patriotero subido a un andamio. No es a él a quien buscan en Mixcalco sino a su mujer. Diego puede ausentarse hasta treinta y dos horas porque Lupe ya se acostumbró, y cuando regresa el enojo la convierte en eco de quienes lo fustigan:

—¿Estuviste *educando al pueblo*?

El ingenio de los Contemporáneos, su discurso sobre sí mismos y la revista *Ulises* hartan al Panzas, que conoce a fondo la vanidad de *la bohemia*. Alguna vez asistió al Teatro Ulises de Antonieta Rivas Mercado y vio al pintor Manuel Rodríguez Lozano huir despavorido como si fuera el diablo. A él, el sarcasmo de Novo no le dice nada. Los Contemporáneos aficionados a su Prieta Mula le ofrecen un *déjà-vu* de lo que conoció en el París de principios de siglo cuando lo llamaban *le Mexicain*.

En cambio, las inquietudes de Jean Charlot le interesan. «¿Y ahora, qué será de la Revolución? ¿Qué van a hacer con ella?». Charlot le muestra fotografías de Zapata y de Villa en la Ciudad de México y comenta: «Se ven totalmente fuera de lugar». Ni Emiliano Zapata ni Francisco Villa se sintieron bien en la capital, les daba pena hasta pedir un café. Lo suyo era la tierra, no el adoquinado de la calle. Ambos eran de a caballo, defendieron la milpa a espolones y a latigazos, levantando su Mauser y disparando, y si caían de su montura su soldadera tomaba el relevo. Era la fiesta de las balas de la que hablaba Martín Luis Guzmán. Ya les andaba por regresar a galope tendido a Morelos, a Durango. ¿Qué iban a pelear aquí en la ciudad si no había tierra sino calles con casas?

Los mirones de la capital los veían con enorme sorpresa. ¿De dónde salieron esos desconocidos? «¡Qué pobres!». «¡Qué mugrosos los sombrerudos!». Los capitalinos se persignaban como doña Carmelita, la de Porfirio Díaz. ¿Qué hacían en la ciudad? Descalzos o huarachudos, olían a estiércol. Ramón López Velarde también los rechazó y no se diga Federico Gamboa, el de *Santa*. Los Escandón, los Iturbe, jamás imaginaron que sus peones de hacienda y sus caballerangos se convertirían en amenaza si los tenían a raya y les daban su aguardiente, sus cortes de manta y el cuero para sus huaraches.

Xavier Guerrero asegura que solo se quedaron unos días, que tenían prisa por regresar a lo suyo: Zapata, al reparto de la tierra, Villa, a la compañía de sus Dorados. En la capital no sabían qué hacer con la Revolución ni con México ni con la silla presidencial ni con Sanborns, ni con el supuesto progreso. Zapata, con sus ojos encarbonados, tenía mucho de la amenaza de la tierra, la más ancestral de todas. Villa, primitivo, solo tenía una razón por la cual vivir: el campo de batalla y las vacas.

Capítulo 11

JORGE CUESTA

Aunque a Lupe le resulta atractivo Pablo O'Higgins «porque es un gringo decente y guapo», le irrita su timidez y prefiere la compañía de Novo, ácido y malévolo. Como O'Higgins, el guatemalteco Carlos Mérida es de muy buen ver pero su única conversación es la pintura. Mil veces mejor abrirle la puerta al encanto de Villaurrutia, ese dandi de chaleco mandarino de cuatro bolsas. Máximo Pacheco, Amado de la Cueva, Ramón Alva Guadarrama y Fermín Revueltas beben demasiado y para colmo son fanáticos de la Revolución mexicana.

Lupe entra a un mundo nuevo: el francés de la calle de Mixcalco. Gide maravilla a los Contemporáneos. Desde México quieren embarcarse con Baudelaire, viajar al centro de sí mismos. Mientras tanto, recortan al prójimo y festinan a quienes solo hablan de México y su revolución. Los muralistas giran en torno a la noria de la injusticia social. Jean Charlot —el ayudante francés, guapo, educado por los jesuitas— se indigna de que José Vasconcelos salga de su oficina y baje el ala de su sombrero con tal de no

85

ver a esa masa morena y demandante que grita desde los murales.

En la noche, las niñas Guadalupe y Ruth se recluyen en su habitación y los invitados solo las ven de pasada, aunque una mañana Tina Modotti capta con su Graflex a Pico con su gorrito de olanes como los usan las mazahuas.

Los Contemporáneos se identifican con *El hijo pródigo*, la valentía de André Gide y hacen suya la consigna «hay que perderse para reencontrarse», como lo confirma Xavier Villaurrutia en su conferencia *La poesía de los jóvenes de México* en la Biblioteca Cervantes.

Para un escritor desaparecer es fácil porque nadie lee. Al terminar su charla, a la que asisten menos de diez personas, Villaurrutia se presenta con un hombre altísimo que le tiende a Lupe una mano morena tan larga como la suya:

—Su madre es hija de franceses; se apellidan Porte-Petit...

—Parece faquir —observa Lupe—. Es más alto que Diego Rivera.

—Es delgado —explica de nuevo Xavier—, se llama Jorge Cuesta y nació entre palmeras y flamboyanes en Córdoba, Veracruz. Va a entrar al Conservatorio a estudiar violín.

Lupe confronta a Cuesta.

—A usted ya lo medí...

Jorge Cuesta la mira con un solo ojo, el derecho, porque su párpado oculta el izquierdo. «Si no fuera por ese ojo cucho, sería guapo», se dice a sí misma, mientras los labios carnosos de Cuesta se anclan en un beso en su mano derecha y ella intenta no anclar los suyos en su párpado.

Ya sentado al lado de Villaurrutia, Jorge la observa ir de la cocina a la sala e ignora que Lupe le preguntó a Villaurrutia:

—Oye, tú, ¿qué le pasó?

—Cuando era niño, en Córdoba, se le cayó a la nana y se dio un golpe en la esquina de un aguamanil, pero así como lo ves sabe mucho…

—¿De qué, tú?

—De todo, de música, de ciencia y de literatura.

Lupe los escucha preguntarse: «¿Ya leíste *Plain-Chant* de Cocteau?». «Hay que desmexicanizar a México». A Alfonso Reyes, exiliado en París, los franceses le han contagiado su malicia, por eso se ha vuelto más inteligente. A su lado, ellos son apenas unos sonámbulos, unos náufragos que ni siquiera pueden cantar en las barcas, como el tímido José Gorostiza que escribe: «Y pues nadie me lo pide / ya no tengo corazón. / Quién me compra una naranja / para mi consolación». Alfonso Reyes lo felicita y Gorostiza responde que solo son «unas cuantas líneas sentimentales», pero Villaurrutia alega que a Cocteau le encantarían.

El ingenio de Cuesta, la sagacidad de sus comentarios, deslumbran a Lupe. Es un cuchillo tan filoso como ella.

También Gorostiza admira a Cuesta y Owen insiste en repetir que es el crítico más perfeccionista imaginable. «Conoce toda la literatura francesa, traduce a Paul Éluard, a Mallarmé, incluso a John Donne. Su rigor es admirable. Francisco Monterde piensa publicarle *La resurrección de don Francisco* en su revista *Antena*».

A Lupe le halaga que los intelectuales vayan a Mixcalco por ella, no por Diego. Ignora que lo critican; de saberlo los sacaría a escobazos. Cuando le asegura al tímido José Gorostiza que para ella la amistad de Villaurrutia es un regalo del cielo, este sonríe mientras ella le explica: «Si Xavier me invita a dar una vuelta, soy la mujer más feliz de la tierra».

—Muchos de los que te visitan, Lupe, no estiman a Diego —informa Salvador Novo.

—Oye, tú, cizañoso, pues a mí no me lo dicen porque los mato.

Gorostiza deja de ir pero Novo, Owen y Villaurrutia nunca la abandonan. Comentan su inteligencia, la finura de sus rasgos, su cuello de cisne, sus manos. ¡Qué distinguida! A pesar de que Villaurrutia le llega al hombro, cuando él la invita Lupe no se separa de su lado.

Jorge Cuesta le parece cada vez más agradable. «A lo mejor estoy vendiéndole mi alma al diablo», le dice él. Lupe, que acaba de leer *La guerra y la paz*, alega que Dostoievski es superior a Tolstói porque «se saca todo de las entrañas. También Pushkin me vuelve loqueta, lástima que murió tan joven; ¡lo que podría haber dado! ¡Ay, pero Dostoievski!».

—¿Qué leíste de Dostoievski?

—*Los hermanos Karamázov.*

—¿Y qué más?

—Solo ese, ¿por qué?

—¿No conoces *Crimen y castigo*? Mañana mismo te lo traigo.

Fascinado por esa fuerza de la naturaleza descubierta en la calle de Mixcalco, Cuesta aparece con frecuencia. Muy pronto, entre los dos se tensa el cable del deseo.

Ella liga a los Karamázov a la canción de los dos arbolitos que parecen gemelos escuchada en la radio.

—En el fondo ese Raskólnikov es un soberbio, ¿no crees que lo demuestra en el Mercado del Heno? —alega Lupe.

—Era un hombre angustiado, él mismo se acorralaba.

—¿Y por eso mata ancianas a hachazos?

—Es más complejo que eso, Lupe...

—Ya lo sé, todo lo que escribe Dostoievski es «más complejo».

Lupe atraviesa de un salto la habitación, sus pensamientos parecen recorrer su cuerpo, iluminan su pelaje. Brilla negra frente a los ojos de Jorge, cruza la pierna derecha sobre la izquierda, yergue su magnífica cabeza, qué fuerza en sus dientes, qué notable la forma en que lo mira, a veces implorante, otras como una fiera. Sus largos brazos, terminados por manos prodigiosas listas para el abrazo o el puñetazo. Para Jorge, cada una de las palabras de Lupe es un llamado.

—Oye, tú, Jorge, ¿el pensamiento es una experiencia sensual? —pregunta Lupe.

Cuesta se echa para atrás y le cuenta que los Contemporáneos preparan la primera antología de poesía mexicana moderna, y que entre todos escriben fichas bibliográficas y críticas.

—¿Un crítico es uno que orienta a los demás? —pregunta Lupe.

Lupe esconde en el cajón de su ropa interior las cartas que Jorge le envía y no le cuenta ni a Xavier Villaurrutia el impacto que sus declaraciones ejercen sobre ella. «Creo que estoy a punto de caer en el abismo». Sus labios oscuros tienen de por sí algo herido, como si Diego la hubiera maltratado; entre los gajos del labio superior hay profundas hendiduras listas para abrirse. A escondidas lee la carta que Jorge inserta entre las páginas de *Crimen y castigo*:

Lupe […] Te he hablado a pesar de que al hablarte miro que te hiero, pero ya te digo que yo me hiero más hondamente, que yo sufro más horriblemente y que el mayor mal que me ha hecho la vida y que «todavía puede hacerme» es que «tenga que» hacerte daño «fatalmente», sin que nada en mí pueda evitarlo, a pesar de que todo en mí llora de verlo y se enloquece de sentirlo. Pero lo más fuerte en mí es quererte, «quererte toda» con una fiebre que me hace sentir cómo mi vida se consume en ella, cómo se da a consumirse, en la alegría que recoge de entregarse. […] Nada de tu vida puedes negarme si te quiero, Lupe. […]. Jorge.

Lupe le da vuelta a las hojas, y como si la atraparan en un acto vergonzoso mira hacia la puerta: «El Panzas siempre llega tarde». Piensa que este Jorge escribe enredoso, pero así son ellos, los intelectuales, les urge destacar, pero ¿cómo? En cambio, todo mundo sabe quién es Diego. Lo que sí, después de oírlos, es que Lupe irrita a Rivera al explicarle que los revolucionarios son unos sinvergüenzas, una bola de comevacas a quienes siguen puras viejas putas, pulqueras y pulguientas. ¿Qué cosa buena le han hecho a México, a ver, cuál?

—Yo, Panzas, nunca me pondría uno de esos suéteres de Chiconcuac.

Capítulo 12

EL MONTE DE PIEDAD

El 24 de diciembre de 1924 Julio Jiménez Rueda —crítico y académico de la lengua— sentencia en *El Universal*: «Hasta el tipo de hombre que piensa ha degenerado. Ya no somos gallardos, altivos, toscos [...]. Es que ahora suele encontrarse el éxito, más que en los puntos de la pluma, en las complicadas artes del tocador». Para Jiménez Rueda, escritores afeminados como Novo y Villaurrutia no tienen ningún compromiso con la realidad mexicana, solo piensan en París.

Dos meses más tarde, el 19 de febrero de 1925, Novo responde también en *El Universal*: «Lo que necesitamos ustedes y nosotros son lectores, pero nosotros los tenemos y ustedes no, por obvias razones».

La cultura es propiedad de caudillos como Vasconcelos y artistas como Diego Rivera. ¿Cómo es posible que ese piquito de jotos malcriados liderados por Novo pretendan hacerle creer al pueblo que lo mejor está en Francia?

«¡Abrámonos al mundo!», repite Villaurrutia.

Torres Bodet publica su libro *Contemporáneos: notas de crítica* para fijar los propósitos del grupo.

«¡Pandilla de vendepatrias! ¡Bola de creídos!», reacciona Germán List Arzubide.

En el primer número, el pintor Gabriel García Maroto critica a Diego Rivera. En respuesta, Diego arremete contra los Contemporáneos y los llama «maricas».

En Argentina la revista *Sur* y en Nicaragua los seguidores de Rubén Darío alaban a los Contemporáneos, por eso Ermilo Abreu Gómez insiste en acusarlos de extranjerizantes. Antes colaboró en *Contemporáneos* con más de veinticinco artículos sobre Sigüenza y Góngora y Sor Juana Inés de la Cruz, pero ahora critica a la revista «más atenta a Francia que a los problemas del país» y la acusa de «refinada» y «fuera de la realidad. Es lo más alejado del pueblo de México».

—El propio Abreu Gómez aplaudió a Gutiérrez Nájera y a Rubén Darío, cuya meca es París —se enoja Novo, quien le asesta uno de sus satíricos sonetos que nada tienen que ver con los «simpáticos bordados rococó» de los que acusan a los afeminados:

> Acueste, sorjuanete, grafococo,
> desmedrado calvillo, yucateco,
> cuyo padrote, eyaculado en seco
> le diera el semiser en semimoco.

Considera a este «Ermilillo» un huevo de pájaro sin yema, así como juzga que la *Suave Patria* que todos alaban es una flatulencia de López Velarde.

—El nacionalismo es la peor trampa porque nos empequeñece —protesta Cuesta, quien llama miopes a los nacionalistas y a la cultura local, la de la jícara y el metate, un empequeñecimiento indigno, «una forma de egoísmo».

Coinciden el filósofo Samuel Ramos y su gran amigo José Gorostiza, aunque son menos radicales y a diferencia de él creen en la tradición que irrita a Cuesta y lo hace decir: «¿Cuándo se oyó a un Shakespeare, a un Stendhal, a un Baudelaire, a un Dostoievski, a un Conrad, pedir que la tradición le fuera cuidada y lamentarse por la despreocupación de los hombres que no acuden angustiosamente a preservarla? La tradición no preserva sino vive. Ellos fueron los más despreocupados, los más herejes, los más ajenos a esa servidumbre de fanáticos [...]. La tradición es tradición porque no muere, porque vive sin que la conserve nadie».

Salvador Novo se pitorrea de la «conciencia de raza». Odia los petates, los huaraches, las escopetas y la Revolución mexicana, tan viril y sombreruda, le parece demagogia pura.

Los Contemporáneos se abren a la España del 27, a Enrique Díez-Canedo, a Manolo Altolaguirre y a León Felipe sin sospechar que años más tarde se refugiarán en México. Desde Argentina, Jorge Luis Borges; desde Guatemala, Luis Cardoza y Aragón; la uruguaya Juana de Ibarbourou; los cubanos Jorge Mañach y Juan Marinello, y el extraordinario chileno Pablo Neruda festejan a *Contemporáneos*. En México, Cuesta colecciona con fervor números de *Sur*.

—En el próximo número tendremos un poema de García Lorca —anuncia Bernardo Ortiz de Montellano, corrector y distribuidor de la revista. Enloquece por el *Primero sueño* de Sor Juana y escribe su *Segundo sueño*; después se entusiasma por el *Romancero gitano* de García Lorca.

—¿Sor Juana? —le pregunta insidioso Novo.

—¡Claro, Sor Juana es un milagro!

A la mañana siguiente recibe en su oficina un mensaje de Novo:

Otro dato importante de la vida
de esa monja que estudias con empeño
es que tenía su entrada y su salida.
Y que a fin de engendrar *Primero sueño*
a falta de una verga a su medida
entre las piernas deslizose un leño.

Lupe almacena con más o menos exactitud lo que escucha y Cuesta repite que el Rivera más auténtico es el cubista que ella no conoce. La Revolución mexicana lo irrita hasta encolerizarlo: «Los movimientos revolucionarios tienen, entre otros, el efecto de que ocupen los puestos públicos personas sin experiencia política y, muy a menudo, sin ninguna capacidad intelectual. Pero es irracional señalar en esto una imperfección o un vicio del movimiento. Pues toda revolución es naturalmente catastrófica para los valores establecidos y favorable para la vulgaridad; esa es su naturaleza y su virtud». Rechaza la política de los muralistas por panfletaria y de los tres prefiere a Orozco pero eso no se lo dice a Lupe. «El fresco *La trinchera* es un ejemplo fiel de la grandeza y la novedad de su pintura. Nunca antes hubo en México un arte con tanta dignidad», escribirá en *El Universal* en 1935.

***

En septiembre de 1927 un telegrama estremece la casa de Mixcalco 12. Lunacharski, comisario de Cultura de la Unión de Repúblicas Socialistas Soviéticas y amigo de Maiakovski, invita al maestro Rivera a Moscú para que asista al décimo aniversario del triunfo de la Revolución de Octubre.
—No vas —se enfurece Lupe.
—Sí voy. Lunacharski ha logrado alfabetizar a toda Rusia. Además, le hizo un juicio a Dios.

—Al que voy a hacerle un juicio es a ti, idiota.

Lupe se le echa encima y Diego no alcanza a esquivar las patadas y los golpes a puño cerrado que se apagan en su vientre. En un momento dado tropieza con una silla y cae al suelo con toda su inmensa humanidad, y Lupe lo ayuda a levantarse solo para seguir golpeándolo. El ambiente es insoportable. Pico, de tres años, suplica: «No, no, no, mamá». Chapo, de apenas tres meses, se le une desde la cuna con su llanto. A Pico los jalones, golpes, cachetadas, puñetazos y patadas entre Diego y Lupe la marcarán toda su vida.

Ambas criaturas solo cuentan con su nana Jacoba.

—Salgo a la Unión Soviética —confirma Diego a Pablo O'Higgins y Máximo Pacheco.

—Lárgate con tus chichonas. Cuando regreses no me vas a encontrar —grita Lupe desde el segundo piso de Mixcalco ante los ojos espantados de Lola y Germán Cueto.

Pico, desprotegida, se parapeta tras el barandal de hierro:

—Papá, ¿todo se muere?

—Sí, Piquitos, todo se muere.

—¿También el fierro?

—Sí, también el fierro muere…

La relación entre los barrotes oxidados y la partida del padre marcan a la niña, que durante meses evita acercarse al barandal.

En Mixcalco, alguna mañana Pico tomó pincel y colores y embarró la tela que su padre dejó pendiente en el caballete. «¡Pico, mira nada más qué hiciste!», se enojó Diego, y la niña respondió: «Papá pinta, mamá pinta y Pico pinta». Ahora cree, atemorizada, que a lo mejor Diego se fue por su culpa.

Toda su vida conservará la futura doctora Lupe Rivera Marín una obsesión por su padre. Aferrarse a él es una tabla de salvación, el antídoto contra el maltrato de su madre, si él la ama no puede pasarle nada. ¡Pero se va y sin él no tiene sino recuerdos que la humillan!

En el momento mismo en que Lupe, casada con Diego, descubrió el Monte de Piedad en el Zócalo, lo incorporó a su camino.

—Oye, gordito, fíjate que vi una cosa en el Monte de Piedad…

—¿Qué viste, Marín?

—Una cosita así de nada, un anillo…

—¿Cuánto baila?

—Casi nada…

No había terminado de hablar cuando ya Diego había puesto el dinero en sus manos.

Es tanto su afán por poseer collares, aretes y anillos que lleva a su hija de la mano, y como la niña no le permite escoger con tranquilidad la amarra a la reja de Catedral y le dice al policía: «Ahí le dejo a esta niña». Sin esperar respuesta, atraviesa la calle y entra al Monte de Piedad a la sección más iluminada, la de las sortijas empeñadas. Tiene predilección por las esmeraldas colombianas y varias la esperan en el aparador pero el precio es altísimo. «A ver, enséñeme estas medallas de la Virgen de Guadalupe, no, no, esa no, aquella, la más gruesa, la que está engarzada de diamantes».

Afuera, el policía le pregunta a la niña que llora: «¿Dónde se fue tan a la carrera tu mamá?» y Pico señala la puerta del edificio del Monte de Piedad.

Cuando por fin sale, Lupe encuentra a su hija orinada y llorosa: «¡Muchachita idiota! Mira nada más cómo te pusiste, así de apestosa tengo que llevarte a la casa». El policía la observa y dice en voz alta: «Algunas mujeres no deberían ser madres». Lupe finge no oír, jalonea a Pico y la empuja hacia el escalón del tranvía a punto de arrancar. «Vete allá atrás», sienta a su hija lo más lejos posible.

Al atardecer, algunos de los Contemporáneos la visitan y ante ellos Lupe maldice a Diego, «ese canalla, sinvergüenza… Apenas puedo ofrecerles un café porque ese desgraciado se largó sin dejarme un quinto».

Villaurrutia, Lazo, Novo, Owen, se arrebatan la palabra. A Lupe le parece guapo Bernardo Ortiz de Montellano, quien solo abre la boca cuando todos se han ido para recitarle a Amado Nervo: «El día que me quieras tendrá más luz que junio / la noche que me quieras será de plenilunio». «Estoy preparando la biografía de Nervo. Además quiero escribir sobre López Velarde». Jorge Cuesta, también uno de los últimos en despedirse, alega que Nervo es un personaje aborrecible pero de mente seductora y opina que López Velarde, el zacatecano, es «apenas un paisajista».

Villaurrutia, el más entendido en política, anuncia que el 13 de noviembre de 1927 tres fanáticos católicos, entre ellos el jesuita Agustín Pro, intentaron arrojar dinamita al automóvil de Obregón. El general, ileso, siguió su camino a la plaza de toros. Una semana después mandó fusilar sin juicio a los tres en una comisaría de la colonia Tabacalera.

—Los fanáticos van a terminar matando a Obregón —sentencia Novo.

—¿Tú qué opinas, Lupe? —interroga Villaurrutia.

—Que los curas y las monjas deberían rostizarse en el infierno.

CAPÍTULO 13

ADOLORIDA POR UN INGRATO

Como los lectores escasean, los Contemporáneos padecen la indiferencia. El tiraje de la revista es de apenas quinientos ejemplares y la devolución de trescientos. Los periodistas los desdeñan, pero ni la crítica ni la hostilidad rompen el compromiso de Cuesta, para quien dejarse vencer por los mediocres sería la peor de las condescendencias.

El 17 de julio de 1928 el presidente Álvaro Obregón asiste a un homenaje en el restaurante La Bombilla. Mientras los mariachis tocan: «Cuando llego al palo de limón, / que a mí me da tristeza y pesar, / pienso que se me puede secar, / porque no tiene hojas ni flor», un balazo impide que se lleve la cuchara a la boca y cae con el rostro dentro del plato sopero.

¡Todo cambia! Los miembros del gabinete de Calles critican el muralismo. Triviales, mediocres y convencionales, prefieren «parecerse en todo a los franceses», para ellos el colmo de la elegancia. Por su lado, los estudiantes rayan los murales a navajazos y escriben mentadas de madre en la parte baja de «los monotes». «¿Qué en México solo hay indios patarrajadas y peones muertos de hambre? ¿A poco así de feos son los mexicanos? ¿Y la gente normal? ¡Abajo el arte proletario!».

El nuevo secretario de Educación, José Manuel Puig Casauranc, declara:

—Lo primero que haré es mandar encalar esos horribles frescos.

En el Teatro Lírico, un comediante con una almohada en la panza y un sombrero harapiento representa a Diego y canta:

> Las muchachas de la Lerdo
> toman baños de regadera
> *pa* que no parezcan
> monos de Diego Rivera.

Tampoco los Contemporáneos se salvan aunque Jorge Cuesta sea la antítesis de Rivera. Si Diego caminaba delante de Lupe, Jorge no suelta su brazo, su amor la atenaza: «Te hiero en mí, Lupe, yo sangro más que tú, yo sufro más, pero es necesario», escribe. Se culpabiliza: «Estoy "poseído" esta vez, nada mío puedo negar a lo que me posee; me posee el amor a ti. Me da una resolución que tú puedes mirar, una lucidez que puedes sentir. Te toco, te veo, te toco y te veo en mí: yo "soy de ti", fuera de ti "no soy", déjame que me defienda de morirme».

—Vente a vivir conmigo, Lupe.

—¿En la pensión para estudiantes? ¡Ni loca!

A Lupe la decepcionan sus cambios de humor, sus súbitos silencios, sus migrañas atroces y su sentido de la perfección. La lucidez de sus juicios la cohíbe, pero el escrutinio al que la somete no le impide hablar a todas horas. Acostumbrada a decir cualquier cosa, ignora si al oírla su enamorado la reprueba; lo importante es saberse deseada. ¿Cuáles son sus fronteras? La Marín es desparpajada; Jorge, reservado. La Marín habla sin saber; Jorge le da siete vueltas a una idea antes de emitirla. La Marín es chismosa, desbalagada, cuenta frivolidades; Jorge es grave hasta la amargura y todo lo remite a la razón. Imposible para sus compañeros adivinar que sostiene largas conversaciones con ella y en su ausencia le escribe, se justifica, le suplica, la obliga a cargar su amor. A diferencia de Lupe, a Jorge nunca se le ocurriría presumir que come veinte naranjas en una sentada o que «el Panzas pintó durante tantas horas que en la noche se quedó sentado en el escusado y así lo encontraron al día siguiente, dormido. ¿Te imaginas?». Jorge discurre acerca del cartesianismo francés y asegura que *Contemporáneos* puede llegar a competir con *Mercure de France* y la *Nouvelle Revue Française*. «¿Con qué público lector?», atina a decir Guadalupe, que no habla ni jota de francés.

Lejos de festejar sus ocurrencias como lo hacía Diego, Jorge la cohíbe al caerle desde lo alto. Cuesta le abre una puerta pero es una puerta al vacío. Para ella Jorge no es un ingeniero en forma, de esos que trabajan en el gobierno, construyen puentes y entregan su salario a la señora de la casa, sino un individuo que hace pócimas, vigila emulsiones y ensarta palabras e ideas que la aburren y no tienen la menor repercusión en los demás, a diferencia de las declaraciones de Diego Rivera. Lo más incomprensible para ella es su angustia. «A los treinta y cinco años, te lo juro, voy a volverme loco». En cambio, entiende a Salvador Escudero, otro enamorado sin pretensiones literarias que la hace reír.

—Escudero es un idiota, Lupe, no le llega a Jorge ni a los talones —se enoja Villaurrutia.

Para Lupe, Villaurrutia es un oráculo pero sigue pensando que Escudero conoce los mejores salones de baile.

En cambio, Jorge se encierra en su habitación a vigilar sus síntomas. Cuando se los explica y le enumera todos los tratados sobre glándulas que ha leído, Lupe quisiera encontrarle un remedio porque ella ya halló el suyo: salir a bailar con Escudero.

«Lloro de haberte lastimado: lloro como no he llorado nunca: con los ojos secos, sin lágrimas que ablanden un poco lo que sufro —escribe de nuevo Jorge—. Pero tengo orgullo, perdónamelo, de poder sufrir tanto por ti, de sufrir que te hiera. Quiero llorar y me quedo sereno, viéndome. Quiero ponerme loco, y cada vez tengo más lucidez para mirarlo todo. Quiero dormirme, descansar de sufrir, y cada vez estoy más despierto para sufrir más intensamente. Y lloro, entonces sí con lágrimas, de sentirme. Tanta alegría de quererte mientras tú sufres; lloro de mirar que no puedo contra ella, que por más que sufra y me desespere no se esconda de mí. Y sufro infinitamente, con un escalofrío que me penetra el alma. Apiádate de mí, Lupe, y dímelo con una palabra. Mi vida necesita que te apiades de mí. Jorge».

Lupe no termina de asimilar una carta cuando llega otra: «Te adoro: nada en mí deja de adorarte, nada en mí puede decirte que no te quiero. Y aunque lo calle, aunque no te diga, aunque me mate, aunque no lo oigas ni nadie lo sepa ni lo mire, esa es la verdad. Lo que la vida quiere de mí es que te quiera. Jorge».

Ningún perseguidor como Cuesta, ninguno la ha querido de esa forma y, sin embargo, desconfía. «¿Me estará envenenando?». Jorge la agobia con sus palabras, es un hombre torturado, nada más espantoso que oírlo decir que no hay sino un paso entre el mal funcionamiento glandular y el desequilibrio mental. Jorge la atenaza al preguntarle: «¿Conoces a alguien más infeliz que yo? ¿A alguien más indigno y estúpido? ¿A alguien más ridículo y miserable? A nadie, ¿no es así?». Diego le daba seguridad, Jorge la atosiga: ¿la ama a ella o a Villaurrutia? ¿No es preferible pasar por cínico que por mártir?

Ahora, al atardecer, Lupe se tiende en la cama vacía de la casa vacía de Mixcalco con sus dos muchachitas, una de cada lado, y la embarga la tristeza. En el momento en que le ordena a Pico, de cuatro años, que se duerma, su voz aguda corta el silencio y sorprende a Lupe: «Oye, mamá, tú estás adolorida por un ingrato». En la calle, desde hace varios días, una voz entona la canción de moda *Adolorida, adolorida por un amor*. A la mañana siguiente, Lupe observa a su hija con un nuevo interés y cuando regresa del parque Loreto con su nana Jacoba les pregunta:

—¿Cómo les fue?

—Mamá, Jacoba tiene muchos novios, un novio panadero, uno lechero y platica con ellos todos los días.

—¡Ay —ríe Lupe—, qué niña tan lista, qué viva, esta niña tiene el diablo metido, es tremenda!

A diferencia de Jorge Cuesta, Pico la hace reír. Él, en cambio, la abruma con sus cartas así como la reprime con su inteligencia, ella, a la que nunca nada ni nadie han reprimido. Por más indulgente que sea, por más que repita: «Yo soy porque tú eres», Cuesta la hace sentirse menos.

Jorge termina sus cursos en la Facultad de Química y consigue trabajo con un pésimo sueldo en una oficina de Salubridad. Su padre le reclama: «Ven a Córdoba a hacer la tesis». Obsesionado por su diálogo con Villaurrutia, con quien tiene una relación de amor-odio, y por sus lecturas de Valéry, Cuesta viaja cada vez menos a su tierra. Duerme poco, Valéry le quita el sueño; para él lo único que importa es lograr un poema parecido en algo a Valéry y repasa y vuelve a repasar:

Más como una sed en llamas
que incierta al azar disputa
toda la atmósfera del vino,
imita el árbol sus ramas
en pos de una interna fruta
la interrupción de su mano.

Lupe, que tanto habla de Dostoievski, jamás le pregunta a él qué escribe. Jorge escribe y reescribe, corrige artículos en los que analiza la educación socialista, la demagogia de Lombardo Toledano, el gobierno que pretende ser revolucionario, los pinceles rojos de Orozco, la gestión del músico Carlos Chávez al frente del Conservatorio. Hace polvo la obra pictórica de Agustín Lazo, su amigo; la poesía de Xavier Villaurrutia, su amante; la de Jaime Torres Bodet y ataca sin piedad al filósofo Antonio Caso.

También escoge a cada uno de los autores para la antología con la ferocidad de un perro de caza. «Eres un Can Cerbero», le dice Villaurrutia, que ya no le sonríe. Novo lo presiona: «Tu nombre debe figurar en esa antología». «No he escrito nada que valga la pena». «Si no vas a aparecer, entonces debes firmarla como compilador», insiste Novo, que presiente el ataque a la *Antología*. «Eres nuestra conciencia crítica», exclama Villaurrutia, y cuando Cuesta, cortante, insiste de nuevo en que no ha publicado una línea y solo reescribe, Pellicer ironiza: «Está bien que reescribas. ¿O prefieres ser como Torres Bodet, que publica tres libros al año?».

Jaime Torres Bodet insiste a nombre de todos y Cuesta por fin responde: «La proposición me halaga muchísimo y estoy contento de aceptarla».

A Lupe le impacta que el grupo pondere la altura intelectual de su enamorado. Cuesta es irrebatible. Es el mejor. Con una sola frase deshace al incauto. «Yo a Jorge no lo entiendo», alega Lupe. «Solo ámalo», la insta Gilberto Owen mientras Villaurrutia guarda silencio.

Cómo no amar a un hombre que le escribe: «De cualquier manera toda mi vida es tuya, te lo juro. Si te casas conmigo, si vives conmigo, toda es tuya. Si ya no quieres nada conmigo, toda es tuya también. Jorge».

Capítulo 14

Y PARÍS NO ERA UNA FIESTA

La *Antología de la poesía mexicana moderna* aparece en mayo de 1928 en la editorial Cvltvra. Es rigurosa y precisa. Cuesta no hizo una sola concesión. Manuel Maples Arce, que encabeza a los Estridentistas: «Publican un libro donde se incluyen ellos mismos como los máximos representantes de la poesía moderna, eso no es una antología».

Jorge informa a su padre: «Aún me falta la tesis para concluir la carrera pero la pospondré porque quiero casarme con Guadalupe Marín, quien fue esposa de Diego Rivera».

Cunde el espanto. Néstor Cuesta y Natalia Porte-Petit se preguntan: «¿Habrá perdido la razón? ¿Cómo es posible que nos salga con esto?». La Nena, su hermana, llora sin parar y atiza la rabia de sus padres: «Es divorciada, le lleva siete años a mi hermano, tiene dos hijas, nadie en la capital la quiere; es interesada, egoísta, ventajosa, ambiciosa, solo viajó a la Ciudad de México para caerle a Diego Rivera. En Guadalajara hablan mal de ella. Su pésima reputación la condena».

«Esa mujer está separada de su legítimo esposo, eso es un pecado del que no puedes hacerte cómplice, lo tuyo es un sacrilegio contra la Iglesia en la que fuiste bautizado», protesta doña Natalia.

Es una aberración. El hijo en el que don Néstor y Natalia han fincado sus esperanzas no puede haber olvidado todo lo que han hecho por él. ¿Tendrá conciencia de lo que ya han sufrido con el alcoholismo de su hermano Víctor?

—Es una loca trepadora, una precipitada, una de las que traen mala suerte —asegura doña Natalia, adicta a la güija, los polvos mágicos, los remedios caseros. A partir de ese momento, confecciona una muñequita de trapo a la que estrangula con un collar de espinas y le clava alfileres en los ojos, el sexo y el corazón.

Para escándalo de doña Natalia, Jorge confirma: «Voy a casarme con Lupe por lo civil. Por la Iglesia ya se casó con Diego».

Apasionado, bombardea de cartas a Lupe y le asegura que a sus hijas no les faltará nada: «Con mi trabajo en Salubridad y lo que me dan por mis artículos puedo sostenerlas mientras consigo otra cosa».

Antes de consumar su «pésimo matrimonio», su padre lo convence de viajar a Francia.

«No desaproveches esta oportunidad —aconseja Novo—. Francia ha sido el faro de tu adolescencia, es la patria de tus autores, la cuna de la cultura del mundo. A tu regreso tendrás una visión clara de lo que es la verdadera poesía».

El 26 de mayo de 1928 Jorge Cuesta zarpa de Veracruz rumbo a Europa en un barco de la Compagnie Générale Transatlantique y sus padres dan gracias al cielo: «Allá se le pasará», se consuela doña Natalia, quien recibe carta de su hijo fechada el 10 de junio de 1928:

Querida mamá: Mañana estaré ya en Londres, por fortuna. Aunque ni una vez me sentí mareado, a pesar de que hubo mal tiempo los últimos días, el barco me ha sido insufrible. La comida, odiosa: pura carne conservada. Tengo una horrible sed de fruta; llegando me harto de la primera que encuentre. Y la gente muy aburrida. Toda mi compañía fue una chamaquita de cuatro años, monísima. Y muy triste todos los días, sintiéndome solo y desesperado de acordarme de los plátanos rellenos y de los tamales y de las papayas y de todo.

Pasé angustias terribles, pero ahora, con la excitación de llegar, ya casi me siento contento y espero tranquilizarme pronto, apenas me establezca en el cambio y pueda trabajar como quiero, estudiando mucho.

Fue mejor que hubiera traído un poco más de dinero, porque si no, quizá no me hubiera alcanzado para llegar a París.

El dolor de cabeza me duró todavía dos días después de que salí de La Habana. Ya me desesperaba, pero afortunadamente no me volvió más y si no fuera por la comida, por la gente tan fastidiosa y por la tensión nerviosa en que venía, el viaje solo me hubiera hecho más bien del que siento que me hizo y me sentiría ya con un humor perfecto. En París espero reponerme completamente. Te habrá contado mi mamá Cornelia [su abuela] que me acompañaron hasta el barco y que apenas tuve tiempo para nada; solo un momento estuvo el barco quieto y con la neuralgia ni humor de escribir tenía. No pude buscar al doctor García tampoco. Le escribiré a mi papá desde Londres. Le volveré a escribir y a ti también, desde París. Ya les escribo a mis hermanos, pero por si no me contestan dime tú cómo ha seguido Víctor y lo del empleo de Néstor.

Besa a la Nena y al Nene, saluda a las muchachas y a todos. Te quiere tu hijo. Jorge.

P.S. Mándame dos retratos que dejé en la alacena de los libros y recógeme una carta del correo y mándamela. Y chile y conservas (mole-salsas).

En Londres, Octavio Barreda —esposo de Carmen Marín, hermana de Lupe— y Carlos Luquín lo invitan a comer y Jorge solo insiste en su decepción.

—Creí que estaba yo mucho más hecho para Europa de lo que estoy porque me siento mal vestido, fuera de lugar. Casi no he visto a nadie. Quisiera comprarme un Burberry pero no me alcanza el dinero, me siento ridículo.

—¡Ah, qué mexicanos tan provincianos! —comenta el diplomático Barreda.

El 18 de junio de 1928 llega al Hotel de Suez en París, en el número 31 del Boulevard Saint Michel. Nada es como Cuesta imaginó, la lengua de Valéry es su enemiga y ningún francés tiene algo que ver con *Monsieur Teste*. «No entiendo una sola palabra de nada». Intimidado, apenas se atreve a pedir mesa en el restaurante. Para su alivio, el pintor Agustín Lazo lo reconforta:

—No te atormentes, todo es cuestión de práctica, después de unos meses hablarás francés como Torres Bodet.

El calor es insoportable, y si antes Carlos Pellicer se quejó de la timidez del sol francés y de los deplorables parisinos que se la pasan en el café, ahora pretende salir a la calle con el torso desnudo.

Samuel Ramos, su amigo del café América y de la redacción de *Contemporáneos*, apoyaría a Cuesta si no asistiera al curso que da Bergson en el Collège de France, pero ahora cada vez que Jorge lo busca responde: «Estoy saliendo a la Sorbona al curso de Gurvitch sobre sociología de la ley, que me atrae porque creo que puede aplicarse a México…». «Estoy metido a fondo en el seminario de Bergson», vuelve a excusarse ocho días más tarde.

El cubano Alejo Carpentier lo acompaña al 42 de la rue Fontaine a casa de Breton, pero Cuesta no se atreve a pronunciar palabra frente a ese león de pelo alborotado que habla en imperativo categórico e impide, con un gesto de la mano, que lo interrumpan. Cuesta le pide que repita lo que acaba de decir y sigue sin entenderlo. Su bochorno es tan grande como la mugre en el departamento de Breton, del que huye después de la primera visita.

En la sede de Gallimard pregunta por André Gide y una secretaria malhumorada con aliento a queso Port Salut le responde:

—*Il est à la campagne.*

También los directores de *La Nouvelle Revue Française* y *Mercure de France* han salido de vacaciones.

¿Cómo es posible que Diego Rivera conquistara París?, se compara Jorge con su rival: «¿Seré inferior a ese charlatán? Diego sabía menos francés que yo y sin embargo dejó huella entre los intelectuales».

Angustiado, le escribe a Lupe:

Te pido que me consideres por encima de cualquier pensamiento, de cualquier cálculo contra ti y de que sientas que es contra mí lo que no es a favor [...]. Mi cable quería decirte que Gilberto tenía cartas para ti y que yo era el que regresaba enseguida. [...] Es muy duro para mí que solo consideres posible darme la amistad que no merezco. Pero es sincero mi deseo de sentirte libre. Mi amistad, mi estimación para ti no es algo voluntario y que dependa de cualquier clase de condiciones; es algo de lo que dependo yo y que me impone condiciones a mí, y más duras que las que tú me fijas, menos pueriles [...]. Pero si te sirve más despreciarme, en despreciarme yo soy el primero y con más encono que tú. Jorge.

Cuando recibe la carta, Lupe responde:

Siento horrible de haber inconscientemente querido quitarte tu libertad. Que me salve el que no me tomes en serio. El tiempo te mostrará mi idiotez del momento atrevido en que lo pensé. Soy más humilde que nadie pero tengo curiosidad de verte un momento, tú resuélvelo a tu conciencia. También perdí el domicilio de Carpentier, ¿lo tienes? Hoy me hablas demasiado de estimación. Hoy todo el mundo excepto una gente me encuentra detestable.

—¿Qué diablos viniste a hacer a Europa si solo piensas en Lupe Marín? —ironiza Samuel Ramos.

Una carta de Villaurrutia lo insta a enfrentar las críticas de *Revista de Revistas* de *Excélsior* a su *Antología*. Cuesta se encierra a responderlas. Tanto Manuel Maples Arce y los Estridentistas como Ermilo Abreu Gómez tachan a los Contemporáneos de traidores a la patria. La cólera se añade al calor asfixiante que invade la habitación en la que Cuesta escribe desnudo:

Encuentro que tanto Amado Nervo y Rafael López, que figuran en la *Antología*, como Manuel Gutiérrez Nájera y José de J. Núñez y Domínguez, que no figuran en ella, me parecen detestables poetas.

El 14 de julio escribe a su mamá:

Querida mamá: Yo me había propuesto escribir periódicamente y continuamente a todos, a ti y a mi papá sobre todo, y no pude evadirme del marasmo en que caí y donde no solo la voluntad sino la conciencia de las cosas he perdido [...]. No pude prever el choque que sería sentirme tan solo y tan lejos. He pasado horas de verdadero miedo, irrazonable y tonto y ridículo.

He conocido gente de París, de la que, para mí, es más interesante y cuyo trato me dará muchísimo provecho, pero me lo llegará a dar con el tiempo. Mi francés defectuoso y mi condición de salvaje mexicano no me dejan sentirme cómodo entre ellos sino impaciente y molesto. He visto los lugares interesantes, solo para descubrir que era muy poca mi curiosidad por ellos. Llegué, además, en el peor tiempo, en pleno verano, cuando la gente emigra a las playas y los teatros y otros lugares se cierran. Hace en París un calor insoportable. Me he pasado estos días metido en mi cuarto, desnudo y casi llorando del calor que se siente.

Te escribí en Londres y no he tenido carta tuya, de La Habana también te puse una tarjeta. De Londres también puse tarjetas a mis hermanos y quisiera que ya me hubieran escrito. Preguntaba por Víctor, si ya se restableció por completo o si todavía no se cura con constancia.

Podré examinarme en París; apenas mi francés me bastará para eso, pero tendría que esperar más de seis meses, y ya no quiero esperarme nada. Mañana le pondré un cable a mi papá pidiéndole que me aumente la mesada que me había girado ya, con lo que se necesita para completar para el regreso. Es inútil y ya es insoportable que me quede más tiempo aquí. Besa a la Nena y al Nene. Con mi papá, recibe el cariño de tu hijo. Jorge.

El alcoholismo de su hermano Víctor lo angustia. A los dos meses de un París opaco que le resulta cruel, Cuesta le anuncia a Agustín Lazo: «Regreso a México».

—¡Qué bueno! —le responde Lazo, rencoroso porque Jorge dejó caer, despectivo, cuando le mostró su último cuadro:

—Lo que me enseñas es superficial.

El 17 de agosto de 1928 regresa a México en el vapor holandés *Spaarndam*. En el muelle lo esperan su padre, al que los cordobeses llaman *el Apóstol de la Agricultura;* Natalia, su madre; sus hermanos Víctor, Néstor, Juan y la Nena, cada día más hermosa con sus pesadas trenzas rubias. Para ellos Jorge, además de científico y poeta, es una inteligencia superior, el único que puede salvarlos.

—Cuéntanos, cuéntanos —insiste Víctor.

Solo Jorge sabe lo que para él significó su viaje a Francia: una verdadera temporada en el infierno.

Don Néstor retiene a su hijo mayor en Córdoba. Ahora Jorge ve su tierra con ojos distintos. Lo acoge y lo arropa con sus grillos y su olor a vainilla: «Tienes que ayudarme». Los problemas de la hacienda lo obligan a escribirle, desesperado, a Manuel Gómez Morín, consejero general del Banco de México, a quien Jorge conoció en la acera de la calle 5 de Mayo y con quien planeó una revista y la creación de una editorial. Por esa confianza, le pide financiamiento para cultivar un terreno en Córdoba libre de gravámenes. «Pero no tengo dinero suficiente», alega.

Por lo tanto, el 1 de octubre de 1928 lo consulta acerca de «la posibilidad de obtener un préstamo del Banco Agrícola». Al final de la carta, anota su dirección: «Calle 3, número 83. Córdoba, Veracruz».

Es difícil soportar los continuos reproches de su padre: «Ya deja a esa mujer, olvida la poesía, métete en la realidad, sienta cabeza, tienes una responsabilidad con Córdoba y con nosotros, cultiva ese terreno como sea... Voy a buscar al gobernador electo de Veracruz, Adalberto Tejeda, y seguro va a recibirnos...».

Cuando por fin Gómez Morín confirma el préstamo del Banco Agrícola, Jorge regresa al Distrito Federal.

—Esa arpía lo tiene embrujado —se desespera Natalia Porte-Petit.

El sortilegio que ejerce Lupe sobre Jorge crece hasta abarcar su vida entera. La ama, se aman, las dos niñas, Pico y Chapo, dependen de él. Él, Jorge, va a salvarlas a las tres.

Pero ¿cómo?

Cuando su padre le ofrece administrar el ingenio Potrero, que pertenece a Erich Koenig —uno de los orgullos de Córdoba porque produce la mayor cantidad de azúcar del estado—, a Jorge se le quita un peso de encima. ¡Casa y trabajo! ¡Ya nadie impedirá su amor por Lupe y sus dos hijas!

—Lupe, te aseguro que viviremos bien en Potrero. El puerto de Veracruz es una maravilla. En los portales, en el Café de la Parroquia, se conoce a mucha gente. Iremos a la playa, las niñas van a aprender a nadar. Salgo a Córdoba, arreglo todo en Potrero y las espero.

Lupe no dudó. Hacía tiempo que había tomado la decisión de unirse a Cuesta. En abril de 1928, rencorosa, le escribía a DiegoRivera:

Le dije a tu hermana María que se llevara tus cosas y no quiso porque no tenía dónde ponerlas. Pablo [O'Higgins] no quiso tampoco. Nadie, nadie quiere llevarse tus cosas. Tal vez las acepten en la Legación de la Unión Soviética; es necesario que tú lo arregles. Tengo dos hijas y no puedo estar cuidando otras cosas. Quiero mudarme el 15 de abril y si no hay alguien que se haga cargo de tus cosas, he pensado dar las pinturas a Ramón Martínez; en cuanto a lo demás, lo voy a tirar...

Es probable que para entonces me haya casado con Jorge Cuesta por lo civil... En medio de toda esta gente que me ha tratado de lo más canalla, él es el único de quien he recibido consideraciones. Aun cuando me parece muy inteligente y tal vez demasiado joven, es probable que yo acepte. No sé si te gustará vernos juntos; por lo que a mí toca, no me importa nada que vivas con otra.

Creo que si llegas a volver a México sabrás el ambiente de que gozas aquí. Porque todo mundo dice que eres un canalla y sinvergüenza, poco hombre, etc. Sin embargo, quienes lo dicen me parecen peores, y es necesario que sepas cómo piensan de ti antes de que vuelvas a hablarles. Guadalupe Marín.

Capítulo 15

POTRERO

Lupe y sus hijas descienden del tren a las cuatro de la mañana. La ansiedad de ver a Jorge se transforma en furia cuando se da cuenta de que nadie la espera.

Con Chapo en brazos y Pico aferrada a su falda, camina a tientas: «No te sueltes», ordena a la hija mayor.

Por fin distingue a un guardagujas con una linterna:

—¿Por dónde llego a Potrero? —grita.

—Caminando.

—¿No hay transporte?

—A esta hora no, está aquí a cincuenta metros.

Uno de los guardias le indica la barda del ingenio, tan alta y larga que parece contener a un pueblo.

Toca varias veces antes de que Jorge, envuelto en su bata, salga a abrirle:

—¡Qué pena! ¡De tanto leer me quedé dormido! Pasa, pasa…

—¿Qué pena? ¿No tienes otra cosa que decir, idiota? —se enfurece Lupe.

—Yo te esperaba desde ayer, estaba atento al reloj, me ganó el sueño…

117

¡Qué mal comienzo!

Sobre la mesa desordenada, Lupe ve un cenicero repleto de colillas, una cajetilla vacía, un diccionario, *Los monederos falsos* de André Gide y *El retrato de Dorian Gray* de Oscar Wilde.

Jorge levanta a Chapo: «¿Tienes hambre? ¿Quieres un vaso de leche?». A la niña se le iluminan los ojos.

En cambio, a Lupe el encuentro con Jorge la ensombrece. La casa es diminuta y las habitaciones huelen a cigarro, Jorge apenas la mira, la única contenta es Chapo-Ruth, de año y medio, que tiende sus brazos al hombre que parece no caber en ninguna parte.

En los días que siguen, Lupe se encierra porque el aire le trae aromas que le disgustan y no entiende qué es lo que pasa en la hacienda. La pequeñez de la casa la ofende. Jorge se aparece a mediodía y en la noche solo tiene ojos para la hija menor de Diego Rivera.

Al paso del tiempo, Lupe adquiere la certeza de que su amante ha cambiado: «El hombre ejerce su derecho cuando la mujer depende de él. A mí, Jorge ya me tiene a la mano y por eso no me atiende», escribe en una hoja de papel.

No hay cama matrimonial, solo cuatro camas estrechas.

—Parece casa de obreros en California —comenta Lupe.

—¿Y cómo conoces las casas de los obreros de California?

—Por las postales que tenía Diego.

Además de los galerones del ingenio, en el jardín abundan los plátanos que sirven de sombra al atardecer. Allí sí, Lupe respira el aire que sabe a vainilla y las niñas corren encantadas por el calor que las envuelve. La naturaleza les contagia su exuberancia, qué pródiga es la vegetación, qué noble. Lupe escucha el silbato de un tren y le pregunta a Jorge por él: «Es el Huatusquito, un tren de vía angosta que va de Córdoba a Coscomatepec. Un día voy a llevarlas a dar la vuelta». El olor a café también es embriagante.

—Mañana te muestro las calderas en las que destilamos el alcohol —sonríe Jorge.

A las niñas las deslumbran los flamboyanes. «Aquí los árboles dan flores», se extasía Pico. Es cierto, los guayacanes estallan de amarillos y rosas.

—¿No quieres recoger huevos frescos? —pregunta Jorge a Pico.

«Las gallinas son erráticas —comenta Lupe—. Todo el día picotean el suelo como idiotas y seguro que aquí, con tanto sol, no encuentran ni gusanos».

Jorge lleva a su mujer del brazo a conocer el horno de carbón para extraer el azúcar de la caña.

—Después recogemos la caña trizada en esta tina, luego pasa a la destiladora donde se agrega la medida de alcohol etílico y…

—¿Y ese polvo horroroso en el aire?

—Es de la caña, te acostumbrarás, al principio también a mí me chocaba. Mira, ¿ves aquella mesa llena de botellas y probetas? Es mi laboratorio.

Jorge es una aparición alta y distinguida bajo el techo de la destiladora; los trabajadores lo saludan con respeto. Reconocen su autoridad y Lupe se enorgullece al pensar que ese hombre ante quien se inclinan la escogió a ella.

A un lado de la destiladora se alinean el gallinero y la carbonera. En son de broma, Jorge le aconseja a Chapo que no vaya a meterse en ella, no la vayan a confundir.

Lupe Marín recoge los huevos hasta que Pico aprende y trae a la cocina una canasta demasiado pesada para ella. Mientras la niña limpia los frijoles a la sombra de un plátano, su madre piensa que su nueva vida es totalmente distinta a lo que esperaba.

—¡Qué larguísimos tus dedos, mamá, qué ágiles! —la admira Pico.

—Ya no les voy a decir ni Pico ni Chapo, ya están grandecitas. Las voy a llamar por su nombre.

En el jardín, Ruth evita pisar a las hormigas. Tampoco teme a los insectos. Sonríe a todas horas y cuando ve a Jorge corre hacia él. Su hermana, en cambio, insiste: «Me quema el sol, me duele la panza, huele feo, vámonos de aquí, quiero regresar a México, me choca Potrero, quiero a mi papá».

Por más intentos que hace Jorge por acercarse a la niña, ella lo rechaza. Nunca le pasa por la cabeza que Jorge pueda tener un interés real por ella. «Es más lista que Ruth y va a llegar más lejos», le dice a Lupe, pero la niña sigue mirándolo como a un enemigo.

Jorge pasa todo el día en la destiladora y al ponerse el sol los cuatro cenan en familia. Lupe acuesta a las niñas y aguarda sentada en la cama a Jorge, quien permanece horas frente a la mesa, la cabeza entre las manos. Solo el llanto de Ruth lo saca de su lectura, entonces la toma en brazos y la arrulla hasta volverla a dormir:

—¿Y ahora a ti qué te pasa? —se enoja Lupe—. ¿A mí quién me va a dormir?

—Esta niña está muy flaca, Lupe, le voy a dar un tónico para que suba de peso.

—Déjala, si no es vaca para que la pongas a engordar.

El cambio al que la obliga su nueva vida en Potrero desconcierta a Lupe. «Nunca imaginé que viviría así». No tiene con quién comunicarse. La caña de azúcar, el café, el tabaco, la naranja a la que llaman *china* son sus rivales. Ninguna Concha Michel en el horizonte. Las largas charlas con Villaurrutia y Novo quedan relegadas tras un paisaje que devora ideas y sentimientos.

Enamorada como está, pretende convencerse de que Jorge y Potrero son lo mejor para ella, pero Cuesta la ve como un mueble estorboso dentro de la pequeñez de la casa. Después de la merienda en la que Lupe se esmera, se encierra en su lectura. Lupe da vueltas entre las sábanas hasta que a las tres de la mañana lo llama: «Quiero regresar a México», y Jorge la mira entonces como si fuera una *Citrus hystrix*, una especie de toronja de raíces ácidas y superficiales.

Para Lupe, un mercado es lo más cercano a la felicidad y su abundancia de frutas y verduras la reconcilia con la vida. Los jitomates cubiertos de gotas de agua, los chiles que brillan, las berenjenas moradas se le vienen encima y escuchar la palabra *marchantita* es un bálsamo. «Una probadita, *ándile*. Pásele, güerita, le doy su pilón». Mujeres de frente ancha le tienden naranjas partidas a la mitad, guisos de chile y de pepita, aguas de flores y de semillas. Le enumeran los frutos de la región, el chile tabasqueño y el comapeño y los tepejilotes y los chayotes que aquí son los más dulces del mundo, tanto como la calabaza de Castilla. Le ofrecen las vainas de jinicuiles. Es verdad que el aguacate es grande y sabe a pura mantequilla, y el zapote negro machacado haría un dulce insuperable.

—Con naranja, marchanta, hágalo con naranja.

Es el único momento en que olvida el polvo de la destiladora al que le atribuye su constante estornudo. «Si va a Córdoba no vaya a dejar de comprar el pan que venden en el mercado Revolución», aconseja su marchanta.

Sus verdaderos amigos son los vendedores que la miran ofreciéndole la vida de sus legumbres.

Aunque el mercado la remite a Diego, se niega a extrañarlo, tanto coraje le tiene. «¿Con qué garra andará ese gordo?». En cambio, su hija mayor insiste: «Mamá, quiero ver a mi papá; mamá, ¿qué hace mi papá sin ti? Mamá, extraño a mi papá; mamá, vámonos a México a buscar a mi papá».

Los domingos Jorge las lleva al rancho de Tepatlaxco en lo alto de la montaña, rodeado de barrancas. Extiende los brazos al cielo y les dice que han llegado a la cima, que son tan altas como la bóveda celeste.

«Tóquenla, tienen el mundo a sus pies. Ustedes reinan sobre los abismos y los colores porque allá se extiende el rosa, más allá el amarillo, aquella mancha detrás del monte es una lluvia de oro, en la negrura de la barranca posiblemente hallen una gruta en la que vive un tigre diminuto. Ustedes pueden domesticar el abismo si se lo proponen».

Quién sabe si la fertilidad del paisaje impresione a las niñas, pero desde luego a Lupe Marín le fascina el olor de las gardenias. Escucha a Jorge explicar que miles de ellas amanecen todos los días en Fortín. «Miren, Chapo y Pico, cualquier semillita que trae el viento florece y se convierte en un flamboyán».

La riqueza de la vegetación y la de los ranchos visitados hace que Lupe Marín imagine que a lo mejor Jorge será rico un día, cuando mueran el horroroso don Néstor y las dos horrorosas Natalias.

—Podemos ir a Atoyac a comer langostinos pero es una excursión de un día… Te va a gustar la barranca de Metlac, es un paseo que deja pasmados a todos…

—¿No nos picarán los moscos? —pregunta Lupe, que protesta cuando Jorge sentencia: «Córdoba está entre lo mejor del estado más bello del país, el de Veracruz».

—Cómo va a ser bello si es una región tan malsana…
Será bella su vegetación, pero en la plaza doña Fidela me
hizo una lista de los estragos que causan las fiebres perni-
ciosas, el paludismo…

Jorge le cuenta que su padre siembra tabaco bajo los
plátanos porque la anchura de las hojas protege las matas
y también mejoran el sabor de la semilla de café. «La semilla viene de Abisinia». También le repite que él intro-
dujo en Córdoba la *naranja de ombligo,* pequeña, dulce
y atrofiada con una verruguita que parece ombligo salta-
do. «¿Sabes?, la mejor tierra es la de la selva veracruzana»,
anuncia orgulloso.

Le oculta que acostumbra inyectarse sustancias de su
propia invención que lo transportan al paraíso. Si Lupe
quisiera compartirlas se las ofrecería, pero la Marín no
bebe ni el vino de mesa con el que Jorge acompaña su
comida.

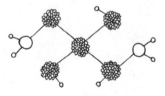

CAPÍTULO 16

LA MULATA DE CÓRDOBA

Por fin don Néstor Cuesta y su esposa Natalia se dignan visitarlos en Potrero, los dos altísimos y muy bien parecidos; él severo y prepotente, de traje oscuro, y ella de falda negra hasta el tobillo y velo en la cara «contra los mosquitos».

—Los mosquitos hemos de ser mis hijas y yo —le comenta Lupe a Jorge.

Lupe y su suegra se encontraron en la capital una vez porque Jorge insistió en que se conocieran. Hoy domingo, doña Natalia apenas si mira a las niñas y don Néstor solo se dirige a Jorge. Ante el rechazo, Lupe guarda un silencio rencoroso:

—¿Pensaste en lo que te dije de aprovechar la remolacha? —pregunta don Néstor.

—Sí, pero no sé si sea una buena inversión, necesitamos terreno para cultivarla, ahora todo está ocupado por la caña…

—Medítalo, haz cuentas y luego hablamos con más calma. Vinieron a verme Carlos y Ricardo Capistrán y están muy agradecidos con tu fórmula. Los mangos de Manila llegaron intactos a Noruega.

Hasta entonces el mango, la más perecedera de las frutas, se pudría en el trayecto a Europa, pero la fórmula de Cuesta retrasó su maduración. El Alquimista hizo un primer experimento con una manzana, después con un mango Manila al que inyectó y guardó durante semanas en una caja. Al abrirla lo encontró intacto.

Carlos y Ricardo Capistrán envían de Veracruz a Noruega más de cien cajas de mango Manila. Por cable, los importadores los felicitan:

«Los mangos llegaron en perfecto estado. Requerimos otra dotación».

Cuesta utiliza la misma fórmula para conservar los mariscos y gana fama de mago. En Córdoba, en Fortín, en Huatusco lo llaman *el Químico,* así como en la Ciudad de México los Contemporáneos lo bautizaron como *el Alquimista.*

Los cordobeses consideran que el hijo mayor de los Cuesta es un genio y tienen tanto que agradecerle a él como al Tratado de Córdoba que dio la independencia a los mexicanos en 1821.

En el mercado, las marchantas llaman a Lupe *la mujer del químico* y la sabiduría con la que sus largas manos toman romanitas y coliflores, chiles y calabazas, las halaga. «Esa marchanta sí sabe comprar, será capitalina pero sabe escoger».

Las empresas que se dedican a la refrigeración de alimentos se enteran de la proeza de Cuesta, lo amenazan porque no tiene ni patente ni permiso de laboratorio alguno para promover su invento, ¿cuál es la fórmula? Conseguir los permisos requiere dinero: «Nosotros te prestamos», lo alienta Ricardo Capistrán.

—Para poder entrar a uno de los grandes laboratorios necesito más de los mil pesos que me das por cada envío de fruta —responde Cuesta.

Aunque Lupe repite que está enamorada como una loqueta y como nunca antes, los aportes de su amante a la agricultura la desplazan. Las conversaciones nunca giran en torno a ella sino a la *china* y la forma más segura de protegerla. Jorge jamás recuerda la Ciudad de México ni levanta los ojos hacia Lupe, cuando en la capital solo vivía para ella. Al no reconocerla, la humilla. Una noche, un ventarrón abre la ventana y Jorge la cierra, el aguacero lo empapa, Lupe le ofrece: «Ven, te voy a secar», pero él solo busca una toalla y Lupe protesta: «Otro día muerto, desde hoy en la mañana presentí que este sería otro día muerto. A mí nada me ha salido bien, hasta he pensado en irme sin decirte nada, largarme así nomás». Y como Jorge guarda silencio, se enoja y las facciones de su rostro se afean: «Jorge, tú eres una caja de hielo, congelas el pescado, la fruta y tu pito».

Este nuevo Jorge no solo la decepciona, la aburre. Extraña la vida de la ciudad y a su querido Villaurrutia. Los chismes y los sarcasmos de Novo también le hacen falta.

Contagiado por los árboles, Jorge guarda silencio. A veces lo rompe para explicarle a Ruth que la flor más bella de Córdoba es la gardenia.

—Se parece a los vestidos que mi mamá se ponía en la casa de Mixcalco —comenta Pico, para quien todo es nostalgia. El tren pasa con frecuencia y su ulular hace que pregunte dónde andará su papá.

Jorge pasa el día entero en su laboratorio, y en la noche el ruido más pequeño lo hace saltar como resorte fuera de la cama y gritar: «El tlacuache va a comerse a las gallinas».

—No salgas, para eso tienes velador —alega Lupe.

—Aunque sea un gato, tengo que ver qué sucede.

Que un tlacuache se coma una gallina lo pone en un estado de nervios inexplicable. ¿Estará loco?

La verdad es que Lupe, la mujer que tanto lo apasionó, ahora lo harta. En su conversación de todos los días ya no encuentra la desenvoltura ni la gracia que los Contemporáneos festejaban y su inesperada docilidad de compañera lo decepciona, aunque de vez en cuando ella regresa a sus ataques de furia.

—Nunca antes me había dado cuenta de que te sientes un genio incomprendido, pero ahora que te conozco te lo digo muy claro, por más que te desveles jamás serás un Dostoievski…

Lupe perfecciona sus reproches a medida que pasan los días. Repasa mentalmente su discurso con distintas entonaciones:

«Estoy desilusionadísima de ti, antes me parecías genial. ¿Recuerdas que te dije un día que desde adolescente, por contraposición al medio en que me había criado, deseaba tener una pasión desenfrenada? Estaba dispuesta a tenerla por ti y tú has pisoteado lo que desinteresada y noblemente te ofrecí». Cuando se lo espeta, Jorge se lleva las manos a los oídos: «Lupe, ¿qué pasquines has estado leyendo últimamente?».

Así como el nacionalismo, Jorge aborrece el sentimentalismo.

Lupe recupera su furia: «Eres un desvergonzado, un pobre diablo. Tú lo que querías era vivir conmigo una vida puramente animal como si a mí eso pudiera satisfacerme. He venido a descubrir aquí que eres un tenedor de cuentas, un gañán sietemesino».

Si Jorge hace un movimiento, Lupe lo desafía:

—Ándale, pégame, pégame, solo te falta pegarme, no comprendo cómo pude abrazar a un individuo tan abyecto y cruel. Nunca imaginé hasta qué punto podías humillarme. La humillación es real. Lupe es menos fuerte de lo que aparenta. Cualquier pretexto es bueno para insistir en frases que parece haber oído en la radio. «No me contestas porque nada debe exigírsele a una histérica, a una loca, ¿verdad? ¿O a una enferma, a una imbécil? He tolerado que me avergüences hasta lo increíble, si pudieras hasta me escupirías en la cara».

La verdad es que a Lupe Potrero la mata de tedio y como no es maternal y ocuparse de sus hijas le parecería falso, jamás se fija en lo que dicen, nunca retiene sus deseos u ocurrencias, las preguntas infantiles se quedan sin respuesta; inaccesible, solo se empeña en que estén limpias. Solo da órdenes: «Ruth, que no te dé el sol, de por sí ya eres negra». «Lupe, hazle caso a Jorge cuando te habla», y vuelve al único tema que le interesa: Lupe Marín Preciado, la hija de Francisco Marín y de Isabel Preciado. Según ella, en Potrero vive en contra de sí misma. «Jorge, de ninguna manera me convence el matrimonio».

Jorge solo se alza de hombros.

El único que los visita es Gabriel, el hijo del dueño del ingenio, Erich Koenig. Alto y apuesto, cumple con el primer requisito del código moral de Lupe: vestir bien. Recién llegado de Nueva York, opina de libros y de pintura y la hace reír. En las tardes de lluvia, que son frecuentes, alaba sus «ojazos verdes», le cuenta de Lord and Taylor y Saks en la Quinta Avenida, y le aconseja hacer gimnasia como las gringas para no atrofiar su cuerpo ni su cerebro. «Eres glamurosa». «¿Qué es eso?». «¿No sabes lo que es el *glamour*? Además tienes *chic*. Entre las calles de los rascacielos, el Empire State Building y el Waldorf Astoria, causarías sensación».

Le explica que a él no le importan las divorciadas, a diferencia de los provincianos. Para él, Lupe es una mujer de mundo, con un enorme *chic* natural. Usa la palabra *chic* en cada una de sus frases. «Cualquier cosa que te pongas te queda fenomenal por alta y delgada. Podrías ser modelo, las grandes capitales del mundo te contratarían de inmediato», insiste.

«¿Cuáles son las grandes capitales del mundo?», pregunta Lupe. «París, Roma, Londres, Berlín, Nueva York… Los americanos modernos y vanguardistas sabrían valorarte, pero aquí en este rancho solo yo te comprendo». Por primera vez Lupe cae en la cuenta de lo que significa ser *divorciada*. A lo mejor por eso nadie los visita. «Aquí, a las niñas y a mí nos van a salir hongos». Gabriel festeja cada una de sus puntadas y le rinde pleitesía. Si las niñas interrumpen su diálogo, Lupe les ordena: «Váyanse a fondear gatos por la cola».

Cada vez que la ve salir de su casa, Gabriel le ofrece su brazo y le canturrea al oído «Tea for Two».

—Es un imbécil —constata Jorge.

—A mí me parece un cosmopolita y me hace más gracia que tú.

La niña Lupe pesca una tifoidea. Natalia, la madre de Jorge, pontifica: «Eso se cura con un té de cucarachas».

—Que tu mamá no toque a Pico —se enfurece Lupe.

En el ingenio, los únicos amigos de Pico y Chapo son los hijos de los trabajadores. Lupe olvida sobre la mesa una moneda de plata de veinte centavos y Pico la aprovecha para comprar dulces y compartirlos con sus amigos, el del trapiche, el de la lavandería, la niña de la remolacha, el mandaderito, la hija del mecánico, que es muy graciosa.

Cuando Lupe Marín la descubre, la agarra a cachetadas delante de los demás niños.

—¿Desde cuándo les pegas a tus hijas? —pregunta Jorge escandalizado.

—Desde siempre.

—Es una salvajada.

—La madre soy yo, la que educa soy yo. A mí así me enderezaron.

Aunque Jorge las defiende, Pico, la mayor, lo detesta y le ordena a Chapo: «Cuidado y lo quieras. Por culpa de ese hombre no tenemos papá, ese tuerto no es nada nuestro».

Ajeno al odio que provoca, Jorge le enseña a Pico a amar los libros. Leen en voz alta *Rosas de la infancia* de María Enriqueta. Cuando la niña entra a la escuela, su lectura es tan fluida que deja boquiabierta a su maestra. «Vivimos en el ingenio de Potrero», explica la niña. «Con razón, Cuesta, el Alquimista, debe haberle comunicado su adicción a las letras a esta criaturita», concluye la *seño* Esther.

Jorge mira a Pico con aprensión; a pesar de todos sus esfuerzos la niña lo rechaza: «Tú no eres mi papá».

—¿Y qué quieres que yo haga? —alega Lupe—. También Ruth está enojada contigo pero no dice nada porque es chiquita y collona.

En la noche, los trabajadores se reúnen en torno a una fogata; Lauro, el mayor, le dice a su vecino:

—La mujer del químico es igual a la mulata de Córdoba. ¿Viste sus labios gruesos y sus pelos chinos de negra?

Según él, la mulata de Córdoba, una bruja que iba a ser quemada en leña verde hace cientos de años, ahora camina sobre las largas piernas de Lupe dentro del ingenio de Potrero y acostumbra sentarse a la sombra de un plátano cerca del gallinero a observarlo con malos ojos. «¿Qué no han visto lo oscuro de su piel, lo inquieto de su mirada y el veneno en sus palabras? A la mulata la encarcelaron, pero ahora esa prieta tiene embrujado al ingeniero Cuesta. La sacó del fondo del infierno y la encierra en Potrero junto a las dos mocosas que ni suyas son».

Cuenta la leyenda que un carcelero descubrió sobre un muro del calabozo un dibujo al carbón de un barco bellísimo y le preguntó a la mulata:

—¿Tú lo hiciste?

—Yo misma. ¿Qué le falta a este barco?

—Le faltan las velas.

La mulata las dibujó.

—¿Y qué más le falta, carcelero?

—Le falta el mástil.

Lo agregó también, para asombro del vigilante.

—¿Y qué otra cosa?

—Mujer ingrata, no veo qué puede faltarle a ese barco.

—Solo le falta navegar —lo desafió la mulata—, y te aseguro que navegará muy lejos.

—¿Cómo?

La mulata saltó entonces dentro del barco, que zarpó y desapareció al abrirse el muro de su celda.

—Oye —le pregunta Lupe a Jorge—, ¿por qué hay tantos negros?

Jorge no se detiene en su propia negritud y le cuenta que muchos de ellos llegaron a Veracruz. Hasta en la familia Cuesta hay una mulata: Cornelia, madre de don Néstor, a quien Jorge ama más que a nadie, incluso más que a Natalia, su hermana.

A finales del siglo xvi los esclavos negros llegaron de África a Veracruz. Eran más numerosos que los indios y mucho más que los españoles, pero al casarse con veracruzanas se diluyeron.

—¡Ay Dios, tú! ¿No serás de los diluidos? —se burla Lupe de Jorge, sus dientes a punto del mordisco.

***

En 1948 Xavier Villaurrutia y Agustín Lazo habrán de estrenar la ópera *La mulata de Córdoba* en el Palacio de Bellas Artes.

Capítulo 17

LOS CUESTA

—Mañana iremos a casa de mis padres —anuncia Jorge.

El domingo, la familia viaja a la ciudad de Córdoba; el vestido de Lupe deja ver sus largas piernas y sus pechos que curiosamente han crecido.

Don Néstor y Jorge conversan en la sala de la mansión en la Calle 3, número 83, y Lupe, por primera vez discreta, se disculpa: «Voy a ver las macetas en el corredor». Cuando doña Natalia regresa del mercado apenas saluda, pero las niñas la siguen a la cocina. Sin mirarlas siquiera, doña Natalia deja sobre la mesa una bolsa de langostinos:

—Son pescaditos —insiste Pico.

—Pero tienen bigotes —replica Ruth.

Pico sube sobre una silla y rompe la bolsa, los langostinos caen al piso y Chapo llora asustada. Doña Natalia, amenazadora, grita: «¡Lupe, ya no hay comida por culpa de tus hijas!». La Marín sacude a Pico con fuerza. «Déjala, ni modo, hoy comemos fuera», interviene Jorge.

En el ingenio, Jorge duerme poco y mal. Pasa el día en su laboratorio cuando no hace cuentas y más cuentas.

Lupe no lo reconoce. Su correspondencia con los clientes le toma tiempo y la escribe a mano. Desde joven, don Néstor, negrero, exigió mucho de sus hijos hasta que Víctor escogió el camino del alcohol.

Cada vez más distante, Jorge la evita, solo reconoce a Chapo. «Parece que le molestara que yo sea su mujer», piensa Lupe hasta que una mañana, al despertar, lo descubre sentado al pie de su cama, los ojos fijos en ella:

—¿Me engañas con Gabriel? —grita mientras la sacude con violencia—. No lo niegues, me he dado cuenta de cómo te mira. Se citan en la carbonera o en el mercado o en el gallinero, que es donde perteneces porque ayer encontré plumas de gallina en el borde de tu bata.

—¡Estás loco!

Durante días Lupe espera una disculpa que nunca llega. Por su parte Jorge, indignado, desaparece a la hora de comer hasta que rojo de furia estalla:

—Esto llegó a su fin, te vas ahora mismo; ni mañana ni pasado, ahora mismo, no soporto verte un día más.

—Me voy, sí, pero antes le voy a pedir dinero a Gabriel.

—Yo soy el que va a ir por ese desgraciado.

Jorge saca un revólver que Lupe nunca había visto y en vez de Gabriel encuentra en el patio frente a la trizadora al dueño del ingenio, Erich Koenig.

—¡Fuera de aquí! ¡No toleraré escándalos! ¡Mañana mismo le pago su liquidación y se larga con su familia de locos!

Prevenidos por el propio dueño, los padres de Jorge aconsejan: «Mejor vengan a Córdoba con nosotros».

Por primera vez, don Néstor se digna dirigirse a Lupe.

—Mi hijo está nervioso; prudencia, ante todo prudencia.

—Lo que su hijo tiene es que está loco.

Natalia Porte-Petit también le ruega a Lupe que perdone la exaltación de su hijo.

Apenas ve que Jorge baja la guardia, Lupe, hiriente, se ensaña con él. «Hasta tus padres son testigos de tu maltrato». Si Jorge se acerca en son de paz, se yergue pantera de sí misma y sus ojos se vuelven dos cuchillos. «Si yo me casé con un hombrón de la talla de Diego, ¿qué hago aquí perdida con un ajolote?».

Cuando Ruth pregunta qué es un ajolote, Jorge le explica que es un pez que camina, «un anfibio a punto de la metamorfosis, como yo».

En la bella casa del siglo XVIII en Córdoba, Lupe escoge una mecedora en el corredor y aguarda el crepúsculo. Cae una lluvia finita que todo lo refresca, y en la noche Jorge se prosterna a sus pies y le pide perdón. «Una noche así justifica el amor de la pareja —escribe Lupe—. Solo por esa noche de reconciliación vuelvo a creer en el amor», pero a los cinco días se le ocurre volver a su cantilena sobre el significado del matrimonio y pregunta: «¿Qué hay de satisfactorio en la vida de dos personas que ven las cosas en forma tan distinta como nosotros?». Insiste en la palabra *sacrificio*.

La continua presencia de Natalia al lado de su hermano, a quien besa y abraza sin que venga al caso, la saca de quicio. Bellísima, casi tan alta como Jorge, su cabello rubio le hace una aureola de santa. Si ve a Jorge en el corredor se precipita sobre él, si él lee lo interrumpe y lo hace dejar su libro con una sonrisa, cosa que jamás hace con Lupe. Todos la llaman *la Nena* como si tuviera quince años. Lupe mira recelosa a esa rubia de piel de magnolia que le envenena la vida. Una tarde que cacha a los hermanos saliendo de una habitación grita fuera de sí: «¡Qué bien se ve este par de tórtolos que tienen la misma sangre!». Jorge

—todavía consecuente— le pide que se calme pero Lupe insiste en culpar a Natalia de fregar su matrimonio.

Calmar a Lupe es más difícil que encontrar la pócima de la eterna juventud.

Al compararla con su hermana Natalia, que pertenece a esa tierra y florece en todos sus ademanes, Jorge encuentra a Lupe en franca desventaja: «Lupe, no hables a gritos. Lupe, ¿no sabes lo que es un peine? No camines así, ¡qué zancadas! ¿Te crees gigante? Lo que sucede es que eres totalmente inculta. ¡Cámbiate, se te ve todo!».

El más mínimo detalle basta para sulfurarlo. Influido por sus padres, parece avergonzarse de su mujer y prefiere dormir en la hamaca o leer en vez de salir con ella. Cada vez que Lupe propone: «Vamos a dar una vuelta», se niega.

Ahora ni siquiera Chapo lo saca de su mutismo. A Lupe Marín la superioridad de Jorge la debilita y los Cuesta contribuyen a que se devalúe. Natalia, en cambio, amanece fresca como agua de manantial.

Su madre, convencida de que *la divorciada* lo embrujó, le da brebajes para espantar el maleficio a base de alacranes macerados en alcohol. Para Lupe, la Porte-Petit es una troglodita. «Para la tifoidea, lo indicado es poner debajo de la cama una iguana matada a palos. O un té de cucarachas. Para el hígado, es bueno colgarse al cuello una penca de nopal». Lupe, que ni siquiera cree en el mal de ojo, se indigna.

—¡Pobre de tu madre, no ha salido del tiempo de las cavernas!

El hijo solo alega que la primera regla de salud es hervir el agua, hervir la leche y lavarse las manos.

Persuadido de que los Cuesta están a punto de hacer fortuna gracias al genio de su hijo mayor, don Néstor se cuelga de él como de un salvavidas. Por él recuperarán su prestigio en Córdoba; ya de por sí los consideran benefactores y espíritus privilegiados. ¡Natalia volverá a ser un buen partido, todos los hacendados la codiciarán! La Nena rechaza a Lupe por prieta y gritona. Ella es una aparición rubia y angelical. Con razón salió princesa en el carnaval del puerto de Veracruz, solo después de Sofía Celorio, la reina de belleza jarocha que a los dieciocho años emigrará a la capital. Cada año el Ayuntamiento invita a la Nena Cuesta a encabezar el desfile en un carro alegórico y en torno a ella zumba un enjambre de fotógrafos y reporteros.

Las ególatras disertaciones de la Nena, que discurre con voz aguda y a grititos acerca de su vestido y la apostura de sus chambelanes, envenenan a Lupe. En el comedor sus gruesas trenzas doradas cuelgan hasta caer en el plato sopero. Natalia acecha cada movimiento de *la prieta*: «Esto yo no lo haría así. ¿Qué dijiste? No te entendí». A las niñas las mira con antipatía. «¡Tan prietas como la madre!». En cambio, Cuesta jamás olvida el tónico de Chapo, «para que crezcas como yo».

—No lo quieras, él no es tu papá ni el mío —insiste Pico.

Pico también rechaza a Víctor, el hermano borracho que pretende abrazarla.

—Y a ese ¿qué mejunje le diste? —ironiza Lupe.

La mirada de Jorge humilla a Lupe. Rechaza la comida de doña Natalia, la agobia el calor y cuando tiene frío alega que arde en calentura. Ella, que solía caminar con energía, arguye que sus piernas no le responden. Si antes dialogaba con sus marchantas, ahora le ha crecido dentro de la boca una lengua gruesa que la paraliza.

—¡Qué error he cometido!

Una tarde, cuando las campanas llaman al rosario de las seis, doña Natalia toca a su puerta:

—Vete. Córdoba no te sienta. Es lo mejor para ti, para Jorge, para tus hijas que no son de aquí y para nosotros. Mi hijo te alcanzará dentro de ocho días.

Con el dinero de doña Natalia, Lupe regresa a México, una hija asida a cada una de sus espléndidas manos.

Capítulo 18

LA HIJA DEL FOTÓGRAFO

Según Novo y Villaurrutia, Lupe se ve mucho menos hermosa de cuando se fue. «A ti el campo te sienta mal», ironiza Agustín Lazo. Concha Michel también se sorprende: «Lupe, ¿qué te pasó que estás tan fregada?». A la Marín se le cae el pelo. Ha subido unos kilos, pero sobre todo Novo desconoce en esa mujer de ceño fruncido a la diosa de Mixcalco.

¡Más de un mes sin noticias de Jorge! Lupe le escribe fuera de sí: «Vente como sea; si tienes que robar, roba, si tienes que matar, mata, pero ven pronto para que pases conmigo tu cumpleaños. No puedo esperar más, estoy completamente desolada. No seas ingrato».

La respuesta proviene de doña Natalia:

«Nuera querida: A tu edad ya deben estar calmados los hervores de la sangre, cálmate y espera con paciencia; mi hijo está ocupado con su padre y no puede irse solo por tu capricho. Se irá cuando se desocupe, debes resignarte. Tu suegra».

Por fin, Jorge regresa a la Ciudad de México al lado de Lupe y a los dos días le escribe a su madre:

Querida mamá:
Me vine casi de escapada, pues recibí aviso «enérgico» de
Lupe, y me encontré con que está con algo de gripa y las dos
chicas en cama con viruela loca, lo que no me quería decir
para no alarmarme demasiado, pero quería alarmarme lo suficiente para que viniera en cuanto pudiera.
   Estoy muy bien, pero con la prisa dejé las inyecciones. Te
suplico que me las mandes junto con los calcetines de Chapo y
míos, pues no me traje sino los puestos y dejé también las dos
canastitas de vainilla.
   Néstor te habrá dado mi encargo. Quiero ver si es cola
y pega, para dar ocasión a que se acaben los disgustos, más
que quedaré con relativa libertad para ayudar a mi papá en
lo que pueda, sobre todo ahora que se viene un momento
en que faltará el dinero. Por eso te suplico que le hagas luego el
encargo «a la tía», diciéndole que te mande avisar el resultado.
   Te escribiré luego y te estaré diciendo cómo sigo. Tu hijo
que te quiere. Jorge.

La Unión Nacional de Productores de Alcohol y de
Azúcar le ofrece trabajo. Mientras se termina el departamento de Tampico 8 que Diego Rivera ha dispuesto para
sus hijas, Jorge alquila una casa en el antiguo barrio de
Chimalistac, al lado de la ermita de los Carmelitas Descalzos en el Callejón del Huerto, totalmente despoblado.
   —Oye, aquí todo queda lejos y no podemos visitar a
nadie —se queja Lupe.
   —Es temporal, además las calles tienen nombres
como Paseo del Río, Secreto, Vizcainoco, Fresno, ¿no te
parece poético?
   Lupe se alza de hombros, también a las niñas las atemorizan las calles solitarias y nadie les permite acercarse
al río a pesar de sus muchos puentes y la escasa profundi-
dad de sus aguas.
   Al fin la vida le regala a Jorge un respiro y se mudan a la calle de Tampico 8. Cuesta ahorra dinero para

encargarle a un buen ebanista muebles estilo Chippendale; primero un alto librero de caoba que Cuesta transforma en biblioteca y ahí pasa la mitad de la noche frente a un escritorio de persiana que las niñas codician.

—Si lo rompen les voy a dar una paliza. ¡Nada de tocar los libros de Jorge! —regaña Lupe.

—Deja que les pierdan el miedo. Así aprenderán a quererlos —las defiende.

A la entrada de la casa, en una fuente de piedra, Jorge alimenta varios peces de colores que Pico y Chapo disfrutan.

—Estoy escribiendo sobre la poesía de Paul Éluard; tienes que leerlo, Lupe.

Concha Michel visita a su antigua amiga:

—Te ves de la patada.

—Creo que estoy embarazada.

Concha habla poco de sus dos hijos, la maternidad no es lo suyo.

A mediados de 1928 Diego regresó decepcionado de la Unión Soviética. No encontró lo que buscaba, lo acusaron de participar en campañas antisoviéticas porque opinó a favor de Trotski; tampoco vio a su querido Lunacharski, que ya no goza del reconocimiento del Soviet Supremo ni es ya el gran crítico de cultura ni clausura iglesias y monasterios ni sus acciones de hombre de Estado conmocionan a la Comintern. A pesar de todo, consigue sembrar la semilla de la curiosidad en Serguéi Eisenstein para que venga a filmar a México.

El relato del regreso de Diego de la URSS llenó páginas enteras de los diarios. A Jorge Cuesta nadie lo conoce. En cambio, todos quieren saber de Diego. Gracias a él, la celebridad rodea de nuevo a Lupe. ¡Ah, cómo quisiera compartirla! En cambio, Cuesta es un desconocido. Del único que hablan los periódicos es de Chavo, como Lupe llama a Novo.

—Tú te lo buscaste por andar de ofrecido, no tenías ninguna necesidad de ir a pasar vergüenzas a la URSS —le espeta Lupe en cuanto ve a Diego.

—Por lo visto a ti tampoco te fue tan bien.

Diego tiene cuarenta y dos años y sigue siendo una presencia enorme en la vida de México, y no se diga en la de Lupe, quien corre a consultarlo y a recriminarle: «¿Quién es esa changa que acaba de salir de tu casa?». Lo acosa: «Tienes que mantener a tus hijas, desvergonzado, de nuevo se retrasó tu mesada».

Diego le entrega ciento cincuenta pesos al mes: «No me alcanza, Panzas». A veces Lupe es dulce, otras una furia, entonces lo llama idiota y Diego no se inmuta.

—Ven a ver lo que pinté, Prieta Mula.

Curiosamente, a Diego sigue fascinándole la opinión de su exmujer.

Aunque lo critica, Lupe se mantiene al tanto de todo lo que hace gracias a Concha Michel, extraordinaria informante. En cambio, Jorge la irrita por incomprensible, por los juicios que emite, por discurrir acerca del *grupo sin grupo* y su pasión por la inteligencia. ¡Qué aburrición! No entiende a qué se dedica ni en qué se le van largas horas tristes y malhumoradas; tampoco lee su poesía, ni Dios lo mande.

En cambio, de Diego lo quiere todo. Según la camarada Concha, el pintor pasa sus domingos en Coyoacán con la familia del fotógrafo alemán Guillermo Kahlo. «Su hijita Frida le da mucho jalón a tu Panzas».

Lupe recuerda entonces a la muchachita fea y gritona que acudía a la Secretaría de Educación a verlo pintar.

—Les dicen *el Elefante* y *la Paloma* —bromea Concha.

—No es ninguna paloma —protesta Lupe indignada—, es un alacrán. Y tiene bigote.

—A mi papá le encanta quedarse con los Kahlo en Coyoacán —confirma Lupe chica.

Lupe se pitorrea de la costumbre de Frida y de algunas juchitecas —entre ellas Alfa Henestrosa— de usar faldas largas, rebozos y huipiles: «¡Qué ridículo vestirse de huehuenche con una jícara en la cabeza! ¿Trenzas yo? A Frida sus adornos le quedan como a Cristo un par de cananas». «Bien que actuaste como soldadera cuando corrías detrás del camarada Diego», ironiza la Michel. «Nunca me puse enaguas», se enoja Lupe, adicta a los patrones de París, a los cuellos chinos y a las sedas italianas.

—Pues yo te aconsejo que visites a Frida. Aurora Reyes y yo la vemos con frecuencia y la pasamos a todo mecate fuma y fuma, tequilea y tequilea.

La rabia que siente Lupe por el enamoramiento de Diego no tiene límite. Sin más preámbulos, le escribe a Frida para recordarle la existencia de sus hijas y la de Marievna Vorobieva en Francia:

> Me disgusta tomar la pluma para escribirte pero quiero que sepas que ni tú ni tu padre ni tu madre tienen derecho a nada de Diego. Solo sus hijas son las únicas a quienes tiene obligación de mantener (¡y con ellas a Marika, a quien nunca le ha mandado un centavo!).

El 21 de agosto de 1929 Diego se casa con Frida en el Registro Civil de Coyoacán. Más tarde, en la fiesta, Lupe —fuera de sí— se acerca a Frida, levanta su enagua floreada y grita para que todos la oigan: «Miren, miren, miren por qué par de piernas me cambió Diego Rivera». Estupefactos, los invitados la califican de arpía y Jorge Cuesta la saca como un domador a una fiera ponzoñosa.

Las niñas Rivera Marín apenas tienen cinco y dos años.

A la semana de la boda, Diego acepta dos grandes proyectos: un mural en la Secretaría de Salubridad en la calle de Lieja 7, en la colonia Juárez, y otro en el Palacio de Cortés, en Cuernavaca. El embajador de Estados Unidos, Dwight W. Morrow, quiere hacerle un buen presente a México y escogió darle un mural.

En el despacho del ministro, en la Secretaría de Salubridad, Diego pinta enormes desnudos femeninos totalmente desproporcionados para el poco espacio. Doris Weber Uger, amiga de la infancia de Frida, posa para él.

—¿Por qué pintó usted esas horripilantes gigantonas que empequeñecen el salón? —se indigna el arquitecto Carlos Obregón Santacilia, autor del edificio.

Diego y Frida se instalan en Cuernavaca cerca del Palacio de Cortés.

Dwight W. Morrow se compromete a pagarle al muralista doce mil dólares y los comunistas lo llaman «traidor vendido al capitalismo».

—Pueden vivir en mi casa —insiste Dwight W. Morrow.

—Te van a atacar más aún —se adelanta Frida.

—Si ya me expulsaron del partido, no pueden hacerme nada nuevo.

El Palacio de Cortés data de 1526 y le encanta a Alfonso Reyes. Desde su galería en el segundo piso de ocho arcos alcanza a verse el gran valle hasta Tepoztlán.

Ramón Alva Guadarrama, su ayudante, disfruta del buen clima y de las bugambilias. El embajador Morrow se atreve a sugerir que Diego debería darle una mejor imagen a los frailes que retrata como avaros y horribles sinvergüenzas. Ya unos empresarios españoles se quejaron con él: «Nos pinta como bandoleros, ladrones, libertinos, sifilíticos y hambrientos...».

—También va a pintar frailes buenos como Motolinía y De las Casas —lo defiende Alva Guadarrama.

En su mural, Diego saca a la luz toda la codicia de Hernán Cortés. A los lados del arco central entroniza a Zapata y a José María Morelos.

—Señor Rivera —dice Dwight W. Morrow la noche de la inauguración, en 1930—, espero que usted comprenda que no puedo estar de acuerdo con las ideas expresadas en sus frescos; pero eso no importa porque estoy de acuerdo con ellas desde el punto de vista del arte. Quería yo dejarle un recuerdo mío a Cuernavaca y usted ha cumplido pintando una obra de arte.

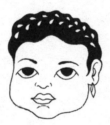

CAPÍTULO 19

DISCURSO PARA SER LEÍDO EN EL MERCADO

El 13 de marzo de 1930, Lupe da a luz a Lucio Antonio
Cuesta Marín y Jorge escribe:

Querida mamá:
Anoche se vino de pronto la cosa y ya eres abuela. A pesar de
que lo eres a pesar tuyo, estoy seguro de que te va a dar gusto
ver a tu nieto. No sé, pero se me figura igualito al primer Juanito. Es güero y con los ojos claros.
¿Quieres venir a conocerlo?
Nació el 13 de marzo y viernes, faltando veinte minutos
para las doce de la noche.
Te besa tu hijo que te quiere. Jorge.
P.S. Comunícaselo a los tíos y a la tía. Espero que Lupe ahora se alivie y se restablezca. Parece que todo fue con felicidad.

Nada es con felicidad y Lupe delira a tal grado que
su madre, Isabel Preciado, viaja de Guadalajara a México para hacerse cargo de las niñas, y doña Natalia hace lo
mismo desde Córdoba para conocer al recién nacido al
que Jorge llama Tito.

Cada vez que Jorge quiere enseñárselo, Lupe aúlla:
«Llévate a ese individuo».

—Es güerito, el vivo retrato de su papá —se alegra doña Natalia.

—¿De dónde saca usted que Jorge es güero si sus rasgos son negroides? —se enfurece Lupe, que además no tiene leche.

Las niñas tampoco se asoman a la cuna de su hermano. Les ordenan silencio para que no molesten a su madre sentada a media cama con los ojos fuera de órbita.

—Esa criatura muere de hambre —constata Isabel Preciado, quien aconseja buscar una nodriza.

Jorge, alarmado, corre a la calle y regresa con una mujer con el vientre todavía abultado. Y la nodriza murmura: «Es precioso». El recién nacido se prende con fuerza a su pecho.

Lupe jamás vuelve a preguntar por su hijo.

«Querida mamá —escribe Jorge a su madre—. No te había escrito esperando cosas felices que contarte. La salud de Tito es magnífica. Su única plaga es su mamá. Te escribo estas líneas a la carrera pues me están esperando. Mañana te escribiré más despacio y más largo. Abrazos a Víctor. También le escribiré a mi papá. Te quiere, tu hijo. Jorge».

La abuela Isabel Preciado Marín se lleva a Pico y a Chapo a Guadalajara en tren. En cada estación se acercan vendedores a la ventanilla que las divierten con su surtido de dulces, y la abuela abraza a sus dos nietas maltratadas.

¡Qué hermosa casa con sus muebles de bejuco, y qué tranquilidad vivir lejos de su madre! Lupe chica no se despega de su abuela y la sigue a la cocina:

—¿Quieres aprender? ¡Tienes que tener tu equipo!

En el mercado Corona le compra su bolsita del mandado, su comal, su molinillo y tres cucharas de palo, y le ata un trapo a la cintura. La sube a una silla. La niña imita a su abuela y no cabe en sí del gusto cuando el abuelo Francisco pondera: «Esta criatura tiene muy buen sazón».

A Ruth no le interesa la cocina pero para ella también es un alivio vivir lejos de Lupe Marín y del nuevo hermano.

—Ni modo, tendrán que ir a la escuela mientras su madre se recupera —sentencia Isabel Preciado.

—Ojalá no se recupere nunca —clama Lupe chica—, yo no quiero volver a verla.

—¿Y a tu hermanito?

—A ese menos. Es feo vivir con mi mamá, abuela.

Isabel Preciado las inscribe en la escuela de las Hermanas del Templo Expiatorio, a dos calles de distancia. Aprenden a dar gracias antes y después de las tres comidas, a callarse en la mesa, a coser y a bordar. De nuevo, Lupe chica deslumbra a las monjas por su buena dicción y su lectura impecable.

—¿Quién te enseñó?

«¿Cómo están las niñas?», escribe Cuesta cada semana. Diego nunca escribe. Ni Lupe ni Ruth agradecen la preocupación de Jorge como tampoco condenan la indiferencia de Diego. Las recuerde o no, Diego es su padre, su papacito santo, su dueño y señor. Puede hacer con ellas lo que se le dé la gana.

A Cuesta le resulta incomprensible que su mujer duerma todo el día y no escuche llorar a su hijo. «Te lo advertí, es desalmada, es una arpía», insiste doña Natalia, que regresa a Córdoba y deja en su lugar a la Nena para hacerse cargo de Tito. Días antes de su partida, doña Natalia entra a la recámara de la Marín con un sacerdote dispuesto a confesarla. Afiebrada, Lupe recuerda que de niña, en Guadalajara, besaba la mano del cura, y cuando él le niega la suya solloza desconsolada. Como tampoco está casada por la Santa Madre Iglesia, el cura le niega la absolución.

Natalia Cuesta, la Nena, atiende al recién nacido como si fuera su hijo. «Lo mejor sería llevarlo a Córdoba», aconseja después de dos meses y nadie se opone a la partida del recién nacido con su joven tía.

Jorge se refiere a su hijo como Tito o Lucio Antonio. Lupe no sale de *ese individuo*. Sin fuerza ni para levantarse de la cama, grita para que la atiendan: «No digiero nada, aún me sabe la manzana que me comí hace una semana. ¡Me estoy helando! ¡Me muero de calor!, me ahogo, no puedo respirar. Mírenme la lengua, no me cabe en la boca. Hasta el agua me intoxica».

Cada uno de los médicos denuesta al anterior:

—¿Quién le recetó calcio? Lo que tiene es exceso de calcio.

—Es anemia, denle hígado y lentejas.

—Tiene trastornos del vago por falta de calcio, hay que inyectarla.

—Es la depresión de la recién parida, se le va a pasar.

—Lo suyo es catatonia.

—Está loca, no le hagan caso, libérense de ella y si no entiende, enciérrenla.

Cuesta coincide con el último médico y escribe a su madre:

Querida mamá:
No me imagino lo que habrás pensado de mí. Lo único que he merecido es ser considerado como un idiota. Idiota me han puesto las cosas. Tengo apenas quince días trabajando; lleno de drogas, enfermos en la casa, etc. Ahora, gracias a Dios, puedo esperar algo del empleo que tengo, para no muy tarde quizá […]. Te quiere tu hijo. Jorge.

—Oye, ¿cuál de tus pócimas le diste a la fiera de tu mujer? —bromea Novo, quien acostumbra preguntar si el Alquimista ya encontró el elíxir de la eterna juventud para que se lo regale o venda a precio de amigos.

Ni siquiera Xavier Villaurrutia compadece a Lupe, «de veras, está catatónica». Solo más tarde los Contemporáneos se convencerán de que Lupe sufrió una depresión complicada por el mal funcionamiento de su tiroides y leerán que varias mujeres se han suicidado después de parir.

—No quiero morirme, ten compasión de mí —aparece Lupe desmelenada en la biblioteca de Jorge.

—Pídeme dinero, todo lo que quieras, pero de mi vida nada —responde Jorge.

—¡Amo la vida, no es justo que muera ahora! ¡No me importa que después me coman los zopilotes, pero ahora no me dejes morir!

—Estoy asqueado de tu farsa —se indigna Jorge y sale con un portazo.

Lupe no se da por enterada de que la Nena y el bebé Antonio han partido a Córdoba, nunca pregunta por sus hijas. Jorge Cuesta dedica su tiempo al trabajo que le consiguió Samuel Ramos: jefe de la sección administrativa de Bellas Artes. Cuando pasa frente al cuarto de Lupe ve de lejos sus ojos abiertos de par en par y se sigue de largo.

En cambio, apenas Lupe lo oye subir la escalera o cerrar una puerta, lo convoca a gritos a su recámara:

—Oye, tú, te voy a contar un secreto pero no se lo digas a nadie. Es una cosa que quiero que solo tú sepas, estoy escribiendo un texto importante y si me alivio voy a decirlo en la Merced.

Saca una hoja de debajo de su almohada y la desarruga:

—Es un discurso como el de Raskólnikov en el Mercado del Heno, pero el mío se dirige a los médicos que lucran con la enfermedad de la gente. Son todos unos tarados.

—Seguro es mejor que el de Raskólnikov —ironiza Jorge.

—Discurso para ser gritado en el Mercado —lee Lupe:

Entre las tripas de vaca... y las lenguas de toro. Junto a los gusanos de maguey... y los acociles. Junto a las vendedoras de nopales... y del ahuautle. Con el olor del papaloquelite y el cilantro, del orégano... y de la cebolla. Llamaré a las de los ahuilotes y los capulines, a la de los camichines, y allí en medio de esa gente quiero decir mi discurso, en medio de esa gente gritaré: a ellos son a los que quiero libertar de la explotación y de la farsa y me oirán hablar así:

Médicos de todo el mundo: médicos de las ciudades. Tú, el del nombre de pájaro leído, especialista en enfermedades del corazón y los pulmones, para quien la taquicardia no tuvo importancia y para lo que recetaste Veronal en todas las cantidades y en todas las formas. Tú, el especialista en reflejos, director de un hospital, recién llegado de Europa, guarda tus cerillos para que no te mermen los veinticinco pesos de honorarios. Tú, el niño fifí psiquiatra, que descubriste los trastornos del vago por la falta de calcio, guarda tus inyecciones para cuando el temblor abra los muros de tu casa. Y a ti, el otro director de hospital, que solo aprendiste a dar purgas; y a ti también, el ginecólogo famoso, el que al día siguiente del parto me dirías: «Levántate y anda», aunque no pueda obedecerte; y a todos los otros más humildes, pero no menos ignorantes, quiero decirles delante de esta gente lo que pienso, quiero decirles lo que son; quiero que sepan que el robo sin ese pretexto es más noble, más valiente, menos dañino. De los ladrones profesionales, de los simplemente ladrones, las gentes se resguardan de que no se lleven sus cosas o dinero, pero para ustedes no se está prevenido, de ustedes se espera, por el dinero que se llevan, una palabra que determine la enfermedad, y no dicen nada y se llevan el dinero; perjudican al enfermo y a veces lo matan, y cuando el enfermo se da cuenta de su farsa, lo declaran loco. Compañeros, ustedes los aquí presentes, acérquense a oír la verdad: dijeron que yo estaba loca. ¿Ustedes lo creen? ¿Verdad que no estoy loca? ¿Verdad que no?

—¡Pobre mujer! —se escapa Jorge a su biblioteca.

Lupe está cada día peor y sus hermanas, sobre todo Isabel, le avisan a Francisco Marín, su padre, que es mejor que vaya. Muy envejecido, sus ojos a punto del llanto bajo el sombrero de paja, llega en tren de Guadalajara a la casa de Tampico 8 acompañado por su hija menor, Isabel.

Lupe lo ve entrar y se levanta de la cama:

—Papá, a ti es al que esperaba, tú me vas a llevar a enterrar. Soy más joven que tú y voy a morir antes que tú.

Toma sus manos entre las suyas, las besa y vuelve a besarlas. Francisco Marín intenta retirarlas pero Lupe se lo impide a besos.

—Yo fui tu consentida, fui la única, tú me llevabas a todas partes.

Repite: «Papá, papá», lo mira como si fuera a comérselo. «Papá, qué viejito tan bueno eres. Qué suerte tengo de que seas mi padre. Quisiera darte un abrazo pero quedé sin fuerzas. Te estaba esperando a ti. ¿Tú no me tienes asco, verdad? ¿Verdad que no estoy loca? ¡Qué bellas manos tienes! ¡Estoy feliz de que seas mi padre».

—Mira nada más qué flaca y qué descuidada estás, ¿hace cuánto no te peinas? —pregunta don Francisco.

—No sé, papá, he perdido la noción del tiempo, tampoco me importa, solo me importas tú, papá.

—Tienes que ser fuerte y luchar —retira él sus manos—. Lo primero es que te bañes, te peines.

—Péiname tú, papá.

—En cuanto te recuperes, te separas de ese hombre porque él es tu peor enfermedad.

—Tengo miedo de que me bañen, papá, pero llévenme Isabel y tú a la tina, a lo mejor así se me quita lo turulata.

Francisco Marín ordena a su hija Isabel abrir la llave del agua caliente y templarla para el baño.

Esa noche Lupe duerme como desde hace mucho tiempo no lo hacía. Amanece a la espera de don Francisco. Cada vez que suena el timbre de la calle pregunta: «¿Es él? ¿Ya llegó?». Irrita a la casa entera con su terrible urgencia.

—Ya regresó al pueblo —le explica una Isabel temblorosa que por fin aparece.

—Es como todos —solloza Lupe.

Isabel y la criada hablan en voz baja y Jorge se altera cada vez más.

Nadie tiene el corazón de decirle a Lupe que su padre ha muerto.

Capítulo 20

HUÉRFANA DE PADRE

El Hospital Francés es el mejor de México. ¿De dónde sacaría Jorge para pagar semejante lujo? Con un jardín bien cultivado para gente bonita, todo es armonía. Ni un grito ni un sonido fuera de lugar. Las comidas son exquisitas, solo falta acompañarlas con un Borgoña o un Bordeaux.

Las monjas ignoran a Lupe, pero una novicia le platica de Santa Rita: «Fue una gran religiosa después de haberse casado con un desgraciado».

—Yo también me casé con un desgraciado.

—A lo mejor por eso ha sido elegida por la Virgen de Lourdes.

Lupe pasa de la ternura a la aversión al observar a las afanadoras —muchachas pobres y ojerosas— limpiar el piso arrodilladas mientras que la religiosa solo aparta el velo de su cofia para exaltar con voz de locutor de la xew los milagros de la Virgen. Le explica que los muros de la gruta de Lourdes están tapizados de muletas, sillas de ruedas, bastones y aparatos ortopédicos.

—Tengo que salir de aquí.

Le suplica a la novicia adicta a Santa Rita que le envíe un mensaje a Concha Michel, de quien no ha vuelto a saber nada.

«Concha, ven por mí, estoy enferma de odio y rencor, ayúdame a tener esperanza para que se me quite esta enfermedad».

La invade un temor tan grande que no le cabe en el pecho: «Si no salgo de aquí voy a morir como un perro. Tengo que vivir por mí y para mí y para vengarme de Jorge».

Cuando Concha entra al cuarto 12 del Francés en la calle de Niños Héroes, le es difícil reconocer a la Prieta Mula de Diego Rivera en esa mujer esquelética y solo atina a prometerle que la sacará de ahí antes de que la madre superiora dé el grito de alarma.

Aparece en la madrugada —hora de misa— con dos compañeros del partido que cubren a la enferma con una manta, cruzan la puerta del hospital y salen con ella en brazos a la calle.

Una criada que Lupe desconoce abre la puerta de Tampico 8 y les niega la entrada:

—¡Qué bruta eres, es Lupe Marín, la señora de la casa! —la regaña Concha Michel.

Desde la planta alta, Isabel Marín inquiere espantada:

—¡¡Lupe!! ¿Ya te dieron de alta?

—No, me escapé.

—Lupe, tú no cambias ni moribunda…

A punto de preguntarle a la joven Isabel: «¿Y tú qué haces aquí?», Lupe alcanza a ver en la mesa del comedor un frutero lleno de mangos, plátanos y mameyes y corre a tomar un mango, que devora.

En lo alto de la escalera, Isabel es una versión en blanco de Lupe. Delgada, alta, distinguida, su cuello es largo, su boca llena. Sus ojos, que no parecen de ciega como los de Lupe, la observan con aprensión.

Concha Michel se despide e Isabel ofrece tejerle trenzas a Lupe «para que Jorge te vea peinada cuando llegue».

—¿Y tú por qué vives aquí y no en Guadalajara? —pregunta Lupe, insidiosa.

—Me llamó Jorge; me tienes aquí para cuidarte. Si no te parece me voy.

—¿Qué tiene Jorge que andarte llamando? —se enoja Lupe.

—Me dijo que me necesitaba, pero si quieres me voy mañana.

Cada ruido, por mínimo que sea, espanta a Lupe. El silbido del carrito del camotero le pone los pelos de punta porque le recuerda a la Llorona. «¡Ay, mis hijos, ay, mis hijos!». Mirar encima de la cómoda un retrato en sepia de sus padres la saca de quicio. «Eres un desgraciado como todos —le reclama a gritos a don Francisco—, te fuiste sin avisar, me abandonaste». «No digas eso, Lupe, no seas injusta. Si mi papá a alguien quiere es a ti». Por fin Lupe se mete a su cama y sigue torturándose.

Las voces de Isabel y Jorge están siempre al alcance de sus oídos. ¿Qué tanto se dirán esos dos? Hasta los oye reír. Con sorpresa descubre que a Jorge su hermana le parece inteligente. «Isabel se interesa profundamente en el arte y he descubierto que tiene mucho que decir». Lupe replica venenosa: «Sí, todos los débiles mentales se obsesionan por las manualidades. Los pueblos pobres del mundo entero moldean jarritos, tejen canastas, hacen animales de barro y pintan huevos, que son los que a ti te faltan».

Intenta en vano conciliar el sueño. En la madrugada, al oír sus sollozos, Isabel despierta y la encuentra con el retrato de sus padres sobre las rodillas.

—No entiendo cómo me traicionó.

—Lupe, tienes que dormir.

—¿Dormir? ¿Sabes cuánto hace que no duermo, Isabel? Desde el día en que se fue mi papá…

—Haz la lucha, cuenta borregos. Vas a ver cómo te gana el sueño.

—¿Crees que voy a meter un rebaño a mi cama cuando al que quiero meter es a Jorge?

En la madrugada, Jorge Cuesta, trajeado y sentado a un lado de la cama, es una sombra amenazadora:

—Te felicito, eres la mejor actriz que conozco.

—Idiota, ¿crees que voy a fingir una enfermedad solo para fastidiarte? Qué poco me conoces.

—Y tú a mí. No voy a tolerar tus caprichos un día más. Me hice cargo del hospital y te escapaste como una delincuente.

—Más delincuente eres tú, que te robaste mi discurso. ¿Dónde está? Lo necesito para decirlo en la Merced en cuanto me alivie.

—Está donde debe estar: en la basura.

Un médico demasiado gordo para su baja estatura se presenta para auscultarla: «Soy el doctor Melo, cuénteme desde el principio cuándo y cómo se enfermó».

Entre sollozos, Lupe relata el maltrato de médicos anteriores, la incomprensión de Jorge, el egoísmo familiar, los celos que le tiene a su hermana Isabel, hasta que el gordo se pone en pie:

—¿No me va a decir qué tengo? —pregunta ansiosa.

—Se lo diré después de revisar su abdomen, su hígado, su corazón y sus pulmones, tomar su presión y estudiar los análisis.

Una débil esperanza la embarga porque el doctor Melo le parece más amistoso que sus predecesores.

—¿Y Diego? —le pregunta a Concha Michel, quien le cuenta que el camarada viajó con Frida a San Francisco.

—¿Te vino a ver el muy desgraciado? No, ¿verdad? Lo expulsaron del Partido Comunista, por cabrón y por puto.

—¿Por qué le dices así?

—Porque a las mujeres que andan con muchos hombres les dicen putas y yo a los hombres que andan con muchas mujeres les digo putos, y te aseguro que Diego es puto.

Lupe no tolera las groserías. Si una de sus hijas las dijera le lavaría la boca con jabón, pero en ese preciso momento las malas palabras de Concha Michel la reivindican. Ahora solo espera a Melo, que le ha devuelto la confianza.

El médico revisa cada uno de los análisis de Lupe que Isabel Marín pone en sus manos y al final se pronuncia:

—Es exactamente lo que me imaginaba: un mal funcionamiento de la tiroides.

—¿Ni estoy loca ni voy a morirme?

Al enterarse del diagnóstico, Cuesta compra libros de endocrinología: «Léeselos a tu hermana», le ordena a Isabel, pero Lupe no la escucha porque apenas empieza la lectura, la voz de su hermana la hace imaginar un pulpo que ha puesto a freír y salta fuera de la cacerola y sale corriendo sin que ella pueda alcanzarlo.

Jorge habla más con Isabel que con Lupe. Mucho más dócil que su hermana, lo escucha sin interrumpirlo y admira su rectitud. Cuesta no hace una sola concesión, critica incluso la poesía de Xavier Villaurrutia, su contemporáneo entrañable, como critica a Ramón López Velarde, de quien hablará Villaurrutia en un magnífico estudio para una recopilación del zacatecano de la editorial Cvltvra. Remite su vida entera a la literatura.

A Isabel también la deslumbra la inteligencia de Jorge. Siempre se ha inclinado por hombres de ideas y escuchar a Jorge la emociona. Es la primera en salir a la esquina a comprar *El Universal* para ver si viene un artículo de Cuesta. En *El Magazine para Todos* del 22 de mayo de 1932 lee sin detenerse:

> El nacionalismo equivale a la actitud de quien no se interesa sino en lo que tiene que ver inmediatamente con su persona; es el colmo de la fatuidad. Su principio es: no vale lo que tiene un valor objetivo, sino lo que tiene un valor para mí. De acuerdo con él, es legítimo preferir las novelas de don Federico Gamboa a las novelas de Stendhal, y decir don Federico para los mexicanos y Stendhal para los franceses. Pero hágase una tiranía de este principio: solo se naturalizarán franceses los mexicanos más dignos, esos que quieren para México no lo mexicano, sino lo mejor. Por lo que a mí toca, ningún Abreu Gómez logrará que cumpla el deber patriótico de embrutecerme con las obras representativas de la literatura mexicana. Que duerman a quien no pierde nada con ella; yo pierdo *La cartuja de Parma* y mucho más. Me atrevo a advertirlo porque, por fortuna, son muchos más los mexicanos que, no sintiendo como el señor Abreu Gómez, son incapaces de decir: «No son grandes (nuestros artistas) porque son diestros en el manejo de sus artes, sino porque han sabido rebasar sobre las formas, sobre los aspectos, el espíritu nuevo de México, el ansia de nuestra sensibilidad». He ahí expresado (lastimosamente, como se lo merece) el derecho que se conceden los mediocres a someter al artista a que satisfaga el ansia de su pequeñez, la cual, con el fin de dignificarse y justificarse, se ofrece como un ansia colectiva, como «el ansia nuestra». Pero muchos hombres pequeños nunca sumarán un gran hombre. Vale el artista, precisamente, por su destreza y no por el servicio que podría prestar a quienes son menos diestros que él. Vale más mientras le sirve a quien es todavía más diestro. Cuánto vale para los más incapaces es sin duda lo que tiene menos valor, lo que no dura, lo que no será tradición [...]. No les interesa el hombre, sino el mexicano; ni la naturaleza, sino México; ni la historia, sino su anécdota local. Imaginad a La Bruyère, a Pascal, dedicados a interpretar al «francés»; al hombre veían en el francés y no a la excepción del hombre. Pero mexicanos como el señor Ermilo Abreu Gómez solo se confundirán al descubrir que, en cuanto al conocimiento

del mexicano, es más rico un texto de Dostoievski o de Conrad que el de cualquier novelista nacional característico; solo se confundirán de encontrar un hombre en el mexicano, y no una lamentable excepción del hombre.

A Jorge la atención de Isabel lo gratifica y lo anima a quedarse en casa. Incluso le ayuda a ver a Lupe con algo de simpatía. «El día es bellísimo, vamos a que te dé el sol, prescripción médica», anima Isabel a su hermana mayor. En la puerta aparece Jorge: «Yo las acompaño». «No, me da vergüenza, estoy horrible, parezco tísica», llora Lupe. Le ofende que la vean débil y flaca dentro del vestido que Isabel escogió para ella. Afuera, el azul del cielo y el canto de los pájaros que antes la fastidiaban le parece una gloria inmerecida y un sentimiento de dicha la anonada. Le sonríe a Jorge ofreciéndole su mano: «¡Qué bueno que no me morí!», y abraza a su hermana menor: «¡Qué bueno que estoy viva, Isabel!». Se nota a leguas que ambas son hermanas pero Isabel es más bella. Parvadas de niños salen de la escuela. Margarita Cejudo, hija de los vecinos, se acerca a preguntar: «¿Por qué tú no estás de luto? ¿No era también tu papá el que se murió?».

Lupe ya no vuelve a saber de sí hasta despertar en su cama.

—Al día siguiente de que papá te vino a ver y te secó el pelo, le dio un infarto —le explica Isabel.

—¿Por qué nadie me lo dijo?

—Fue por tu bien, te hubieses puesto peor.

Aunque pasea por la casa con su luto a cuestas, Lupe se recupera. Nunca habla de su hijo, al grado de que Jorge se pregunta si recordará que dio a luz.

Para escapar del infierno casero, Cuesta sale todas las noches: «Voy a Bellas Artes. No vengo a comer, me esperan en el Prendes». Asiste a conciertos y exposiciones pero sobre todo se refugia en la oscuridad de las salas de cine a ver películas de Mae West y no regresa hasta estar seguro de que Lupe ya duerme. La rubia de la pantalla ejerce sobre él una atracción desmesurada. Es mucho más inteligente que Xavier Villaurrutia y sus puntadas son mejores que las de Salvador Novo. En la redacción y en el archivo de *El Universal* busca fotografías y declaraciones suyas y arranca las páginas como un ladrón. Entre más lejos de Lupe, mejor. En cambio Novo, Villaurrutia y Owen vuelven a visitarla y Lupe hasta les propone jugar *bridge*.

Capítulo 21

FALTAS A LA MORAL

Pico y Chapo regresan a Tampico 8 de la mano de su abuela Isabel y Pico llora. «Piquitos, ¿qué tienes?», pregunta Jorge solícito al ver a la niña moquear desconsolada. «No quiero que seas mi papá». Ninguna de las dos pregunta por el recién nacido. La vida recobra su ritmo: Lupe frente a la máquina de coser, Jorge en el trabajo, las niñas en la escuela y Lucio Antonio en Córdoba. Lupe hojea *Vogue* y *L'Officiel* con la misma fruición que antes. «Este traje me sentaría como a una reina», sonríe para sí misma mientras le corta un vestido de noche a Carmen del Pozo que la hará verse más alta. Todo va bien hasta que una mañana Lupe recuerda que tuvo un hijo que debe andar por los catorce meses o más.

—Es muy bonito, muy blanco, se parece a mi hermana Natalia, es muy inteligente y ya corre por toda la casa, está muy fuerte, en nada se parece a ti —informa Cuesta.

—Yo creo que se ha de parecer a mí aunque sea un poquito —protesta Lupe.

Su aparente mansedumbre tranquiliza a Jorge hasta que estalla:

—Quiero que traigas a mi hijo a como dé lugar, no puedo esperar un minuto más.

—¿Qué te pasa, Lupe? No finjas quererlo, hasta ahora no te ha hecho ninguna falta.

—Cuando pienso que tengo un hijo por el que no poseo el sentimiento animal de madre me desespero y por eso mismo quiero verlo, para saber si lo quiero.

—Tú no amas a ese niño —se enoja Jorge.

—No es por amor que quiero verlo, sino porque no se lo tengo.

—Ese niño le pertenece a mi madre que se tomó el trabajo de criarlo, digas lo que digas de ninguna manera es tuyo.

—No sería capaz de tenerlo junto a mí solo por mi placer, pero necesito verlo para estar segura de no quererlo.

Jorge Cuesta no cabe en sí de la indignación. «Eres una alimaña, Lupe, toda tu vida has hecho daño».

Las niñas viven una realidad muy distinta a aquella con su abuela en Guadalajara. Con el pretexto de educarlas, Lupe las hostiga: «Si no barren la escalera, si no trapean, si no hacen el quehacer, no van a la escuela». Para ella, educar es castigar. Golpea a Lupe chica y también se lanza contra Ruth a pesar de que la menor la mira con adoración y a todo le dice: «Sí, mamá».

Un mediodía, al regresar de la escuela, las niñas platican con amigas en la puerta. Después de gritarles dos veces «Métanse», fuera de sí Lupe llama a Isabel Preciado, su madre, ahora en México:

—Quiero que te lleves a estas putas, ya no las aguanto.

—¿Cómo puedes llamar así a tus hijas?

—Sí, dos putitas, eso es lo que son.

Grita por la ventana a la calle: «¡Lárguense, par de putas!».

Aterradas frente a la puerta cerrada, las niñas no se mueven y Lupe las amenaza de nuevo:

—¿Qué no oyeron? ¡Lárguense con su abuela!

Las niñas se refugian en casa de Mercedes Cabrera, a quien Lupe chica llama madrina.

—Puedes quedarte aquí todo lo que quieras, hija.

Ruth, menos rebelde, regresa a casa al anochecer. Nunca levanta la voz. «¿Por qué no dices nada?», le reclama su hermana mayor. «Porque no puedo», responde Ruth.

—Esta niña tiene una depresión —se preocupa Meche Cabrera.

De las dos hermanas Rivera, Lupe es la más fuerte aunque se repita «Soy inferior» porque así se lo oyó decir a su madre. Apenas sonríe se abre su cara de niña y su sonrisa encanta, pero Lupe es impermeable a su seducción. Ruth, demasiado pequeña, sigue a su madre en todo. Mucho más morena que su hermana mayor, abre los ojos atemorizados cada vez que escucha su nombre. Lupe obliga a sus hijas a comer y a dormirse temprano, cuando intentan hablar las calla y no parece darse cuenta de que las hace polvo.

Insiste frente a Jorge: «Escríbele a tu madre y a tu hermana que traigan a mi hijo. Quiero probar hasta qué grado es verdad el fenómeno que la naturaleza me presenta: tengo un hijo y no siento nada por él. Es probable que al verlo sienta que sí es mi hijo».

—Nadie te lo va a traer —se enfurece Jorge.

Sin decir agua va, Lupe toma el tren para Córdoba.

Lo primero que ve en casa de sus suegros es a una sirvienta con un niño amarillo en el regazo.

—No conforme con habernos robado a nuestro hijo y ser la causa de que haya perdido su porvenir, ahora vienes a matarnos a mi esposa y a mí al llevarte a ese niño que no estaría vivo de no ser por nosotros —se sulfura don Néstor.

En brazos de Lupe el niño da de alaridos pero ella echa a correr y sube al auto de alquiler que espera en la calle: «A la estación, lo más rápido que pueda». Todavía alcanza a oír a don Néstor: «¡Canalla, perdida, sinvergüenza!». En el vagón, el niño berrea y se ve aún más amarillo.

Cuando Cuesta la ve subir la escalera de la casa con su hijo, su única reacción es tomar su sombrero y dirigirse a la puerta: «Ahora mismo voy a presentar la demanda de divorcio, pero antes vamos a registrarlo porque han pasado dos años y por tu culpa este niño no existe legalmente».

Lupe y Jorge Cuesta, los ojos estriados de venas rojas, presentan a Villaurrutia de testigo para el registro de su hijo. «Es pura formalidad, como ser testigo de una boda, no tienes que pensar mal de mí, yo nunca declararía en tu contra», explica Xavier incómodo. Carlos Pellicer insiste en que el niño está demasiado cubierto.

Lupe y Jorge acuden al Registro Civil de Coyoacán:

En la Ciudad de México, a las 16 (dieciséis) horas 30 (treinta) minutos del día 20 (veinte) de septiembre de 1932 (mil novecientos treinta y dos). Ante mí, José Aguilar, Juez 4° (cuarto) del Registro Civil, comparecieron Jorge Cuesta y Guadalupe Marín, casados, de 29 (veintinueve) y 35 (treinta y cinco) años de edad, respectivamente. Viven en Tampico 8, él de Córdoba, Veracruz, empleado, ella de Guadalajara, Jalisco, y presentaron al niño Lucio Antonio Cuesta Marín, que nació en dicha casa a las 23 (veintitrés) horas del día 13 de marzo del presente año, hijo legítimo de ambos. El niño presentado es nieto por línea paterna de Néstor Cuesta y Natalia Porte-Petit, casados, de 56 (cincuenta y seis) y 54 (cincuenta y cuatro) años de edad, respectivamente, residen en Córdoba, Veracruz, él de Tlalixcoyan, Veracruz, agricultor, ella del puerto de Veracruz. Y por la materna, del finado Francisco Marín y de su viuda Isabel Preciado, de Zapotitlán, Jalisco, de 66 (sesenta y seis) años, reside en Guadalajara. Fueron testigos de este acto Carlos Pellicer Cámara, de Villahermosa, Tabasco, soltero, de 33 (treinta y tres) años, empleado, vive en Sierra Nevada 724 (setecientos veinticuatro) y Xavier Villaurrutia y González, de esta ciudad, soltero, de 28 (veintiocho) años, empleado, vive en Sinaloa 72 (setenta y dos). Leída esta acta, la ratificaron y firmaron. Doy fe. José Aguilar.

Cuesta manda por su ropa, sus libros y se muda a un departamento en la calle de Ponciano Arriaga 5, frente al Frontón México. Al año se cambia a la esquina de Álvaro Obregón y Morelia, en la colonia Roma, en el mismo edificio en el que vive su amigo, el poeta y crítico de arte Luis Cardoza y Aragón.

—Ahora sí el Alquimista evaporó a la arpía —sonríe Cardoza y Aragón.

—¿Sabes algo de Jorge? He venido tres veces y no lo encuentro —toca una muchacha a la puerta de Cardoza.

—No lo he visto, pero ¿quieres pasar?

«Tú y yo podemos intercambiar amiguitas», ofrece. «Dudo que tengas una», responde Jorge.

Cardoza y Aragón insiste en ir a merendar a la casa de Agustín Lazo. Entran por el patio al departamento de Sadi Carnot, cerca de Puente de Alvarado: «¡Lo buscan, niño Agustinito!», grita la portera. Lazo se asoma enfundado en una bata azul marino: «Pasen, muchachos».

Cuando no cenan con Lazo y Villaurrutia lo hacen en La Flor de México, en la esquina de Bolívar y Venustiano Carranza. A veces se les une José Gorostiza. Para Cuesta, Carlos Chávez, director del Conservatorio y la Sinfónica, es «un oportunista, un doctrinario, un dictador, su música es verdaderamente detestable. Es mucho mejor Ernest Ansermet...».

—Para mí el bueno es Silvestre Revueltas —asienta Pepe Gorostiza.

Torres Bodet decide invitarlo a celebrar el fin de año con sus amigos Bernardo Ortiz de Montellano, Enrique González Rojo y Villaurrutia. En su casa de las Lomas, él y Josefina, su mujer, tienen un perrito que persigue a Cuesta a ladridos. Ortiz de Montellano le pregunta a Jorge si todos los perros lo detestan: «No —contesta—, el de Jaime no me detesta; lo que ocurre es que me ha visto ya el resplandor que ustedes no han descubierto». Aunque los Contemporáneos celebran su respuesta, años más tarde, a la muerte de Jorge, Torres Bodet se preguntará si la alusión a ese resplandor no sería el anuncio «en persona de inteligencia tan luminosa, de un lamentable desequilibrio».

***

A solas con su hijo, Lupe no tiene idea de cómo tratarlo. Cuando llora se impacienta, pero cuando ve que Antonio toca su pene se indigna: «¿Cómo es posible? ¡Qué degenerado! Lo enviciaron esas brujas perversas en Córdoba, si no, ¿cómo explicar lo que estoy viendo?».

Llama a Concha Michel:

—Ven a verlo, se masturba como loco. Fíjate en su mirada, ¿no te parece diabólica?

—Sí, es una mirada vidriosa que da miedo.

—Estoy segura de que Natalia y la tarada de su hija le enseñaron esas mañas.

—No exageres, Lupe, algunas madres lo hacen para relajar a sus bebés. Es un masaje.

—Qué masaje ni qué nada, ahorita mismo le quito ese vicio horroroso.

Le amarra las manos para dormir y durante el día le pregunta sin que venga al caso y sin que él pueda entenderla: «A ver, ¿dónde tienes las manos?». Lo atemoriza: «Quita las manos de ahí, vicioso». Pierde el control y lo golpea. Sus cachetadas dejan huella. «Me la van a pagar esas pervertidoras». Maldice a su suegra, a su cuñada y sobre todo a ese hijo depravado.

Cada vez que su madre se acerca a él, Antonio llora: «Ya no lo soporto. Tampoco sus hermanas lo quieren».

—Devuélveselo a tu suegra —aconseja Concha Michel.

—¿Y si la vieja le enseñó este vicio para vengarse de mí?

Antonio llora durante el viaje de regreso. De nuevo en Córdoba, frente a la casa de los Cuesta, Lupe toca a la puerta, su hijo en brazos. «No vaya a apagar el motor, espéreme aquí», le ordena al conductor del taxi. Apenas ve a su abuela, Antonio se prende de su cuello.

—Señora, este individuo casi ha perdido la mala costumbre que usted y su hija le inculcaron. Aquí se lo entrego, pero le advierto que si vuelvo a verlo con ese hábito me las voy a arreglar con ustedes.

—Una hiena tiene más instinto maternal que tú —grita doña Natalia.

Sin más, Lupe regresa a la estación.

Cuesta se preocupa más por la revista *Examen* que por su hijo, a quien sigue llamando Tito. Sabe que en Córdoba su madre lo trata a cuerpo de rey. Tampoco parece afectarle el divorcio. Lejos de Lupe recupera su buen ánimo.

En la redacción de la revista participan Villaurrutia, Novo, José Gorostiza, Samuel Ramos, Julio Torri, Luis Cardoza y Aragón y Rubén Salazar Mallén, cuyo texto

Cuesta decide publicar en el primer número. Es un adelanto grosero de su novela *Cariátide*, sin más valor que el de suscitar el escándalo. Salazar Mallén es un personaje singular que presume sus conquistas, vocifera secretos de alcoba y corre el riesgo de que lo consideren un charlatán porque su cuerpo distorsionado no ofrece una sola garantía. También las groserías le distorsionan el rostro. En las reuniones de café lo temen porque estalla como olla a presión. Según Salvador Novo, podría ser el gran crítico literario de México si se dejara llevar por sus neuronas más que por sus hormonas. Algunos lo llaman *la Suástica* porque es un seguidor del nazismo.

Los escándalos culturales revientan con menor fuerza que los políticos, la comunidad mexicana es antiintelectual y nadie lee un libro salvo los Contemporáneos y uno que otro yucateco. Los escritores mexicanos no existen. «Yo leo en francés», informan las hijas de buena familia.

Un lector anónimo desata el escándalo de *Examen*. El exceso de malas palabras de Salazar Mallén ofende a la moral y a las buenas costumbres. El diario *Excélsior* inicia una campaña en contra de los Contemporáneos. Cuesta no le da importancia hasta que lo llaman a comparecer en el mismo juzgado que tramitó su divorcio:

«Faltas a la moral. Indecencia. Machismo. Pornografía». Los enemigos llaman a Cuesta *el Vizconde de Mirachueco*, a Salazar Mallén *Quasimodo* y a Salvador Novo *Nalgador Sobo*.

Cuesta asiste a todas las audiencias y se defiende solo:

Antes que *Examen*, otras revistas literarias, como *México Moderno, Contemporáneos* y *Barandal* [la última dirigida por Rafael López Malo, hijo del poeta Rafael López] publicaron trabajos en que el autor recurría a palabras o giros «inconvenientes». ¿Quién no recuerda también los manifiestos estridentistas, verdaderos periódicos murales que Maples Arce mandaba fijar en las esquinas? Por otra parte, tampoco es Salazar Mallén el primer escritor conocido que reproduce abiertamente esa clase de palabras. Ahí están Julio Torri, el propio Maples Arce, Renato Leduc y aun Ermilo Abreu Gómez [...]. Por debajo de *Examen*, en pleno corazón de la ciudad, circula profusamente la más asquerosa pornografía. Niños de doce años, provincianos ingenuos y capitalinos maliciosos se recrean a sus anchas con dibujos y chascarrillos donde se exhibe la más descarnada perversión sexual. Estos pasquines se los ofrecen a usted en bolerías y peluquerías y se los meten por las narices los papeleros, aun en presencia de las señoras, cada vez que se detiene el tren o el camión. ¿Por qué nunca los ha perseguido la justicia? ¿Tan solo porque no ha habido quien los denuncie?

La revista alcanza a publicar tres números.

«Soy como un árbol en pleno otoño», escribe Jorge sin su más ansiado proyecto, sin su hijo y sin Lupe.

Extraña a las niñas y decide ir por ellas para llevarlas al cine. Ruth lo abraza, Lupe chica, en cambio, se niega a acompañarlos. La niña habrá de resumir más tarde: «Casada con Jorge Cuesta, mi mamá se dedicó a sus amigos intelectuales y no nos hizo el menor caso. Luego se encerró a escribir su libro revanchista y tampoco nos hizo caso. Y al final se entregó al *bridge* y a la canasta; total, nunca nos hizo caso. Jorge ya no vivía con nosotros, quería sacarnos a la calle pero seguí odiándolo porque por él perdimos a mi papá».

Capítulo 22

UNA MEXICANA EN PARÍS

Apenas se entera de que Diego, llamado por Edsel Ford, está a punto de viajar a Detroit, Lupe toca a la puerta de la Casa Azul:

—No hay nada peor que perder la salud, Panzas, no quiero volver a enfermarme.

—Cuando nos arrejuntamos, Prieta Mula, te prometí un viaje y nunca te lo cumplí. Vete a Europa.

—¿Con qué quieres que vaya? No tengo un quinto.

— Acabo de decirte que yo te…

—¿Y las niñas?

—Tienen a su abuela y también me tienen a mí y a Frida.

—¿Te tienen a ti? ¡No me hagas reír!

—Pues sí me tienen como tú me tienes porque siempre estoy para lo que se te ofrece.

En lo primero que piensa Lupe es en hacer su maleta, pero se lo impide un mensaje de Narciso Bassols, secretario de Educación: «Sra. Guadalupe Marín, por favor preséntese en mi oficina mañana temprano».

—Seguramente me va a ofrecer trabajo —se alegra Lupe.

Recoge su pelo en un chongo apretado y enfundada en su mejor traje se presenta en la Secretaría de Educación.

En su imponente despacho, detrás de su escritorio, Bassols carraspea antes de decir en tono de recriminación:

—Señora Marín, hágame favor de ocuparse de mi persona cuando yo esté presente y no olvide que soy padre de seis hijos… Ahora puede irse.

Lupe se queda sin palabras, imposible comprender el reclamo de Bassols: «Esto no me sucedería si viviera con una celebridad como Diego Rivera». Se hace cruces hasta que reflexiona: «¿Será porque dije que el único caballero en la Secretaría de Educación es Amalia Caballero de Castillo Ledón? ¿Se sentiría aludido, si a él ni siquiera lo nombré?».

También recuerda que Elías Nandino le contó que él y Xavier Villaurrutia habían pasado por Salvador Novo a la Secretaría de Educación para ir a comer pero antes entraron al baño. «En una de las paredes alguien había puesto: "Salvador Novo es joto". Al leerlo, Novo también hizo su lista: "Narciso Bassols es joto. El tesorero de la SEP es puto. Torres Bodet es marica". Llenó media pared con los nombres de funcionarios. Cuando Nandino le preguntó: "¿Por qué hiciste eso?", respondió: "¡Ay, porque así lo borran más pronto!"».

—Escríbele para aclarar el chisme —aconseja Concha Michel—. Algo has de haber dicho, siempre insistes en que joto por aquí y joto por allá…

—¡Ay, pero esa es una plática!

—Lupe, eres muy bocona, dices cualquier cosa sin fijarte a quién. Escríbele a Bassols, no hay de otra.

—¿Él me ofende y yo tengo que escribirle?

«Señor Secretario de Educación —escribe furiosa—: No tengo ningún apoyo moral ni material en la vida, pero creo no necesitarlo. Me extraña que siendo usted tan inteligente como dicen que es no se dé cuenta de los muchos aduladores que tiene a su alrededor. Y perdone la inconsecuencia; tengo una idea fatal de la vida, conozco cientos de hombres con hijos y nunca he podido exclamar de uno de ellos: "¡Qué hombre es!". Y no porque no los hayan tenido conmigo, porque con dos he tenido hijos, y siempre me sentí más hombre que ellos. Atentamente. Guadalupe Marín».

—Está muy bien la carta, envíala ahora mismo —aprueba Concha.

—¿Tú crees, Concha, que Bassols es tan inteligente como lo pintan?

—Es un educador, sabe economía política y botánica…

—¡Bah! Dos cosas entre mil; lo que pasa es que a ti te dejó con la boca abierta el día que habló del homosexualismo de las plantas pero eso fue pura cachondería.

***

De Veracruz, Lupe viaja a La Habana y de ahí a Nueva York. La reciben en el muelle su hermana Carmen y su cuñado, el cónsul de México, Octavio Barreda, quien además de atender el consulado traduce *La tierra baldía* de T. S. Eliot.

—Los precios en la Quinta Avenida son estratosféricos y los domingos Wall Street es un cementerio —comenta Carmen.

Frente a los rascacielos, Lupe exclama: «Esta ciudad es para altos como yo». Ver a los niños jugar a cubetazos de agua en la calle la divierte tanto como el Barrio Chino. «Adoro a los chinos, son la primera civilización del mundo».

Tras dos semanas de buena convivencia, Lupe zarpa a París en un barco alemán en el que nadie habla español. Desde la escotilla contempla el mar y ni siquiera se viste. Pide su comida en el camarote. En El Havre toma un tren a París y al bajar en la Gare du Nord entrega la dirección al chofer: «6 Rue du Prince, Boulogne sur Seine».

Pregunta por *Madame* Rubin y la sirvienta le cierra la puerta en la cara.

Pensó encontrar a una amiga que no veía hacía seis años y de pronto se da cuenta de que ha tocado en el número 9. «¡Qué bruta soy, estoy tan nerviosa que vi el 6 al revés!».

Su amiga en el 6 la recibe con frialdad: «Los amigos mexicanos están alarmados por tu llegada. Rechazan tus costumbres modernas; una mujer que se divorcia dos veces crea problemas…».

—No te apures, no seré problema ni para ti ni para tus amigos mexicanos.

Sin saber cómo, toma su maleta y le ruega al chofer que le recomiende dónde dormir. El taxista se detiene frente a una pensión para estudiantes. «*Ici c'est pour les étrangers*». La habitación da a la calle y su tapiz de girasoles la rechaza así como el cubrecama de un gastado terciopelo verde.

En su agenda, Lupe apuntó el teléfono del encantador Luis Cardoza y Aragón, poeta y amigo guatemalteco de Cuesta que ahora vive en París.

—Este cuarto es horrible —le dice Cardoza y Aragón en cuanto entra y le explica—: Siempre que llega un mexicano va a parar a una pensión para estudiantes.

Gracias a las postales, Lupe reconoce la Ópera, el Arco del Triunfo, el Trocadero, el Sena, la Torre Eiffel, el bosque de Boulogne. Luis la lleva del brazo y los paseantes vuelven la cabeza para mirarla. Lo mismo sucede en el Museo de l'Orangerie y en el Rodin. Lupe, que conoció a Cardoza en México, tímido y callado al lado de Cuesta, descubre en él a un enamorado y un guía insuperable que la hace reír con su ingenio: «Vamos a robarnos unas cerezas». Mientras ella distrae a la vendedora, Luis se echa un puñado a la bolsa: «El hurto las hace más sabrosas. Todo lo prohibido es más sabroso». Las comen en una banca al borde del Sena. Cardoza y Aragón le hace la corte y Lupe descubre que es un hombre sensible y muy atractivo. «¡Pero qué inteligente eres!», exclama Lupe encantada. Menciona a Marc Chadourne, empeñado en escribir un libro llamado *Anáhuac, o el indio sin plumas*, lo sabe todo de Rimbaud, Verlaine y Valéry. La lleva al Louvre y extiende los brazos ante la Victoria alada de Samotracia para decir la frase que más tarde se volverá célebre: «La crítica de arte es la Venus de Milo llevando en sus manos la cabeza de la Victoria de Samotracia». «¡No cabe duda, tú vas a pasar a la historia!», constata Lupe, quien se detiene ante Rubens: «Estoy segura de que muchos mexicanos les morderían las nalgas a estas gordas». Invita a su enamorado: «Vamos al Dôme, a La Rotonde, para recordar a Diego». «Lupe, no me alcanza». «Yo traigo dinero, te convido». Lupe no cabe dentro de sí de la felicidad. «¡Virgen de Zapopan, qué elegantes son los franceses! Ellos sí que saben vivir».

En el Boulevard Saint Michel, en Montparnasse, en Les Deux Magots, tomado del brazo de Lupe, Luis la presume como su trofeo personal. ¡Que todos crean que es suya! Hombres y mujeres vuelven la cabeza para mirarla y Cardoza aprieta el brazo para que no quepa la menor duda: «Esta es mía». Encantado, le asesta sus teorías sobre la índole femenina, en la que —según él— es experto.

—Hay que entender la psicología de las mexicanas; tú, por ejemplo, eres de las menos mexicanizadas, sin embargo, no has podido liberarte. Mira, tanto a la mexicana como a la guatemalteca les gusta sentirse víctimas. Ustedes se quejan del machismo pero son las que educan a sus hijos. Recuerda nomás a tu suegra, Natalia…

—No todas somos así, mírame a mí, mandé todo a volar.

—De ti mejor no hablemos, eres única; te voy a presentar a mis amigos para que te descubran.

De vez en cuando, Luis la consulta.

—Vamos a ver si te gusta este verso: «Los veleros se han atado pañuelos blancos al cuello».

—Sí, es gracioso.

—Yo lo escribí —sonríe como niño.

Lupe jamás se cansa, quiere conocer hasta los túneles en los que se escondía el fantasma de la Ópera. «Oye, tú, llévame al Altar Mayor de Notre Dame para ver cómo se suicidó la Rivas Mercado». «¡Ay, no seas paya! ¿Conoces a Chagall? ¿Conoces a Matisse? ¿Conoces a Marc Chadourne?», pregunta Cardoza y Aragón, que le cuenta que Baudelaire amó a una negra y que la pasión entre Paul Verlaine y Arthur Rimbaud fue primero un escándalo y luego una tragedia, hasta que aburre a Lupe: «¡Ya cállate, tú me pareces el más ebrio de todos los barcos!». Cardoza insiste:

«Me duele el aire... Me oprimen tus manos absolutas, rojas de besos y relámpagos, de nubes y escorpiones».

Cardoza y Aragón se empeña en atenazarla y recitarle su poesía y la de Rimbaud mientras caminan por la calle. Intenta besarla y Lupe lo rechaza:

—No te hagas la remilgosa, si Cuesta es más feo que un renacuajo.

Capítulo 23

LOS *SUBREALISTAS*

Cardoza y Aragón la invita a la casa de una pareja de pintores, los Clausade: «Él fue amigo de Diego cuando vivía en Francia». Abre la puerta un hombre con un delantal puesto sobre el pantalón:

—Tenía ganas de conocerte, me han contado historias divertidas de ti —le dice a Lupe al besarla.

—¿A poco aquí los hombres guisan? —le pregunta a Cardoza en voz baja—. No me imagino a Diego ni a Jorge abriendo la puerta con un mandil.

Con la excusa de que tiene un *soufflé* en el horno, el anfitrión desaparece. Su esposa, Niní Clausade, es tan alta como Lupe y la comida resulta deliciosa. Lupe nunca ha probado espárragos ni compota de ruibarbo.

A las tres de la mañana Cardoza y Aragón la devuelve a su pensión. Pretende entrar a la habitación; Lupe se defiende y al despedirse el guatemalteco le advierte que la anfitriona es una mujer tan bella como peligrosa.

—¡Cuídate! Los franceses le hacen a todo: hombre, mujer, cabra, pero a sus horas y sin medida.

Al día siguiente Lupe toca a la puerta de la pareja. Envuelta en una bata azul Niní la conduce a su estudio y le explica cómo va a pintarla:

—No voy a colocar rojo en sus labios porque el *rouge* que usa es muy suave; agregaré más gris al verde de sus ojos; su pelo es negrísimo, con él no tendré problema, el negro me bastará; con puros ocres voy a dar el tono de piel. Perdone, siendo la esposa de Diego Rivera debe conocer el proceso mejor que yo.

A pesar de que Cardoza y Aragón insiste en que el retrato la masculiniza, Lupe se encanta con él y con Niní que la alaba a cada pincelada. «Jamás creí que podría existir una mujer como usted. Su fuerza es tan extraordinaria como su belleza. Usted es un elemento de la naturaleza, puede comparársele al fuego, al sol, al agua, a las tinieblas». No cabe duda, Lupe es una diosa que los mexicanos no han sabido reconocer. En París sí la aprecian porque no son unas bestias peludas como los mexicanos. Ahora cada vez que la siguen en la calle Lupe se detiene unos instantes para que se den un taco de ojo.

—*Regardez cette femme extraordinaire!*

—Causas la misma sensación que Josephine Baker —le dice, maligno, Cardoza y Aragón.

Enamorada de sí misma, Lupe, cada vez más desenvuelta e intencionada, devuelve las miradas que se posan en su cuerpo, sus ojos, sus piernas. «Es cierto, soy una reina». Recarga su brazo en el de Cardoza y Aragón como si fuera su paje. A la menor provocación, él la besa y la toma de la cintura. Lupe ríe, halagada. «Ahora, tú, ¿qué te pasa?». «Soy tu caballero sirviente, soy tu introductor en Europa, soy tu guía, tu cicerón, tu esclavo, quiero ser tu amante en el espantoso cuarto de la pensión con sus muros cubiertos de girasoles de papel».

—Cálmate, guatemalteco.

Luis no admira a Rivera. Le habla de Cuesta, su amigo y vecino, según él un hombre candoroso. Lupe admite que es ridículo reducir la cultura de México al charro y a la china poblana. Luis le dice: «Me interesan las herejías y tú eres una herejía». A veces hablan de Dostoievski, tema preferido de Lupe, y Luis le dice: «¿Sabes quién es un Dostoievski? José Clemente Orozco», y le explica que es «el mejor de los Tres Grandes».

—Eso sí no te lo acepto.

Lupe enloquece por los atuendos de los maniquíes en los aparadores: «Ese vestido puedo hacérmelo en dos tandas...».

Aunque preferiría llevarla de nuevo al Museo Rodin, Cardoza la acompaña a los grandes almacenes sin perder la paciencia y la observa acariciar las telas. Cardoza tiene un ojo finísimo y Lupe sabe escogerlas, Luis interviene a su favor, halaga, seduce, las vendedoras ríen cuando los ven salir y entrar una y otra vez: «Ya decídete, mujer», implora Cardoza. «No, Luis, tú no sabes, esto es como la cocina, cuestión de paciencia, hay que reflexionar, voy a consultarlo con la almohada. Seguro entre sueños se me aparece el vestido que podría yo hacerme con esa tela, mañana regresamos».

—¡Ah, no, mañana te voy a llevar al café de la Place Blanche para que te conozcan los surrealistas!

En el sitio más visible de una mesa de ocho, un león de melena hirsuta destaca por encima de los demás. André Breton se levanta a recibirla. Obviamente es el jefe, el de las tempestades, lo confirman sus ademanes terminantes, su impaciencia cuando lo interrumpen, su autoridad que le permite poner a cada quien en su lugar, burlarse o desagraviar. «Responderé en español, pero entiendo francés», advierte Lupe con súbita timidez. «Así que tú eres la mujer de Diego. Te escogió bien», la observa Breton con curiosidad y le dice algo que ella no entiende.

—Desde que vivía con Diego Rivera quise venir a París solo para conocer a los *subrealistas*...

—¿Oyeron cómo dijo? *Subrealistas* —sonríe Breton.

«¿Cómo se me fue a escapar esa maldita "b"? ¡Qué bruta soy!».

—¿Vas a ver a Picasso? Creo que Kisling está en París en este momento. Élie Faure se sentiría muy mal si sabe que estás en Francia y no lo buscaste.

En su casa, Élie Faure, sorprendido ante su belleza, la toma en sus brazos y la besa en ambas mejillas. «A la francesa», le explica. Al verla recuerda a Angelina Beloff, dulce y tímida, incapaz de imponerse como ahora Lupe, que revisa el departamento y desdeña su pequeñez, sus sillones gastados y tristes y sus cortinas polvosas. «¡Ah qué los franceses tan cochinos!», piensa pero no lo dice. «¿No querrá usted ver a Picasso?», pregunta Élie Faure con la *politesse* francesa y Lupe responde que sí, que claro, que ojalá el estudio de Picasso no huela mal como esta habitación. Cardoza ofrece acompañarla. También Alejo Carpentier. Élie Faure pregunta por Diego y sobre todo por Angelina: «¿La ve usted en *Mexico City*?». Lupe explica que la primera mujer de Diego es una toalla mojada, palabras que Cardoza le traduce a Élie Faure del mejor modo posible.

—Tiene usted que ir a la galería de Leonce Rosenberg para que le enseñe la etapa cubista de Diego.

—Sí, sí. Pienso abrir una galería de arte en México —exclama Lupe.

En la galería Rosenberg Lupe se dispone a disfrutar tela tras tela de un Diego anterior a ella, pero resulta imposible callar a Luis Cardoza y Aragón que le explica cada una de las pinceladas. «¿Te crees crítico de arte o qué? Déjame sola».

El poeta detalla la puesta de sol, el vitral de Notre Dame, el platillo que van a degustar, la mejor librería de viejo al borde del Sena, le explica lo que es un *flâneur* al estilo de Baudelaire, hasta que Lupe se exaspera:

—Oye, ya no hables tanto, no me dejas pensar.

—¡Ah! No sabía que tú pensaras —se ofende Cardoza.

Esa noche Lupe no le permite pasar a su cuarto porque quiere escribirle a Diego que vio por primera vez su obra de juventud. «De veras que eres grande. Te admiro cada día más. ¿Cómo es posible que una mujer como yo haya adquirido tanta ascendencia sobre un hombre que como tú conocía a El Greco, Velázquez, Goya, Murillo, Zurbarán y se codeaba con Picasso y Apollinaire? Recuerdo que alguna vez, cuando te hablé de mi ignorancia, respondiste que no te importaba. Eres muy generoso. Estoy segura de que ahora también me dirías: "No te preocupes, los cuadros que pinté de joven en Europa fueron los más banales que puedan pintarse"». También le asegura estar apenada de no saber francés «para hablar mal de ti, Panzas». En esa misma carta invita a Frida a pasar un mes con ella en París. «Iríamos a ver a Picasso. Es un hombre amable, conmigo tuvo toda clase de atenciones».

Lupe le confiesa a Cardoza que tiene curiosidad de conocer a Marika, la hija de Diego, para ver si de veras se parece tanto a él como cuentan.

—Yo te llevo.

—Aunque Diego dijo que era hija del armisticio, quiero comprobar si es verdad.

En la casa casi vacía la joven Marika, de dieciocho años y mirada triste, saluda con gracia. Es alta, de cabello oscuro y murmura:

—Me dicen que me parezco a mi padre.

—Muy cierto —comprueba Lupe con voz de trueno—. No hay duda, te pareces a Diego más que nadie que haya yo visto jamás.

Al salir de su encuentro con una tímida Marika Rivera Vorobiev, en un departamento pobre y mal amueblado, Lupe llega a la conclusión: «Claro que es hija del sinvergüenza del Panzas, son como dos gotas de agua, esta altota se le parece más que mis hijas y se lo voy a decir».

Al despedirse, Lupe promete hablar con Diego y sobre todo le asegura a Marika que regresará el año entrante. «¿Para qué le dijiste que eran padre e hija? ¿No viste la tristeza en sus ojos?», se irrita Luis. «Se lo dije porque es verdad». «Lupe, qué mala eres, le diste esperanzas. Ahora va a querer ir a México. ¿Le vas a pagar tú el viaje?».

Las compras desbordan la maleta de Lupe. Luis la retiene cuando ella le pide regresar a las Galeries Lafayette:

—Modera tu fiebre adquisitiva. Este no es tu último viaje. Antes de que te vayas, Ilya Ehrenburg pidió conocerte. Tenemos cita con él el jueves en La Coupole.

«Hacía años que esperaba este momento, Diego me habló mucho de usted», Ehrenburg se pone de pie e inclina su cabeza de cabellos sin lavar sobre su mano. «De tantas ganas de verla estaba yo por ir a buscarla al Hotel de Suez en el Boulevard Saint Michel, donde solía hospedarse Diego». Lupe se siente reconocida, apreciada. ¿Así que Diego habló de ella con este greñudo que seguro no toca el agua hace un mes?

Al rato se aburre y bajo la mesa del café patea a Cardoza y Aragón. «Ya vámonos, ya estuvo bueno del ruso».

Al que recibe con gusto es al cubano Alejo Carpentier, a quien le entiende todo a pesar de su «r» francesa y sus mejillas caídas. Más alto que Cardoza y Aragón, a Lupe le gusta caminar del brazo del cubano, que conoce París como su bolsillo y no intenta besarla a cada instante como el guatemalteco.

A medida que pasa el tiempo crece la expectativa entre los artistas por conocer a *la femme du Mexicain*. La festejan, es un portento. ¡Qué cuerpazo! ¡Qué porte! ¡Qué maravilla de piernas y de manos! ¡Qué personalidad! ¡Cómo camina! ¡Qué sensuales sus labios oscuros!

París es para Lupe un rayo de luz. Los franceses han descubierto que ella es una reina, se lo dicen a cada instante. Los desconocidos se detienen en la rue des Saints-Pères para verla, los gendarmes no le quitan los ojos de encima cuando atraviesa la calle. La indiferencia de los mexicanos quedó atrás; no cabe duda, esos pobres huehuenches del otro lado del océano son unos idiotas. «Con razón París es la Ciudad Luz, con razón los franceses encabezan la cultura del mundo. Tienen lo que a México le hace falta».

Mientras Lupe disfruta sus últimos días en París, Diego y Frida llegan a Detroit el 20 de abril de 1932. Edsel Ford, hijo de Henry Ford, ofrece veinte mil dólares por unos murales en el patio interior del Instituto de Arte. A los costados del panel central Rivera pinta dos mujeres gigantescas: una rubia y otra morena que llevan en sus brazos frutas y verduras del mercado de Michigan. En el centro planta un feto dentro del bulbo de una planta, sus raíces alimentadas por la tierra: «Esta es una célula embrionaria que representa la vida y su dependencia de la tierra», explica Diego a Edsel Ford mientras le asegura a Frida que es un homenaje al hijo que acaba de perder.

CAPÍTULO 24

POESÍA Y QUÍMICA

Jorge Cuesta se instala en el tercer piso de una casa de tezontle en la ancha y luminosa calle de Moneda que desemboca en Catedral y se dispone a una vida sin Lupe ya que Aarón Sáenz, secretario de Industria, Comercio y Trabajo, lo nombró jefe del Departamento Técnico del laboratorio de la Sociedad de Productores de Alcohol, recién fundada por la Secretaría de Hacienda. Ahora dispone de un magnífico laboratorio, sus ayudantes lo llaman «doctor» o «maestro» y lo tratan con deferencia. ¡Cuántas atenciones! Por primera vez se siente reconocido.

Designa subjefe al químico Alfonso Bulle Goyri, que lo sigue como los apóstoles a Jesucristo. A Alfonso Bulle lo pasma la inteligencia de Cuesta: «Lo que hace en el laboratorio lo tiene en la cabeza y nunca escribe nada, pasa de una cosa a otra sin anotar fórmula alguna», cuenta a los demás. Pero lo que más le sorprende es uno de los experimentos de Cuesta para quitarle a la estricnina su efecto nocivo. Delante de Bulle él mismo ingiere el veneno sin que le pase absolutamente nada.

Además del trabajo en la Sociedad de Productores de Alcohol, Jorge escribe para *El Universal*. Su artículo sobre José Clemente Orozco lo mantiene en ascuas. A las seis de la tarde acude a la redacción, en la calle de Bucareli:

—Se lo vamos a publicar, pero lo que vende son las crónicas de policía.

En el entreacto de uno de los conciertos en Bellas Artes que Carlos Chávez estrena y dirige cada mes, Jorge conoce a Alicia Echeverría Muñoz. Sus pechos, que asoman con frecuencia de un generoso escote, son blancos y altivos. A Jorge le atrae esa hembra que asiste sola al concierto y que en el entreacto pide una copa de vino en el bar. «Permítame», la invita y le ofrece su brazo.

Cortejar a una mujer que no sea Lupe es una novedad estimulante.

Salvador Novo, Xavier Villaurrutia y Julio Torri reciben a Aldous Huxley en la estación de Buenavista.

—Mi único interés en la Ciudad de México es ver a Cuesta, Lawrence me habló de su inteligencia —informa Huxley.

En 1923, durante su estancia en México, a D. H. Lawrence le llamaron la atención los conocimientos del joven químico mexicano y jamás olvidó la certeza con que Cuesta le aseguró que «estaba a punto de descubrir el elíxir de la eterna juventud».

Se lo recomendó a Huxley pero no por su inteligencia, sino por su conocimiento de la marihuana, el peyote, los hongos alucinógenos a los que Cuesta recurre desde los veinte años. «*He's an expert, there's no one like him*».

En ese momento Jorge experimenta una forma sintetizada de marihuana de la que puede extraerse un energético. Ya de por sí algunas curanderas dan friegas de marihuana para esguinces y dolores musculares y muchos han mejorado con sus pócimas y masajes.

Cada vez más alejado de los Contemporáneos, Jorge ya ni siquiera acude al Café París; permanece horas en el laboratorio entre sombras amenazadoras, y ya muy tarde, en su casa se encierra a leer y a escribir. Alguna noche recibe a una muchacha, nunca la misma; Alicia Echeverría pronto las desplaza. Bosqueja un poema del que tiene los tres primeros versos y sobre ellos regresa hasta volverlos de piedra. «Ya oigo el silencio de lo que escribo». Aunque el cierre de *Examen* lo afectó, la poesía lo salva.

Sin avisar, su madre, Natalia, aparece con Antonio en brazos: «¿Y ahora qué pasa?». Según la abuela, el niño presenta una «inapetencia alarmante».

—A ver, déjame revisarlo.

—Tú eres químico, no médico.

—Pero, mamá, ¿por qué no consultaste a un pediatra en Córdoba?

—Porque quería verte a ti. Tu hermano Víctor bebe cada vez más y el alcohol le hace más daño cada día que pasa. Tu padre y yo ya no sabemos qué hacer.

Doña Natalia prolonga su estancia en la calle de Moneda. Maternal y nutricia, insiste en que Jorge se ve delgado, pálido, ojeroso: «¿Estás seguro de que comes a tus horas? ¿Duermes bien?».

—El que no come bien es este niño, mamá —se irrita él—. Tienes que darle jugo de naranja en la mañana y de jitomate a mediodía.

—A ustedes nunca les di jugo de nada y mira cómo crecieron.

—¿Qué no sabes que la leche se corta en el estómago con los ácidos y favorece la digestión?

—He criado a cinco hijos que crecieron sanos y fuertes pero a ti todo te parece mal. Seguro esa mujer todavía te tiene embrujado.

La ausencia de Alicia Echeverría pone a Jorge de mal humor.

Cuando despide a su madre, Jorge se concentra en el regreso de Alicia y en su ensayo que lo hace recordar a Lupe: «La mujer en las letras».

Poco ha ayudado al crédito de la mujer en las letras la exigencia social que ha pesado constantemente sobre su carácter: se le ha exigido siempre la sumisión y se le ha negado la capacidad de rebelarse. Las mujeres rebeldes han sido juzgadas masculinas, marimachos, infieles a su condición de mujeres. Y, puesto que el espíritu es una rebeldía, no se ha tolerado socialmente que existieran mujeres espirituales. Es común en la crítica y en la historia el sentimiento que considera a las mujeres que se distinguen por el espíritu, como poseedoras de un temperamento masculino.

Gorostiza le lee un poema que empieza con: «Lleno de mí, sitiado en mi epidermis, por un dios inasible que me ahoga, mentido acaso…» que Jorge juzga «excelente». Pepe le advierte que se trata de un texto extenso, como el *Primero sueño* de Sor Juana, y Jorge le da título: *Muerte sin fin*.

—Sí, tienes razón, es un gran título. Y tú, Jorge, ¿cuándo terminarás el tuyo?

—Mejor pregúntame cuándo lo empezaré.

Para Cuesta, la poesía es alquimia.

«El poeta debe soportar el hastío y proceder como el hombre de ciencia, abrirse paso a través de las experiencias más tediosas y aparentemente superfluas».

La amistad de Gorostiza reconforta a Cuesta de la ausencia de su querido Gilberto Owen. Ninguna pregunta sobre Lupe o sobre Alicia Echeverría u otra que salga de su departamento. Discreto en demasía, Cuesta tampoco se ocupa de la vida sentimental de Gorostiza. Novo, en cambio, repta hasta la cocina y unos cuantos meses más tarde preguntará jubiloso: «¿Sabían que a Owen le quitaron el Consulado de Ecuador por meterse en el Partido Socialista? Anda de maestrito en Colombia».

Capítulo 25

DE REGRESO A MÉXICO

Carmen Marín y Octavio Barreda reciben a Lupe en el muelle: «Diego tiene una exposición en el MOMA». Lupe llama de inmediato y Frida la invita a quedarse con ellos. Ansiosa por llegar a México, Lupe zarpa dos días más tarde en la línea De Grasse a Veracruz y toma el tren a la Ciudad de México. En el andén de la estación de Buenavista aguardan Concha Michel y su hermana menor, Isabel, que lleva de la mano a Pico y a Chapo:

—Creímos que te ibas a quedar más tiempo —le dice Isabel.

—Ya extrañaba México. ¡Les traje unos vestidos fantásticos a las niñas! ¡Y a ti una blusa, y a ti, Concha, otra, a ver si te queda! ¡Ahora sí, mis hijas van a causar sensación como yo la causé en París! ¡Van a ser la envidia de toda su escuela!

Concha mira con severidad el contenido de la maleta y Lupe le pregunta por Cuesta:

—Está hecho un esqueleto.

—¿Y de Antonio qué sabes?

—Lo tienen en Córdoba. La única que sabe algo es Isabel, tus suegros no permiten que tu hijo venga a la capital.

—Aunque no lo quiero, a ratos siento que tengo obligación con él.

—¡Mira cómo es la vida, a ti no te importa tu hijo y Frida llora día y noche cada vez que aborta!

—¡Qué necia! ¿Cómo va a tener hijos si está tullida? A Diego lo que menos le interesa en la vida es tener hijos; ya con las que tuvo conmigo fue suficiente.

—También yo he viajado mucho —presume Concha—, y no nada más para comprar trapos. Estuve en Rusia, conocí a Alejandra Kolontái, a Clara Zetkin, unas luchadoras formidables, unas feministas todavía más importantes que las inglesas... Por ellas escribí el poema: «Dios, nuestra señora». ¿Quieres que te lo diga?

> Mujer, Madre del Hombre.
> Humillada hasta lo más profundo de tu ser;
> para el fraile eras la imagen del pecado;
> para el político, instrumento de placer;
> para el artista, quizás un tema estético
> y para el sabio un «caso» que no ha podido resolver.

Concha es la más leal de las amigas y si de ella dependiera se verían a diario porque se explaya con la camarada Michel y no esconde sus malos humores ni sus decepciones. Concha, en cambio, habla poco de sí misma: la vida privada es *privada*. Tiene la franqueza de la inteligencia y sus respuestas obedecen al sentido común. De ella misma y de Hernán Laborde no cuenta nada y mucho menos de un hijo que nació enfermo y protege contra viento y marea. De ser posible, ese hijo la ha vuelto más solidaria. Todas las noches Concha toma su guitarra y canta corridos y romanzas y en ellos se le va el sentimiento acumulado durante el día. «Algún día mi hijo me va a acompañar a cantar».

> Lo que digo de hoy en día,
> lo que digo lo sostengo:
> yo no vengo a ver si puedo,
> sino porque puedo vengo.

Lupe aplaude su *Llorona* traída de Tehuantepec:

> Cada vez que entra la noche,
> ay, Llorona,
> me pongo a pensar y digo:
> ¿de qué me sirve la cama?
> ay, Llorona,
> si tú no duermes conmigo.

«Lupe, te ves gordísima, tienes que hacer gimnasia», le espeta Concha. Es lo peor que podría decirle. Para Lupe, la gordura es sinónimo de infierno. Allá es donde deberían estar las gordas tatemándose, que las llamas se encargaran de freír todas sus lonjas y hacerlas chicharrón. También le advierte que —después de tanta ausencia— debería ir a la escuela para hablar con los maestros de sus hijas.

En la escuela, el maestro pasa lista en clase, señala a cada niño y cuando le toca su turno, Pico responde: «Guadalupe». «¿Cómo se llama tu papá?». «Diego Rivera». La clase entera levanta la cabeza y Pico no sabe si reír o llorar.

—Mamá, ¿es bueno ser hija de Diego Rivera?

La menor acude confiada al nombre de Ruth. Se preocupa por no enojar a nadie y lleva su ropa al lavadero antes de recibir la orden. A la mayor, las palizas de su madre la han endurecido y se aísla.

«¿Tu mamá te pega?», pregunta Ruth a su compañera de banca. «No. ¿Y a ti?». Cuando Ruth le responde que todos los días, Lupe chica la amonesta: «No lo cuentes. ¿No ves que es una vergüenza? ¿Nos pega mi papá? Nunca, ¿verdad?».

—A él nunca lo vemos.

Si una compañera deja de hablarle, Lupe corta la amistad sin pensarlo dos veces y si vuelve a buscarla la deja con un palmo de narices.

En la escuela «Alberto Correa» en la plaza Miravalle las palizas de Lupe Marín a sus hijas son un secreto a voces.

De su maleta europea Lupe extrajo prendas que aún no se conocían en México, y a pesar de que el primer día las hermanitas Rivera hicieron una entrada sensacional, ahora la mayor se niega a usar la falda y el suéter de París.

—Quiero vestirme como las demás.

—¡No seas tonta! Con ese traje te distingues, eres mejor, eres única, como yo.

—No quiero ser única como tú.

—Mamá, no nos vistas con lo que trajiste de París, todos se nos quedan viendo —secunda Ruth a su hermana.

Lupe insiste en vestir a sus hijas con los *blazers* parisinos, los *jumpers*, los calcetines rojos hasta la rodilla, las faldas escocesas. «Ay, mamá, yo no me quiero poner eso», alega Lupe chica con lágrimas en los ojos. En la escuela, Lupe y Ruth se saben rechazadas. «¡Qué payasas! ¡Qué visionudas!». «Serán modas de París pero no las vamos a seguir», dice la directora. «Así de retrasados mentales son los pobres mexicanitos», se enoja Lupe.

Las niñas terminan la primaria al lado de las hijas de Vicente Lombardo Toledano, las del secretario de Hacienda, Eduardo Suárez, las del ideólogo de la educación laica, Manlio Fabio Altamirano, asesinado en el Café Tacuba.

Desde las páginas de *El Universal*, Jorge Cuesta ataca la educación socialista:

Lo que tiene que reconocerse es, precisamente, que el desprestigio de la enseñanza se debe a que ha salido de la esfera de la responsabilidad de los maestros. Pero procede, en efecto, con una gran imprudencia quien deposita su confianza en una enseñanza que ya no descansa sobre ninguna conciencia y responsabilidad profesional.

Mientras Lupe cose, corta, hilvana y remacha botones, les exige a sus hijas que se ocupen de la casa. A pesar de su corta edad las niñas cumplen con el *quehacer* como buenas criadas. Si una lava los trastes, la otra los seca; si Ruth trapea el piso de mosaicos, Lupe, a quien le atrae la cocina, anuncia: «Voy a hacer un arroz como el de mi abuelita Isabel».

Para Lupe chica, el mejor tiempo de su niñez fue el que vivió con Isabel Preciado, su abuela materna.

En la «Alberto Correa» los alumnos cultivan su pequeña parcela; Lupe es la responsable de los jitomates y Ruth de las zanahorias y su chisguete de plumas verdes, el cilantro y el perejil. Un maestro enseña carpintería y otro a hacer conexiones eléctricas. Pico busca figuras en las vetas de la madera y disfruta su olor. «No seas floja, pásame ese clavo». Sorprende a Ruth al armar un marco para «colgar un dibujo de mi papá».

—Ustedes no son inferiores a los hombres y pueden hacer lo mismo que ellos —repite Diego Rivera.

A pesar de que la escuela es socialista los niños hacen la primera comunión sin que un solo padre de familia —por más socialista que sea— proteste. Las hijas de Bassols, las de Lombardo Toledano, las de Diego Rivera se hincan ante el altar y sacan la lengua color de rosa para recibir la hostia. Ese mismo día, las niñas Rivera Marín anuncian en la mesa del comedor:

—Hicimos la primera comunión.

—¡Ah, qué muchachas tan idiotas! —comenta Diego.

Diego ya no llama Pico a su hija mayor, a quien se le antoja pintar y le presta pinceles, óleos y colores: «Le das todos los gustos», reclama Frida, empeñada en tener un hijo a pesar de que el ginecólogo José de Jesús Marín, hermano de Lupe, dice que es peligroso. Diego observa a su hija esforzarse frente a la tela pero pronto la desanima: «Eres como tu mamá, tienes tanta vocación para la pintura como yo para el ballet, mira, te voy a retratar a ti». Hace un boceto y Ruth exige el suyo: «¿Y yo?». Más tarde Diego habrá de retratar a sus hijas con frecuencia, las cubrirá de colores y Ruth, la preferida, se convertirá en su mejor modelo.

Los primeros días de Lupe al regresar a México transcurren en la añoranza del viaje a Francia, pero a medida que pasan los días su ánimo decae.

No hace nada por comprender a sus hijas. Ruth, su incondicional, la deja fría. Si ve a Lupe chica llorar, la regaña: «No llores, las lágrimas son para los ociosos». La niña tiene grandes facilidades para las matemáticas y se ocupa de la economía doméstica de Tampico: «Podemos comprar una escoba nueva porque esta semana ahorramos en los huevos». «Ah, qué muchachita tan ocurrente, a lo mejor va a ser economista», condesciende Lupe Marín.

El tedio vuelve a recuperar terreno, ni siquiera se le antoja cortar las sedas traídas de París. «¿Fue París mi realidad? No, mi realidad es México, mi realidad son mis fracasos matrimoniales, mi enfermedad y mi soledad. ¡Qué payos son los mexicanos, qué incultos, con razón estamos tan mal!».

«Gorda. Estoy gorda». Todas las mañanas camina a zancadas en la Calzada de los Poetas en Chapultepec, obsesionada porque Novo y Torri también comentan que subió de peso en París.

—Cuesta está desaparecido, nadie lo ha visto —le avisa Torri—. Solo sabemos que está vivo por los artículos que publica en *El Universal*.

—Salvador, dile que necesito hablar con él, se trata de su hijo —insiste Lupe, quien permanece frente al espejo y repite: «Me veo fea y gorda».

Cuando Cuesta acude, Lupe se adelanta:

—Ya sé, me vas a decir que estoy gorda.

—No me hubiera dado cuenta si no lo mencionas.

Para Lupe, engordar es peor que un crimen. Jorge sí está delgado y habla con gusto del nuevo laboratorio y su «Procedimiento para la producción sintética de sustancias químicas enzimáticas». Si Lupe trata el tema de Antonio, Jorge se endurece: «Lo mejor para él es quedarse con mi madre». Lupe reclama: «Yo soy la madre», pero lo hace con tan poca convicción que Jorge le informa que él sí ha visitado a Lupe y a Ruth y que las invitó al cine. Al ponerse de pie para salir, Lupe Marín lo retiene: «Quédate a dormir». A las tres de la mañana el amante se escurre fuera de la cama y sale a la calle sin hacer ruido.

Un gran vacío atenaza a Lupe: «Cuatro años de vida matrimonial con Diego y otros cuatro con Jorge, ¿fueron felices?».

A lo largo de su caminata matutina se desespera: «Han pasado cinco días y Jorge ni llama ni vuelve». Para su gusto lo encuentra en el Bosque de Chapultepec. Es evidente que la espera.

—Me prometí no volver a verte, Lupe.

—¿Y por qué rompiste tu promesa?

—Porque no aguanté. Si me dices que sí hoy mismo busco una casa para los dos. ¡No sé cómo te dejé ir, qué bruto fui!

Con razón Lupe chica afirmará más tarde: «Jorge se enamoró perdidamente de mi mamá, perdidamente».

Calculadora, a Lupe la halaga que Jorge quiera regresar con ella pero responde mañosa: «Voy a pensarlo, luego te llamo. Lo que dices seguro le interesaría a un psiquiatra». «La que se cree psicoanalista eres tú», se enfurece Jorge.

—¿Y por qué no vuelves con él? ¿No era lo que buscabas? —aconseja Concha.

—Lo que yo quería era otra noche de placer… Además, las mujeres tenemos que hacernos del rogar.

—¿Quién lo dice?

Jorge deja de comunicarse. Lupe se demora en Chapultepec. «Va a aparecer». Espera en vano, camina entre los sabinos, da vueltas y más vueltas que la ardilla de la fábula y regresa a su casa a pasar las horas del día asomada a la ventana a ver si viene su amante.

—Concha, creo que estoy a punto de perder la razón.

—¿Cuál?, si nunca la has tenido.

En el bosque camina con el pensamiento fijo en Cuesta. A veces corre. Lo busca: «Jorge, vuelve, no te puedes ir». El deseo de él le impide abandonar el paseo. Lo siente dentro de su cuerpo, lo quiere encima de su vientre ahora mismo. Camina de prisa. «Si me canso, dejaré de desearlo pero lo necesito como nunca antes. Que lo parta un rayo. No, a la que está partiendo un rayo es a mí. Deliro por Jorge, es un imán. Quiero sus manos encima de mí. ¡Cuánto lo espero! Seguro viene esta noche». Lupe busca los muslos de Jorge, la forma en que la levantaba encima de él tomada de la cintura. «Jorge, me arrodillo ante ti, como tú lo hacías ante mí, estírate cuan largo eres junto a mi cuerpo, hasta que tu rostro de párpados cerrados quede encima del mío, tus labios encima de los míos y yo a punto del grito. Jorge, somos uno solo, una sola».

Solo y ajeno a todo lo que provoca, Cuesta se apasiona por Mae West quizá porque su desmesura se asemeja a la de Lupe. Su desparpajo le recuerda al de la mexicana. Su fuerza también. Jorge festeja su ingenio y repite lo que llama sus *hallazgos*: «Cuando soy buena, soy buena, cuando soy mala, soy mucho mejor». ¡Qué mujer inteligente! «Entre dos males, siempre escojo el que nunca he probado». Acude al estreno de *No soy ningún ángel* en el Palacio Chino y muchos hombres solos calientan las butacas. Antes aplaudió *Noche tras noche* y se lanza a escribir un artículo en el que la llama «mujer excepcional». Mae West declara que no son sus amantes quienes han dejado huella en su vida, sino ella en las suyas. Aunque Jorge detesta la vulgaridad le encanta que la rubia pregunte: «¿Traes una pistola en tu pantalón o solo estás contento de verme?».

¿Quién llegará a la presidencia después de Abelardo Rodríguez? A Cuesta le interesan más los rumores de guerra en Europa que el revuelo en torno al sucesor presidencial mexicano. Lázaro Cárdenas «es el candidato más firme», le informa Villaurrutia. «Para mí el nacionalismo lleva al fanatismo, y de ahí al fascismo solo hay un paso», responde Cuesta.

Capítulo 26

UN REVOLUCIONARIO EN COYOACÁN

Lupe Marín también se beneficia del prestigio de Diego, y sobre todo de su legado. Aunque no quiere a Frida por visionuda y marihuana, aparece con frecuencia en la Casa Azul y prepara antojitos y tacos que Diego agradece. «Dame esas caritas sonrientes de Colima, Panzón, todos quieren comprarlas porque son un buen negocio». «Anda, llévatelas», Diego jamás le niega nada.

Lupe vive la vida de Diego. No solo lo busca en los periódicos sino que acude casi todos los días a la Casa Azul. También cuando ambas parejas compartían en Tampico 8 dos departamentos encimados, Lupe subía a cerciorarse de que la comida de Diego era la que ella le había preparado. Con la anuencia de Frida metía su cuchara en todo.

El 23 de diciembre de 1933 Diego y Frida regresaron a México a raíz del escándalo del Rockefeller Center. Diego pintó un obrero inclinado sobre un soldado herido y le puso el rostro de Lenin. El hijo de Rockefeller le pidió que lo borrara. «Es imposible tener a Lenin en la cuna del capitalismo». Para contrarrestar, Diego propuso pintar a Lincoln en otro panel pero el joven Rockefeller se enojó: «Quite ese rostro de inmediato». Diego respondió que no iba a mutilar su trabajo. Rockefeller pagó veintiún mil dólares por el mural y dio por concluido el asunto: «Ahora voy a destruirlo».

La pareja Rivera-Kahlo inaugura las dos casas de San Ángel, comunicadas entre sí por un puente en lo alto. Constan de dos estudios de altos ventanales de los que cuelgan recámaras insignificantes. «¿Vieron qué funcionales? ¡Son las casas más modernas de México!», se felicita el arquitecto Juan O'Gorman, quien en vez de barda las cerca con órganos traídos de Hidalgo que les dan un carácter de pueblo. «¡Esas sí son casas mexicanas!», sonríe Rivera. «Van a llamar la atención de todos». Llamar la atención a todas horas es una de las reglas de vida de Diego.

Cuando Lupe se entera de la llegada de Diego aprovecha para llevarle a sus hijas: «Tú eres el padre, también te toca cuidarlas».

En enero de 1934 Rivera pasa días enteros en Bellas Artes recreando el mural que Rockefeller destruyó en Nueva York. Retoma a Lenin y añade a Marx y a Trotski rechazados desde el primer boceto. A su regreso en la noche a la Casa Azul encuentra a sus hijas dormidas. «Papá, necesitamos ropa», pide Lupe chica y Diego las lleva a El Tranvía a comprar overoles como los suyos «porque nunca se acaban. También les voy a cortar el pelo».

Cuando Lupe las ve pelonas y de overol reclama: «¿Qué te pasa? No son obreros comunistas como tú».

Para ella, los mercados siguen ejerciendo un atractivo enorme. Las calles de la Merced, Mesones, del Órgano, también son una piedra imán. Sin ningún temor Lupe se detiene en la acera y aconseja a una putita que se corte el pelo. A otra le dice: «Mira, no te pintes la boca con ese color, te queda uno más oscuro». En el mercado todos saben quién es Lupe Marín porque sus preguntas divierten. Lupe está en su elemento. De pronto descubre a un muchacho alto y rubio que se abre paso entre los cargadores: «¡Ahí va el golpe!». Toma fotografías y sin más Lupe le pide su nombre: Henri Cartier-Bresson. «Acabo de estar en París», se emociona Lupe. El jovencito medio entiende español. «Se ve que este niño es de buena familia», le cuenta a Concha Michel.

Cartier-Bresson va al callejón del Órgano y retrata a las prostitutas asomadas como yeguas en su caballeriza. Desde su marco de madera relinchan a los clientes. «Oye, chato, ¿le saco punta a tu pizarrín?». ¡Qué bonitas sus caras ofrecidas y sus cejas depiladas hechas una hebrita! También ellas son hebritas. El francés vive en casa de Ignacio Aguirre, el grabador que le cuenta del Taller de Gráfica Popular, el Teatro Ulises, y ante su entusiasmo exclama: «¡Y todavía no has ido a Oaxaca!».

—Óyeme, tú —se preocupa Lupe—, yo creo que este individuo no tiene nada que comer.

Y lo invita a su casa de Tampico 8.

Concha Michel, su guitarra en el regazo y sus cabellos trenzados con lanas de colores, también fascina a Cartier-Bresson.

Lupe ignora que Jorge Cuesta se opone a la escuela socialista que promueven Narciso Bassols, Lombardo Toledano y el recién electo presidente de la República, Lázaro Cárdenas. *Hacer patria* para Cuesta es algo sin sentido, como tampoco lo tiene convertir al arte en propaganda. En sus críticas coincide con Bernardo Ortiz de Montellano y ambos toleran la andanada de injurias que les asestan los *revolucionarios*.

—El escritor no debe ser la conciencia social del pueblo, lo único que le toca es escribir bien —alega Jorge, quien tampoco cree que Pedro Henríquez Ureña tenga razón al afirmar que la Revolución mexicana es una transformación espiritual que ha logrado que el pueblo descubra sus derechos, entre ellos el de educarse. Exaltado, Henríquez Ureña escribe:

> Sobre la tristeza antigua tradicional, sobre la «vieja lágrima» de las gentes del pueblo mexicano, ha comenzado a brillar una luz de esperanza. Ahora juegan y ríen como nunca lo hicieron antes. Llevan alta la cabeza. Tal vez el mejor símbolo del México actual es el fresco de Diego Rivera donde, mientras el revolucionario armado detiene su cabalgadura para descansar, la maestra rural aparece rodeada de niños y de adultos, pobremente vestidos como ella, pero animados con la visión del futuro.

—¡Ay, qué flojera! —exclama Novo.

Mientras Jorge, obsesionado por la perfección, sufre con cada línea de su largo poema *Canto a un dios mineral*, Diego Rivera pide asilo político para León Trotski, rechazado por los gobiernos del mundo. «¿Por qué lo haces? ¡Ni sabes qué clase de individuo es!», interviene Lupe cuyo odio a Rusia es cada día mayor.

Cuando el presidente Cárdenas concede el asilo como lo hará más tarde con los republicanos, Frida Kahlo viaja a Tampico con el catalán Bartolomeu Costa-Amic a recibir a los rusos. Además de León y Natalia hospeda en su casa a Esteban, el nieto del revolucionario, un hermoso niño de ojos azules siempre de la mano de Natalia. Más tarde se mudan a unas pocas cuadras, a Viena número 45, y los protegen agentes enviados por el gobierno de Estados Unidos.

—¿Quieres venir a ver con qué velocidad devoran los conejos la alfalfa que Trotski mete a sus jaulas? —pregunta Diego a su hija mayor.

En las fiestas de la Casa Azul, Pico y Chapo cantan con los tríos de mariachis, sirven tostadas, pozole y mole *manchamanteles* cuya receta es de Lupe. Que Frida la consulte halaga a Lupe, quien aconseja: «Sírveles mole, el mole les gusta mucho a los invitados y el secreto es que sea dulce». La Marín quisiera participar en la conversación entre Trotski y Diego pero mira con desconfianza al ruso al que Diego y Frida rinden pleitesía.

Después de Francia Lupe regresa a su costura y se concentra en su propia apariencia. Corta casimires y sedas y sus atuendos sorprenden a sus amigos:

—Parece que lo compraste en París.

—Es que tengo estilo.

—De ser francesa serías tan célebre como Chanel.

Si recuerda a Jorge comenta: «Ese hombre por poco y me lleva a la tumba».

—¿Y si escribo una novela y acuso a Diego y a Jorge? —pregunta a la Michel.

—¿Una novela? ¿Tú? Lo que tienes que hacer es buscarte a otro y olvidar a ese par de camaradas.

—No son camaradas, Concha, solo tú les dices así, son hombres. Si Jorge te oyera te estrangularía.

—Y a él lo estrangularía tu vida nocturna. No sé cómo le haces para salir todas las noches y coser durante el día.

Lupe frecuenta el Broadway, El Pirata, el Leda con Villaurrutia, Agustín Lazo, Lola Álvarez Bravo (ya sin Manuel), Julio Bracho y los hermanos Celestino y José Gorostiza. De todos prefiere a un muchachito espiritifláutico con cara de caballo, recién desempacado de Guadalajara: Juan Soriano. Los dos presumen los mismos extraños ojos de sulfato de cobre y una capacidad insuperable para ridiculizar a los demás. Lupe saca a Juan a la pista y la gente comenta: «¡Qué pareja tan dispareja! Él pequeño y desgarbado, ella alta y eléctrica».

—¿Oiga, usted es hombre o mujer? —le pregunta un borracho a Lupe.

—Soy más hombre que tú y más mujer que tu chingada madre —lo abofetea.

Basta con chiflarle debajo de su ventana a Lola Álvarez Bravo para que descienda a toda prisa a unirse al grupo de parranderos. Gran amiga de Lupe, le cuenta lo que sucede en la Casa Azul y le chismea que Frida bebe hasta dos botellas de coñac para paliar sus dolores. A veces se les une Pita Amor, que llega desnuda bajo su abrigo de mink acompañada por el pintor Antonio Peláez. Gabriel Fernández Ledesma cela a su bellísima esposa, Isabel, y golpea al incauto que pretenda sacarla a bailar. Machila Armida es asediada por una legión de admiradores. Sonríe seductora al explicar: «Soy la sobrina de una santa».

Imposible encontrar a Jorge en el Leda porque el poeta no frecuenta antros sino la sala de cine en la que Mae West demuestra que la vida dedicada al sexo incrementa también las neuronas. Le resulta menos conflictiva que Lupe y hasta que Alicia Echeverría.

Mae West afirma: «No puedo ser la esposa de alguien y ser también un símbolo sexual». Al igual que Lupe, abandonó la escuela en tercero de primaria para dominar el *shimmy*, una danza del vientre. En 1920 la metieron a la cárcel por *Sex*, la obra que salvó a Broadway. Ella sola salvó a la Paramount con el primer millón de dólares de sus películas. En los corrillos y en los gimnasios repetían su frase: «El sexo es la mejor gimnasia».

Lupe se obsesiona con la idea de escribir y Novo la disuade: «Dedícate a la costura». «Tú también vas a aparecer en mi libro, ya verás», lo amenaza ella. Villaurrutia ofrece: «Si me vas pasando tus hojas, puedo ir leyendo lo que escribas». «Diego prometió hacerme la portada de *La Única*. Nunca me dice que no a nada».

Acostumbra pedirle a Diego que le ayude un día sí y otro también. Si no es por ella, es por sus hijas; él jamás la rechaza. La escucha con paciencia y día a día aumenta su pensión. En algunas tardes solitarias, Lupe se pregunta: «¿En qué estaba yo pensando cuando cometí la barbaridad de mandarlo al diablo?».

Desde su cama de enferma Frida tampoco protesta por las múltiples exigencias y la presencia continua de Lupe Marín en la vida de su Diego porque también la familia Kahlo aparece a todas horas, sobre todo Cristina, la más cercana al corazón de Frida, que acompaña a Diego cuando Frida no tiene fuerza para desclavar de entre las sábanas su columna vertebral crucificada.

Capítulo 27

LA DIEGADA

Sin decir agua va, Lupe canjea las noches de parranda por la escritura. Obstinada, basta que le hablen de fracaso para que se lance. Su terquedad sorprende a Concha Michel: «No me interrumpas, no puedo salir a ningún lado». «¿Cómo se va a llamar?», se burla Concha. «*La Única, porque soy la única en la vida del pintor Diego y la única en la del escritor Jorge Cuesta*».

El capítulo que Lupe le da a leer indigna a Villaurrutia: «Jorge no es así. Lo tuyo es una difamación inaceptable».

—Es una novela —se defiende Lupe.

—Ni siquiera es un *roman à clef*, es una crónica sesgada en la que difamas a todos.

De Salvador Novo circula *La Diegada* en volantes que sacan de quicio a Lupe. Novo es implacable, se venga de cualquier crítica y ataca a Villaurrutia, a Pellicer, a Andrés Henestrosa, a Elías Nandino, y no se diga al nacionalista Ermilo Abreu Gómez. A Villaurrutia lo hace polvo porque se va con otro y pone en sus manos «con aroma de mujer» un soneto mortífero: «A una pequeña actriz tan diminuta / que es de los liliputos favorita / y que a todos el culo facilita: / ¿es exageración llamarle puta? / Por mucho que se diga y se discuta / ella es tan servicial, que cuando cita / las vergas que recibe de visita / ornamenta con una cagarruta». A nadie perdona, todos temen su saña. Según Novo, el nombre de Lupe debe escribirse con caca y Diego es un consumado cabrón. «Es una infamia», llora Lupe.

Novo no ceja, acumula atrocidades, habla de la horrible catástrofe que significa que Diego suba escaleras y llegue a lo alto en un andamio para ensuciar muros inmaculados. Para él, Diego es «un hijo de puta, un buey sobre el techo, un Búfalo vil, un genio pintor que se marcha a Rusia dejando a sus hijas, si hijas puede llamarse a quienes son grotesco engendro de hipopótamo y arpía». Novo cree defender a Jorge Cuesta al decir: «Dejemos a Diego que Rusia registre, / dejemos a Diego que el dedo se chupe, / vengamos a Jorge, que lápiz en ristre, / en tanto, ministre sus jugos a Lupe». Novo se desahoga, transita del sarcasmo al vituperio, lo suyo ya ni siquiera es insulto, es lacerante, habla de gonococos y de erecciones, de linfas urinarias y de heces, de chancros y bubones, de inodoros, meados, culos, y acusa a Diego de «fecundidad monótona de libre / que admite y multiplica, a duras penas / algún gringo hallará que lo celebre. / Decídase por bulbos o galenas / y vuelto hacia el pictórico pesebre, / procure derribarse las antenas». De todos los sonetos, uno, el peor de todos, circula en boca de los entendidos:

La diestra mano sin querer se ha herido
el berrendo del muro decorado,
y por primera vez tiene vendado
lo que antes tuvo nada más vendido.
Un suceso espantable es lo ocurrido;
descendió del andamio tan cansado,

que al granero se fue, soltó un mugido
y púsose a roncar aletargado.
Y una mosca inexperta e inocente,
aficionada a mierda y a pantano,
vino a revolotear sobre su frente.
Despertó de su sueño soberano
y al quererla aplastar —¡hado inclemente!—
se empitonó la palma de la mano.

Ochenta años más tarde hasta su biógrafo y admirador, Carlos Monsiváis, dirá que Novo «se olvida del refinamiento y se atiene al arte del insulto» y reproduce el más tibio de sus sonetos: «Cuando no quede muro sin tu huella, / recinto ni salón sin tu pintura, / exposición que escape a tu censura, / libro sin tu martillo ni tu estrella, / dejarás las ciudades por aquella / suave, serena, mágica dulzura, / que el rastrojo te ofrece en su verdura / y en sus hojas la alfalfa que descuella. / Retirarás al campo tu cordura, / y allí te mostrará naturaleza / un oficio mejor que la pintura. / Dispón el viaje ya. La lluvia empieza. / Tórnese tu agrarismo agricultura. / Que ya puedes arar con la cabeza». Octavio Paz, menos indulgente que Monsiváis, concluye: «Tuvo mucho talento y mucho veneno, pocas ideas y ninguna moral. Cargado de adjetivos mortíferos y ligero de escrúpulos atacó a los débiles y aduló a los poderosos; no sirvió a creencia o idea alguna, no escribió con sangre sino con caca».

Aunque ya no es *la mujer de Diego*, Lupe se presenta en la Casa de los Condes de Santiago de Calimaya porque sabe que en una de sus oficinas trabaja Novo.

—Allá abajo está una señora muy enojada esperándolo —avisa uno de los porteros.

—¿Cómo es?

—Es alta y trae un paraguas.

Novo se aterra, no sale a comer y a las diez de la noche el portero le avisa:

—La señora todavía está ahí parada.

Inmunizado contra la crítica y sobre todo contra el veneno de Novo, en la portada de *La Única* Diego Rivera dibuja en 1938 a las dos hermanas Marín: Lupe e Isabel sostienen en una charola la cabeza de Jorge Cuesta. Obviamente son ellas los verdugos.

«¿Por qué pusiste a mi hermana?». «¿No me dijiste tú que la pusiera? —exclama Diego—. ¿No me dijiste que querías vengarte de ella?». «Sí, pero ya no estoy tan segura», responde Lupe. De pronto, la novela se le ha hecho como una mancha roja en la frente que no logra borrar. «¿Y si estoy mal?».

—Esto yo no puedo publicarlo —se indigna el editor Porrúa.

Solo uno de los tíos Preciado en Guadalajara consigue que la editorial Jalisco acepte el manuscrito. Lupe distribuye ejemplares y pregunta cada día que pasa: «¿Ya lo leíste? ¿Qué te pareció?».

A Salvador Novo lo retrata como un afeminado y condena su prosa «sin ningún valor literario».

—Es una arpía, me las va a pagar —amenaza Novo después de leer el mamotreto.

—¿Más? —le responde Carlos Pellicer.

Gorostiza le lleva un ejemplar a Cuesta:

—¿No te vas a defender?

—Defenderme, ¿de qué? Nadie que me conozca creerá semejante idiotez.

En la redacción de *El Nacional*, Lupe confronta a Luis Cardoza y Aragón:

—Seguramente vas a hablar mal de mi libro porque eres amigo de Jorge.

—Si hablo mal de tu libro no será por mi amistad con Jorge sino porque no sirve.

La luz en los ojos verdes de Lupe se incendia, pero de pronto abre la boca, suelta una carcajada y jala a Cardoza contra su pecho:

—¡Ay, qué chiquito eres! ¡Mira dónde me llegas!

—Si fuera Jonás me iría contigo —responde Cardoza y Aragón.

—¡Qué pelado, qué majadero eres!

Deciden tomar unas copas en el Broadway, pero como Luis Cardoza no tiene un centavo, de nuevo Lupe paga la cuenta. «Como en París», recuerda Luis.

Lupe conserva en su ropero cajas de cartón llenas de *La Única*. Todas las noches, «henchida de indignación», planea escribir otra novela que la reivindicará frente a sus detractores.

El 12 de enero de 1938 José Juan Tablada escribe en *Excélsior* lo que sus amigos no dicen en voz alta:

Sus páginas son como trapos con pringue o máculas secretas, exhalando ingratísimos olores [...]. Es, en síntesis, un chiquihuite de ropa sucia por su contenido y por su forma burda y mal tramada. Esposa primero de un gran pintor y después de un letrado, la autora pudo darse un barniz de cultura, pero tan leve, que *il craque sous l'ongle* —poniéndose a su nivel— podríamos decir que en materias culturales «vacila de olete».

Despechada y corajuda, Lupe lamenta la nula recepción de su obra y ella, que tanta radio escucha, no se entera del decreto de expropiación petrolera de Lázaro Cárdenas la noche del 18 de marzo de 1938. La decisión de Cárdenas le devuelve a México el petróleo confiscado por compañías disfrazadas de mexicanas, El Águila o la Huasteca, que en realidad son la Standard Oil y la Shell. Cárdenas

contó con el apoyo de la CTM (Confederación de Trabajadores de México) de Vicente Lombardo Toledano, por
quien Lupe no siente la más mínima simpatía.

Lupe no entiende el entusiasmo de Frida, que le
cuenta que Cárdenas la emocionó hasta las lágrimas al
oírlo por radio: «Pido a la nación entera un respaldo moral y material suficiente para llevar a cabo una resolución
tan justificada, tan trascendente y tan indispensable».
«¿Te das cuenta, Lupe? Parece que a Bellas Artes llegaron
campesinos con su gallina, una canasta de huevos, lo que
fuera con tal de dárselos a doña Amalia para pagar la
deuda».

En abril André Breton desembarca en México con
Jacqueline Lamba, su mujer, y Diego y Frida les ofrecen su
casa. Para Breton, México era un indio dormido bajo su
sombrero, pero desde que conoce a Frida el país es como
ella: «una bomba envuelta en un listón».

Crítico del estalinismo al grado de tener que exiliarse
y solicitar un puesto de profesor en el extranjero, Breton,
seguidor de Trotski, espera un nombramiento que nunca
llega. Cuenta a quien quiere escucharlo que el Ministerio
de Educación francés le ofreció dos países: Checoslova-
quia o México. «Por supuesto escogí México».

Lupe no suelta a Diego. Las intervenciones incendia-
rias del muralista también fascinan a sus dos hijas cuando comen con los mayores, aunque las ideas que expone
terminen por enojar a Trotski. Lupe prepara platillos y en
la sobremesa recuerda su encuentro con Breton en París y
su metida de pata al llamarlos *subrealistas*. «¡Qué bárbara
eres!», exclama Diego.

A través de Lupe, Cuesta consigue que el francés le de-
dique el *Segundo manifiesto surrealista*. «A Jorge Cuesta,
homenaje amistoso. André Breton».

Breton solo alcanza a dar una conferencia en la Universidad Nacional, «Las transformaciones modernas del arte y el surrealismo», porque varios conflictos estudiantiles interrumpen el ciclo. Los diarios de México reproducen los ataques del semanario francés estalinista *Marianne*: «Trotski apoya la expropiación petrolera de Cárdenas porque México enviará su petróleo a Hitler», y las embestidas contra Trotski alcanzan a Breton. Su mujer, Jacqueline, permanece varios días en cama con *la venganza de Moctezuma*.

Cuando Diego, Trotski y Breton viajan a Guadalajara a dar una conferencia, *El Nacional* confirma que se reunieron con Gerardo Murillo, el Dr. Atl, «agente de la embajada alemana». Los artículos del Dr. Atl se publican en el periódico *La Reacción*, que apoya a los Camisas Doradas, fanáticos anticomunistas:

—¡Es a mí a quien tratan de fascista! —se indigna Breton.

Con sus invitados, Diego recorre Cuernavaca, Puebla y varios pueblos de Michoacán. Breton y él suben al Popocatépetl. ¡Imposible perderse una sola excursión! Ese día Lupe sustituye a Frida en la ascensión al volcán y camina extasiada al lado de su Panzas. Al autor de *L'amour fou* esa mexicana desparpajada le parece aún más atractiva que Frida. «Si alguna vez me separo de ti, ¿vendrás a verme todos los días como Lupe Marín a Diego?», le pregunta Breton a su mujer.

Breton anota cada expresión callejera, cada nombre de pulquería, cada grito de vendedor ambulante y pregunta a Diego: «¿Qué es méndigo?». Le encanta la advertencia «Échame aguas, güerito».

A los cuatro meses, Rivera y Breton redactan en Pátzcuaro su *Manifiesto por un arte revolucionario inde-*

pendiente. El documento revela el peligro del estalinismo y del fascismo y los analistas políticos señalan que su verdadero autor es Trotski. «Toda creación libre es declarada fascista por los estalinistas. El arte revolucionario independiente debe unirse contra las persecuciones reaccionarias y proclamar altamente su derecho a la existencia».

El 30 de julio de 1938 Breton y su mujer regresan a Francia sin imaginar que la paranoia de Hitler los alcanzará a ellos también.

CAPÍTULO 28

UNA TEMPORADA EN LA CASA AZUL

A Pico y a Chapo nadie les hace caso; la tremenda noticia inunda la Casa Azul y Frida no sale de su recámara ni pregunta por ellas. El 21 de agosto de 1940 el atentado contra León Trotski trastorna la vida en México. «Es mejor que las niñas vayan con Lupe —previene Diego—, porque va a venir la policía». «¿Qué pasó?», pregunta Ruth a su hermana mayor. «Quisieron asesinar al viejito y está grave». «¿Cuál viejito?». «El de los conejos». Las dos visitaron a Natalia Sedova y a Trotski en la calle de Viena y él las condujo a las jaulas de madera y alambre que abría todas las mañanas para alimentar a sus conejos. Ver a uno blanco y rosa devorar la alfalfa y comentar «¡Qué rápido come!», hizo que Ruth mirara a un Trotski sonriente. «Es que el conejo se parece a mí», Trotski le señaló su piochita y le cerró un ojo.

Hoy Trotski ya no abre jaula alguna. Más de trescientas mil personas acuden al funeral en una ciudad de cuatro millones de habitantes. La muerte de Trotski es una infamia. Diego acompaña a Natalia Sedova, empequeñecida por el dolor, y a su nieto Esteban Volkov. Frida no asiste al entierro; Lupe Marín menos.

Pico entra a la preparatoria y de inmediato participa en el Consejo Universitario; se inscribe en una planilla que la inicia en la política estudiantil. Habla en público con facilidad, todos festejan su palabra. Un séquito de muchachos la espera a la salida. Después de las elecciones, Diego le pregunta: «¿Qué pasó?». «Nos ganó el conejo Luis Farías».

—A mi hermana no la intimidan las multitudes —informa Ruth orgullosa.

—Eso me lo heredó a mí —se felicita Diego.

Cuando Ruth cursa el primer año de preparatoria su hermana mayor, Lupe, a punto de terminar, informa a su padre que piensa inscribirse en la Escuela Bancaria y Comercial del Paseo de la Reforma tal y como decidió Lupe Marín, «porque una amiga le contó que las "secres" ganan mucho dinero». «¿Mis hijas secretarias? Está loca, mis hijas van a ser universitarias», se indigna Diego.

Lupe se inscribe en la Escuela de Jurisprudencia en la calle de Justo Sierra.

—¡Todos los abogados son unos bandidos! ¿Qué no hay otras carreras? —estalla Diego.

Al ver el rostro de su hija cambia de tono: «Bueno, si vas a ser abogada, voy a llevarte a conocer a mi primo, Manuel Macías, que tiene un buen despacho».

Manuel Macías invita a su joven sobrina a presenciar un desalojo: «Aquí vas a aprender con la práctica». Lupe guarda un silencio apenado ante la pobreza de la vecindad, los vidrios rotos de las ventanas, los huacales que sirven de guardarropa. Para sorpresa del abogado, saca de su monedero treinta pesos y se los tiende a la desahuciada.

—Licenciado, yo en su despacho no me quedo.

—¿Te crees la defensora de los jodidos? Esta es la realidad, hijita, vas a tener que acostumbrarte…

«Hiciste bien», la felicita Diego.

Lupe Marín es escéptica: «¿Y con treinta pesos crees que solucionaste su problema? ¿Quién le dará la renta del mes que entra?».

«Mi madre es una mujer *primitiva*, como la definen sus amigos», concluye Lupe chica. «Tu mamá es visceral», le explica Concha Michel.

Ruth evita cualquier enfrentamiento con Lupe Marín pero los choques entre Lupe chica y su madre son cada vez más violentos. Del hermano pequeño, Lucio Antonio, nadie se acuerda.

Al terminar su clase de Derecho Romano en Justo Sierra, Lupe Rivera pasa a Palacio Nacional a ver pintar a su padre. Diego la invita a comer a Las Delicias, en el Centro: «No hay nada más exquisito que la comida de tu madre, pero ni modo, aquí la sopa de médula es insuperable». Antonio Carrillo Flores, director de Crédito en la Secretaría de Hacienda, acostumbra saludar a Diego en Palacio Nacional:

—¿Qué hace aquí tu niña, Diego?

—Anda de holgazana.

—¡Ah, no! Ahorita mismo me la llevo a mi oficina.

A los diecisiete años, la niña, a quien le gusta tanto la política como la economía, entra a trabajar a Nacional Financiera.

—¿Vas a ser comunista como tu padre, muchachita?

—Eso nunca.

Lupe Marín le heredó a su hija mayor el mismo horror al comunismo mexicano: zánganos, vividores, muertos de hambre, mendigos. «Cada vez que tocaban esos individuos a la puerta de la casa de Mixcalco era para sacarle algo a tu papá».

En 1941, mientras Lupe Rivera se concentra en la Escuela de Jurisprudencia y Ruth cursa el tercer año de preparatoria, Lupe Marín se empeña en pergeñar una segunda novela, *Un día patrio*, que Agustín Loera y Chávez promete publicar en la Ciudad de México. Julio Torri, amigo de Loera y Chávez, la alienta: «Vas a ver que esta sí se vende». En su segundo libro arremete contra intelectuales y periodistas críticos de *La Única*, a quienes trata de *gatos*. «Lo esencial es dorar la píldora, hasta los gatos saben esto. ¿Qué usted nunca jugó de pequeño con tierra? ¿No vio qué discreta e inteligentemente cubren los gatos... lo que desean cubrir?».

En *Un día patrio* ataca a Novo y el editor Loera y Chávez le aconseja eliminar varios párrafos.

—Ya deja eso, no ves que haces el ridículo —comenta Rivera.

La recepción de *Un día patrio* es nula y los dos o tres lectores que se ocupan del libro lo descalifican.

—Tienes que convencerte de que no eres escritora; tu oficio es la costura, allí sí destacas, dedícate a él y a tus hijas —comenta Juan Soriano.

También el pintor español Antonio Peláez, hermano del poeta Francisco Tario, insiste en que se ponga a coser.

La Marín regresa a su Singer. En la cena, Ruth la encara:

—¿No sabes nada de Jorge? Me dijeron que estaba enfermo.

—No sé ni me interesa saber nada de ese individuo.

Lupe evade incluso a su hijo Antonio. «Lo odio», le confía a Concha Michel. «¿Cómo vas a odiar a tu propio hijo?». «Lo odio porque es hijo de Jorge».

Cada mañana, antes de salir, la Marín advierte a sus dos hijas: «Si no dejan la casa impecable no salen con sus noviecitos». Aunque ya son universitarias, una en el primer semestre y otra en la preparatoria, no vacila en pegarles. En las tardes, al regresar de la «Sor Juana Inés de la Cruz» inspecciona la casa con lupa:

—¿Ya lavaron la escalera?

—Sí, Ruth la lavó.

Se inclina sobre los peldaños.

—¡Mentirosa! ¡Está sucia!

Toma la escoba y golpea a Lupe chica, a quien le grita: «Hasta aquí llegaste».

Harta de las palizas de su madre, Lupe se muda a la Casa Azul. Extrovertida, no tiene empacho en decir lo que piensa; sus compañeras de primer año de Derecho la envidian, los muchachos la enamoran aunque se previenen: «No te metas con la Rivera, su padre anda armado».

A Lupe le llama la atención un joven, el mejor vestido y más gallardo de la escuela. Sumamente formal, Luis Echeverría Álvarez admira a Diego Rivera. ¡Jamás imaginó que tuviera una hija bonita, risueña, inteligente y querendona! A diferencia de otros, le cuenta de sus lecturas: salta de Dostoievski a Romain Rolland y de *Juan Cristóbal* a *Madame Bovary* porque Flaubert lo emociona aunque no tanto como *Rojo y negro* de Stendhal. Pronto se le declara y Lupe se fascina con él. ¡Cuánta seguridad le da que los vean de la mano en la universidad!

Aunque Luis la acompaña todos los domingos a comer a la Casa Azul, Diego no lo recibe con gusto. En cambio, Lupe Marín lo festeja a grandes voces: «Es guapo, se sabe vestir».

Diego y Frida ofrecen una fiesta en la Casa Azul e invitan a José Guadalupe Zuno con su hija María Esther.

—¡Te voy a presentar a mi novio, ya verás qué simpático, llevamos seis meses juntos! —le confía Lupe a María

Esther. Después de media hora de conversación, Luis Echeverría no le quita los ojos de encima a María Esther Zuno:

—¿Cuánto tiempo permanecerán usted y su padre en el DF? —Ofrece enseñarle la ciudad.

En menos de lo que canta un gallo, Luis Echeverría oficializa su noviazgo con María Esther Zuno, con quien se casa un año más tarde.

Lupe chica se desmoraliza. Además del novio perdido, la parálisis de Frida se traga toda la Casa Azul. «Mi madre me da de palos y aquí, en esta casa sórdida, me cuesta un chingo vivir».

La casa huele a petate de tanta marihuana que fuma Frida con sus invitados, a los diez meses Lupe chica regresa a la calle de Tampico.

—¿No que te iba a ir muy bien con Frida? —se pitorrea Lupe Marín.

Lupe no conoce los remordimientos y tampoco se da cuenta del alcance de sus palabras. Su vida entera gira en torno a sus impulsos, que, curiosamente, con los años se apegan al qué dirán y a las convenciones. También al dinero. Si le abrieran los ojos ahora, en vez del asombroso verde sulfato de cobre verían el verde del dólar que gira en torno a la pintura de Diego.

Su celebridad (de la que ahora es muy consciente) le viene de su matrimonio con Diego, del que el mismo Jorge se ha beneficiado. Así se lo dice a gritos. Sin Lupe, él no sería nada. Solo ha adquirido cierta fama por ella, Lupe Marín, mujer de Diego. En México nadie lee, los escritores son unos ilusos, ¿quién los conoce? La notoriedad de Jorge radica en haberle quitado la vieja a Diego Rivera. Antes de ella los dichosos Contemporáneos eran maricones, fracasados, literatos de revistitas sin importancia, y que en el mejor de los casos sirven para encender el bóiler. La sociedad los desprecia, ni francés saben, son de Chalchicomula, no sirven, se la pasan en mariconadas en el café, los muy tarugos. Lupe ahora grita a voz en cuello: «¡Si te diste a medio conocer fue gracias a mí y a Diego! Sin mí seguirías siendo el mismo tlacuache de agua sucia, muy trajeado, eso sí. No sé cómo cambié a un hombrón por un tlacuache».

A diferencia de Frida, que pondera la ternura de Diego por los más pobres, a Lupe la llena de rabia que le tomen el pelo. Si en el espíritu de Diego anida la ternura, en el de Lupe bulle la rabia. Diego vive sin lujos, sus overoles rotos están cubiertos de pintura; a mediodía come tortillas, arroz y frijoles cuando no hace su dieta de fresas que lo debilita. Desprendido, regala con facilidad apuntes y hasta cuadros. Se ha vuelto un imán y a cada paso lo rodea un enjambre de solicitantes. «Deme, deme, deme». Su fama crece como bola de nieve y los *dealers* y los millonarios vienen de Estados Unidos a ver qué compran. Lupe también quiere que le den: «Soy la primera, la única». Apenas sabe que algún magnate ha llegado a México, se precipita a la Casa Azul para ser parte de la comitiva. Mientras que los de la vieja guardia, los aristócratas, hacen comentarios despectivos porque consideran que ni Diego ni Frida son «gente decente», los dos crecen en altura y en peso hasta convertirse en el Popocatépetl y la Iztaccíhuatl como escribe Cardoza y Aragón al proclamarlos el paisaje de México.

Capítulo 29

CARTA AL DOCTOR LAFORA

En sus artículos en *El Universal*, Jorge Cuesta ataca continuamente a Vicente Lombardo Toledano, la máxima figura de la izquierda mexicana, el líder de la CTM, el primer obrero de la nación, el marxista, el miembro de los Siete Sabios, el gobernador interino de Puebla, el que siempre sale con el mismo traje (aunque más tarde se descubrirá que tiene cincuenta iguales colgados en su ropero). El colmo es la carta al expresidente de la República, Emilio Portes Gil, en la revista *Hoy* el 23 de marzo de 1940: «En todo lo que se ve, todo lo que el licenciado Lombardo Toledano ha sido es una falsedad, un disimulo, un fraude. ¡Nunca fue ni filósofo ni intelectual y nunca ha sido un revolucionario!».

Una noche, cuando regresa a su departamento ahora en la avenida México 31 de la colonia Condesa, tres hombres lo golpean hasta dejarlo desmayado en el piso. «A ver si así, pendejo, puto de mierda, dejas en paz al jefe», gritan a cada puñetazo.

Después de la golpiza de los enviados de Lombardo, los dolores de cabeza aumentan y sufre delirios de persecución; *ellos* vienen a llevárselo; a veces son lombardistas, a veces judíos, otras masones y aparecen a cualquier hora. Su oído izquierdo sangra a todas horas. Quizás esa tremenda paliza desencadena lo que Cuesta presentía desde muy joven y le confió a Lupe: «Tengo una enfermedad de la hipófisis, a los treinta y cinco años me voy a volver loco, esto no tiene remedio».

Pasa más tiempo encerrado en su departamento que en su trabajo en la Sociedad de Productores de Alcohol porque hay días en que la migraña le impide salir de la cama. Su hermano Víctor lo interna por primera vez, en septiembre de 1940, en el psiquiátrico de La Castañeda, en Mixcoac. Ahí los médicos le dan electrochoques e insulina y diagnostican *nula* su estabilidad psicológica. Durante su encierro muere su madre, Natalia Porte-Petit, de una trombosis cerebral. Cuando Jorge sale del hospital, ni siquiera Víctor se atreve a decírselo.

Al primer confinamiento le siguen al menos otros tres.

Una mañana encuentra bajo la puerta de su departamento una amenaza de muerte. Corre a llevársela a Víctor y a Alicia Echeverría, su antigua novia y ahora mujer de Víctor, que viven en una casa alquilada en Xochimilco. «Hermano, múdate a San Ángel». «¿Y mi trabajo?». Víctor le pide a Luis Arévalo, su amigo de Córdoba, Veracruz, que ayude a Jorge a montar un laboratorio en una de las habitaciones de su nueva casa. «Mi hermano es un genio, tú serás el primer beneficiado».

Cuando Arévalo, devoto de don Néstor Cuesta, ve llegar a Jorge vestido de oscuro, alto y tenebroso, con un ojo casi cerrado, se atemoriza. Y más lo asusta en los días siguientes. Jorge le explica que su experimento puede cambiar no solo su propio destino, sino el de todo el vecindario. «Luis, usted se encuentra en el umbral de una nueva vida, si colabora conmigo se convertirá en mi socio y será todopoderoso». Sin embargo, no lo deja entrar a su cuarto, ni a Víctor ni a Alicia que lo buscan con frecuencia: «Trabajo en algo muy importante». Uno de sus experimentos consiste en convertir desechos de aceite comestible en gasolina. Todas las noches, Luis Arévalo sale a las taquerías y restaurantes a buscar las sobras del aceite que usaron en el día.

—¿Y para qué lo quiere? —preguntan los cocineros.

—Para hacer funcionar los carros.

—¡Ah, si va a hacer negocio, se lo vendo!

Pero el experimento que desvela a Cuesta es el elíxir de la vida, con base en la ergotina, el hongo del centeno, fórmula que sintetizada acabaría con las toxinas que envenenan el cuerpo y destruyen sus tejidos.

Los Contemporáneos saben que Jorge es su propio conejillo de Indias. Dos meses más tarde, Cuesta cita a los hermanos José y Celestino Gorostiza y a Carlos Pellicer para probar su elíxir:

—Creo que después de largas horas de insomnio he descubierto el secreto de la juventud, espero que ustedes lo comprueben y me ayuden a divulgarlo.

—Siempre anhelé conocer la fuente de Juvencio —se burla Carlos Pellicer, que vive casi desnudo en Tepoztlán.

Para complacerlo, los amigos beben la pócima durante varios días. El efecto es el de un energético:

—No sé si es la fuente de la juventud, pero es portentoso. Ayuda a trabajar durante dieciséis horas sin cansancio —reconoce Pellicer, que golpea su pecho desnudo.

—Lo que sí, a ti, Jorge, no te ha hecho ningún efecto porque te ves bastante deteriorado —concluye Celestino Gorostiza, que tiene poco que ver con su hermano José.

—Jorge —lo invita José, bondadoso—, ¿por qué no te alejas un tiempo de todo esto? Te veo mal. ¿Por qué no te vas a descansar a Córdoba? Ve a ver a tu hijo y a tu gente... Yo te ayudo...

Desde joven Jorge padece hemorroides; sangra y deduce: «Estoy en un estado intersexual, me estoy convirtiendo en mujer».

—Estoy menstruando —le dice a Alicia que, culpable, lo visita con más frecuencia que Víctor.

—Ahora ya sabes lo que es ser mujer —responde su examante sin darle mayor importancia.

Cuando Víctor y Alicia terminan su visita, Jorge, solo y fuera de sí, toma un picahielo e intenta reventar sus testículos. Luis Arévalo lo encuentra tirado dentro de su propia sangre en la tina. Escandalizado, lo lleva a la clínica del doctor Lavista en Tlalpan.

Después de ese intento de castración y varios días de hospital, el médico Gonzalo Lafora —refugiado español— concluye que Cuesta padece una «homosexualidad reprimida» y lo devuelve a su casa. Lafora, republicano, amigo y médico también de Lupe Marín, colaboró con el descubridor del alzhéimer en Múnich y no puede equivocarse. Indignado con su diagnóstico, Jorge le envía una carta:

Le manifesté a usted que en los últimos meses estuve ingiriendo sustancias enzimáticas que yo mismo preparaba por el procedimiento de síntesis que descubrí con el objeto de experimentar en mí mismo su acción «desintoxicante». Se lo manifesté con el objeto de que pudiera considerar el efecto anatómico o morfológico que hubiera podido tener en mí la ingestión de esas sustancias. Usted encontró dos cosas: 1) Que era un nuevo absurdo (revelador también de obsesión mental) que yo atribuyera a esas sustancias una acción anatómica [...]. 2) Que el efecto que pudieron tener debiera localizarse en el sistema nervioso. Esto puede ser como usted lo sospecha pero no creo que pueda comprobarse sino por la observación biológica en otros organismos experimentales la acción de las sustancias que yo ingerí, y que hasta ahora no son conocidas por nadie sino por mí mismo que las preparé.

En vez de reconocer la notable lucidez de su paciente, Lafora archiva la carta y prefiere escuchar a su informante, Lupe Marín, que vengativa viborea que Cuesta está enamorado de Villaurrutia, tiene aberraciones de todo tipo, tuvo relaciones sexuales con su joven cuñada, la muy mustia de su hermanita, Isabel Marín Preciado, que «dizque vino a atenderla a ella pero enamoró a Jorge». Insiste en que también sufre de amor por su propia hermana, Natalia Cuesta Porte-Petit, «una güera sin ningún chiste, y para acabarla de amolar es un maniático degenerado capaz de asediar a su hijo y hasta de atacar a su madre dizque francesa, tú».

Por medio del doctor Lafora, Lupe sigue de lejos pero con gran provecho la evolución de Cuesta. Para ella, comprobar su locura es demostrarle a *tout Mexique* que ella tenía razón. Lafora la recibe en su consultorio y la escucha como si esa mujer apasionada fuera su colega.

En la noche, sola en su cama, Lupe piensa que ese miembro que Jorge quiso cortarse estuvo dentro de ella, es parte de su cuerpo y que el sufrimiento debió ser terrible. Aunque no quiere visualizarlo atentando en contra de sí mismo, la hostiga la imagen de Jorge mutilándose. ¡Qué inmenso desorden es la vida! La sangre de Jorge la persigue y Lupe no comprende cómo Lafora le permitió salir de la clínica después de todo lo que le contó. A ella le consta que Jorge es una enciclopedia viviente, sabe más de lo que hay en los libros, es superior a cualquier médico. Desde joven se la pasa inyectándose para el progreso de la ciencia, Huxley lo consulta, muchos extranjeros vienen a México a buscarlo y sus conocimientos son superiores a los de Lafora. Lupe es un amasijo de contradicciones y no tiene conciencia del efecto de su acusación. Insiste en que Jorge no solo sabe de enfermedades mentales, sino de la castración intelectual porque también su espíritu crítico lo castró.

—Lo que pasa es que ese individuo no se quiere —concluye satisfecha por estar a la altura de Lafora.

Capítulo 30

EL SUICIDIO DE UN POETA

Fuera del hospital, las crisis de Jorge se presentan una tras otra y el poeta alucina. Una tromba de demonios se empeña en seguirlo por toda la casa, el más pequeño sonido lo atormenta. «¿Oíste? Va a iniciarse un terremoto».

Cuando Luis Arévalo regresa con sus latas de aceite se alarma por el humo que sale del departamento: «¡No entres!», grita Jorge. Lo encuentra desnudo en posición fetal en el piso de la cocina:

—¡No entres a la recámara! El colchón está lleno de víboras.

Luis llama a Víctor, quien le avisa al doctor Lafora, que ordena: «Tienen que internarlo de inmediato».

Víctor y Alicia Echeverría arriban al departamento de San Ángel y le piden a Jorge que se vista para salir. Obedece sin decir palabra. Se baña, afeita y viste con su traje azul marino, el preferido de Lupe. Curiosamente, Lupe insiste en llamar a Lafora todos los días.

—¿Adónde vamos? —pregunta Jorge, esperanzado.

—Al médico.

La desilusión aumenta cuando detrás de la puerta encuentra el rostro alargado, los ojos hundidos y el bigote del español Gonzalo Lafora:

—¿Qué hace aquí este matasanos?

—Vine a ayudarlo, acompáñeme por favor —Lafora extiende su mano.

—Yo no voy ni a la esquina con usted.

—¡Agárrenlo! —ordena Lafora.

Dos enfermeros lo obligan a subir a la ambulancia.

La mirada que Jorge le dirige Víctor no la olvidará jamás. «Suéltenlo, es mi hermano», grita arrepentido. A Jorge se le escurren las lágrimas y se deja conducir como un muñeco de trapo.

En Tlalpan, el manicomio es una inmensa propiedad que el presidente Juárez expropió a la Iglesia y que a fines de 1898 el norteño Rafael Lavista, pionero en el tratamiento quirúrgico de la epilepsia, transformó en hospital. Atiende tanto casos de alcoholismo como de locura, recibe pacientes de clase media y alta mientras que los pobres se destinan a La Castañeda.

En el número 89 de la calle Guadalupe Victoria, los amplios pasillos, los jardines descuidados y las habitaciones atemorizan a cualquiera. «Hágase cargo», ordena Lafora a un médico soñoliento que va hacia Jorge y le extiende una hoja que, sin mediar palabra, el poeta llena con mano firme. El residente le toma una muestra de sangre y tras escuchar a Lafora inquiere:

—Dígame por qué le prendió fuego al colchón…

—No me trate como a un idiota.

Acostumbrado a borrachos, violentos, tristes, resignados y sumisos, con una sola mirada el médico comprende que Cuesta no encaja en ninguna de las categorías; el desafío en sus ojos es superior.

—Dele un electrochoque —ordena Lafora— y llévelo a su cuarto. Después de los análisis podremos medicarlo. La descarga convierte a Cuesta en un niño indefenso. Come y duerme cuando se lo ordenan sus verdugos. Una semana más tarde, más lúcido que nunca, pide lápiz y papel. Escribe de pie sin detenerse *Paraíso encontrado*:

> Piedad no pide si la muerte habita
> y en las tinieblas insensibles yace
> la inteligencia lívida, que nace
> solo en la carne estéril y marchita.

A los periodos de alucinación le siguen otros de gran lucidez que aprovecha para corregir el *Canto a un dios mineral* hasta que la migraña lo obliga a ponerse de pie en la oscuridad de su cuarto. Escucha voces a todas horas —una de las consecuencias del Cardiazol— pero descubre el arma para acallarlas: decir poesía en voz alta. A veces juega ajedrez con sus compañeros pero solo sonríe cuando hace jaque. El único que llama su atención es Jacobo, calvo y pequeño, cuya expresión es una mezcla de tristeza y picardía:

—También yo soy poeta.

Juntos contemplan lo mejor del manicomio: el atardecer. Entonces Jorge habla de sus químicos y Jacobo de su violín:

—Siempre quise tocar algún instrumento —confiesa Jorge.

—¿Por qué te trajeron?

—Porque incendié un colchón.

—A mí por vagancia y ya estaría afuera si no se me ocurre gritarles: «¡No me peguen, yo soy el Cristo rojo!».

Jorge, a quien le prohíben visitas, le escribe a la Nena:

Querida hermana:
Mi angustia no es por mí, sino por ustedes en primer lugar, incluyendo a Lucio Antonio, a los hijos de Juan y a los tuyos. Es cierto que ya estoy medio loco si no es que mucho más, de tanto pensar en ello. Pero no es una locura mía haber estado presenciando lo que ocurre desde hace un poco más de dos años. Y la locura me ha venido de que no solo nadie me quiso prestar atención, sino de que casi todo el mundo, sin tener conciencia de ello o teniéndola, me estuvo entregando a cada momento. Pero en fin de cuentas yo mismo era quien se entregaba [...]. Cómprale a Lucio Antonio cajeta para que la tenga a diario aunque sin exceso. Y dale si te alcanza sus dos macanas cada domingo aparte del cine si lo llevas.

Los enfermeros no se explican cómo un hombre de su porte y sus modales ha ido a parar entre tantos condenados al olvido, «tanta basura humana». Altivo y elegante, de mirada profunda y lúcida, si acaso les dirige la palabra es para pedirles cigarros Delicados y ordenarles que lleven al correo cartas a Natalia Cuesta:

Querida hermana:
El doctor Guevara Oropeza me prometió que, cuando menos, permitiría que mi secuestro fuera endulzado con letras de ustedes. Así pues, te ruego que recojas letras de Lucio Antonio, de Víctor, de mi papá, si está aquí, y si no, se las pides lo mismo que a Néstor, así como tuyas y de tus chamacos. Pero por favor, ruégales que mejor me hablen del tiempo en vez de generosas mentiras.

Si te llega a sobrar dinero, y si todavía no se lo han llevado, cómprame en la librería Cosmos, la pequeña librería que está junto al cine Palacio, un libro en francés, *La Chimie Colloidale* o sea *La química coloidal,* que vale entre treinta y cuarenta pesos.

Y tráeme dos libros de S. Mallarmé que tengo en la casa: *Divagations* (libro amarillo todavía sin abrir) y *Poésies.* Así como también *Crime et Châtiment* de Dostoievski, y un libro de química en inglés que se llama *Textbook of Organic Chemistry,* de Richter (el autor). Te abraza, Jorge.

La tarde en que le permiten visitarlo en Tlalpan, la Nena, recién llegada de Córdoba, solo lo reconoce por su altura. Casi esquelético, los párpados terriblemente hinchados, el enfermero le informa: «Lloró toda la noche, se la pasó de rodillas con los brazos en cruz».

—Jorge.

En cuanto la ve, su hermano la abraza y le entrega una hoja:

—Es para ti.

Natalia lee: «Señor, nuestro destino está escrito desde el principio. ¿Cómo hubiéramos podido negarnos a él? Sometidos a él estamos, y sin más abrigo que tu misericordia. Oh, Dios, nuestro Señor, que quieras ampararnos con ella sin desamparar a ninguno de los que somos tus siervos».

Guadalupe Marín jamás lo visita pero tal parece que se deleita con su caída. Vibra de cólera contra él y contra sí misma. Al médico español le da información detallada de su vida con él, la hora del día en que se tranquilizaba —casi siempre al crepúsculo—, sus manías de limpieza, sus costumbres, las navajas que usa para afeitarse, sus erecciones, el tamaño de su pene, su intimidad entera. También pondera su prodigioso cerebro: «Aprendió *bridge* de una sentada y ganó todos los juegos».

Sobreviene otra crisis; Jorge levanta la cama, se parapeta tras de ella e impide que alguien se le acerque. «¡Es mi trinchera!». Tres enfermeros lo inmovilizan y le ponen una camisa de fuerza. Jacobo lo ve todo por el ojo de la cerradura.

—Desátame —le pide Jorge cuando Jacobo entra.

Ya libre, despide a su amigo: «No te preocupes, estaré bien». Se peina, afeita su barba de cinco días y con paciencia fabrica una cuerda con la tela de las sábanas y la ata alrededor de su cuello. Hace lo mismo con el otro extremo y la amarra a uno de los barrotes de la cabecera. Con la furia acumulada de sus treinta y ocho años se tira al piso y se desnuca.

Quizá su última visión es su *dios mineral*: «Capto la seña de una mano, y veo que hay una libertad en mi deseo». Cuando lo descubren es demasiado tarde porque se ha fracturado las vértebras cervicales, pero todavía está vivo.

La agonía dura más de ocho horas.

La vida de Jorge Cuesta se apaga a las tres de la madrugada del 13 de agosto de 1942 en el hospital Lavista. Con solo diez minutos de diferencia, en Córdoba, Veracruz, muere su abuela Cornelia Ruiz, madre de don Néstor, a quien Jorge quiso más que a sus padres.

«El escritor Jorge Cuesta se estranguló con la camisa de fuerza», titula *La Prensa*; «Químico y poeta buscó en su locura la fuente de Juvencio», anuncia *Excélsior*. *El Universal* publica en primera plana: «Un conocido escritor murió trágicamente. Se colgó de una reja D. Jorge Cuesta. Pudo ser descolgado aún con vida, pero falleció unas horas después. A las 3:25 de la madrugada de ayer falleció en el Sanatorio Doctor Lavista, ubicado en la vecina población de Tlalpan, el señor ingeniero Jorge Cuesta Porte-Petit[…]. Los funerales del señor Cuesta se efectuaron ayer mismo a las dieciséis horas, en el Panteón Francés». El único diario que ignora la noticia es *El Popular* de Vicente Lombardo Toledano.

«Quiero escribir sobre la muerte de Jorge», ofrece José Revueltas, encargado de la página roja. Lombardo Toledano, su director, le ordena que mejor cubra el suicidio de la extra de cine Dolores Nelson, muerta el mismo día.

Los Cuesta no tienen un centavo para el sepelio. Desesperado, Víctor visita a Aarón Sáenz. «Cálmese, cálmese, la Sociedad de Productores de Alcohol asumirá los gastos del funeral y de la tumba a perpetuidad. Vamos a darle seiscientos pesos».

La Nena regresa a Córdoba por el niño Antonio y Víctor y Alicia se encargan de los arreglos del funeral en la Ciudad de México. Antonio, de doce años, imagina que todos lo tratan bien porque murió su bisabuela Cornelia en la casa paterna. «Hay que informarle lo de su padre y viajar a México ahora mismo», insiste la Nena Cuesta ante la negativa de don Néstor.

En Gayosso hacen guardia Carlos Pellicer, los hermanos José y Celestino Gorostiza, Xavier Villaurrutia y León Felipe. La mañana del 14 de agosto Ruth le avisa a Lupe, quien ese día olvidó comunicarse con Lafora:

—Murió Jorge Cuesta, vamos a verlo.

—¡No, no! ¡De ninguna manera!

—Vamos a ir y se acabó.

—No tengo nada que ver con ese individuo.

—Es el padre de tu hijo.

Ruth Rivera Marín, de apenas quince años, entra a la florería Matsumoto, del japonés que trajo las jacarandas a México, y manda tejer una alfombra de gardenias y lirios morados lo suficientemente grande para cubrir un féretro. En la funeraria, Lupe Marín, vestida de negro, pasa de largo frente a los Cuesta. Víctor, totalmente sobrio, llora sin parar, Alicia Echeverría intenta consolarlo.

Ruth coloca el tapiz de flores sobre el ataúd, las gardenias vienen de Fortín de las Flores.

—Vámonos, no aguanto un minuto más —ordena Lupe.

—Espera, quiero despedirme.

Cuando Lupe ve llegar a su único hijo de la mano de Natalia Cuesta, le da la espalda y sale a toda prisa. Lucio

Antonio Cuesta Marín se enfrenta a una caja cerrada, a la mirada compasiva de su media hermana Ruth y a un destino de orfandad y rechazo que lo perseguirá toda su vida.

En el Panteón Francés de La Piedad, Xavier Villaurrutia, envejecido, más pálido y triste que nunca, medita en el epitafio del más lúcido de los Contemporáneos:

> Agucé la razón
> tanto, que oscura
> fue para los demás
> mi vida, mi pasión
> y mi locura.
> Dicen que he muerto.
> No moriré jamás:
> ¡estoy despierto!

Una semana más tarde, el 21 de agosto de 1942, en Córdoba la familia Cuesta celebra una misa solemne: «En sufragio del alma del señor Jorge Cuesta Porte-Petit y de la señora Cornelia Ruiz Portugal viuda de Cuesta en el noveno día de su fallecimiento. Sus familiares suplican a usted su asistencia a este acto piadoso y le ruegan eleve a Dios sus oraciones por el eterno descanso del alma de los finados. (300 días de indulgencia)».

Luis Cardoza y Aragón habrá de escribir dos años más tarde en su poema *Apolo y Coatlicue*: «Te veo cortar de un solo tajo las sagradas partes y arrojarlas al rostro de Dios».

Capítulo 31

EL EGIPCIO

A Lupe Marín le horroriza el fin de Jorge Cuesta, qué bueno que se alejó del monstruo, qué bien hizo al acusarlo en *La Única*, qué acierto el suyo al mantenerse en comunicación constante con el doctor Lafora; lo previó todo y huyó a tiempo.

Lupe no le dedica ni un pensamiento a su hijo Antonio, la prueba viviente de que alguna vez estuvo loqueta por Cuesta, *enamoradísima*, como repitió a diestra y siniestra. Ninguna compasión por ese hombre tan lúcido como desesperado con quien descubrió la lectura y al que no le guarda el menor agradecimiento:

—Me quitaría el sombrero ante un hombre como Jorge si no hubiera conocido antes a Diego, pero no le perdono su locura final —confiesa a Concha Michel.

—Si antes no podías ni oír hablar de él, ¿cómo es eso de que te quitarías el sombrero?

—Eso era antes, ahora he recapacitado y lo comprendo; debe haber sufrido muchísimo.

—Dile eso a Ruth.

Lupe prefiere luchar sola contra sus fantasmas. Reconocer sus flaquezas sería admitir que se equivocó y que su novela —una inmensa calumnia— solo destruyó a Jorge Cuesta.

—¿No te da vergüenza, mamá? —le preguntó alguna vez Ruth.

—No te preocupes, nadie la leyó.

Visita al doctor Lafora. «Es un hombre inteligentísimo, aprendo mucho», pero Lafora evita el tema de Jorge a tal grado que Lupe desiste. «Quizá sea mejor así. Hay que darle vuelta a la hoja». En la noche, sin embargo, Lupe regresa a Jorge, gira en círculos, su vida con Jorge, Jorge y su muerte.

Los sábados y domingos Pico y Chapo salen con sus amigos o van a la Casa Azul, aunque cada vez menos. «No quiero sentarme al lado de la cama de Frida», dice Lupe chica.

En Tampico 8 Lupe invita a Concha Michel con frecuencia porque festeja sus guisos: «Es un manjar». Cuando se queda sola, Lupe toma una taza de avena o una fruta. Bebe muy poca agua. A veces, Concha la invita a alguna fonda y Lupe elige una mesa estratégica para ver a quienes entran: «Mira nomás, a ese diputado lo conozco, pero su acompañante no es su mujer. ¿Ya te fijaste qué gorda está la esposa del rector?».

Las palizas desaparecen pero sigue gritándoles a sus hijas, aunque sus amigas la admiren: «¡Qué elegante es tu mamá! ¡Qué rico guisa tu mamá! ¡Qué personalidad la de tu mamá! ¡Adoro a tu mamá!».

Lupe Marín sabe seducir.

Entre los compañeros de Lupe en la facultad, un muchacho destaca por su gentileza, Juan Manuel Gómez Morín. Lupe chica, atenta a sus intervenciones en clase, lo escucha con admiración. Es obstinado y casi siempre gana

246

las discusiones. «Otra vez Juan Manuel, me rindo», dice el profesor de Derecho Constitucional al verlo levantar la mano. Las muchachas lo siguen por guapo y formal pero él solo ve a Lupe Rivera:

—¿Qué vas a hacer? Le echaste el ojo nada menos que a la hija de Diego Rivera —lo previene su amigo tapatío Efraín, hijo de González Luna.

Tampoco Juan Manuel escapa al peso del apellido, ser hijo de Manuel Gómez Morín, rector de la UNAM en 1933, fundador del Banco de México y del Partido Acción Nacional (PAN), es un reto. El PAN se opone con todo derecho al oportunismo del PRI, culpable de los males de México que se multiplican con los años.

Muy pronto, Lupe decide que el joven Gómez Morín es el hombre de su vida, y cuando se lo dice a Diego Rivera el muralista deja caer paleta y pincel para levantar las manos al cielo:

—¿Y habiendo tantos muchachos, de ese te fuiste a enamorar?

—Cuando lo conozcas, papá…

—Lupe, ¿sabes siquiera quién es su padre?

—Si no me voy a casar con su padre.

—¿Casar? Estás loca, olvídate de él. Su padre es el hombre más reaccionario de México.

A Lupita le cuesta hablar con su madre, es más fácil ir corriendo con Diego porque a todo dice que sí, pero en esa ocasión recurre a la que ella considera la máxima autoridad.

A Lupe Marín le sorprende encontrar a su hija en casa a las cinco de la tarde:

—¿Y ahora qué? ¿Estás enferma?

—Nada, estuve con mi papá, está imposible, deberías hablar con él.

—¿De qué, tú?

—Dile que Juan Manuel es cumplido y estudioso... Y que lo amo.

—¿Para qué diablos te fuiste a enamorar de ese individuo? Aunque reconozco que se viste bien...

El entusiasmo de Lupe chica le recuerda su pasión por Diego: «Ah, qué idiotas somos las mujeres».

—Mira, tu padre es capaz de cualquier cosa por su maldito comunismo y si te dijo que ese individuo es *enemigo del pueblo*, oye, tú, pues nadie ni nada le va a quitar esa idea.

—¡Ay, mamá, no seas ridícula! ¿Cómo va a ser enemigo del pueblo?

—Si lo amas no le hagas caso a nadie —interrumpe Ruth.

Lupe chica sigue el consejo de su hermana y se enamora de Juan Manuel como la Julieta del *Romeo* de Shakespeare.

A Ruth le fascina el teatro, incluso Salvador Novo le ofrece pequeños papeles y aplaude cuando sale al escenario. Diego propone darle una carta para el director italiano Vittorio De Sica y Ruth no cabe en sí de la emoción: «Me encantaría trabajar con él, papá». Viaja a Italia y en cuanto le entrega la carta, De Sica la incorpora a su elenco. También sube al escenario una mexicana morena y de pelo negro, Columba Domínguez, actriz principal de la película *L'edera*. Apenas ve entrar a la nueva, los celos la atosigan. «Creo que lo mío es la historia del arte», desiste Ruth, quien decide viajar a Egipto.

Imposible visitar el Museo Egipcio de El Cairo en un solo día. «Mi papá es un faraón», concluye después de ver a Tutankamón, y sobre todo luego de que Yusef, el director, la invita a comer al enterarse de que es la hija de Diego Rivera.

«¡Cuántas puertas me abre mi papá!». Ante ella se inclina la Esfinge de Hetepheres y las momias salen de sus sarcófagos. Ruth observa hasta la última moneda y los papiros aunque los jeroglíficos le resulten incomprensibles. «Tenemos lo mismo en México —informa a Yusef—, los códices cuentan nuestro pasado y nuestras vasijas funerarias son superiores a las suyas». El director sonríe ante su entusiasmo. «Si quiere que comamos mañana la invito de nuevo, quiero que pruebe los mejores dátiles de Egipto». A mediodía, después de comer el *kushari* mediterráneo y a punto de convertirse en Nefertiti, la joven Ruth hace suyos a Keops, Kefrén y Neferirkara y se enamora de ese joven bronceado de enormes ojos negros al que confunde con Ramsés I.

Yusef es como el Nilo, lento y sinuoso, corre desde Babilonia y Macedonia hasta su mesa y la seduce. Ruth le escribe a Diego Rivera que va a casarse en El Cairo. Recuerda que Diego se entusiasmó cuando leyó que un militar musulmán, el general Nasser, quiso derrocar al rey Faruk, impuesto por los ingleses.

Lupe Marín arremete contra Diego: «La culpa es tuya por dejarla hacer lo que se le da la gana». Diego escribe a su hija: «Óyeme, Nefertiti, es muy pronto, regresa a México, tú y tu Ramsés tienen que conocerse mejor; espera, si de veras te quiere vendrá por ti en una alfombra voladora», pero a Ruth nada la detiene.

Al mes descubre que el más macho de los mexicanos es menos celoso que su Yusef. Él la llama Azeneth, le prohíbe asomarse a la calle y pintarse los ojos. El sabio que le enseñó el antiguo Egipto resulta ser un maestro prepotente que la espía y la encierra con llave. El colmo sucede cuando Yusef trae un fontanero para arreglar el lavabo y Ruth, de tan aburrida, se entretiene viendo cómo trabaja. Su marido arma un escándalo. Harta, Ruth escapa por la ventana y corre a pedir asilo a la embajada mexicana. «Soy la hija de Diego Rivera, llévenme al aeropuerto para regresar a México».

Una vez en Coyoacán le jura a Diego no volver a equivocarse. Lupe solo le pregunta:

—Oye, y tu árabe, ¿se enroscaba un trapo en la cabeza?

Ruth —ya desegipciada— decide ser arquitecta y para complacer a su padre escoge el proletario Politécnico. Es la primera mujer en pisar la Escuela de Ingeniería.

Tres años más tarde, el general Nasser asume la presidencia y nacionaliza el canal de Suez para gran satisfacción del muralista y de sus hijas.

Diego no cabe en sí del orgullo. Que Lupe, la mayor de sus hijas, gane su propio dinero cuando otras mujeres de su edad solo esperan casarse, y que Ruth, la preferida, sea la primera y única mujer en la Escuela de Ingeniería es para él motivo de la mayor satisfacción.

Entre chupada y chupada de un cigarro de marihuana, Frida aplaude las decisiones de las hijas de Diego aunque no comparte sus gustos. Critica a Lupe chica y a sus amigos, a quienes llama «los rotos de Nacional Financiera» porque se reúnen en el Sanborns de Madero 4, la Casa de los Azulejos. «Van puros gringos cara de bolillo». La Kahlo prefiere L'Escargot, el Manolo o la carne asada del Tampico. También habla del complejo de Edipo de Ruth y se atreve a sugerirle: «¿Por qué no haces tu vida lejos de tu padre? Así como tú, yo adoré al mío y lo acompañaba a tomar sus fotografías y le metía un pañuelo en la boca a la hora de sus teleles, pero tú, de a tiro te pasas».

Capítulo 32

EL PRIMER NIETO

A Lupe Marín la ofenden los actos de su hija mayor. Cuando discuten, Lupe chica sale dando un portazo: «Voy con mi papá». La relación con su hermana Ruth tampoco es buena porque, celosa del cariño de Diego, sentencia: «Los mejores profesionistas de este país salen de la UNAM», y Ruth replica: «Los mejores porros también». Basta que Diego o Lupe elogien a Ruth para que la mayor salte.

—En la casa de las Rivera-Marín arde Troya —ríe Concha Michel.

Lupe Rivera busca refugio en Juan Manuel, la antítesis de todo lo vivido hasta la fecha. Pasan días enteros tomados de la mano, y los regaños de Diego y las amenazas de Lupe solo los unen con mayor fuerza, al grado de que Lupe chica hasta lo acompaña a misa.

Doña Lupe Marín (como la llama Juan Manuel) imagina que el comunista Diego Rivera es mal visto en casa de los Gómez Morín, pero no sospecha que a ella la consideran una desvergonzada. En la casa de la avenida Nuevo León se refieren a «esa mujer» como a una perdida e insisten en que no tiene moral. Además, se casó con el ingeniero químico Jorge Cuesta, conocido de Gómez Morín, y abandonó a su hijo. «Sus dos hijas no están ni bautizadas».

Doña Lydia Torres, madre de Juan Manuel, comulga con fervor en misa de ocho, no tolera discusiones o palabras altisonantes y da gracias a Dios antes de cada comida. Más comprensiva que su marido, intenta mediar entre Juan Manuel y su padre.

En lo único en que se parecen doña Lydia y doña Lupe es en llevar la voz de mando. Cuando doña Lydia truena los dedos el primero en obedecer es Gómez Morín. A pesar de que su mujer alega que «no es tan grave», don Manuel se enoja con su hijo: «¿Qué no ves de dónde viene esa muchacha?».

En cambio, a Lupe Marín le cae bien Juan Manuel.

—Oye, tú, ese individuo es de muy buen vestir y salió más guapo que Echeverría y mucho más educado. Además, tú estás lo suficientemente grande como para decidir por ti misma.

Para Lupe Marín es difícil darse cuenta de que esta muchacha querendona, ingenua, tímida, de sonrisa rápida, de ojos risueños, tiene que desenvolverse en el mundo con el título de *hija de Diego Rivera*. A Lupe chica le da vergüenza decir quiénes son sus padres; desde su niñez y su adolescencia ha buscado en quién apoyarse. Se acerca a todos con ojos interrogantes. Suple su complejo de inferioridad con trabajo. Solo apaga la luz de su recámara cuando está segura de haber memorizado los argumentos de la escuela formalista de Kelsen.

A Ruth los arcos y las bóvedas, pesos y palancas en las clases del Poli le dejan poco tiempo para preocuparse por el futuro de su hermana. Las dos llegan a la casa de

Tampico 8 cuando su madre ya se ha dormido, y Lupe no las extraña porque pasa el día entero frente a su máquina de coser. Les corta prendas que las compañeras envidian: «¡Ruth, qué bonita tu falda! ¿La trajiste de París?».

Cuando Lupe Marín llega de dar clase toda clavada de alfileres, encuentra a Lupe y a Juan Manuel en la cocina:

—¿Y ustedes qué? ¿No tienen clase?

—Mamá, tenemos que hablar contigo.

—Pues hablen...

—Estoy embarazada.

—¿Ustedes nacieron ayer, que no saben hacer las cosas?

—¡Señora! —se ofusca Juan Manuel.

—¡Usted cállese! ¿Qué no te diste cuenta? —le pregunta a su hija.

—Pero, mamá, ¿cómo voy a saber si tú nunca nos hablaste de nada?

—Ahora yo tengo la culpa, muchacha idiota.

Juan Manuel y Lupe chica salen de la mano de casa de Lupe: «Voy a ver a mi papá».

—¡Seguro te va a aplaudir! Dile que te haga un retrato.

Para Diego, la noticia es una bomba:

—¿Cómo es posible que mi primer nieto tenga el apellido de mi peor enemigo?

—Papá, yo no sé si es tu peor enemigo, me enamoré y ya.

Para don Manuel Gómez Morín la noticia también es una tragedia. ¡Su hijo mayor, el que más se le parece, su heredero, el del porvenir más brillante!

Ruth solo pregunta: «¿Y tu carrera?». Lupe aún no la termina pero ya trabaja en Nacional Financiera. ¿Cómo va a atender a un hijo? A ella todo la acompleja: «Mi hermana Ruth es más guapa que yo. Mis padres quieren a Ruth más que a mí. Ruth es alta, yo soy chaparra. Apenas la ve, mi papá abraza a Ruth; a la primera a quien le habla cuando despierta es a Ruth. Ruth es su amor, su camarada. Todos los días Ruth y Ruth y Ruth, a mí ni caso me hace porque odio a los comunistas».

Estar encinta acentúa su inseguridad. Su nerviosismo llega a tal punto que sus compañeros la protegen.

«No te preocupes, no va a pasar nada».

Pero sí pasa.

En 1946 el embarazo de Lupe Rivera es un escándalo. «El hijo se va a llamar "Unión Nacional"». Las críticas a Ruth no se quedan atrás: «La hija de Diego Rivera cursa una carrera de hombres». «Es la única mujer en medio de tanto muchacho». «Vas a ver lo mal que acaba esa prieta kilométrica».

Las hermanas Rivera-Marín heredan de Diego el talento y de Lupe la fuerza de carácter. Don Manuel Gómez Morín ni siquiera pretende conocer a la joven Lupe y decide enviar a su hijo a la universidad jesuita de Georgetown, en Washington. Ingenuos, los enamorados creen que el amor vence cualquier prejuicio y que se volverán a encontrar.

El niño Juan Pablo nace el 2 de junio de 1947. Manuel Gómez Morín se niega a darle su apellido. La abuela, Isabel Preciado, recién llegada de Guadalajara, se indigna:

—¡Que se apellide Marín Preciado!

—Pero, mamá, ¿cómo va a llamarse así? Que sea Rivera, ese sí es ilustre —interviene Lupe Marín.

—Sí, que sea Rivera —remata Ruth.

Finalmente, doña Lydia interviene e inscriben al niño como Juan Pablo Gómez Rivera.

Lupe Rivera vive en casa de su madre, quien se ocupa del recién nacido. Cuando doña Lydia visita a Juan Pablo, Lupe Marín le abre la puerta. Lupe chica trabaja en Nacional

Financiera y en la noche sigue cursos de Derecho en la Universidad.

Lleva a su hijo al consultorio de su tío Francisco Marín, pediatra y hermano menor de su madre.

—Ve qué gordote está, tío, te lo traigo a presumir.

Tras revisarlo, Francisco se alarma: «Oye, tu hijo está hinchado. Es algo del riñón. Ahora mismo vamos al Hospital del Niño».

—Hiciste un excelente diagnóstico, Francisco —confirma el médico Felipe Cacho—. Este niño tiene un tumor en el riñón, necesito operarlo de inmediato.

Entre las voluntarias del hospital, Chaneca Maldonado, una quinceañera carirredonda y de pelo muy corto, se acerca a Lupe Rivera:

—No te preocupes, se va a salvar.

Días más tarde, la joven voluntaria visita al niño en su casa de Tampico. Lupe Marín le abre la puerta con el niño en brazos.

—Ven a comer cuando quieras —la invita.

Al año, Lupe Rivera termina la carrera de Derecho. Su trabajo en Nacional Financiera le permite una buena vida hasta que una tarde se presenta en su casa el notario Roberto Cosío:

—Lupita, vengo de parte de don Manuel para comunicarle que está dispuesto a ofrecerle una pensión y a apoyarla para que tenga casa propia y se independice de su madre.

—Maestro —se ofende Lupe—, pregúntele a don Manuel si no sabe que soy abogada y puedo mantener a mi hijo. No necesito absolutamente nada de él.

—Pero ¿qué me está usted diciendo?

—Lo que oye, yo no quiero un centavo y menos que me pongan casa chica. No quiero nada de ese señor.

Al día siguiente, al salir del Sanborns cercano a Nacional Financiera Lupe se topa con su suegro: «Viejo maldito, cómo te odio, te escupiría», piensa. Pasa frente a él mirándolo por encima del hombro.

Diego, indiferente a todo lo ajeno a su pintura, levanta al niño en brazos. Pronto se fastidia. Solo le gustan los niños que pinta.

—Si este es hijo de un Gómez Morín espero que el próximo no sea de Francisco Franco —arremete contra su hija.

CAPÍTULO 33

UN PULPO EN CHAPINGO

«Límpiate los zapatos» es lo único que le dice Lupe a
su hijo adolescente cuando viene de Córdoba. Lo recibe
de mala manera. Lucio Antonio duerme en la azotehue-
la, al lado del lavadero, y lo cala el frío nocturno. El último
sonido que escucha antes de conciliar el sueño es el de la
máquina de coser.

Después de cocinar, Lupe va directamente al costurero
y desde ahí sube el zumbido de la máquina. Jamás le pregunta a su hijo si tiene frío o hambre o cómo le va en la escuela. Si Antonio le dice que piensa ser escritor o químico
como su padre o quizás hasta ingeniero, Lupe predice: «Vas
a fracasar». A ojos vistas lo detesta. «Sírvete tú, algo encontrarás en la cocina». Su odio aplastaría al más valiente, pero
Antonio se aferra a su madre. A veces regresa a Córdoba
sin despedirse, y al mes Lupe lo recibe con un insidioso:
«Ni cuenta me di de tu ausencia».

Su veneno no tiene antídoto.

Al regresar a México, Antonio se entera de que su madre
y sus medias hermanas ya no viven en el número 8, sino en

la casa vecina de tres pisos, Tampico 6, esquina con avenida Chapultepec, que Diego Rivera también compró para ellas.

—Duérmete en el costurero —concede Lupe cuando el frío arrecia.

La planta baja de la casa solo tiene macetas, la de enmedio consta de comedor, cocina y sala. Arriba se alinean las recámaras de Lupe y sus dos hijas, ninguna para Antonio. Lupe reserva el cuarto sin puerta al final del pasillo para su costurero. Contra el muro acomoda la Singer, una silla, un espejo y un catre.

Los viernes invita a jugar baraja a Juan Soriano y a Carlos Pellicer. Llegan contentos y puntuales a las ocho de la noche y se despiden a las seis de la mañana. Grandes fumadores, el humo asfixia a Antonio que solo concilia el sueño en la madrugada. Para vengarse, roba el dinero de los bolsillos de los sacos dejados encima del catre.

Las noches de baraja Ruth, Lupe y el bebé Juan Pablo se exilian en la Casa Azul. Frida los recibe con tequila y marihuana.

Antonio ruega a toda la corte celestial que su madre no pierda en el juego porque al día siguiente se desquita con él. Con solo oír su tono de voz sabe si ganó o perdió. A Lupe y a Ruth les parece normal el maltrato a Antonio porque con ellas tampoco fue cariñosa.

La ilusión más grande de Antonio es la Navidad porque Lupe lo lleva por única vez a El Palacio de Hierro o a El Puerto de Liverpool:

—Anda, elige lo que vas a necesitar para todo el año.

Antonio apenas puede abrazar pantalones, suéteres, camisas y zapatos.

A quien más acostumbra criticar es a Lupe, su hija:

—¡Mira nada más qué gorda estás! Ese vestido no te queda.

—Mamá, acabo de parir.

—Deberías hacer ejercicio.

—Lo hago todos los días.

—Pues no se te nota.

A Ruth tampoco la trata mejor. «¿Para qué escogiste una carrera de hombre? ¡Nadie te va a dar trabajo!». Ninguna de las dos hermanas se ocupa de Antonio, el hermano menor. Tampoco son cómplices entre ellas. En esa familia cada uno se salva solo. Cuando Antonio regresa a Córdoba después de pasar unos días con su madre, su comportamiento empeora. En la preparatoria es un estudiante problema. Su tía Natalia, cansada de que la citen en la dirección de la escuela, firma las llamadas de atención y lo disculpa de cuando en cuando.

Tan alto como su padre, ardiente y enamoradizo, a los diecisiete años los ojos penetrantes de Antonio resultan atractivos, pero basta que las muchachas le sonrían para que pierda la razón y se lance a hacerles *proposiciones deshonestas*. Huyen escandalizadas. En Córdoba, sus abuelos cargan con el alcoholismo de Víctor, quien separado de Alicia Echeverría regresó a Córdoba a raíz del suicidio de Jorge. ¡Imposible para ellos controlar al nieto contestatario!

En cada borrachera Víctor vuelve a la obsesión que le quita el sueño: «Yo lo interné». Conserva los papeles más nimios de su hermano mayor, las notas de la farmacia, la tlapalería, sus libros, sus peticiones desde el manicomio de Tlalpan. También escribe cuentos que —venciendo su modestia— enseñó en la capital a Renato Leduc: «¿Por qué chingados no habrías de terminar la obra que tu hermano Jorge dejó trunca? Tus cuentos son muy buenos».

En la bolsa de su pantalón, como un amuleto, Víctor guarda una de las últimas cartas de Jorge a Natalia y se la enseña a Antonio: «Léela, y dime si esto es de un loco. Tu padre es el hombre más lúcido e inteligente que he conocido».

Antonio alisa la hoja que ya de por sí parece silicio:

Comprar: en Beick Félix (esquina de Madero y Motolinía) 500 gramos de ácido tartárico, 300 gramos de tanino ligero en dos paquetes, uno con 250 y otro con 50 gramos.

En Carlos Stein (Zócalo): Solución de insulina que contenga 3 000 unidades.

—25 gramos de extracto fluido de ergotina.

En Regina: 1 kilo y medio de permanganato en tres paquetes de medio kilo.

Añadir al resto que quedó en la cazuela tres litros de agua: agitar durante un rato para que el sedimento vuelva a aflorar completamente; dejar en reposo cinco o seis horas para que se asiente, y entonces separar todo el líquido que quede claro encima del asiento. Saldrán como cuatro litros.

Estos, en dos partes, o todo junto si caben en un solo recipiente, se ponen a la parrilla a hervir, en una cacerola, hasta que se agoten completamente, y quede seca la sustancia sólida que contienen.

De la sustancia seca que se recoja, hacer dos partes iguales, que deberán molerse lo más fino que se pueda.

Una parte repartirla en seis papeles doblados como los de las boticas. La otra parte se divide a su vez en tres partes iguales que se utilizan como sigue:

La primera incorporarla mezclando perfectamente bien en un pomo de cajeta de Celaya de los de vidrio, de tal modo que quede repartida lo más homogéneamente posible la sustancia en la cajeta.

La segunda metérsela a una botella de salsa de tomate cátsup, también incorporándola lo más homogéneamente que se pueda.

La tercera parte usarla para mezclarla a una torta de elote.

Que el domingo en la tarde me traigas ¼ de kilo de mantequilla y un queso de Toluca, junto con la botella de salsa de tomate y el pomo de cajeta. Esta se puede comprar en la tienda de la esquina de Insurgentes y Coahuila. Que también me traigas los papeles y seis paquetitos de chicles con doce pastillas. La torta de elote que me la traigas el viernes, con algo de fruta.

La carta revela que antes de 1942 Jorge Cuesta experimentaba en su propio cuerpo con una droga que años más tarde se conocería como LSD, con efectos alucinógenos terribles. Casi al mismo tiempo, Albert Hofmann patentaba en Suiza el ácido lisérgico extraído del hongo que crece sobre los granos de centeno y que en 1960 se utilizaría médicamente para rehabilitar alcohólicos y disminuir el sufrimiento de los cancerosos.

Los comentarios de Víctor desvelan a Antonio, que se obsesiona con su padre. «Tu padre es un genio, tu padre es mejor científico que Linus Pauling, que Sigmund Freud. A tu padre no lo supieron reconocer en México, debería haber nacido en Estados Unidos o en Europa. Lafora era un gusano, le tuvo miedo a su inteligencia; tu padre habría acabado con él». Antonio intenta escribir; el resultado es una larga lista de obscenidades que sonrojan a la maestra de literatura.

—Su sobrino ha ido demasiado lejos, no tiene el menor respeto —doña Clotilde Secante manda llamar a Natalia.

—Dele otra oportunidad…

—Agradezca que es su último año, ya nadie lo soporta.

Al salir de la preparatoria el promedio de Antonio Cuesta Marín es mediocre. Sus compañeros lo alaban pero no lo incluyen entre sus amigos: solitario y totalmente descontrolado los escandaliza con sus fantasías sexuales.

—¿Por qué no lo interna en algún colegio en México? —sugiere el padre de Miguel Capistrán a don Néstor.

—No tiene trazas de intelectual, lo voy a mandar a Texcoco, cerca del Distrito Federal, a que estudie algo práctico. Chapingo es una gran escuela de agricultura.

—Papá, no está maduro para vivir solo, es un niño —protesta Natalia, su hija.

El viaje en tren a Texcoco en medio de maizales es corto y bonito. En Texcoco, abuelo y nieto toman un camión a Chapingo por la módica suma de quince centavos. La calzada de árboles frente a la entrada principal es imponente, y del lado izquierdo un inmenso jardín ofrece un campo lleno de rosales. «Tenemos más de una hectárea de rosas rojas, de rosas blancas, de rosas amarillas —presume uno de los guardianes—. Nuestro rosedal es único en el mundo». Al lado de los rosales aguardan las canchas de basquetbol y de futbol. Un billar, mesas de ajedrez y de dominó ofrecen la novedad de la televisión. Lejos del casco principal se alinean la alberca, el gimnasio, la enfermería y las porquerizas.

Antonio Cuesta presenta el examen de ingreso y obtiene en un santiamén la beca que incluye cama y comida.

—Cuida esa beca, Chapingo es el único lugar en el que puedes estudiar sin pagar un centavo —sentencia don Néstor.

Para ingresar a la Escuela Nacional de Agronomía Antonio necesita seis camisas, seis camisetas, seis calzones, doce pares de calcetines, doce pañuelos, un traje de baño, un peine, un cepillo de dientes, un cepillo de ropa y uno para calzado. La mayoría de los aspirantes no tienen ni para calzones, y sin embargo los reciben porque hay que llenar tres dormitorios con sesenta y nueve cuartos con camas dobles.

Aunque le sienta de maravilla, Antonio se pone de mala gana el uniforme militar obligatorio. Si Lupe lo viera diría que tiene buena facha. Otros no se quitan el saco y el pantalón caqui ni el día en que salen francos porque con él enamoran a las mujeres.

A Antonio le entusiasma la idea de vivir solo y sobre todo de impresionar a su madre y a sus hermanas.

Un macuache —que según los habitantes de Texcoco es un indio huarachudo— toca bien el tambor, otro es un as de la corneta y los dos forman parte de la banda de guerra. «¿Por qué no consigues tocar en la orquesta, Antonio? Ahí sí vas a sobresalir». Tocar es una distinción que a Cuesta no le dice nada. «¿Trompetitas a mí? —le espeta a uno de sus compañeros—. No soy tu pendejo».

Los internos se forman en la puerta principal porque en una tabla clavada en un árbol aparece el nombre de los que reciben correspondencia. Don Néstor le escribe, su tía Natalia también; Lupe, su madre, jamás.

Lejos de la mirada de su tía Natalia, de los sermones del abuelo y del alcoholismo de Víctor, Antonio cursa materias que lo apasionan porque en el laboratorio de la escuela experimenta con marihuana y con peyote, y ya pirado se siente capaz de las proezas que según Víctor hizo su padre. Altísimo y guapo, cuando entra a cualquier sitio las miradas lo siguen, los demás preguntan quién es y él aprovecha esta admiración para enamorar a cuanta muchacha conoce. En la alberca olímpica los compañeros lo apodan *el Pulpo* porque sus dedos, de tan largos, parecen tentáculos.

A diferencia de las preparatorianas de Veracruz, las defeñas se sienten atraídas por sus irreverencias. Antonio cambia de novia cada semana. El Pulpo es popular entre sus compañeros, que festejan sus desplantes.

Para enterarse del nivel académico de sus alumnos, en su primer día de clases el profesor de matemáticas plantea un problema: «Calcule la longitud de un tren que raudo y veloz y hecho la mocha corre en sentido contrario a otro que a cierta velocidad se dirige, uno hacia el norte (Texcoco) y el otro hacia el sur (México, DF)».

Antonio se rebela:

—¿«Hecho la mocha»? Si el profesor es un asno que dice «hecho la mocha», yo puedo mentar madres.

La capilla en la que su madre es la figura principal lo sorprende. Encima del altar, enorme, el vientre abultado, los pechos al aire, Lupe lo mira con sus extraños ojos verdes o azules, su boca agresiva, una mano en lo alto, previniéndolo: «No te acerques». ¿Es bella? ¿Es horrible? Es la tierra fecundada que a todos atemoriza. Su mano pintada, ancha y más bien pequeña, es distinta a la de dedos larguísimos de Lupe Marín. Al observarla, Antonio siente que su madre lo condena desde lo alto.

A nadie le dice que la monumental figura es su madre, y cuando alguien lo descubre él primero se enfurece pero termina burlándose como los demás.

—¿No te importa que te digan cosas de tu mamá? —pregunta un macuache.

—Yo soy mi propia madre.

¿Cuándo se liberará de Lupe Marín? Antonio jamás imaginó que lo atormentaría hasta en Chapingo.

Los futuros agrónomos saben quién es Diego Rivera pero ignoran quién fue Jorge Cuesta. Tampoco él lo menciona, se aferra al féretro cerrado. De tanto oír a Víctor y a Natalia ponderar a Jorge decide terminar lo que su padre dejó inconcluso. «Yo también voy a ser poeta y un crítico feroz». Empieza por denostar la vida académica de Chapingo. Los maestros, para él, son una mierda, nada que ver con la sabiduría de su padre. Son una bola de huevones.

—No puede ser, todo es estudio y deporte: basquetbol, futbol, natación. Es lógico que cualquier hombre normal enloquezca con esta vida de monje… Algo le ponen a la comida para aplacar el afán sexual.

—Dicen que es nitrato —replica su compañero Tomás Cervantes.

—Qué idiota eres, será bromuro…

En vacaciones los jóvenes salen sobrados como garañones. En casa de Lupe, Antonio invita a la sirvienta al cine.

—¿Qué no sabes lo que cuesta encontrar a una? —se enfurece Lupe—. Lárgate a Córdoba con tu Natalia.

Cuando Antonio le enseña su cuaderno de poesía, Lupe se ríe en su cara:

—Escribes puras estupideces.

—¿Y mi padre?

—Nunca leí ni leeré un solo verso de tu padre.

La cercanía de Chapingo con la Ciudad de México le permite visitar a Lupe pero prefiere el billar, el antro y la cantina. El rechazo de madre y hermanas es cada vez más evidente. A la mayor, Guadalupe —como ella exige que la llame—, Antonio la denuesta: «¡Qué burguesa! ¡Qué convencional! ¡Qué mal te ves! ¿De dónde sacaste esos zapatos? ¡Qué fea bolsa!». Con Ruth se lleva mejor pero nadie le abre un espacio en su vida.

Capítulo 34

LA GARRAPIÑITA

Ruth calla ante cualquier grito de su madre, en cambio, su hermana mayor la desafía. «No te guardes nada, te vas a enfermar, enfréntala», se impacienta. Más alta y delgada, Ruth no reacciona. «¡Qué coraje me da que te quedes tan callada!». Ruth extraña la figura paterna de sus primeros años, Jorge Cuesta, y cuando su madre la interroga sobre sus pretendientes responde lacónica: «Es un amigo».

En el Poli los alumnos no entienden su presencia ni toleran sus buenas calificaciones. Esa jovencita tímida los irrita con su altura y sus ojos bajos. «Ojalá la corran, pinche vieja». Son escasas las mujeres en el Poli y en la Escuela Superior de Ingeniería y Arquitectura. Cada vez que entra a su salón, treinta pares de ojos masculinos la observan y Ruth mira la punta de sus zapatos. Solo uno le dirige la palabra, Pedro Alvarado Castañón, sobrino del grabador Carlos Alvarado Lang, director de la Escuela Nacional de Pintura y Escultura. Es el único que menciona en clase a Leonardo da Vinci y Ruth, sorprendida, levanta los ojos. Resulta que no solo conoce la obra de Diego, sino que la admira:

—Es el pintor más grande de México... y no lo digo porque sea tu padre.

Pedro la defiende y una tarde Ruth lo escucha decir a dos compañeros: «Ruth es la hija del mejor muralista de México y en vez de vivir a costa de él, viene a fletarse al Poli».

A partir de ese momento los demás la acompañan a la salida, la incluyen en sus charlas, la invitan a sus bailes y ahora Ruth entra sonriendo al salón.

—Su padre es comunista, seguro por eso la mandó a estudiar una carrera de hombres —le explica un compañero a Pedro.

Al terminar la clase, Pedro y Ruth estudian juntos en la casa de Tampico 6 y lo presenta a Lupe Marín, a Lupe Rivera y a Juan Pablo, su hijito.

Ahora que la hija mayor es abogada y Ruth estudiante del Poli, Diego las presume: «¡Y tú querías que fueran secretarias!», se ríe en el rostro de Lupe, quien dedica la mayor parte de su tiempo a Juan Pablo.

Las hermanas se pelean por cualquier cosa y Lupe Marín interviene siempre a favor de Ruth:

—A ti te defiende porque haces todo lo que te pide, yo no me pienso callar —protesta Lupe chica.

Pedro Alvarado y Ruth comen los domingos en la Casa Azul con Diego y Frida. Pedro habla durante horas de pintura con Diego y Diego asiente con la cabeza. «Me cae bien tu amiguito». Cuando su hija le comunica que quiere casarse con él, Diego lo aprueba.

—¿Dónde van a vivir? —se preocupa Lupe.

—No te apures, Pedro tiene sus ahorros y pensamos comprar una casita.

Lupe Rivera vive con su madre y su hijo Juan Pablo en Tampico 6. Ruth y Pedro Alvarado se mudan a la calle

Valerio Trujano, en la colonia Guerrero, a una de tres casas en serie. En la de en medio vive el bailarín Guillermo Arriaga con su esposa, la costarricense Graciela Moreno, y sus dos hijos pequeños, Guillermo y Emiliano. En la de la izquierda se instalan los teatreros de La Linterna Mágica, José Ignacio Retes y Lucila, y en la última Ruth y Pedro conciben a su primer hijo.

La idea de vivir en la colonia Guerrero al lado de Arriaga le encanta a Ruth porque se conocen desde niños. Guillermo ensaya *La balada del venado y la luna* con la bella Ana Mérida, hija de Carlos Mérida, amigo de Diego. Las fiestas en casa de Guillermo son frecuentes. Acuden Lupe Marín, los Retes, Pedro Coronel y Amparo Dávila, quienes festejan a Ruth y a Pedro.

Al terminar la carrera Ruth se convierte en la primera ingeniera-arquitecta egresada del Poli. Juan Manuel Ramírez Caraza, director del Poli y especialista en comunicaciones terrestres, la felicita con emoción, y el director de Bellas Artes la invita a enseñar en la Escuela de Pintura y Escultura y en la de Diseño y Artesanías. En la noche, cuando por fin regresa a su casa, apenas le queda tiempo para preparar sus clases. Su madre le reclama: «Trabajas demasiado, ya nunca te veo». Pedro Alvarado termina la carrera después que ella y busca trabajo pero solo encuentra una ayudantía en un despacho de arquitectos.

El matrimonio Rivera-Alvarado vive sin lujos. Lupe Marín come con Ruth los domingos. En la tarde, la pareja visita a Diego y a Frida y Lupe siempre quiere acompañarlos.

—¿Te hace feliz ese individuo? —inquiere Lupe—. A mí me parece sumamente desabrido.

—¡Ay, mamá!

El 25 de diciembre de 1950 Agustín Lazo llama a Lupe Marín a las diez de la mañana: «Xavier acaba de morir». «¿Qué Xavier, tú?». «Xavier Villaurrutia, Lupe, ¿a qué otro Xavier me voy a referir?». A Lupe se le aflojan las piernas, tiene que sentarse y alcanza a preguntar: «¿Cómo? ¿De qué?». Según el médico fue «angina de pecho». «Es muy raro porque Xavier no sufría del corazón, pero la familia rechaza la autopsia».

Ocho años después de Jorge Cuesta, Xavier Villaurrutia fallece a los cuarenta y cuatro años en su casa de Puebla 247, en la colonia Roma.

En el Panteón del Tepeyac, Lupe, con anteojos negros, se yergue en toda su altura al lado de Agustín Lazo que llora desconsolado. Jaime Torres Bodet —ahora en la ONU— envía una carta muy dolida a la familia de Xavier y otra más dolida aún a Agustín Lazo.

Imposible olvidar el amor que Villaurrutia le tuvo a ella, la celebración de su ingenio: «Lupe, cualquier cosa que digas será genial», su compañía, las lecturas en común, las traiciones de Novo. ¿Qué le pasó, si a él todavía no le tocaba? «¿También él se habrá suicidado?». Repasa el poema que Xavier le hizo memorizar:

> Y en el juego angustioso de un espejo frente a otro
> cae mi voz
> y mi voz que madura
> y mi voz quemadura
> y mi bosque madura
> y mi voz quema dura
> como el hielo de vidrio
> como el grito de hielo
> aquí en el caracol de la oreja
> el latido de un mar en el que no sé nada
> en el que no se nada.

Además de la pérdida de Xavier, Lupe cultiva otra preocupación: su hija Ruth. Mientras el matrimonio Rivera-Alvarado zozobra, su hija mayor conoce al economista Ernesto López Malo, militante del Partido Popular. Ernesto es inteligente, aficionado al cine, al teatro, a la música y a la buena comida. «Somos la pareja perfecta», confía Lupe Rivera embarazada, pero no deja de trabajar por más que su marido le pide que desista. El 21 de octubre de 1952 nace su segundo hijo, Diego Julián. Ernesto se ocupa tanto del recién nacido como de Juan Pablo, a quien trata como a un hijo. Asiste a las reuniones del Colegio Alemán que Lupe Rivera olvida. Él es quien firma la boleta de calificaciones y recibe sonriente los elogios de las maestras. Que Juan Pablo sea disciplinado es un gusto para él aunque en el Colegio Alemán es difícil ser desobediente.

La muerte de Frida, el 13 de julio de 1954, impresiona a las muchachas Rivera porque todo un mundo extraño y poderoso giraba en torno a ella. Aunque previsible, Ruth adivina que será un golpe tremendo para su padre. «¿Tendrá remordimientos?», se pregunta. Diego compartía con Frida una relación pasional que jamás tuvo con Lupe porque Frida se le ofrendaba cada día. «Haz conmigo lo que quieras». Frida vivía y pintaba para él. Lupe nunca lo amó de esa forma. Nunca entró en el misterio de Diego. Las dos hijas se detienen a la orilla de algo para ellas impenetrable. Ruth también se pregunta cuál será el destino del hijo que espera. El 20 de diciembre de ese mismo año nace Ruth María de los Ángeles, *Pipis*. Sus padrinos son María Félix y Diego Rivera.

Diego, viudo, es un ánima en pena, Lupe Marín lo visita con frecuencia: «Te voy a preparar un caldo de pollo. Abrígate, te vas a enfermar». Le lleva su itacate a la Casa Azul desolada y vacía. El venado *Granizo* ya no corre en el jardín, los xoloitzcuintles permanecen en su perrera, los changos, los pericos y las guacamayas desaparecieron, la cocinera salió de vacaciones, al fin que Diego ya no tiene hambre. En la esquina de Londres y Aldama el silencio es el de un camposanto.

¡Mala señal! Diego ya no se interesa por la política, nunca interroga a quien llega: «¿Qué le parece el gobierno?», pregunta con la que solía recibir a sus visitantes. Ahora, ni siquiera el programa de gobierno del austero veracruzano Adolfo Ruiz Cortines llama su atención.

«El viejito», como llaman al presidente, es implacable con su gabinete y el primero en declarar su estado patrimonial al día siguiente de la toma de posesión. Rechaza *regalos* de empresas privadas. El único dinero que le interesa es el que gana en el dominó. Lupe Marín admira su rigor y Diego sonríe cuando ella le cuenta que Luz Aspe —gran amiga de Tencha, la hija de Plutarco Elías Calles— le sugirió a Miguel Alemán vestirse de Alí Babá y los cuarenta ladrones para un baile de disfraces en Los Pinos. «Ahora que las mujeres podemos votar ojalá no elijamos a lo tarugo», se emociona Lupe.

A los seis meses de la muerte de Frida, Diego toca a la puerta de la casa de Tampico 6 y encuentra a Lupe, a su hija mayor y a su nieto Juan Pablo sentados a la mesa.

«Quiero hablar a solas con tu madre». Al salir su hija y su nieto del comedor, le propone matrimonio a Lupe Marín. Una hora más tarde, Lupe chica ve a su padre descender la escalera, encorvado, la mano sobre el barandal.

—¿Sabes qué me vino a decir tu papá y me reí en su cara? Que me case con él.

—Mamá, ¿por qué no aceptaste?

—¿Estás loca? ¡Cómo me voy a casar con ese viejo bolsa!

—Mamá, acabas de cometer el peor error de tu vida.

—Ese viejo ya está muy trabajado, ¿viste cómo se pandea? Yo tengo toda la vida por delante —alega Lupe.

Lupe Rivera mira a su madre con odio: «Mamá, ¿cómo pudiste? Perdiste lo único que vale la pena en tu vida. Mi papá le teme a la soledad. Será un gigante, pero los hombres como él no pueden vivir solos. Vas a ver la arrepentidota que te das. Dentro de seis meses estarás llorando porque ya encontró a otra».

Para Navidad, Diego les pide a las tres que se reúnan en su casa de Altavista. Lupe se luce con sus pechugas, ahora de pavo a la vinagreta. Por única vez, la familia está completa: Lupe Marín, Diego Rivera, Lupe Rivera y Ernesto López Malo con sus hijos, Juan Pablo y Diego Julián; Ruth, Pedro Alvarado y la pequeña Ruth María.

Durante la cena, Lupe chica cuenta su *experiencia extraterrestre* en la Sierra Gorda de Querétaro y Diego la escucha atento:

—Deberían haber visto las bolas de fuego atravesando el cielo. Allá la gente les dice *tzinziniles* que en otomí significa *brujas*.

—A lo mejor eran estrellas fugaces —interviene Lupe Marín.

—¡Ay, mamá! Desde la Biblia y el *Popol Vuh* se habla de que hay otros seres en el universo. ¿A poco crees que los humanos somos los únicos?

—Lo único que sé es que yo soy única y no tengo nada que ver con los ovnis —presume su madre.

Lupe vuelve la cabeza hacia su padre:

—¿Tú crees que la Piedra del Sol, o el calendario azteca, es la representación de una nave espacial?

—Sí creo que puedas tener razón, Lupe, muchos mensajes de nuestro pasado precortesiano no han sido descifrados y al igual que tú pienso que es factible que haya vida en otros planetas.

—Los dos son igual de cuenteros y de mentirosos —ríe Lupe Marín.

El 29 de julio de 1955, un año después de la muerte de Frida, Diego se casa con Emma Hurtado, su agente desde 1946 y dueña de la galería de arte que lleva su nombre. «¿Cómo se fue a casar con esa chaparra fea que a todos les parece poca cosa? —pregunta Lupe a gritos—. Es el colmo, mira que casarse con *la Garrapiñita*».

—Te lo dije, mamá, te lo advertí. Ahora con tu pan te lo comes.

Cada vez más alejada de su familia, la joven Lupe Rivera Marín se acerca al PRI de Agustín Olachea y Alfonso Corona del Rosal, este último militar. ¿Cómo no va a conseguir una diputación la hija de Diego Rivera si tiene los mismos méritos que otros y mucha más capacidad? ¿No oyó Lupe hablar de política en casa durante toda su vida? «¿Te metiste al PRI?», se enoja Diego Rivera. «Sí, y hasta voy a ser diputada ahora que las mujeres podemos llegar a la Cámara; son muchos los que están dispuestos a apoyarme y a costear mi campaña». Diego se sulfura: «Te vas a dedicar a la peor de las actividades que el hombre puede escoger. Si vas a llegar adonde tú te propongas, llega por el camino de la técnica y no de la lambisconería». «Papá, me parece que la doctrina social más justa es la socialdemócrata, una democracia que busca el bien de toda la población, y para mí eso es lo que representa el PRI».

Capítulo 35

EL ÚLTIMO AUTORRETRATO

El 3 de febrero de 1956 nace el segundo hijo de Ruth: Pedro Diego. Su nuevo embarazo la hizo sufrir porque se entera de que Diego tiene cáncer de próstata. Desde la muerte de Frida, Diego vive en la casa-estudio de Altavista con Emma Hurtado, custodiado por los inmensos judas de cartón que le fabrica Carmen Caballero, su judera. Ahora Diego pinta retratos de señoras ricas, esposas de políticos o de empresarios, cuyos automóviles, choferes y guardaespaldas esperan en la calle.

Juan Pablo y Diego Julián acompañan a Lupe Rivera a visitarlo y se sientan junto al equipal de Diego que los ignora porque concentra su atención en la hija de Ruth. «Va a ser tan alta como su madre. La quiero pintar». Del bebé moreno y redondo que Ruth trae en su rebozo comenta: «Está bonito, pero a la que voy a pintar es a la Pipis apenas me sienta mejor».

Ruth no solo acompaña a su padre a todas horas y deja solo a Pedro Alvarado, también abandona a sus hijos.

Todos los días anuncia: «Hoy en la noche voy con mi papá a Bellas Artes. Mañana viajo con mi papá a Cholula». Tres años mayor que Pedro Alvarado, Ruth le impone sus decisiones hasta que un día le anuncia sin más: «Me voy a ir a vivir con mi papá».

—¿Y tus hijos y yo?

—Si quieren, vengan conmigo. De todos modos, lo primero es mi papá.

Emma Hurtado no cuenta, solo Ruth. Lo primero que hace Diego al despertar es llamarla: «¿No vienes conmigo al Anahuacalli? Necesito tus consejos».

Pedro Alvarado, a quien Ruth dio clases al terminar la carrera antes que él, se siente desplazado. En la vida de Ruth solo cabe Diego Rivera.

A pesar de que se le van las fuerzas, Diego se entrega al mural del Centro Médico en la avenida Cuauhtémoc. Lo único que le preocupa es terminarlo.

La Asociación de Pintores de la Unión Soviética lo invita a Moscú: «Allá está mi salvación, allá me van a curar. Ningún sistema de salud mejor que el ruso. Allá no hay corrupción, se acaban todos los males. Esa invitación es lo que estaba esperando».

Diego y Emma Hurtado enfrentan las borrascas de nieve, las de la naturaleza y las de sus cuerpos gastados. «¡Este gran país va a curar a Diego!», repite Emma detrás de él.

A su regreso, a los setenta y un años, el maestro declara a la prensa: «Estoy curado». Asegura que los rusos lo salvaron con una bomba de cobalto, aunque en la intimidad reconoce que en la Unión Soviética los médicos de los hospitales cierran el paso a los enfermos terminales. «No tiene caso que ocupe usted una cama, mejor que muera en su casa».

Diego y Emma Hurtado vieron filas interminables de mujeres con una pañoleta en la cabeza esperando en la calle su ración de pan y hasta de vodka. El comunismo y la igualdad de clases siguen siendo una utopía. Así como en 1927 ya Diego había visto a la Unión Soviética con ojos críticos, ahora también consideraba a Stalin el enterrador de la Revolución. Describía su «cabeza de cacahuate rematada por un corte de pelo militar», con una mano en la espalda y otra al frente por debajo de su saco imitando a Napoleón.

—No sé para qué fui —le confía Diego con una mirada triste a Lupe Marín.

Lo primero que hace Diego al regresar de la Unión Soviética es eliminar la frase del Nigromante en su mural del Hotel del Prado: «Dios no existe». En su lugar escribe «Constitución de 1917». Al día siguiente cita a la prensa: «Algo sensacional tendrá lugar en el Hotel del Prado». Elige una hora pico, las seis y media de la tarde, sube a un andamio y descubre el mural oculto bajo una tela. Cuando desciende se adelanta a los sorprendidos reporteros: «Soy católico». Añade que admira, al igual que Zapata, a la Virgen de Guadalupe. Los reporteros lo encuentran viejo y cansado.

Sus hijas se aparecen casi todos los días en la casa-taller de Altavista, los nietos se atraviesan de una casa a la otra por el puente que las comunica: «Se van a caer, sácalos de aquí, me ponen nervioso», le pide Diego a Emma Hurtado.

Lola Olmedo lo invita a Acapulco. Alega que vivir al nivel del mar le hará bien. Allá pinta, en 1954, su último autorretrato: un Diego enflaquecido que sostiene con una mano la paleta y con la otra su corazón, la tristeza dibujada en su rostro desfalleciente. Al regreso se acuesta en la cama de hospital que Emma compró y mandó instalar en el estudio a la vera de los altos judas. Ruth jamás lo ha visto tan deteriorado y le tortura reconocer que se acerca el fin. «Mi padre se va a morir». Lupe chica, que ha hecho su vida lejos de Diego, es más fuerte, pero al igual que su hermana sale de cada visita a la casa de Altavista con un nudo en la garganta.

Lupe Marín pasa por encima de Emma Hurtado y entra como vendaval. Da órdenes a diestra y siniestra, y cuando finalmente se sienta frente a la cama de Diego, lo hace sonreír con sus cuentos y sus chismes. Su ingenio alegra hasta a los judas. Cuando ve que Diego cierra los párpados sobre sus ojos boludos sale del estudio.

—¿Sabes lo que me dijo tu padre? Que le daba horror la Garrapiñita y que si no estuviera enfermo se divorciaría de ella —le confía a Ruth.

Lupe Marín lo anima, es una ráfaga de vida; cuenta que el diputado mengano es capaz de darse un balazo con tal de conservar su curul; que no puede imaginarse el sombrero tan horroroso que llevaba la esposa del presidente, haz de cuenta dos huevos estrellados, como lo consignó Luis Spota; que al gobernador zutano le descubrieron casa chica. Diego disfruta a su Prieta Mula. Hace años lo sacó de quicio pero lo entretuvo siempre. Oírla hablar lo regresa al pasado. Lupe pondera a las dos hijas en común. Su hija mayor «tiene un carácter de la patada» pero se mantiene activa. Alaba a Ruth, mucho más dócil: «La buscan sus alumnos de la Escuela de Arquitectura. Sus compañeros la quieren. Pedro Ramírez Vázquez le encarga planos y construcciones. ¿Qué te parece? Hoy las mujeres ya no atienden a su hombre, ¿te acuerdas, Panzas, de cómo te cuidaba yo a ti?».

—Vaya que si me acuerdo, Prieta Mula.

—¿Adivina a quién me encontré en el mercado de San Juan? A Vasconcelos, y me dijo que te aliviaras pronto.

—Lo que debería hacer es venir a verme en vez de mandar recados pendejos. Chicho Bassols me advirtió que solo tengo ocho mil pesos en el banco...

—Y yo que te iba a pedir —sonríe Lupe.

—Acércate, Lupe, ¿sabes quiénes son las únicas mujeres que he amado en mi vida? Mis hijas, y las hice contigo.

Diego le dicta su testamento a Chicho Bassols, su abogado y amigo: la Casa Azul y todo lo que hay en ella se abrirá como museo al pueblo de México. El Anahuacalli, que empezó a construir en 1942, albergará sus miles de piezas precortesianas y también será para el pueblo. Los terrenos en torno al Anahuacalli, donde tenía pensado construir la Ciudad de las Artes, formarán parte de un fideicomiso administrado por el Banco de México. Finalmente nombra un comité ejecutivo: Narciso Bassols, director; Carlos Pellicer, director museográfico, y Eulalia Guzmán, directora historiográfica.

El Anahuacalli en San Pablo Tepetlapa —diseño del propio Rivera que tanto deseaba inaugurar— queda a cargo de Ruth y de Juan O'Gorman. Reciben al estadounidense Frank Lloyd Wright, a quien le impresiona más la cantidad de piezas arqueológicas que albergará el museo que el pesado proyecto arquitectónico.

Guadalupe Amor, con quien Lupe solía encontrarse en el Ciro's, la invita a su casa de la calle de Duero a escuchar a *la Peque* Josefina Vicens leer los primeros capítulos de su novela *El libro vacío*. «Pita, sabes muy bien que yo me acuesto a más tardar a las ocho de la noche, no voy a ir».

El domingo 28 de julio de 1957, a las dos y media de la mañana, Josefina Vicens aún no termina de leer el cuarto capítulo y Pita aplaude: «Es maravilloso, continúa,

continúa», cuando de pronto un ladrido de perros llena la calle y el edificio de departamentos se sacude. «Tiembla, tiembla», grita Tita Casasús. Archibaldo Burns detiene a Elena Garro, que abre el balcón y pretende tirarse a la calle. Pita conserva una calma impresionante. Minutos después, unos desvelados pasan gritando: «¡Se cayó el Ángel, se cayó el Ángel!». Todos salen de su casa; una mujer se arrodilla en la esquina de Duero y Lerma. Las estridentes alarmas de ambulancias y bomberos suenan como locas a lo largo del Paseo de la Reforma.

Tita Casasús, bañada en lágrimas, pregunta: «¿Cómo estará Lupe Marín, que acaba de mudarse a Paseo de la Reforma 137, muy cerca de la glorieta de Cuauhtémoc? ¿En qué piso vive? Su departamento debe haberse resentido una barbaridad». Alarma a Antonio Peláez y a Roberto Garza: «Vamos a llamarla». Cuando por fin logran comunicarse, Lupe explica de mala gana: «Estoy bien, mi edificio no se cuarteó».

La Torre Latinoamericana, de ciento ochenta y dos metros de altura y grandes ventanales al vacío, inaugurada un año antes por el presidente Ruiz Cortines, permanece intacta; en cambio, el edificio más alto de la ciudad, el Corcuera, se viene abajo. A la mañana siguiente Lupe, la cinéfila, lamenta que los cines Colonial, Ópera, Gloria, Goya, Titán, Majestic, Capitolio, Cineac, Roble Insurgentes, Encanto y Cervantes hayan quedado hechos escombros.

Para ese inmenso bloque que es Diego Rivera, el peor terremoto es su salud. Cada vez más débil, se propone pintar el retrato de su nieta Ruth María Alvarado: «Tráeme a la Pipis, está muy bonita», pero lo inicia y en la primera sesión desiste. «Es muy quietecita, se parece a ti de respetuosa pero no tengo fuerzas y no sé si voy a poder terminarlo», le explica a Ruth. Tampoco continúa los

murales del Centro Médico y los del Castillo de Chapultepec porque una embolia le paraliza el brazo derecho.

—El pincel ya no me obedece.

Capítulo 36

ADIÓS AL MAESTRO

—¿Me das un *kínex*?

Sentada en un equipal en la casa-estudio de Altavista, Lupe Marín observa a Diego acostado en su cama. Decir *kínex* en vez de *kleenex* es una broma entre ambos y Diego empuja la caja de *kleenex* sobre la cobija y le dice con voz casi inaudible: «No puedo mover la mano. Tómalo tú». Lupe se suena y explica: «¡Ay, este catarro!». Se despide porque la ahogan los sollozos. ¡Que Diego muera es la peor tragedia de su vida! En el pasillo, la enfermera la amonesta: «El maestro se queja de que usted solo viene a llorar. Por más que alegue tener catarro, sabe que llora por él».

—Creí que no se daba cuenta —se resiente Lupe.

—Se da cuenta de todo y ya no tiene fuerzas para protestar.

Diego sabe que el cáncer lo ha vencido, Lupe lo observa palmo a palmo y murmura: «Parece un santo». Dulce y ennoblecido, la enfermedad ha alejado de su persona «toda la atmósfera sexual y pornográfica de la que siempre estuvo rodeado», según Lupe. Ya solo queda la figura de un hombre amortajado en su pintura.

—Tengo mucho pendiente por él —insiste Lupe frente a la enfermera.

—A las únicas que recibe es a usted, a sus hijas y a la señora María Félix, pero esa viene poco.

—¿No ha venido el licenciado Vasconcelos? Porque Diego me preguntó por él.

—Nadie ha venido, solo el general Cárdenas mandó un propio.

Cada visita es igual, Lupe se acerca a la cama, besa la frente de Diego, toma su mano y la besa también y lo llama *Pelelico* como también le dicen sus hijas. A Emma Hurtado, de pelo rojo, Lupe le dice Garrapiñita, dizque para ser amable. En realidad la detesta casi tanto como a Lola Olmedo, que cuenta con más de veinte Riveras en su colección. Diego sonríe cuando escucha a la Marín despedirse en la escalera: «Adiós, Garrapiñita».

—¿Por qué llamas Garrapiñita a Emma?

—¿Qué no has visto su tamañito? Es una cosa así de nada.

—¡Ay, Lupe, nunca vas a cambiar! —ríe Diego.

—¿No ha venido María Félix? —pregunta Lupe a la enfermera.

—Sí, ayer en la tarde, y el maestro pidió que le acomodáramos sus almohadas y lo sentáramos para verla mejor. Venía muy chula, de pantalones negros con una blusa finísima, nos contó que era de París. Taconeó por toda la pieza…

Lupe le cuenta a Ruth:

—Tu papá me preguntó: «¿Por qué no escribes un libro sobre mí?», y le contesté: «Espérate, todavía me chocas mucho».

—No creo que mi papá quiera que escribas sobre él, porque nos dijo que tus dos libros eran peor que pésimos —se irrita Lupe chica.

—Pues tú, así de ojerosa, te ves horrorosa —se venga Lupe Marín.

Diego no consintió gran cosa a sus hijas, al contrario, se encelaba de ellas, alegaba que Lupe lo desatendía por culpa de las mocosas. Se volvió paternal cuando crecieron y Ruth se dedicó en cuerpo y alma a él y dejó todo con tal de acompañarlo a las reuniones del Partido Comunista, «solo para oír todas las idioteces que dicen los camaradas» según su hermana mayor, que al igual que su madre detesta a «esos mamarrachos».

Lupe visita a Diego el 23 de noviembre de 1957 y en la madrugada del 24 muere el muralista. «Estaba sufriendo demasiado», responde Emma Hurtado a los gritos de Lupe Marín mientras que Ruth, pasmada, ni siquiera puede llorar.

Durante el velorio los discípulos de Frida, «los Fridos», Fanny Rabel, Arturo García Bustos, Rina Lazo, dibujan su rostro. Federico Canessi saca su máscara mortuoria e Ignacio Asúnsolo hace un molde de sus pequeñas manos ya inútiles y vuelve a colocarlas sobre su vientre ya inexistente porque la enfermedad lo adelgazó.

Lupe y Ruth Rivera Marín, enlutadas, solo permiten que se acerquen los escogidos; el Dr. Atl se sostiene en sus muletas apoyado en Teresita Proenza, su leal secretaria. De pie, al lado del cuerpo, hacen guardia el general Lázaro Cárdenas, Carlos Pellicer, Elenita Vázquez Gómez, Rina Lazo y Arturo García Bustos.

—Van a entrar los fotógrafos —avisa Emma Hurtado y se detiene, pequeñísima, su pelo rojo electrizado, al lado de Lupe Marín, quien ordena que le impidan el paso al tropel de fotógrafos y reporteros que aguarda en la calle. «Cálmate, que aquí la que manda soy yo, es un recuerdo para el pueblo de México», se enoja Emma Hurtado.

—Mira nomás, la Garrapiñita mostró las uñas —replica Lupe.

La Hurtado decide que Lupe y los empleados de Gayosso la ayuden a vestirlo con un traje azul oscuro y una camisa roja. Diego ha adelgazado tan considerablemente que su flacura estremece a Lupe.

—Mejor no lo veas —la compadece Emma.

Al día siguiente, la caja de caoba ocupa la entrada de Bellas Artes. Después de las consabidas guardias políticas, diputados, pintores, actores y obreros, los campesinos de Xochimilco y de San Pablo Tepetlapa se forman para asomarse al féretro. «Queremos despedirlo». Muchas mujeres de rebozo llevan alcatraces y las coronas y los ramos también son de alcatraces. En la primera guardia, Lázaro Cárdenas hace mancuerna con el Dr. Atl, quien llora apoyado en su única pierna.

Vasconcelos se sienta al lado de Lupe Marín y ella le reclama: «Diego pidió que fuera a verlo y no lo hizo», y lo deja hablando solo. Se conmueve al oír a una mujer decirle a su hijo: «El que tanto pintó alcatraces, ahora se marchitó».

No solo el féretro, todo el piso de Bellas Artes se cubre de alcatraces y muchos dolientes llevan ramos en las manos. Los comunistas pretenden cubrir el ataúd con la bandera roja y negra, como lo hicieron con Frida Kahlo, pero Lupe Rivera se avienta sobre el féretro, el rostro descompuesto por la furia:

—¡Eso no! ¡No voy a tolerarlo! ¡A mi papá no lo tocan! Durante toda su vida le chuparon la sangre, ahora déjenlo en paz.

Ante su rabia, los compañeros se hacen para atrás no sin antes buscar la complicidad de Ruth, desarmada, el rostro destrozado. «No, compañeros, ahora no...».

Ruth, que los escuchó hablar durante demasiadas horas, que los acompañó de pie en tantos mítines, que participó en todas sus tétricas marchas, que se solidarizó con todas sus propuestas y sus múltiples desgracias, ahora también quiere estar sola con su papá.

Los mismos actores que protagonizaron tres años antes la escena de la bandera con la hoz y el martillo sobre el féretro de Frida, el 13 de julio de 1954, aguardan bajo el sol. Sin saberlo, estos camaradas causaron la destitución del escritor Andrés Iduarte, director de Bellas Artes, quien ese mismo día tuvo que salir del país.

—¡Déjenlo en paz! —grita Lupe Rivera histérica—. ¿Van a utilizarlo hasta en la hora de su muerte? ¿Qué no les ha dado suficiente? ¡Chacales, muertos de hambre!

Los ojos de Ruth se agrandan. Hasta en el momento de la muerte de su padre tienen que encajarle a ella, la más joven, la amorosa, la leal, la que nunca se queja, la puñalada del escándalo. Ahora su altura y su oscura belleza le impiden desaparecer. Carlos Pellicer se pone frente a ella y no la suelta. La multitud, cada vez más densa, se apretuja en torno al féretro, muchos curiosos se protegen del sol con el periódico que da la noticia: «Murió Diego, murió Diego, murió Diego». Resguardada del sol, Lupe Marín es ahora la viuda, porque ya sin Frida ella es la única, la madre de las dos únicas hijas del maestro, la del principio y el fin, la modelo de Chapingo; sí, única, única, única, ¿o habrá un retrato por ahí de la mugre Garrapiñita? Es a ella a quien le dan el pésame, la abrazan y, magnánima, consuela a los más acongojados. Vasconcelos a su lado, Marte R. Gómez, Lázaro Cárdenas son sus guardianes. La Garrapiñita no es nadie. ¿Quién la toma en cuenta, a ver? Nunca fue de la estatura de la vida de Diego, como dice la canción, solo una caquita con tantito rojo en la cabeza. Lupe constata con enorme satisfacción que es a ella, a la única, la gran Lupe Marín, a quien le rinden.

—¿Por qué huele tan feo? —pregunta Judith van Beuren.

—Es el olor del pueblo —responde la Marín.

Los periodistas consultan a Emma Hurtado, según ellos viuda de Rivera, sobre la herencia del maestro. La Garrapiñita calcula en voz alta que los cuadros y dibujos ascienden a más de veinte millones de pesos, sus colecciones de arte prehispánico a catorce millones, el terreno en San Pedro Tepetlapa en el que se yergue el Anahuacalli a medio construir, la casa de Coyoacán y las dos de Altavista representan más de cuarenta millones.

—Está loca —replica Lupe Marín—, Diego solo tenía ocho mil pesos en el banco.

A la semana de la muerte de Diego, Lupe Marín invita a comer a sus nietos. Lupe y Ruth piensan que verlos la sacará de su tristeza y no imaginan la influencia que ejerce sobre ellos. El mayor, Juan Pablo, es su favorito; le encanta que la tome del brazo y camine a su lado por el Paseo de la Reforma porque la detienen para preguntarle quién es su escolta. «¡Oye, qué alto y qué distinguido!». A los catorce años, Juan Pablo ya mide 1.80 y Lupe lo respeta porque desde pequeño cuida su apariencia y los calcetines azules combinan con la camisa. «¡Qué buena facha la de tu nieto, a leguas se ve que es gente decente!». Su hermano menor, Diego Julián, es todo lo contrario y Lupe lo rechaza: «Mira nomás cómo vienes». Después de Juan Pablo, su debilidad es Ruth María, la única mujer, alta y espigada como ella y como su hija Ruth, un maniquí de medidas perfectas a quien Lupe corta y cose vestidos y boleros que le quedan pintados. Sentirse reflejada en su nieta la halaga. ¡Qué bueno que todos aprecien su hermosura, qué bueno que su herencia y su buena cepa salten a la vista! Es una Marín como ella, sangre de su sangre, hueso de sus huesos.

Cuando Pedro Diego quiere darle un beso, Lupe se limita a estirar el cuello y ofrecer su mejilla pero lo deja con los brazos extendidos. Tampoco pierde una sola oportunidad de humillar a Lupe, su hija.

Más que crítico, su ojo es despiadado, trátese de quien se trate. A su hermana Isabel, que ahora sale con Wolfgang Paalen, le reprocha: «Ese austriaco no te conviene, se casa con la que se le pone enfrente. Diego me lo presentó una vez. Es neurasténico a morir».

Además de museógrafa, Isabel es una estudiosa de la antropología y la etnología. Comparte el entusiasmo de Paalen por lo prehispánico y organiza sus excursiones a Taxco, Oaxaca, Michoacán, regatea con los artesanos. Para Lupe Marín, Paalen es un *contrabandista* aunque admite: «Puede que se lleven bien, a los dos les fascina pueblear».

Sus amigas tienen mucho que agradecerle, sobre todo Carmen del Pozo: «Ese color sí te queda, ese corte te engorda, voy a quitarte ese olán». También le da consejos a Lola Álvarez Bravo. «Te estiras demasiado el pelo».

—¿Y Concha Michel y Lola Álvarez Bravo? —pregunta Lupe Rivera por las dos grandes amigas de su madre.

—Ya no veo a esas brujas horrorosas.

—¡Ay, mamá, te peleas con todos!

Basta con que Lupe no encuentre un anillo o un collar para que acuse a «las visitas» de habérselo robado. «Son unas ladronas», dice de Lola y Concha.

En el aeropuerto regaña a grandes voces a Juan Soriano. «¿Cómo te atreves a ir a Europa en esas fachas? ¡Estás horroroso! ¿Tu impermeable es de la Lagunilla? Eres demasiado chaparro para llevarlo así de largo. ¡Lo arrastras! Nunca te he visto tan de la patada. Los impermeables se compran en Burberry, ¿no lo sabes? Imposible presentarte así, vas a ser el hazmerreír de toda Roma. ¿No te has dado cuenta de que los italianos visten como príncipes? ¡Ni te me acerques! ¡No te conozco!».

A la Pipis la previene contra las fibras sintéticas. ¡Nada de calzones de nailon, toda la ropa interior tiene que ser de algodón, ninguna tela de infame acetato! «Te voy a cortar unos pantalones de lino». «¡Ay, Guagua, se arrugan mucho!». «Te los quitas y los planchas. En mi familia solo se usan telas nobles».

Enfundada en un vestido de seda italiana de cuello Mao y una gargantilla de oro, sus collares de grandes cuentas muy a la vista, el *qué dirán* ocupa un primerísimo lugar en su vida.

Incapaz de darse cuenta de que lastima a su hija mayor o a Juan Soriano, reparte sus dardos sin prever que muchos se alejan cuando la ven llegar. «*Vous avez un chic fou*», sentenciaron Dior, Fath y Lanvin, y desde entonces Lupe entra a cualquier sitio partiendo plaza.

También Lupe Rivera se aficiona a los elogios. En la Cámara, en el Senado, la costumbre es rendirse ante el poder. Premios como el de Economía justifican todos los maltratos del pasado. Al darle México su lugar, Lupe entra al mundo de los desayunos políticos en Sanborns, las reuniones con diputados, las prebendas, las cenas y los cocteles en los que la reconocen y festejan la más nimia de sus palabras. Imposible permanecer ajena a las reverencias o los halagos. De niña, su madre la humilló tanto que ahora los premios la compensan. Ya no son suficientes los vestidos que le cose su madre, ahora en su clóset se acumulan los trajes para cada ocasión. Si el traje es azul, los zapatos son azules, la bolsa azul, las joyas de lapislázuli, la mascada en torno al cuello hace juego con el resto del atuendo. La uniformidad es la regla en la Cámara; todos dicen *sí* al unísono y las prebendas se acumulan en bonos, prestaciones; hay un Cadillac en el futuro de cada uno, la casa en las Lomas, la de los fines de semana en Cuernavaca o en Tepoztlán, el club de golf, el de Industriales, la mesa reservada en el Ambassadeurs. La Cámara es una madre más amorosa de lo que fue jamás Lupe Marín. Lupita se arrellana en su curul, tres veces diputada, el gabinete le es tan familiar como su propia casa. «Lupita, dichosos los ojos». Los presidentes de la República la abrazan, Adolfo López Mateos y Gustavo Díaz Ordaz la invitan a Los Pinos; ahora la valora su antiguo pretendiente, Luis Echeverría, así como los jefazos del Ejército cuajados de medallas y condecoraciones. El general Corona le pide consejos.

El embajador de Italia echa la casa por la ventana para recibirla: «*Tu sei la regina!*». Cuando el presidente le ofrece ser senadora —seis años en la cúspide del poder—, la que antes fue Pico o Piquitos siente que ha llegado lejos por mérito propio. Vale por sí misma, no por ser hija de Diego Rivera. Embajadora en la FAO, logra que se instaure en Roma la Oficina de la Mujer. ¿Qué diría Diego si la viera en su curul?

Lupe, su madre, se cuida ahora de exclamar que qué panzona y mal vestida. Al contrario, procura hablarle con el mayor cuidado. Juan Pablo descansa, se acabaron los pleitos. Además, Lupe Rivera le ordena a sus secretarias: «No me pasen las llamadas de mi madre». Cuando Ruth se angustia: «Ya no aguanto a mi mamá», le aconseja hacer lo mismo.

Por más que la diputada Rivera insiste en que una nueva generación de políticos va a cambiar al país —¡qué bella época la de Vasconcelos!—, la pobreza y la ignorancia no disminuyen. Sin duda Jaime Torres Bodet, secretario de Educación Pública por segunda vez, se dio cuenta en 1943 de que muy pocos padres de familia podían comprar los libros de texto y se lanzó a repartir más de cien títulos en la Biblioteca Enciclopédica Popular. Su lucha contra el analfabetismo no tuvo sosiego, levantó escuelas en los pueblos más alejados del país, creó la Normal para Maestros y el Conservatorio en la Ciudad de México. Si se quejaban: «No tenemos ni techo», mandaba un aula prefabricada y allá iban los de la secretaría a instalarla en la barriada más alejada y miserable.

«No quiero que ningún niño mexicano se pierda».

Ahora, en el sexenio de López Mateos, Torres Bodet inaugura la Comisión Nacional de Libros de Texto Gratuitos, en los que se lee: «Estos libros son un regalo del pueblo de México para el pueblo de México», y promueve, con el arquitecto Ramírez Vázquez, la construcción del Museo Nacional de Antropología y el de Arte Moderno. Terriblemente exigente consigo mismo, Torres Bodet lo es también con los demás, y en las oficinas de la calle de Argentina la luz permanece prendida día y noche. Invencible, no solo habla de «un país mejor», sino que pretende alfabetizar a los miles de mexicanos que, como los normalistas, ven en la educación la única posibilidad de salvarse. En la radio se escucha a todas horas una consigna: «Si sabes leer y escribir, enséñale a tu vecino». Torres Bodet pretende que los mexicanos, letrados e iletrados, compartan su vida, confíen en el otro. Nadie puede vivir solo, al margen de lo que sucede; si uno pierde, todos pierden. El fracaso de uno es el de todos. En México, la justicia tiene una venda en los ojos tal y como se la amarró don Porfirio.

Capítulo 37

UN AMERICANISTA PINTOR

—Es mi hermano menor, fanático del América; quiere ser futbolista, te lo dejo, vino de Zacatecas a estudiar arquitectura, dile que te pague una renta —Pedro Coronel le encarga a Guillermo Arriaga a un muchachito delgado y de pelo enmarañado.

En la calle de Valerio Trujano 356, en el Centro, el muchachito Rafael Coronel toma posesión de una recámara y solo permite que entre Emiliano, el hijo mayor de Arriaga y de su mujer, Graciela. Mientras se decide por la contaduría o la arquitectura, el zacatecano recorre las calles del Centro y lo sorprende un vendedor de la Lagunilla: «Órale, jefecito, este es un genuino ídolo azteca, por ser usted se lo dejo a diez pesitos». Cuando Rafael comprueba que su *ídolo* es falso, se enoja.

—¡Qué tarugo eres, tu acento provinciano te delata! Lo bañan en coca cola y lo entierran para que parezca auténtico. En vez de la Lagunilla, mejor vete a Ciudad Universitaria a ver en qué cursos te inscribes —aconseja Guillermo Arriaga.

El gigantón de Pedro Coronel acude en la mañana a la Escuela Nacional de Pintura La Esmeralda.

—¿Y esto da de comer? —pregunta Rafael despectivo.

—¿De qué crees que vivo? ¡No te hagas! Arriaga me contó que dibujas bien y tiras todo a la basura.

—¿Y qué tienen de bueno mis garabatos?

—Per-so-na-li-dad, y en pintura eso es oro molido. Deberías explotarlo.

—¿Vivir de la pintura? ¡Estás loco, hermano!

—A veces tienes suerte y te compran un cuadro, y con eso vives unos meses. Yo así me la llevo. ¿Tú crees que vas a ser jugador estrella del América? Pon los pies en la tierra, hermano. ¿Quieres conocer a un tocayo tuyo que sabe dar consejos de verdadero intelectual?

Rafael Ruiz Harrell lo lleva a la casa de San Ángel de Archibaldo Burns y Lucinda Urrusti, que frecuentan Carlos Fuentes, Octavio Paz y Elena Garro, Jorge López Páez y Dolores Castro, novia de Pedro Coronel. De un día para otro Rafael entra al cenáculo, a *la crème de la crème*, al Olimpo. «Deberías aprender de tu hermano menor, alerta y calladito», le dice Archie a Pedro, cuyas borracheras hacen juego con su cuerpo de leñador.

Al encontrar a Rafael acostado en su recámara en la casa de Valerio Trujano, Dolores Castro, poeta y novia de Pedro, lo increpa:

—¿Qué haces en la cama a esta hora? Ponte a leer esto —le arroja un libro.

—¿De quién es?

—De Kafka.

—¿Y ese chango qué?

—¿No sabes? Léelo.

Cuando termina *La metamorfosis* Rafael siente que Kafka le ha quitado una venda de los ojos: «Anda, levántate o te convertirás en una cucaracha». De tantas relecturas desbarata el libro.

En La Esmeralda un cartel anuncia: *Concurso de Pintura para Jóvenes*. «Voy a entrarle, al cabo no pierdo nada». Como no le alcanza para comprar una tela, compra crayolas y cartón y traza el rostro alunado de una mujer con nariz y ojos desproporcionados: *La mujer de Jerez*. Elige su tierra, Jerez, Zacatecas, en homenaje a Ramón López Velarde.

El más sorprendido al ganar una beca de trescientos pesos mensuales es él. Encantado con su hermano menor, Pedro se pone otra buena borrachera. Solo le darán la beca a Rafael si ingresa a alguna escuela de arte. «Olvídate del América y de la arquitectura y vete a comprar un par de zapatos».

Las clases en La Esmeralda transcurren al lado del caballete de su compañero Francisco Corzas, quien lo alienta: «Ahorita no sabes mucho pero tienes lo que hace falta, irás aprendiendo». Le invita unos tragos. A partir de ese momento, además de beber los jóvenes persiguen a Siqueiros y a Orozco. «De veras que son los Tres Grandes. También el Dr. Atl es bueno aunque sea fascista». Su maestro, Carlos Orozco Romero, no pierde de vista a Coronel y le dice a Corzas que deje la cantina y la guitarra: como tiene buena voz le invitan una copa por cada canción y termina al amanecer, la cara dentro del aserrín del piso. Orozco Romero sorprende al joven Coronel al afirmar: «A ver cómo le hace usted, porque es hermano de un gran pintor».

—¿Me lo dice para que desista?

Una mujer pequeña posa desnuda en medio del salón, Julia López, modelo de Diego Rivera. Rafael se pasma y le tiembla la mano, imposible quitarle los ojos de encima, imposible trazar una línea.

—¿Qué le pasa? ¿Nunca ha visto a una mujer desnuda? —pregunta Orozco Romero.

—No… bueno, sí… pero no así.

—¿Así cómo?

—Delante de todos.

—Pues váyase acostumbrando.

El candor de Rafael atrae a los demás. *La mujer de Jerez* se expone en Bellas Artes; varias muchachas lo abrazan y el joven brinca como si hubiera anotado un gol con el América.

—Que me perdone mi padre pero voy a ser el pintor más solicitado de México —le grita a Corzas.

—¿Más que Diego Rivera? Todos quieren acabar con él de tanto que lo envidian.

—Diego Rivera era un gigantote, a su lado soy un liliputense.

Cada vez que Rafael se refiere a Diego Rivera, recién fallecido, lo llama *el gigante, el colosal, el más grande*. Corzas y él pasan horas frente a *La creación* en el Anfiteatro de la Preparatoria. Hacen lo mismo en Palacio Nacional con *La historia de México*. A pesar de su devoción por Diego, Rafael pinta figuras alargadas y desoladas que nada tienen que ver con él ni con su país ni con lo que pinta su hermano Pedro. Corzas ya avanzó por el mismo camino y sueña con viajar a Italia.

—Si no vamos a Europa pintaremos puras mamarrachadas.

***

Ruth Rivera busca a Guillermo Arriaga en la casa de Valerio Trujano, encuentra tirado en el césped a un muchacho despeinado y le pregunta: «¿Qué haces?».

«Contemplo una nube, mira, es un mago con un sombrero de cucurucho. ¿Lo ves?».

—¿Quién eres tú?

—Soy Rafael Coronel. ¿Y tú?

Desde el suelo la ve tan alta como el Empire State Building.

—Yo soy Ruth y ya me voy porque al que vine a ver es a Guillermo.

Rafael ve alejarse la silueta de una mujer delgada, alta y bien formada dentro de un traje también cortado a la perfección. «Para vestir así de afrancesada debe de ser una catrina», deduce.

—Ah, era Ruth, la hija de Diego Rivera —le explica Guillermo Arriaga a su regreso y Rafael añade: «Aunque no lo creas, yo conocí a Diego Rivera antes de su muerte y le di la mano, era un hombre afable, bondadoso. Emma Hurtado expuso en su galería el retrato de Silvia Pinal, la estrella de las películas de Luis Buñuel. Francisco Corzas, Mario Orozco Rivera y yo nos arrinconamos cuando Diego Rivera, enorme, hizo su entrada del brazo de Silvia Pinal. "Esa señora de pelo anaranjado es Emma Hurtado, dueña de esta mugre galería", me señaló Corzas. De pronto, Diego volvió los ojos hacia nuestro rincón: "Ustedes son estudiantes de pintura, ¿verdad? Vénganse *pacá*, muchachos", y nos invitó al segundo piso de la galería con Marte R. Gómez, Pascual Gutiérrez Roldán y otros magnates de Petróleos Mexicanos, Alvar Carrillo Gil y coleccionistas de la talla de Inés Amor. ¿Ves cómo sí lo conocí?».

Celestino Gorostiza, director de Bellas Artes, contrata a Ruth para dirigir el recién fundado Departamento de Arquitectura de Bellas Artes. «¡Ay, Celestino, es un honor pero es mucho trabajo!». Permanece en su oficina hasta altas horas de la noche. A sus hijos, Ruth María de seis años y Pedro Diego de cuatro, los atiende una cuidadora en la casa-estudio de San Ángel. Su padre, Pedro Alvarado, tampoco les hace caso.

Como si tuviera poco trabajo, Ruth se responsabiliza del proyecto del Anahuacalli, en Coyoacán, y los sábados y domingos trabaja frente al restirador al lado de Juan O'Gorman. Algunas tardes aparece Pedro Ramírez Vázquez, que construye el nuevo Museo Nacional de Antropología con un equipo al que quisiera integrar a su querida Ruth aunque ya no tenga un minuto libre.

A una comida en casa de los Arriaga Ruth llega sin su marido: «Nos estamos divorciando», dice en voz muy alta. Rafael la atrae por su sonrisa maliciosa y sus modales de chamaco malcriado. «Vino a México porque quería ser futbolista pero es un genio, ganó el primer premio en el concurso para jóvenes de La Esmeralda», le explica Arriaga. El pequeño Coronel sonríe cada vez que su hermano, el gran Coronel, copa en mano anuncia con acento zacatecano: «Este cabrón salió mejor pintor que yo».

—Préstame dinero porque invité a Ruth al cine —le pide Rafael a Guillermo Arriaga.

¡Uta madre! Ruth lo sabe todo de pintura no solo en América Latina, sino en Nueva York, Los Ángeles, París. Le cuenta de Jackson Pollock, fanático seguidor de Siqueiros, del sitio que ocupa México en el mercado mundial del arte, de la época maravillosa que vive América Latina, olvídate de París, de las galerías y los corredores de arte, de Alma Reed, Frances Payne, Inés Amor. «Por México van a pasar todos los que triunfen». Le explica que es fácil abrirse paso, que él va a llegar muy lejos.

A Ruth no solo la buscan, los coleccionistas la respetan, la quieren. El retrato que Diego hizo de ella sosteniendo un espejo ovalado se expone ahora mismo en Nueva York y las revistas de arte lo reproducen continuamente. Reiteran en la cara de Lupe, su hermana, que la menor es la hija favorita, la que entró al Partido Comunista a diferencia de ella, la priista. Ruth es la que aparece de pie a su lado en los periódicos y los noticieros porque sí se la jugó al lado de su padre.

—*Money makes the world go round.* ¿No lo sabes, Rafael?

A los tres meses de repetir cada vez que van al cine o al restaurante: «No te preocupes, yo pago», Ruth todavía invita a Rafael a vivir a su casa.

—¿Y dónde voy a pintar?

—En el estudio de mi papá.

—Te van a matar los dieguistas.

—¡Que me maten!

Los mejores colores europeos —miles de tubos a medio usar y miles sin abrir— que fueron de Diego están allí, esperándolo. Para que no vayan a verlo desde la avenida Altavista, Rafael se esconde en un rinconcito lejos del ventanal y pinta sobre su propio caballete. La figura de Diego Rivera no le pesa, a él ni siquiera lo amenazan los altos judas de cartón recargados en los muros. Tampoco lo intimida comer con Lázaro Cárdenas, a quien solo conocía por los libros de historia.

—¿Y usted cuándo llegó, muchachito? —le pregunta el expresidente de México entre un bocado y otro.

Rafael deduce que el general lo hace menos. Seguro piensa: «¡Pobre Ruth, lo que se fue a buscar!».

—Rafaelito, te voy a presentar a mi madre.

Lupe Marín, altísima y sofisticada, enfundada en un traje sastre semejante al de Ruth, examina a Rafael de arriba abajo y lo deja con la mano extendida:

—¿De este tipo tan mal vestido te fuiste a enamorar?

Para compensarlo, Ruth le ofrece a su amante un viaje a Europa. Descuelga un cuadro de Diego Rivera, se lo vende a Alberto Misrachi y le da mil dólares.

—*Ándile*, váyase a Europa a ver pintura como lo hizo mi papá.

Francisco Corzas ya se había ido a Italia. Al despedirse, Rafael lo miró preocupado: «Allá nos vemos, pero deja el trago, Pancho...».

CAPÍTULO 38

EL REFUGIO

En la calle de Liverpool la Fonda El Refugio, que dirige Judith van Beuren, casada con el estadounidense Frederick van Beuren, es un faro del México folclórico y turístico. Allá hace su entrada triunfal María Félix que solo ordena jugo de carne y cuatro zanahorias crudas: «Por eso tengo la piel como la tengo». Alfa Henestrosa, cubierta de monedas de oro, parte plaza del brazo de Andrés. En Juchitán comen totopos con un maravilloso guiso de tortuga, pero condescienden a probar el mole de olla de Judith. Los sigue Chucho Reyes, envuelto en papel de China; Juan Soriano, a quien le tiemblan las manos porque olvidó tomar su Tofranil; Dolores del Río, que se hace de la boca chiquita, y hasta el mismito José Vasconcelos, que divulga que Diego Rivera solo comía carne humana y tamales de chile verde que tuvieran adentro un dedo de niño. A veces se presenta el Indio Fernández pero Judith lo rechaza por borracho. En cambio, le alegra ver a Octavio Paz departir con los Xirau y los Misrachi y comprobar cómo se molesta si alguien lo interrumpe. Carlos Fuentes

—quien vive a media cuadra con Rita Macedo— aparece en mangas de camisa, elástico y recién bañado y pide una horchata y quesadillas de huitlacoche. De inmediato, Octavio Paz lo manda llamar a su mesa. Años más tarde, en 1990 —ya Premio Nobel— Octavio elegirá El Refugio para que sus amigos ofrezcan un banquete en su honor.

Judith van Beuren, quien trabajó varios años en las Islas Marías como secretaria del general Francisco Múgica, pide a los comensales que firmen su servilleta para enmarcarla y colgarla en la pared.

Lupe Marín entra como un vendaval con su bolsa al hombro y se dirige a la cocina. Jaime Chávez, carirredondo y amable, contratado hace unos días como capitán de meseros, la observa abrazar a Judith, una alta, la otra pequeña, ambas morenas de pelo negro y chino, dueñas de sí, reinas del molcajete y el molinillo. «Sírvale un tequila a doña Lupe que acaba de entrar», ordena Chávez al mesero.

—La señora no bebe, viene a cocinar.

A la hora de la verdad, las dos, Judith y Lupe, se afanan en torno a las cazuelas que cantan sobre varias parrillas. Dominan su cocina como Catalina la Grande, emperatriz de Rusia, avasalló a sus súbditos.

Judith ama la tradición de los tamales, los chiles rellenos, los sopes, los moles de pepita de calabaza, las enfrijoladas, los guacamoles, las tostadas y las manitas y patitas de puerco. Sirve café de olla en jarritos de barro. Las tortillas son una delicia porque escoge el mejor maíz y supervisa el nixtamal que las tortilleras palmean como si su vida dependiera de ello. En cuanto al mole, Judith no hace concesiones: «Hay que molerlo en metate». Si alguna muchacha arrodillada frente al metate se detiene, Judith la recrimina: «Síguele, huevona, para eso naciste mujer».

Lupe Marín alaba el buen tino de Judith: la vajilla es de talavera de Puebla, de petatillo de Tonalá, de cobre martillado de Michoacán; los vasos de vidrio soplado de Carretones y los jarritos de barro de Chignahuapan. «En Francia me compré una vajilla de Limoges y no se me rompió ni un platito de mantequilla, pero para la cocina mexicana la que tú escogiste me parece perfecta», informa Lupe.

—¡Ay, Lupe, no te me vayas a volver una esnob!

Lupe y Judith acostumbran jugar *bridge*, y si no hay clientela, a las cinco de la tarde, baraja en mano, se instalan frente al escritorio de Judith en la parte trasera de la Fonda El Refugio. «Soy *barajadicta*», confiesa la Van Beuren. Cuando se refugian —fanáticas— en casa de Judith o en la de Lupe no hay quien las levante de la mesa, ni siquiera el nerviosismo de Jaime Chávez, que llama a casa de Judith:

—Llegó la señora Silvia Pinal preguntando por usted.

—Dile que no estoy en México pero atiéndela bien; por supuesto, no le vayas a cobrar...

Judith le pide al antropólogo Daniel Rubín de la Borbolla, fundador de la Escuela Nacional de Antropología e Historia, que la asesore. Al entusiasmo de Rubín se suma el del diseñador Arturo Pani y el resultado es el triunfo del *estilo pueblo*, aunque en México los pueblos estén vacíos y los campesinos no coman sino tortillas con sal.

Arturo Pani atiende las sugerencias de Lupe: «Aquel rincón está muy cargado, no seas cursi, quítale tanto papel de China picado».

Lupe, su compañera de *bridge*, ofrece prepararle a Arturo Pani sus platillos más celebrados: carne de puerco con pulque *estilo Lupe Marín* y pechugas en vinagreta. Navega en la cocina como tiburón; lo único que protege su vestido es un delantal:

—Aprendan, la señora solo se pone un pequeño mandil y ni una manchita —la alaba Jaime Chávez.

Al ver entrar a Lola Olmedo, Lupe inquiere:

—¿Qué pidió esa changa?

—Un mole de olla.

—Ahorita se lo preparamos —dice venenosa y le vacía un salero de modo que *la gánster* —como la llama— se escalde a la primera cucharada.

«¿Por qué me dices que no cuando te pido que vengas?», recita Pita Amor con voz estentórea una de sus *Décimas a Dios* mientras ordena su segundo medias de seda y Lupe previene a Jaime Chávez:

—Te va a dejar con la cuenta, no te fíes.

Su furia mayor es para Emma Hurtado. Arroja el delantal al piso y sale al encuentro de la «viuda de Rivera»: «¿Quién te dio vela en este entierro, cucaracha?». Desde que Emma hizo pública una lista de los bienes de Diego, sus colecciones, casas y terrenos, Lupe la detesta aún más. «Lupe, cálmate». Judith aguanta las ofensas a sus clientes porque Lupe le cae «a todo dar».

—Ay, Lupe, deberías haber ido a las Islas Marías cuando estuve allá, el general Múgica se habría cuadrado ante ti.

Capítulo 39

LA GUAGUA

Lupe Marín es un sol y a su alrededor giran sus cuatro nietos, a veces como satélites fuera de órbita, sobre todo Ruth María, Pipis, y Pedro Diego, los más pequeños y abandonados porque su madre pasa el día entero en Bellas Artes o en el Politécnico. «¡Qué lata de niños!», dice Lupe al abrirles la puerta de Paseo de la Reforma. Rafael Coronel pinta como un desaforado «porque hay que aprovechar la buena racha» y se encierra en el estudio de Diego. Rechaza a los hijos de Ruth. «Nunca tendré hijos», sentencia corajudo.

Los niños Ruth María y Pedro Diego viven en la calle de Flores, que hace esquina con la avenida Altavista. Solo visitan a su abuela una vez a la semana y los paraliza al preguntarles: «¿Quién los vistió?». La llaman *Guagua*, como Juan Pablo. Los martes comen en su casa y si quieren se quedan a dormir: «Pero solo dos, los cuatro juntos no». Antes de que cierren los ojos, la abuela abre la puerta y se acerca a la cama de Pedro Diego: «A ver, las manos fuera de la sábana».

—Me da frío, Guagua.

—No importa, saca las manos.

Inés Amor, directora de la Galería de Arte Mexicano, primero en Abraham González 66, el sótano de la casa de los Amor, y luego en la calle de Milán, se convierte en promotora de Rafael Coronel así como lo es de Rufino Tamayo y Juan O'Gorman. Desde su primera muestra individual, el 1 de julio de 1956, Inés se dio cuenta del talento de los dos Coroneles.

El embarazo de Ruth enoja a Rafael. «Te lo advertí. No quiero hijos». La futura madre trabaja hasta dos horas antes del parto de Juan Rafael Coronel Rivera. Nace el 25 de mayo de 1961 y es un bebé enorme.

A los quince días Ruth enferma de tifoidea. Rafael, furioso, tiene que lidiar con los dos niños Alvarado y el recién nacido. Fuera de sí, larga a los mayores a la calle: «¡Sáquense de aquí, son un estorbo!». Su trato con Lupe Marín es casi inexistente como también con Lupe Rivera, que lo rechaza porque usa el caballete, los colores y el estudio de su padre.

—¿Y el niño? —pregunta Lupe Marín—. ¿Quién lo cuida?

—Yo, ¿quién más? —responde Rafael enojado.

—No, hombre, yo me lo llevo hasta que Ruth mejore. Ahora importa que ella se componga.

Lupe Marín contrata una nodriza y reparte su tiempo entre el recién nacido y su costura. Muchas clientas la buscan en la tarde y acuden a su prueba que es una lenta ceremonia.

—Este niño tiene los testículos muy grandes —informa a Rafael.

—Todos los niños tienen así sus bolitas —responde el yerno.

Juntos escogen una cuna y una bañera en El Palacio de Hierro. «Aquella», señala Lupe.

—No, deje esa mugre, traigo lana para comprar una buena.

—¿Estás seguro? —lo mira desconfiada.

—No se preocupe, Inés Amor me dio dinero.

A Lupe le encanta el nombre de su nieto: Juan Coronel. «Es nombre de corrido», pero a solas lo llama Juanito. Es el último de sus nietos. Los otros saben que expresar sus celos es lo peor que pueden hacer. Juan Pablo, el mayor, es ya un adolescente y habla con su Guagua de novias y de marcas de zapatos.

Al recuperarse de la tifoidea, Ruth regresa corriendo a su trabajo; el bebé Juan Coronel vuelve al estudio de Altavista en los brazos de una nana, Librada Olvera, *Lili*, una tarahumara morena, bajita, carirredonda y amorosa. Rafael no sale del estudio de Diego y hasta duerme en él. Nadie puede entrar; ya una vez los niños le echaron a perder un cuadro. «Lo que importa es la raya final, el momento del genio». Los niños gritan y la inspiración se va al caño.

Ruth María y Pedro Diego le temen a ese greñudo que los mira con odio: «Nos pega y nos encierra en el baño cuando tú no estás», informan. «Son unos exagerados», responde Ruth. Que Rafael los corra o los deje sin comer es para Pedro Diego y Ruth María una tortura cuyo recuerdo conservarán toda su vida.

Cuando Juan cumple año y medio, Ruth viaja cuatro meses a Italia al Consejo Internacional de Monumentos y Sitios (ICOMOS), responsable de la conservación del Patrimonio Cultural de la Humanidad. Rafael, acostumbrado a la ausencia de su mujer, se entrega a su pintura, y los mayores, Pedro Diego y Ruth María, dependen de una muchacha que les sirve de comer y los saca a la calle. Al niño Juan, Lili lo atiende como a un rey.

Todos los nietos de Diego y Lupe estudian en el Colegio Alemán. «Ahí sí que enseñan disciplina», aprueba Lupe. Su nieto mayor es ejemplar. El segundo, Diego Julián, el único que rehúsa llamarla Guagua, se niega a hablar alemán: «No soy tu perico, abuela». En vez de camisa usa camiseta y parece no conocer el peine. ¡Cuánto rechazo en ese nieto rebelde! «Ese muchacho es una mula», le dice Lupe Marín a sus hijas, «y ustedes pésimas educadoras».

Si el cheque de la escuela «Sor Juana Inés de la Cruz» se retrasa, Lupe corre a la Secretaría de Educación:

—El señor secretario no puede atenderla.

—Dígale a ese joto que salga o empiezo a gritar.

A Torres Bodet no le queda otra que calmar a la fiera: «Ha de haber sido un malentendido, ahora mismo te dan tu cheque».

Lupe compra frutas y verduras de primera calidad, se cuida de comer carne roja y sabe escoger pollo y pescado frescos. Las telas para coser vestidos y blusas las adquiere en París o en Roma, pero si no viaja toma un taxi a la calle de Venustiano Carranza o a Las Cruces y los libaneses, que saben de buena calidad, la atienden con gusto porque regatear con ella es un lujo. Lupe nunca entra a una librería porque relee a los mismos autores: Dostoievski, Tolstói, Pushkin, Balzac y Shakespeare. Tampoco va a conferencias o a recitales desde que escuchó años atrás a Berta Singerman, que le pareció el colmo de la cursilería. Cuando le preguntan por Martín Luis Guzmán o Mariano Azuela se enfurece: «Yo no leo nada de la pinche revuelta de muertos de hambre que ustedes llaman Revolución mexicana».

Cada 12 de diciembre, día de su santo, tira la casa por la ventana. Invita a sus hijas, a sus cinco nietos, a Rafael Coronel, a Juan Soriano, a Judith van Beuren, a Lola Álvarez Bravo, a Chaneca Maldonado, quien ahora dirige la gran agencia publicitaria Stanton y cobra un sueldo fabuloso porque contrata a Gabriel García Márquez, al joven Fernando del Paso, a Álvaro Mutis, a la China Mendoza, a Eugenia, la hija de Alfonso Caso, como publicistas.

Ese día Lupe abre la puerta de Paseo de la Reforma con una enorme sonrisa: «Hasta parece amable», comenta Rafael Coronel.

Juan Soriano aprovecha su buen humor. «Ven a mi estudio en Melchor Ocampo, quiero hacerte unos retratos». «Ya posé para ti, no des lata». En 1945 Soriano la pintó con el pelo recogido y destacó las manos de dedos larguísimos de una Lupe que se recarga sobre su codo derecho, pero ahora Soriano, en pleno trance, la pinta con pinceladas rabiosas como nunca antes; las manos de la segunda Lupe ya no son hermosas sino líneas rectas que perforan la tela, el rostro es un cubo, los ojos dos túneles, las orejas lilas y moradas salen como audífonos o cuernos que escapan de una cabeza de robot, la nariz es una oquedad cuando no una línea bárbara capaz de hendir la tela; Lupe de perfil es una extraterrestre sanguinaria, los colores son tan vivos que hacen pensar en una ceremonia sagrada; Lupe con las manos extendidas emerge de una crisálida monstruosa en que se mezclan el azul, el rojo y el verde. En otro cuadro de grandes proporciones Juan asaetea a su modelo, sus huesos delgadísimos se convierten en flechas que la clavan a la cruz. De cuando en cuando, extasiado, murmura: «Eres una maravilla, no te muevas». A veces le grita: «Eres una yegua. Eres mil mujeres. Eres un jeroglífico. Te adoro, te odio».

Juan ve a Lupe transformar su cólera en belleza, sus arrebatos lo conducen a un mundo del que ya no puede salir. «Lupe, haces visible lo invisible». La violencia de su estallido lírico lo vacía; Juan, agotado, la quiere toda para sí. En medio de su alegría desesperada, Lupe es la respuesta a todas las preguntas. Parte ave y parte quimera, Lupe es de bronce y es de arena, es una gárgola y es una sirena. «Lupe, ven mañana, Lupe, no me dejes, Lupe, eres la única mujer veraz, Lupe, quiero ser tú».

Carlos García Ponce, el coleccionista, hermano de Fernando, el pintor, y de Juan, el escritor, se entusiasma; Elena Portocarrero y Andrés Blaisten se asombran; el esfuerzo de Juan Soriano es de superhombre: «He encontrado mi camino». No duerme, no come, ya no bebe, casi no respira, le tiemblan las manos, le tiemblan los ojos.

Por fin, Lupe pregunta si Juan va a dejarle ver lo que pinta y cuando tiene frente a sus ojos la serie completa se enoja: «¿Así me ves? Ya no voy a posar para ti. Tus retratos me dan terror. ¿Por qué me agredes? ¿Por qué me conviertes en un esqueleto? ¿Soy la muerte para ti?». Juan se defiende: «Tú, Lupe, le tienes pánico a la muerte, por eso rechazas mis retratos». Lupe revira: «Eres mi verdugo, yo tu víctima». Juan le habla de la metamorfosis, le explica cómo la ve, cuántas oscuridades malditas se esconden en el cuerpo humano; que él, como pintor, tiene que bajar al infierno y salir de nuevo a la superficie para sacarlas a la vista. Octavio Paz sigue el proceso con más pasión de la que ha demostrado jamás por la obra de Soriano. «¿Cómo vas? Después de tu *Apolo y las musas* lo que ahora haces me fascina. En tus retratos hay más crueldad pero también más ternura, tus pinceladas son las de un poeta». Soriano asegura que Lupe es su diosa, ella insiste en que él la ha manchado para siempre.

Según Paz y sus elogios, la Lupe de Soriano es Tonant-zin en sus múltiples reencarnaciones. Lupe se indigna. «Para mí, lo que has pintado es un enorme disgusto. Ya no voy a poder separarme de mi muerte». «Tienes toda la razón, Lupe, porque cada vez que entras a una habitación, además de aterrorizarme siento que me entregas a la muerte», responde Soriano.

Aunque para Soriano la Marín es un manantial inesperado y nadie compra los cuadros, la exposición es un triunfo de público y de crítica. Juan Soriano nunca ha caminado tan en el filo de la navaja. «Yo soy este que ahora pinta, soy el verdadero Soriano, el que se reveló a sí mismo, soy el bárbaro que por fin se acepta». Lupe insiste: «Tras martirizarme me pintaste como muerta». «Sí, porque tú has regresado del infierno».

Que Soriano cause más escándalo que Diego Rivera es un gusto para Octavio Paz. Frente a sus Lupes malditas y tenebrosas nadie parece recordar el retrato que Diego Rivera pintó en 1938. Los espectadores llaman a Lupe *Medusa, Diosa, Bruja, Arpía, Reina de la Noche.* Repiten que es fálica. Juan amanece con Lupe en la punta del último de sus cabellos. «En estos retratos resumí todos los retratos pintados a lo largo de mi vida, así como todos los que pinté en mi periodo de mayor libertad cuando vivía en Roma». A Lupe cada una de las telas la regresa a Jorge Cuesta. «¿Me estará culpando de algo este joto canijo, ahora defensor de Jorge Cuesta?».

Capítulo 40

EL HIJO DEL POETA

Si Antonio Cuesta llega de Córdoba al departamento de su madre en Paseo de la Reforma, en cuanto abre la puerta Lupe Marín hace un gesto de fastidio. Bien plantado, alto y apuesto, Antonio pretende ignorar el rechazo materno. Parecido a Jorge Cuesta, usa bigote y mira sin parpadear a su interlocutor como para recordarle que no se le cae el párpado izquierdo como a su padre. Para él, Lupe Marín es un imán como lo fue para Jorge Cuesta. Aunque su madre lo rechace, él siempre regresa. Lupe nunca lo menciona, pero con tal de verla el hijo acepta todas las humillaciones.

—¿No me vas a presentar a tus amigos?

Concluidos sus estudios en Chapingo, su abuelo Néstor Cuesta lo regresó a Córdoba. A los pocos meses la vida familiar fastidió a Antonio. ¡Toda la vida, el mundo de su madre y no el tedio provinciano!

«¿Así que eres el hijo del poeta?», le preguntan. «Nunca nadie fue mejor crítico que el poeta». «El poeta es esencial para la historia de la literatura en México». «De los Contemporáneos, el más inteligente fue tu padre». Tanto le dicen que Antonio decide que él también es poeta. Sí, él, el único hijo de Jorge Cuesta, único heredero de su talento, continuador de su obra, deslumbrará a todos. Para cumplir con su vocación es indispensable conocer París y leer a los franceses en su idioma como lo hizo su padre.

—No voy a costearte viaje alguno —se enoja su abuelo don Néstor. Su tía Natalia también le niega su apoyo.

Antonio gana una beca del Banco de México para dedicarse a la literatura francesa. «Nunca serás escritor», amenaza Lupe. «Frente a Dostoievski y Tolstói, Cuesta no es nadie, es un tlacuache, como se lo dije a tu padre».

Ante cada embestida Antonio se cabrea pero nunca se despide: «Me quedaré un par de días contigo, voy a buscar a Lupe, mi hermana».

—¿Y ahora qué? —Lupe Rivera también lo recibe de mal modo.

—El Banco de México me da una beca para viajar a París pero solo para los cursos o seminarios.

Lupe hipoteca uno de los terrenos que le heredó Diego y le entrega a Antonio tres mil quinientos pesos para comprar su pasaje en el *Île de France*. En lugar de esperar la beca en la Ciudad de México, Antonio decide viajar a París.

—Oye, tú, ¿y si no te llega la beca? —pregunta irónica su madre—. ¿Cuánto dinero llevas a Francia?

—Diez dólares.

—¿Y tú crees que con eso vas a vivir? —suelta una carcajada y para su sorpresa le entrega cincuenta dólares.

En Nueva York le exigen a Antonio pagar una visa de diez dólares y se queja de *las fronteras del imperialismo*. Durante la travesía lee el primer tomo de *El capital* pero lo aburre y lo tira al mar. El resto del viaje transcurre en una *chaise-longue* con un cuaderno cuadriculado en el que escribe textos, según él, de la talla del Marqués de Sade pero mejores.

—A mí Bataille me hace los mandados.

En París renta un cuarto en una pensión para estudiantes y aparece cada mañana en la embajada en la rue de Longchamp para preguntar por su beca: «¿Está seguro? Aquí no figura ningún Cuesta», le responde una secretaria. Los días pasan, disminuyen sus dólares y finalmente Antonio hace una entrada espectacular en el Ministerio de Relaciones Exteriores de Francia, descalzo, la camisa rota, los ojos desorbitados, barbudo como Marx: «Estoy varado en París y no tengo un centavo; el gobierno de mi país me traicionó». Su elocuencia de intelectual y la lucidez en su mirada hacen que la Alianza Francesa le ofrezca una beca que cubre pensión, comida, cursos de francés y de literatura y todavía le quede algo para recorrer París: «¡He aquí a un iluminado!». Rodolfo Otero, otro mexicano muerto de hambre entregado a la artesanía, lo alienta en sus desplantes: «Tenemos que irnos a Rusia, esa es la meca».

Por carta, Antonio le relata sus desventuras a su hermana Lupe, y a cambio recibe una nota de su madre: «Canalla: Espero que le devuelvas a tu hermana el dinero que te prestó, de lo contrario no te atrevas a poner un cochino pie en esta casa».

Antonio ya domina el francés y mejora su relación con su casero. Aunque es un conquistador nato, cuando recita uno de sus poemas aleja al mejor intencionado. Decide viajar a Alemania, dividida por el triunfo de los Aliados, e instalarse en Berlín Occidental. Allá conoce a un napolitano, Giovanni Proiettis, tan aventurero como él:

—Vamos a pasarnos al lado oriental, allá es mucho más barato.

Fascinado por los túneles clandestinos y las alcantarillas, Antonio se transforma en protagonista de una novela de espionaje. Discute con Giovanni a su Marx pasado por agua y lo convence de que él, solo él, es marxista-leninista, pero los ideales proletarios no bastan para saciar el hambre.

Nunca suelta una cobija de lana de San Martín Texmelucan llena de lamparones y agujeros:

—¿Es lo único que te queda para vender? —pregunta Giovanni.

—¿Quién va a querer comprar esta hilacha?

—Vete a la Friedrichstrasse, ahí viven un montón de judíos intelectuales, seguro les interesa.

Cuando Antonio aparece con la cobija, los comerciantes casi lo sacan a patadas: «¡Cómo te atreves!». «¡Eres un sinvergüenza!». Giovanni, quien lo espera a pocas cuadras, no se desanima:

—Tengo unos amigos que adoran lo mexicano, lo peruano, lo boliviano, verás que ellos sí…

—Es lana pura, auténtica azteca, tejida por manos mexicanas —recita Antonio con la gravedad de un sacerdote.

—Dice que están muy apenados contigo porque saben que te van a estafar, pero lo único que pueden darte son ciento cincuenta marcos —traduce Giovanni.

Es mucho más de lo que Antonio esperaba. Regala veinte marcos a Giovanni y se deshace de él porque quiere comer solo un filete que hace días habita en su hambre. En el restaurante señala la palabra más parecida a filete. El mesero le trae una copa de helado de chocolate.

Con el dinero de la cobija viaja a Hamburgo y de ahí regresa a Francia. Desde París escribe de nuevo, ahora a su hermana Ruth: «Tengo que regresar a México, ayúdame».

Ruth le envía dinero y una nota: «Recuerda que también le debes a Lupe. Otra cosa, no te aparezcas por la casa porque mamá está furiosa contigo».

De nuevo en México, Antonio decide que lo suyo es la poesía. Bastan una hoja de papel y una pluma para desfogarse y escribir sonetos que lee en voz alta a su vecino de mesa en la cantina El Golfo de México (que todos llaman *el Paraíso de los Golfos*). Al primer bebedor solitario que también mira para todos lados para ver si encuentra a su alma gemela, Antonio le asesta: «Te quieren acusar de subversiva…».

—¡En la madre! ¡Vaya que tienes inspiración; qué buenos versos haces! —se despide el único que podría ser buen escucha.

Antonio tiene la certeza de que su inspiración le viene directamente de su padre. «Voy a leérselos a Renato Leduc».

Enfoca todas sus baterías contra la mujer, y como su voz es profunda y elocuente cubre el ruido de la cantina en la que se sientan cinco buenos bebedores: Pepe, Luis, Eugenio, Claudio y el poeta Renato Leduc, que lo festeja. «Aunque estudie Derecho no me pasa / el cuerpo de las leyes absolutas / y así prefiero darme a las puñetas / que verme titulado de cachaza. / Hay putos que no dejan ni de guasa / que de nenes aprendieron con sus jetas / para estafar de grandes a la raza. / No entiendo cómo pueden los cabrones / que nacen con dos huevos bien colgados / volverse entre los libros maricones. / Felices se titulan licenciados / repletos de esperanzas e ilusiones / y acaban por sus leyes enmierdados». Brindan a cada estrofa y uno de ellos comenta: «Bueno, bueno, ese está buenísimo». Pepe se escandaliza: «Se te fue la mano», y Claudio lo secunda: «¿Es posible que te lo hayan publicado?». Cuando no ríen a carcajadas

Luis le da a Antonio gruesas palmadas en la espalda y Eugenio se pone de pie para abrazarlo. «Levántate, deberías leer de pie tus sonetos, mereces leerlos en Palacio Nacional, son espléndidos». Renato también lo festeja: «No cabe duda, eres un cabrón». Jamás se le ocurriría a ninguno decir que los sonetos son vulgares; al contrario, cada verso suscita risotadas y felicitaciones y Eugenio pide otra tanda de cervezas: «Yo pago». Antonio retoma envalentonado, la voz cada vez más fuerte. El entusiasmo llega a su punto más alto cuando Antonio, ya en mangas de camisa, grita para que toda la cantina lo oiga: «Yo sufro cuando pienso si a los años / se me puede entumir el pajarillo». Piden más y más cervezas y lo curioso es que varias mujeres acercan sus sillas, aplauden y ríen hasta las lágrimas cuando Antonio, sonriendo, entona con su voz de barítono otro soneto.

Se trata de escandalizar, de que las palabras revienten a la Liga de la Decencia y a todos los valores de la sociedad mexicana. De la mesa de la cantina nadie se va como se van de la iglesia. Los poemas los llevan a la confidencia y presumen sus conquistas. «¿La conoces? Yo ya me la eché». Explican que le tienen ganas a esta y a la otra y ya no saben en qué cerveza van ni quién va a pagar la cuenta. Lo que sí, la parranda tiene que seguir, qué noche a toda madre, jamás la habían pasado así de bien. Ya para el amanecer Renato Leduc da el veredicto final y escoge «el mejor soneto entre todos». Pepe protesta: «Pero ¿por qué ese? ¡Ese no! ¿Dónde está su fuerza? ¡No es de rompe y rasga como los demás!». Luis también coincide: «Sí, sí, a ese le falta garra». Llueven las protestas, vienen otras sugerencias, la gritería aumenta hasta que el dueño ordena: «Señores, es hora de irse a dormir».

CAPÍTULO 41

TLATELOLCO

En 1964 Ruth trabaja en el Museo Anahuacalli junto a Juan O'Gorman. Frida Kahlo compró kilómetros de tierra en un pedregal de lava sobre el que solo crecen espinas y cactáceas y Diego se propuso construir en ese terreno su pirámide azteca, maya, tolteca, riveriana. Asesorado en sus colecciones por Alfonso Caso, levantó su templo de tres niveles con arcos, nichos y laberintos negros y fríos como los túneles de una mina monstruosa que apuntara al cielo. «En el piso de arriba pondré mi estudio dedicado a Tláloc». Más de cincuenta mil piezas de arte prehispánico recogidas a lo largo de su vida se exhibirán en esta faraónica construcción en el sur de la Ciudad de México. ¿No es Diego mismo un dios, un señor feudal, un magnate, un guía espiritual rodeado de discípulos y de sirvientes? ¿No es su familia la familia real de México, la que rivaliza con la presidencia?

«Con este dinerito me voy a dar el lujo de un nuevo viaje a Europa», informa Lupe tras vender un cuadro de Diego. Lupe, su hija, le hace notar: «Mamá, tendrías que asistir a la inauguración del Anahuacalli».

—¡Tienes razón! Me voy después de la inauguración.

El Museo Anahuacalli se inaugura el 18 de septiembre de 1964. Ruth, mucho más alta que el presidente de la República, y Lupe, imponente, cada una destaca enfundada en un traje blanco cortado a la perfección. Caminan al lado de Jaime Torres Bodet, Juan O'Gorman y Carlos Phillips Olmedo, hijo de Lola, quien contribuyó al buen término del museo. Conducen al presidente Adolfo López Mateos, de anteojos negros, a su comitiva y al muralista David Alfaro Siqueiros, que acaba de salir de prisión, por las salas hoy iluminadas.

En Madrid Lupe visita al doctor Gonzalo Lafora, ya retirado. Tanto Lafora como su mujer recuerdan México y disfrutan los chismes y las maledicencias que salen de su boca en catarata. Insidiosa, Lupe le pregunta al médico: «Cuénteme, Lafora, cuál es el peor caso que le ha tocado». El psiquiatra se disculpa: «Es secreto profesional».

Lafora jamás menciona a Jorge Cuesta.

«¿Se habrá equivocado en su diagnóstico?», se pregunta Lupe. «¿Me equivoqué yo?».

Se dirige todas las mañanas al parque de El Retiro. Para Lupe caminar es un reclamo de sus largas piernas. Lo hace con tanta naturalidad que los madrileños, buenos caminadores, la ven con simpatía y le gritan: «¡Fea!», un elogio muy madrileño. Ruth, quien ha sido escogida entre muchos contendientes para presentar una ponencia en un congreso de arquitectos, arriba al mismo hotel y Lupe se encanta:

—Tu papá estaría muy orgulloso de ti, Ruth.

Antes de que su hija menor regrese a México, viajan juntas a París y Lupe compra dos saquitos príncipe de Gales para su nieto Juan Coronel y le escribe una tarjeta en la que aparece un hombre de grandes bigotes abrazado a una mujer:

Querido Juanito: Yo quisiera que ahora que vas a cumplir tus tres años tuvieras bigote como el del joven de esta tarjeta. Y también quisiera que allá en México te encontraras una novia como la que tiene el señor de los bigotes. Te mando mil felicidades en tu día y dos saquitos que va a llevarte tu mamá. Espero verte pronto. Besos de tu Guagua.

—Pero, mamá, ¿y a los otros niños qué les compraste?

—Nada, lo de Juanito es para su cumpleaños.

Cada vez que viaja a Europa, al primer nieto que le escribe es a Juan Coronel:

Madrid, mayo 11 de 1966

Mi querido Juan Coronel: Me vine sentidísima contigo porque no fuiste al aeropuerto a despedirme. Después supe que estabas enfermo y como los teléfonos del aeropuerto estaban descompuestos no pude hablarte.

Me gustaría que supieras escribir para que me contaras lo que dice tu mamá de mí. Si puedes díctale una carta a la secretaria de tu mamá y me cuentas todo. Dile al gordo que no le escribí porque sigue pipiándose en la cama y que si mientras estoy aquí no se le quita esa mala costumbre no le llevo la gabardina. Dile a Pipis que me diga lo que quieren que les lleve. Si impermeable, traje o zapatos, juguetes de ninguna manera.

Cuídate mucho y no juegues con animales; lávate las manos seguido y come carne y fruta. Te mando mil besos para que los repartas entre tus hermanos. Salúdame a tu papá, a tu mamá, a Lili y a Lupe si se fue con ustedes. También al chamaco que te cuida. Contéstame tú ya que tu mamá no me escribe y nada más dice cosas feas de mí. Besos, tu Guagua.

Después de Madrid y París, Lupe concluye que las mexicanas se visten mal, se pintan demasiado, son cursis y cuando —de regreso a México— ve a su hija mayor, la regaña como a una niña: «¡Qué horrible te arreglas, mira nomás, ya se te corrió el rímel, quítate esos trapos! ¿Qué no ves que estás hecha una vaca?». Para ella ser gordo es sinónimo de maldad, necedad, suciedad, y de tanto machacarlo hereda el trauma a sus hijas, sobre todo a Ruth, que sube de peso con facilidad y va de dieta en dieta.

Los desencuentros entre Ruth y Rafael Coronel son cada vez mayores. Rafael es ya un pintor reconocido y su obra se vende como pan caliente. Ruth María y Pedro Diego huyen de él como del diablo. Una noche, Pedro Diego encuentra a su madre abrazada a la almohada:

—¿Por qué lloras, mamá? ¿Te vas a divorciar?

—¿De dónde sacas eso? Tú no te preocupes ni te metas, son cosas de adultos, tú eres un niño.

Tímida por naturaleza, Ruth soporta sola su carga. Nunca cuenta nada a su madre y menos a su hermana. Imposible revivir los escándalos de su infancia. Toda la vida guardará el mismo bajo perfil, la costumbre de callarse y hacerse a un lado. Ya de por sí su altura la apena. Su amor por su padre y su enorme capacidad de trabajo la distinguen. Pedro Ramírez Vázquez admira su templanza, la invita a comer y le recomienda que no se haga menos y tenga fe en su talento. A diferencia de su hermana mayor, Ruth, compañera de Diego en las tediosas reuniones del partido, se aleja del triunfalismo del PRI del cual Lupe ya forma parte. Se refugia en sus alumnos del Poli que suben a buscarla hasta la avenida Altavista.

Ruth compra un departamento en el edificio Molino del Rey, en Tlatelolco, con vista a la plaza de las Tres Culturas porque no tiene tiempo de ir a cambiarse al sur cuando surge un coctel o una cena en el Centro. ¡Imposible adivinar que el futuro del edificio es el de un campo de batalla!

A mediados de 1968 el movimiento estudiantil sacude a la Ciudad de México. Solidaria con su alma máter, Ruth acompaña a los politécnicos. En cambio, Lupe Marín regaña con el rostro distorsionado a unas muchachitas que en la calle de Guadalquivir piden apoyo para los estudiantes: «Pónganse a trabajar, par de revoltosas».

Ruth y Rafael preparan tortas para los muchachos del Casco de Santo Tomás. Rafael también lleva mensajes de los estudiantes del Politécnico al Taller de Gráfica Popular. La mañana del 2 de octubre Lupe Marín y Ruth se citan en Tlatelolco y Lupe comenta: «Aquí hay un clima raro. Nunca había visto tanto muchacho rapado».

—Esos rapados son agentes de Gobernación.

En la noche, Rafael Coronel hace un recuento de la matanza allí en la plaza.

—No te metas. Recuerda que tienes tres hijos —le advierte Lupe Rivera a su hermana menor.

Aunque muchos ignoran qué sucedió en la plaza de las Tres Culturas, Lupe Rivera, amiga de Echeverría, aconseja prudencia: «Ni se asomen, esto se está poniendo muy feo», y por primera vez en años Ruth permanece todo el día en cama:

—Me siento derrotada —responde a quien la llama por teléfono.

Capítulo 42

EL DOLOR MÁS GRANDE

Ruth lucha contra la depresión y sus clases en el Poli son un salvavidas. Desde su oficina en Bellas Artes que da al cruce de San Juan de Letrán y avenida Juárez, observa a las hormigas humanas que corren a sus encomiendas y se pregunta para qué.

Sale de su casa cada vez más temprano y regresa lo más tarde posible. «Trabajar es mi terapia», le explica a su hermana mayor, quien entró a psicoanálisis hace trece años a pesar de la oposición de su madre. «¿Para qué?», le dijo Lupe despectiva. «Porque el análisis es una ciencia». «¿Y cuánto te va a cobrar el Freud de la colonia Condesa?». «Yo me merezco un buen psicoanálisis —se enojó Lupe chica—, cualquiera con una madre como tú habría terminado dándose un tiro».

En el estudio de Diego, Rafael pinta rabiosamente y evita a Ruth a toda costa. Cuando sabe que su señora está en la casa se da la media vuelta y regresa a su guarida.

A la niña Ruth María, la Pipis, la conocen en la cuadra porque pasa el día entero en la calle de Flores. Cuando llueve se guarece bajo el portón de los vecinos con tal de no regresar a su casa. Risueña, vuela su pelo negro tras de ella, el sol la ha quemado, es alta y morena, corre muy rápido y ríe nerviosa. Algunos vecinos la invitan: «Ven, pásale. ¿Quieres un vasito de agua de limón?». A otros les sorprende la total orfandad de la nieta de Diego Rivera. Pedro Diego, inseguro y temeroso, es capaz de caminar solo de Altavista hasta la avenida Insurgentes con tal de no ver a su padrastro.

La ausencia de Ruth Rivera y las agresiones de Rafael llegan a los oídos de Lupe Marín, que confronta a su hija: «Ruth, ¿qué te pasa? Estos niños necesitan cuidado».

—¿Quieres que se vayan a vivir contigo, mamá?

Lupe siente predilección por Ruth María. «Es la única mujer, mi nieta».

En la noche, el más pequeño, Juan Coronel, permanece alerta al claxon del coche de Ruth porque toca tres veces y él corre a abrirle con su piyama a rayas. También los mayores aparecen y la abruman con sus reclamos. Ruth calma a los grandes y se sienta en el borde de la cama del pequeño. Le lee libros de cuentos y a veces los dos hojean un tomo de historia del arte. Juan Coronel solo concilia el sueño si tiene un pedacito de manta o un trapito entre su pulgar y su índice; el día que no lo encuentra llora desesperado. Ruth le pregunta por qué adora ese trapo y responde: «Es mi mamá».

Ruth hace honor a su nombre y trabaja con la pasión de su tocaya bíblica. Es incapaz de regañar a sus hijos, pero descubrir que Juan Coronel le ha pintado bigotes a Benito Juárez en su libro escolar la saca de quicio: «¿Cómo es posible que hayas cometido esa barbaridad?». Mudo ante el enojo de su madre, el niño la mira espantado. «Tu abuelo pintó un retrato maravilloso de Juárez, quien fue un

hombre esencial para México. Tú debes seguir su ejemplo».
Le cuenta que de niño Benito comía quelites y de pastorcito
pasó a cuidar un rebaño más grande de puras chivas locas y
carneros cabrones llamado México.

Ruth se obsesiona con Rafael Coronel, cada vez más
distante. Detrás de los párpados hinchados de su marido
que se desvela pintando, Ruth reinventa al hombre que
antes la enamoró:

—Me siento mal, Rafael.

—Pues componte...

Viaja a Guadalajara para hacerse un chequeo con el
doctor Preciado, su tío. Para las hermanas Rivera, los únicos médicos en su vida son los Preciado y los Marín.

—Tienes un tumor en el seno izquierdo —el resultado la paraliza.

Ruth, de treinta y nueve años, hija de Diego Rivera,
con tres hijos pequeños y un futuro en ascenso, siente que
todo se le derrumba. El director de Bellas Artes, José Luis
Martínez, aconseja:

—Debes ver a otro médico, que te den una segunda
opinión. Tómate un descanso.

Rafael es implacable en su desamor.

Ruth se aferra a su rutina: da clases y seminarios que la
obligan a correr del Poli a Bellas Artes: «¿Cómo crees que
le voy a dejar mi responsabilidad a otro?», alega ante Horacio Flores Sánchez que le aconseja atenderse. Ruth no recurre a su madre y mucho menos a su hermana. ¿Para qué?
En abril, el médico Roberto Garza la insta: «Tienes que
operarte». «No puedo, me tengo que ir a Japón». A su regreso, un mes más tarde, Horacio Zalce, hermano del pintor
Alfredo, coincide con el primer diagnóstico: «En México ya no podemos operar, hay metástasis y está muy
avanzada».

Rafael Coronel, alarmado, abandona sus pinceles y ofrece acompañarla al MD Anderson Cancer Center, en Houston. Los niños resienten los preparativos para el viaje.

«Seguro no es nada». Lupe Marín se hace fuerte, aunque a solas, y por primera vez en su vida después de la muerte de Diego, conoce la angustia. Además, tiene en qué entretenerse: Rafael, su yerno, le regaló un terreno en Cuernavaca. Construir una casa en la Ciudad de la Eterna Primavera opaca los malos augurios y Lupe vigila el encalado, el ancho de las ventanas, las tejas para el techo, todo lo que Ruth escogió para ella. Sin embargo, una tarde en que la visita, Lupe Rivera ve que su madre se deja caer en un sillón y, encorvada, se pone a llorar. Las lágrimas salen de sus ojos como dos llaves de agua. Caen sin parar. Sin decir una sola palabra, Lupe chica mira un espectáculo imposible de imaginar. «¿Mi madre llora?», se pregunta incrédula.

Ruth y Rafael viajan de nuevo a Houston. En el MD Anderson, después de una agotadora serie de análisis, el médico en jefe concluye que la única opción es la quimioterapia.

En cuanto el gerente del hotel Hilton se entera de que hospeda a la hija de Diego Rivera, manda colgar una bandera de México en el balcón de la habitación 219. También el capitán de meseros y el *barman*, que son mexicanos que atravesaron a nado el río Bravo, comentan: «¡Qué gran honor contar en Houston con la hija del maestro!».

Solo cruzar la calle para ir a las quimioterapias deja a Ruth exhausta: «¿Cómo vamos a pagar este hotel?», se angustia. «No te apures». Rafael llama a Inés Amor para ver si vendió un cuadro. Inés envía dinero cada ocho días pero si no vende lo adelanta. «Ya se venderá, este Coronel es una mina de oro».

El tratamiento es una tortura. A las sesiones de quimioterapia les siguen vómitos y un agotamiento que tira a Ruth en la cama durante días. Rafael se reprocha haber desatendido tanto a esa mujer en cuyo rostro no se dibuja jamás una sola expresión de rechazo.

—¿Sabes, Rafael? Yo solo quise tener marido e hijos, una vida normal.

—Pero resultaste la hija de Diego Rivera y ahora la mujer de un pintor.

Las dos Lupes, madre e hija, abandonan a Ruth. En el MD Anderson Ruth se apoya en Olga Tamayo, quien lleva a una sobrina de la mano.

—La traje porque está bizca. Aquí le van a alinear los ojos para que apunten y disparen —explica.

Olga los hace sonreír con sus teorías sobre el estrabismo y la calvicie. Además, les asegura que la vida sigue y que mañana será otro día. «Vámonos a Galveston, a la playa».

—Yo invito —se anima Rafael.

Con el dinero de la venta de sus cuadros y el sueldo de Ruth que Bellas Artes envía cada quincena, pagan el hospital. Para su buena suerte, Inés Amor proclama genio a Rafael Coronel y cada vez que él llama a la Galería de Arte Mexicano le da una buena noticia: «Tienes suerte, un coleccionista se llevó tres de tus cuadros». Ese día, Rafael renta un Mustang e invita a Ruth, a Olga Tamayo y a su sobrina a Galveston «para que les dé el aire de mar». Piden langosta y una botella de champaña. Ruth, débil pero feliz, bebe media copa. El pelo se le ha caído y su delgadez hace que resalten sus ojos negros, pero Olga explica que no hay nada mejor que andar pelona, y sin más le pregunta a Rafael:

—¿Tú por qué pintas esos horribles monos flacos con cucuruchos en la cabeza?

—Pues ni sé, así se me ocurren…

Ruth nunca pronuncia los nombres de sus hijos. Solo enumera los oficios que tiene que firmar, las reuniones a las que no asistió, la inmensa tarea acumulada durante su ausencia. «En México voy a ir de inmediato a Bellas Artes. Me esperan expedientes, planes de trabajo en el Anahuacalli».

El tratamiento dura más de dos años. Rafael va y viene y en uno de sus viajes a Houston lo acompañan Pedro Diego y Juan Coronel. Ruth no, «porque no puedo con esa niña». Pedro Diego de trece años y Juan de ocho duermen en la habitación 208 del Hilton junto a Rafael. Antes de que vean a su madre, para el gran horror del más pequeño lo primero que hace Rafael es raparlos. Juan Coronel se mete debajo de la cama:

—Me veo horrible, no voy a salir del hotel.

—Tu hermano está igual y no dice nada.

Al ver a su madre sin cabello se tranquiliza. «¿A ti también te llevaron a la peluquería?».

A pesar de la negativa de los médicos, Ruth regresa a su oficina en Bellas Artes.

Heredera de la mitad de los bienes de Diego Rivera (la otra mitad es de su hermana Lupe), Ruth nombra a Rafael Coronel único heredero y lo declara albacea. Su testigo es Inés Amor.

Lupe Marín trata a su hija como si no estuviera enferma, pero cada vez que constata su deterioro se va para abajo. En cambio su hermana, Lupe Rivera, jamás aparece en la casa de Altavista porque no perdona al advenedizo de Coronel. «Entre menos los vea, mejor para mí, dice mi psicoanalista».

El 17 de diciembre de 1969 Ruth muere en el Instituto de Cancerología de la Ciudad de México. Esa misma tarde, Coronel la lleva a velar al Anahuacalli. ¿Y los niños? Los padres de Rafael Coronel y su hermana Esperanza se presentan de negro en el estudio de Altavista e invitan al nieto: «Vamos a comprar el arbolito de Navidad». Al regreso, Juan sorprende llorando a Pedro Diego, su hermano. En la recámara, Ruth María sienta a Juan en la cama:

—Mi mamá se murió hoy. Ya no la vas a ver nunca.

A Juan Coronel nadie le explicó que uno se puede morir, mucho menos qué significa morirse. ¿Adónde irá el cuerpo de su mamá? ¿Adónde la voz que le leía cuentos? ¿Adónde los brazos que lo levantaban en alto? Brinca toda la tarde en la cama hasta caer rendido.

Los niños de San Ángel maúllan en la calle: «En nooombre del cieeeelo, os pido posaaaada». Ruth María, Pedro Diego y Juan pretenden salir pero Rafael les jala las orejas. «¿Qué les pasa? Son unas bestias». En el Panteón Jardín, al momento de bajar el ataúd, les pide que dejen en su interior un recuerdo, lo que más les guste. Ruth tira una peineta negra, Pedro Diego un collar prehispánico y Juan deja caer un sapito de cerámica de la isla de Jaina. Los sepultureros preguntan antes de cerrar el ataúd: «¿Alguien la quiere ver por última vez?». «¡Yo!», grita Juan Coronel, pero su padre dice que no, que ya todo se acabó.

¿Por qué hay tanta gente? ¿Por qué tantos reporteros empuñan sus cámaras sobre el féretro y les disparan a ellos? Muchos compañeros de Ruth la acompañan. «Se vino todo el Poli», comentan desolados los del Sindicato de Bellas Artes. Todos querían a Ruth. Pedro Ramírez Vázquez no levanta los ojos. Horacio Flores Sánchez repite cuánto la va a extrañar. Lupe Rivera se apoya en el brazo de Juan Pablo y los *flashes* de los fotógrafos la enceguecen a pesar de sus anteojos negros. Imposible olvidar que se le echaron encima en Bellas Artes cuando prohibió que cubrieran el féretro de su padre con la bandera rojinegra. Varios periodistas la interrogan. «No sé nada, pregúntenle a Rafael». «¿No puede decirnos algo de su única hermana?». Las imprudencias la irritan. Un despechado comentarista de televisión exclama: «Ustedes los Rivera son figuras públicas, siempre están en el candelero, tienen la obligación de informar». Colarse entre las innumerables coronas de flores y los sepultureros para saludar a la familia resulta difícil, pero los periodistas se atreven a todo. Abundan los alcatraces y el olor de los nardos marea a Pedro Diego. La Pipis rechaza los abrazos y Juan Coronel, azorado, se aferra a Lili, la nana.

—¿No va a haber misa? ¿Cuándo empiezan los rosarios?

Para Lupe Marín la muerte de Ruth es un golpe del que nunca se recuperará, y al día siguiente abandona la ciudad. En su casa de Cuernavaca solo recibe a su vecina Lucero Isaac, la mujer de un director de cine. Cada nieto aparece por su cuenta; Juan Pablo es el más frecuente. Pipis llega sin avisar.

—No tengo a qué ir a la Ciudad de México —explica Lupe.

Un año más tarde, el 11 de mayo de 1970, Julio Torri, el amigo que le presentó a Diego Rivera, muere de una bronconeumonía, casi ciego y sordo, y Lupe se niega a ir al funeral: «No puedo, no quiero, me quedo con su imagen de duende sobre ruedas», le dice al hermano de Torri cuando le avisa por teléfono.

Rafael se aísla en su estudio y rechaza a los dos hijos de Pedro Alvarado. Ruth, de quince, le tiene miedo; Pedro, de trece, hace todo con tal de no encontrarse con él porque lo ha golpeado mucho. Su propio hijo, Juan Coronel, de apenas ocho años, deambula por la casa con la esperanza de que todo sea mentira y que, cuando oscurezca, suene el claxon tres veces.

A raíz de la muerte de Ruth, Rafael Coronel le pide a su abogado, César Sepúlveda —una eminencia—, que cite en su despacho a Lupe Marín, a su cuñada, Lupe Rivera, y a los hijos mayores de Ruth para leerles el testamento. Cuando Lupe Rivera escucha que Coronel es el heredero universal de los bienes de Ruth, la embarga un ataque de cólera incontrolable:

—Eres un sátrapa, un asaltante. Esto no se queda así.

A partir de ese momento Lupe Rivera inicia una guerra abierta contra el *sinvergüenza*. También Lupe Marín critica al viudo abusivo en el diario *Novedades* y no lo baja de vividor.

Sin Ruth, la casa de San Ángel se convierte en una embarcación que hace agua. A los dos años, Pedro Diego Alvarado escoge irse con su padre, aunque se ha casado de nuevo. Ruth María busca a su tía Lupe Rivera y le pide posada. «¿Puedo vivir contigo?». Lupe consulta a sus hijos, Juan Pablo y Diego Julián:

—No, mamá, dile que lo sientes mucho pero no. Ruth es muy loca.

Ruth María, de diecisiete años, acostumbra mandarse sola y sale todas las noches. Cada vez que el teléfono suena es para ella. Regresa en la madrugada y duerme hasta las cuatro de la tarde. Se levanta cruda, se mete a bañar y cuando se le cae la toalla o la bata solo se cubre si un extraño toca a la puerta. Minifaldas, *jeans* rotos, camisetas escotadas, aretes largos de cuentas y plumas, paliacates que cubren su brasier, colas de caballo, mechas pintadas, son su ajuar diurno y nocturno. «¿No soy igualita a Tongolele?», presume un mechón blanco, luego escoge uno morado. Se tatúa una pipa en el antebrazo derecho:

«Es la pipa de la paz», explica a Pedro Diego, su hermano, y a su padre: «¡Qué aguados! ¿No hay tequila en esta
casa?».

A Ruth la enloquece el rocanrol, y Los Beatles, Los
Rolling Stones y Janis Joplin son sus dioses. A Juan Coronel, su hermanito, lo inicia en las rolas y en las tocadas. Es
fanática de Hip 70, una tiendita en la avenida Insurgentes
que ofrece pósters de Bob Marley, discos, incienso, cuentas de colores, chaquira, canutillo y sobre todo pipas de
opio, marihuana y un *polvito* que reparten en las fiestas
que te pone feliz. En Hip 70 la luz es negra y los carteles
fluorescentes cautivan a Juan Coronel, a quien también le
fascina cómo se viste su hermana, que parece modelo y usa
chaquetas de retazos y minis irresistibles. Su abuela le enseña a coser, y sola Ruth se corta chamarras de mezclilla con
bordados de chaquira, tipo huichol, dibuja hongos y hojas de marihuana en sus camisetas. Su primer novio es un
hippie que vive de hacer cinturones de cuero; Ruth le ayuda con enorme pericia y juntos los venden en la Ciudadela.

Lupe Marín la invita a compartir su departamento
en Paseo de la Reforma pero antes de un mes comprueba
que Ruth María nada tiene que ver con su hija Ruth: «Tu
madre nunca me levantó la voz y aquí se hace lo que yo
digo». Al primer regaño, Ruth sentencia: «Me voy a vivir
con Lola Olmedo, ella sí es buena gente».

A los diez años Juan Coronel es un niño solitario encerrado en el Colegio Alemán. Juega solo con los ídolos pre-
hispánicos de Diego que Rafael conserva en huacales en
el estudio. Durante horas, el niño toma notas en un cuaderno que no enseña a nadie: «¿Qué haces ahí? Ve con los
vecinos a jugar futbol», aconseja Librada, que ve los ídolos con desprecio. «Están feos», le dice a Juan. Librada escucha boleros en la radio y el niño se aficiona a ellos a

tal grado que, ya mayor, escuchará como terapia «Aquellos ojos verdes» y «Toda una vida» porque, al igual que Librada, esas canciones le dan la certeza de que el amor existe y de que hay que besarse como si fuera la última vez.

Juan adora a su padre y justifica su desapego: «Mi papá es un pintor y los pintores solo se ocupan de su pintura». Una tarde, entre los huacales, a Rafael lo golpea la soledad de su hijo:

—Mira, Juan, no es que yo no te quiera ni sea cercano, es que a mí mis papás nunca me abrazaron y yo no sé hacer esas cosas.

Juan repasa los catálogos que veía con Ruth mientras su padre se dedica a una mujer pequeña y delicada, modelo en la Academia de San Carlos: Julia López. Desde que Rafael la vio en La Esmeralda recién llegado de Zacatecas y se quedó mudo ante su desnudez, Julia, con su pelo ensortijado y sus grandes ojos negros, se le quedó grabada.

La familia Rivera, enfurecida, le aplica la ley del hielo. Solo Lupe Marín llama a Juan Coronel:

—Oye, quiero hablar contigo muy seriamente.

—¿De qué, Guagua?

—¿Te das cuenta de que está viviendo una negra en tu casa?

Capítulo 43

JUAN PABLO, EL CONSENTIDO

Juan Pablo, que ha escogido la carrera de Ingeniería Química en el Tecnológico de Monterrey, visita a su abuela no solo los días en que reúne a todos sus nietos, sino dos o tres veces a la semana. La abuela lo recibe con una sonrisa: «Tú sí te sabes vestir. ¡Qué buena figura, qué bonito comes, qué buenos modales!». Solo discute con él si cambia de novia:

—Te pareces a tu abuelo Diego, te va a ir mal con las mujeres decentes.

—Guagua, no seas latosa.

Para ella, que el nieto le responda de ese modo es una falta de respeto. Dejan de hablarse durante tres meses pero cuando se reconcilian parecen madre e hijo.

Lupe no lo abraza ni lo besa pero él siente que es la mejor abuela del mundo porque con ella puede hablar de todo sin que nada la escandalice. Lupe, que nunca fue maternal, es una seda con el nieto mayor. Aunque impide que la abrace, su amor salta a la vista. En vez de pastel de chocolate le sirve el mejor caldo de pollo que pueda imaginarse.

Lupe Rivera, su madre, resulta más severa. Pendiente de que su hijo no repruebe una sola materia, lo amonesta: «No pases tanto tiempo con tu abuela y estudia más».

Cuando Juan Pablo era niño y cursaba la primaria y secundaria en el Colegio Alemán, su mamá le revisaba las tareas y lo castigaba si no cumplía. Ahora que es un joven, Juan Pablo añora la época en que su abuela lo llevaba al cine y a tomar un helado.

A Lupe Rivera le habría gustado que su madre tuviera con ella uno solo de los gestos que tiene con su primer nieto. Cuando Lupe Rivera va de vacaciones a Mérida, Juan Pablo insiste: «Invitemos a la Guagua». Madre e hija discuten por cualquier cosa y terminan peleadas: «Aquí hace un calor espantoso». «Tú quisiste venir, aguántate». Entre la espada y la pared, Juan Pablo explota:

—Basta, ustedes son mi madre y mi abuela y ya no quiero oírlas.

Con Juan Pablo, Lupe Marín habla de libros. Su nieto le lee en voz alta *La tumba*, de José Agustín; ella salta:

—Eres un inculto, ¿por qué pierdes el tiempo con esa porquería?

Lupe se jacta de sus autores: Dostoievski, Balzac, Chéjov, Shakespeare. Lo deja con la palabra en la boca y cuando Juan Pablo se propone leer *La comedia humana* el primer tomo se le cae de las manos: «Nunca alcanzaré a la Guagua». Al acompañarla al mandado observa que en la bolsa asoma el pasquín *Lágrimas, risas y amor* y otro de Yolanda Vargas Dulché:

—Guagua, ¿pero cómo? Tú que has leído todo Dostoievski y todo Balzac, ¿ahora compras pasquines?

—¡Solo es curiosidad!

Le preocupa que tome el camión o la combi: «Guagua, con las joyas que traes puestas, ¿qué tal si te asaltan?».

—¿A poco crees que algún hijo de la fregada se va atrever a ponerme la mano encima? Deja que alguien se me acerque y vas a ver cómo le va —se enoja Lupe.

Su presencia impone. Los usuarios del autobús miran con reverencia sus cadenas de oro y plata antigua compradas en el Monte de Piedad, sus gargantillas, sus perlas. Nunca le pasa nada, al contrario, es una diosa a la que le rinden pleitesía.

—Oye, tú, mira nada más qué cara traes, ¿qué hiciste? —pregunta Lupe a Juan Pablo, que la noche anterior festejó su cumpleaños en un cabaret—. ¿Cómo llegas así de crudo a comer conmigo?

—Fui al Club de los Artistas y salimos a las cinco de la mañana.

—Ah, fuiste al Leda.

—Sí, ¿cómo sabes?

—Hombre, ¡si yo iba ahí casi todas las noches!

—¡Mi abuela en el Leda! —Juan Pablo se lleva las manos a la cabeza.

Lupe invita a Juan Pablo a Francia, Inglaterra e Italia y presume:

—En París ceno en el Maxim's en la mesa que ocupaba Marcel Proust o en la del mexicano Pedro Corcuera, quien tiene una reservación todo el año.

La minifalda está en auge y Juan Pablo no sabe ni para dónde mirar. Las francesas pasan junto a su mesa y se detienen a sonreírle.

En el Maxim's, Lupe Marín ordena un pollo a la canasta y su nieto una *fondue*. A ella le interesa el beisbol: «El mejor es Jorge Orta, de Sinaloa». Heredó su afición de Jorge Cuesta, tan fanático que escuchaba el juego en la radio. Al lado de las francesas que cortejan a Juan Pablo, Lupe se refiere a las mujeres como *las gordas de México*.

Critica a medio mundo. A Juan Pablo le divierten sus ocurrencias pero le incomoda su tono despectivo:

—Guagua, para ti todo mundo es chaparro, prieto, horroroso, sietemesino, pelado o joto… Si tú tienes muchos amigos homosexuales…

Lupe lo interrumpe con ojos furiosos:

—Sí, pero cuando caen de mi gracia les digo jotos.

Después de comer y de ir al cine, caminan por la rue Royale al hotel; ella hace una siesta que se prolonga hasta la noche. A las ocho, Juan Pablo toca a la puerta de su habitación:

—Guagua, vamos a cenar.

—No, yo aquí me quedo…

—¿Qué vas a cenar?

Lupe abre su bolsa y le muestra la mitad del pollo a la canasta envuelto en una servilleta de papel:

—¡Qué locura! ¿En qué momento te lo volaste?

—Cuando fuiste al baño.

De regreso en México Lupe se entera de que *La Diegada* y otras sátiras de Salvador Novo acaban de recopilarse y las recomiendan de boca en boca: «A Diego y a Lupe los destroza». «Este Novo no deja títere con cabeza».

Furiosa, reparte una carta en las redacciones de *El Universal*, *Excélsior*, *El Nacional* y *El Día*. Ordena imprimir dos mil volantes. Llama a sus nietos y con voz perentoria les ordena: «Tomen cada uno un tambache y los distribuyen en la Zona Rosa».

Juan Pablo, el más tímido, pregunta: «¿Pero cómo, Guagua? Nosotros no sabemos hacer eso». «No seas tonto, a cada uno de los que pasen le tiendes un volante». Juan Pablo, Diego Julián, Pedro Diego y Juan Coronel se atemorizan. Lupe les grita: «¿Qué esperan? Cada quien tiene que escoger su calle: tú Niza, Juan Pablo; tú

Amberes, Diego Julián; tú el Paseo de la Reforma, córranle, qué esperan…».

Un hombre empieza a leer el volante que le entrega Juan Coronel y lo mira extrañado. «¿Qué te pasa, muchachito? ¿Quién te dijo que me dieras esto?». «Mi abuela», responde Juan apenado.

México, DF, febrero de 1971

Carta abierta y circulante para Salvador Novo:

No creas que al dirigirme a ti voy a usar un lenguaje soez y difamatorio como el que debes de esperar. ¡No! Eso te lo dejo a ti en exclusiva y al Marqués de Sade en el que toda tu vida te has inspirado.

Sabes muy bien que después de leer tu libro *Sátira* tendría el derecho de pisotearte; pero no, Salvador, no lo haré para no dar mal ejemplo a mi pueblo y a mis descendientes, pero sí de una manera pecaminosa deseo con toda mi alma que no mueras antes de que veas cómo vas a pagar tu osadía y tus blasfemias.

Qué injusto habría sido que yo hubiera muerto sin saber lo que de mí, de mis hijas y de Diego te atreviste a escribir. ¡No!, jamás calculaste a qué grado comprometías tu espíritu; y eso te sucedió por tonto, ególatra y libertino. También me alegro de que aún vivan algunos de la mafia Contemporáneos que orillaron a su líder a que se ahorcara y se sacara los ojos. Sé por qué odiaron tanto a Diego Rivera: porque su obra y su vida no fue la de un castrado y porque siempre tuvo un mensaje de amor para su pueblo que repercutió por todo el mundo. Tú sabes muy bien que si algunos de los Contemporáneos se casaron fue con el único objeto de pescar chambas y vaya si lo consiguieron; varios de ellos llegaron a personajes en las secretarías de Estado. Y dime, Salvador, ¿cuál ha sido el resultado positivo de su vida? Tú como cronista de la ciudad eres la injuria número uno para un pueblo ingenuo y humilde. ¿Y por qué esa superficialidad de criticar nuestra vida sencilla y pobre de Mixcalco de donde tú no salías? ¿Qué no sabes que el que vive con la verdad jamás es cursi? Cursis son tú y tus amigos que se reúnen a comer para no hablar más que de quesos y vinos importados. Y de lo que escribe la mafia sin faltas de ortografía, pienso que deben leer lo que escribe una nieta de Diego Rivera, de quince años, para que aprendan lo que es poesía. ¿Qué haría la pobre de tu madre si supiera que su hijo es un loco, soez, blasfemo, mercenario y ridículo? No olvides que hasta la muerte te recordaré maldiciéndote. Guadalupe Marín.

Capítulo 44

DIEGO JULIÁN, EL MÁS LEJANO

Perderse una película de Marcello Mastroianni es casi un desastre: «Es guapísimo. ¿Tú crees que tiene algo que ver con la chichona de la Loren?», pregunta Lupe Marín. Aunque a su nieto Diego Julián le encanta el cine como a ella, Lupe no siente por él afinidad alguna. Jamás lo llama Diego Julián sino Julián a secas.

El segundo hijo de Lupe Rivera es la antítesis de su hermano Juan Pablo. Lleva el pelo largo hasta los hombros y se presenta de mezclilla y tenis:

—Córtate esas greñas. ¡Qué camiseta más horrible! ¿Qué no puedes ser como tu hermano mayor? Rasúrate.

Cuando Diego Julián termina la prepa viaja con sus amigos a comer hongos alucinógenos a Huautla de Jiménez, Oaxaca. A raíz de una noche de delirio, el presidente municipal envía de regreso a *los muchachitos locos del DF*.

—Fuiste con tus amigotes, ¿verdad? Vas a quedar más idiota de lo que estás.

—Abuela, no te metas…

345

—Tú eres una alcahueta por permitírselo —le grita Lupe Marín a su hija.

Diego Julián se le va encima con el puño cerrado, pero Juan Pablo lo detiene:

—¡Atrévete! A mí nunca nadie me ha tocado —Lupe Marín se levanta como resorte.

Lupe Rivera hace todo con tal de no parecerse a Lupe Marín. A diferencia suya, es una madre cómplice que no interviene en la vida de sus hijos y mucho menos en sus noviazgos. Pantalones de mezclilla, camisetas, rolas y salidas la tienen sin cuidado. ¿Toda la noche esperándolos? ¡Ni loca! Juan Pablo y Diego Julián tienen su vida y a ella, la diputada, todavía la enamoran y la llaman mucho por teléfono. Cocteles y cenas se acumulan en su agenda de Hermès. Los años de psicoanálisis le han enseñado que vivir para los demás es una aberración. Lo que será, será. «Mi abuela es una dictadora», se queja Diego Julián, acostado con los pies en los cojines bordados del sofá de su madre. «¿Por qué no es como tú?». Lupe Rivera practica el *cada quien su vida*. «¿Sabes lo que eres tú? Una dejada y tu hijo Julián un grosero», reclama Lupe Marín. «Mi abuela es una metiche y una opresora», replica el nieto.

Lupe Marín y Diego Julián dejan de verse durante un año. Cuando Juan Pablo le cuenta a su Guagua que su hermano menor va a estudiar cine en el Centro Universitario de Estudios Cinematográficos de la UNAM, Lupe lo llama como si nada hubiera pasado:

—Oye, tú, vente a comer mañana.

Diego Julián comprende que hizo bien en ponerle un freno porque ya no critica su camiseta y su pelo largo. Solo le habla de películas y actores:

—¿Y tú cómo sabes tanto, abuela?

—Porque no me pierdo un estreno, pero las películas mexicanas son malas, me encantan las francesas…

—¿Por qué tanta devoción a Francia?

—Allá está la civilización. Francia dicta la moda del mundo entero.

—¿Ni siquiera aceptas a María Félix por ser mexicana?

—¡Ah, sí, ella sí, pero como persona! Como actriz es pésima.

Diego Julián alaba los tacos de camarón seco que Lupe le ofrece de botana. Reconoce que el ambiente de la casa en Reforma e Insurgentes es ordenado y limpio. El piso de madera siempre encerado, el tocador cubierto de perfumes importados y el olor a caldo de pollo dan una sensación de seguridad que lo tranquiliza. «Si no fuera tan enojona…».

Juan Pablo, el mayor, no juzga a su abuela, solo condesciende. «¡Ay, sí, la abuela y sus ocurrencias!». Diego Julián, influido por su madre, vive a la defensiva desde el momento en que toma asiento en la sala de Lupe Marín. Alerta, espera el ataque que invariablemente salta de entre los labios negros de la Coatlicue:

—Todos los mexicanos son unos tlaconetes desharrapados que no quieren trabajar, no saben vestirse, deberían ir a París a enterarse de lo que es saber vivir.

Diego Julián se entretiene hojeando la revista *Elle* de la que Lupe es suscriptora. Le encanta contemplar a las modelos en ropa interior: «¿Qué tanto miras?», lo reconviene ella.

Desde que su madre se divorció de Ernesto López Malo, Diego Julián visita a su padre cada fin de semana. A López Malo le divierte lo que su hijo le cuenta de Lupe Marín, y cuando se refiere a ella como *la metiche*, lo corrige. «Tu abuela es superior a muchos». «Mi abuela cree que en México el que no trabaja es porque no quiere». López Malo suspira: «¡Ah, qué Lupe!». Diego Julián extraña el olor a chiles tatemados, con gusto la visitaría si no fuera tan rabiosa.

—Julián, vamos al cine —lo llama Lupe Marín y Diego Julián le cuenta del CUEC.

—Deberías producir tu propia película.

—Para eso se necesita mucho dinero, abuela.

Desde que se alejaron por culpa de los hongos de Huautla de Jiménez, Lupe sabe que el carácter de Diego Julián es totalmente distinto al de su favorito, Juan Pablo.

Lupe Rivera cría sola a sus dos hijos, aunque Gómez Morín y López Malo pagan escuela y manutención. Juan Manuel y sus padres procuran a Juan Pablo y el muchacho es piedra de toque en la calle del Árbol en San Ángel.

—Guagua, ¿por qué eres tan peleonera?

Lupe discute con sus nietos, con sus hermanos, a quienes no trata hace años, y sobre todo con Lupe, su hija, que declara abiertamente que su madre la ha traumatizado. Solo el psicoanálisis le permite sobrevivir y decide que la única solución es separarse de ella.

«La capacidad de destrucción de mi madre no tiene límite».

El 13 de enero de 1974 Lupe Marín se entera por radio de la muerte de Salvador Novo: «Al fin voy a descansar de tu veneno», repite, y la prensa se deshace en elogios al cronista de la Ciudad de México que la sacan de quicio: «Ese individuo era un desgraciado, un canalla, un cortesano», informa a su nieto Diego Julián.

Cuatro meses más tarde, el 13 de mayo, el suicidio de Jaime Torres Bodet escandaliza a todos. Don Jaime se da un balazo frente a su escritorio y ni siquiera le deja un mensaje a su mujer, Josefina. Su viuda explica: «Ya no tenía a quién mandar, solo a mí». La prensa reconoce que fue un mexicano universal. «Puso muy en alto el nombre de México». El dos veces secretario de Educación, el que tanto se preocupó por enseñar a leer, el mil veces ministro, el de «Veinte millones de mexicanos no pueden estar equivocados», el embajador de México ante la ONU, el que todos respetaban, atentó contra sí mismo.

A pesar de la insistencia de Sergio Galindo, director de Bellas Artes, Lupe se niega a asistir al homenaje: «Traté a Jaime y no tengo nada contra él, pero los suicidas me aterran». Ahora el único vivo de los Contemporáneos es Carlos Pellicer.

Con el paso de los años los Contemporáneos palidecen. Pocos los recuerdan, menos los estudian y muchos coinciden con Efraín Huerta: «En aquel tiempo los Contemporáneos estaban satisfechos de su obra, amenazaban a medio mundo con sonetos satíricos, se disculpaban de la desorientación ambiente, y decían estar "perfectamente sincronizados con el ritmo de los meridianos". La verdad es que fue escasa su aportación. Con su conocimiento de lenguas, su sensibilidad y su cultura nos dieron —y ya es tiempo de acusar recibo— una serie de trabajos de la cual, dignamente, solo un diez por ciento debemos considerar como valiosa».

Capítulo 45

RUTH MARÍA, LA ÚNICA NIETA

Desde que su nieta Ruth María vive con Lola Olmedo, Lupe afirma que no volverá a recibirla, pero apenas la llama olvida su resolución: «Guagua, no tengo zapatos». «Vente mañana, vamos a El Palacio de Hierro». Durante el trayecto, Lupe echa pestes contra Lola Olmedo: «Es una cabrona». Ruth guarda silencio porque su abuela es el último lazo que la une a su madre.

—Guagua, yo te adoro.

—Escoge ya lo que te vas a llevar —responde Lupe con brusquedad y sin dejarse abrazar.

Ninguna habla de Ruth o de Rafael Coronel, Lupe detesta remover heridas:

—Vente a comer.

A su única nieta le encanta ver el gran estilo con que su abuela se mueve en la cocina. Cada vez que sazona un guiso o abre un frasco de especias, oficia un rito. Lava cada cuchara, cada cacerola diez segundos después de usarlas, la cocina respira armonía. Lupe ofrece un mundo muy parecido al dicho: «Todo cabe en un jarrito sabiéndolo acomodar», y Ruth María, consciente de la atmósfera, inquiere: «Guagua, ¿meditas cuando cocinas?».

—Mira, la mantequilla solo la usas para los tacos de crema. El aceite siempre tiene que ser de oliva, poquito, pero de oliva. Los frijoles se fríen con leche y aceite de oliva.

—Ahora dime cómo haces esos huevos revueltos que a nadie le salen como a ti…

—Es fácil, pones tantito aceite de oliva a fuego lento; ya que está caliente tu sartén echas los huevos como si fueras a estrellarlos, cuando se pone blanca la clara le echas un cuadrito de mantequilla y al derretirse espolvoreas tantita sal de grano y bates los huevos rápido, rápido, rápido…

—¿No echas los huevos ya batidos?

—No.

Lupe todo lo hace distinto a los demás; si Ruth le pregunta cómo logra tanta elegancia, se pone de pie, camina hacia su nieta y amarra su cinturón con tanta fuerza que casi le saca los ojos:

—Mira, la elegancia está en traer la cintura bien apretada y en lucir zapatos impecables. Eso es elegancia: zapatos boleados y cintura ceñida.

Asistir a las pruebas de sus amigas Lourdes Chumacero, Carmen del Pozo o la pintora Martha Chapa es una inolvidable lección de cultura. Lupe clava los alfileres: «¡Ay, Lupe, ay!», y finge no darse cuenta de que pica a Lourdes Chumacero. «Párate bien. Levanta el cuello, no te encorves. Camina para allá, pero no así, derecha. Mira cómo lo hace mi nieta. Ruth, ven acá, a ver, enséñale a caminar». Ruth adelanta un pie con gracia.

Los vestidos que le cose Lupe a su nieta le caen de maravilla. «¿Qué te pasa, abuela? Eso duele», protesta si la pica. «*Il faut souffrir pour être belle*», afirma Lupe en francés.

—Guagua, ¿por qué me cortas el vestido con una talla menos?

—Para que sumas la panza. Con los vestidos largos, los de noche, debes recogerte el pelo para que se te vea la nuca y ese cuello largo que te favorece. Durante el día, puedes traerlo suelto.

Con sus dedos largos, Lupe recoge los cabellos de su nieta. Después Ruth peina a su abuela, amarra la mata negra en la nuca. «Qué preciosas orejas tienes, Guagua. El negro de tu cabello hace resaltar el color de tus ojos. ¡Qué ojos! Nadie en el mundo tiene tus ojos». «Ándale, ándale, lambiscona». De que Ruth María la ama salta a la vista y Lupe gruñe para esconder lo que siente.

—¿No tienes a quién querer, verdad, loqueta? Mejor ponte a planchar.

Parada en el umbral de la puerta, vigila cada movimiento de su nieta que toma con las dos manos el cuello del vestido:

—¡Cómo serás de bruta! A ver, quítate. Se empieza por la falda, lo más fácil, y se va subiendo hasta llegar al cuello. ¿Qué tan caliente está tu plancha? A tu abuelo yo le planchaba sus camisas y con la Garrapiñita andaba bien descuidado...

A Ruth le encanta una pintura de Soriano que Lupe colgó en su recámara. Es un toro iluminado por la luz de los faros de un automóvil. «Puedo mirarlo durante horas enteras de tanto que me gusta», exclama Ruth.

—Una noche, camino a Acapulco, Juan y Diego de Mesa casi se estrellan contra ese toro negro acostado a media carretera. Juan iba manejando y se impresionó tanto que el toro se le volvió un sueño recurrente, o a lo mejor una pesadilla, y para librarse de ella lo pintó. ¡Por ese toro Juan nunca volvió a manejar!

—Es poético y atroz a la vez.

—Mira, usaste una palabra que usaba Cuesta: atroz. ¿Qué sabes de poesía, Ruth?

—Guagua, te he dicho que a mí me fascina la poesía. Muero por López Velarde. Yo escribo poesía.

—¿Y has leído *Crimen y castigo*? Porque antes de escribir tienes que conocer a Dostoievski.

—Guagua, a todos les preguntas si han leído *Crimen y castigo*, como si fuera la Biblia.

—Es mucho mejor que la Biblia.

Ruth acaricia las tapas gastadas del libro, sus páginas como sudarios de tan leídas, y sin más abraza a su abuela, tan alta como ella, tan delgada como ella: «No, Guagua, de que lees, lees». Ruth es la única a la que Lupe le permite entrar al costurero. «Sáquese de aquí», le ordena a su adorado Juan Pablo porque le aterra que vaya a tocar algo, pero esta muchacha es lo único que le queda de Ruth aunque no se explique cómo puede ser poeta alguien que no ha leído a los clásicos.

—Guagua, también escribo cuentos.

—Muéstramelos, quiero leerlos.

A la semana, Ruth María aparece con un cuaderno escolar y le lee «La muerte del rey», lleno de fantasía y sentido del humor. Lupe se lo presume a Martha Chapa. A partir de ese día la abuela pregunta: «¿A ver, qué traes hoy?», y cuando la nieta le tiende su cuaderno, ordena: «Lee tú, porque yo no entiendo tu letra horrorosa». Ruth María lee y acepta confiarle su cuaderno. Lupe transcribe el cuento a mano. Si Ruth reclama sus hojas, Lupe responde, contundente:

—Las rompí.

—Guagua, era mi cuento.

—Pues escribe otro.

Ruth se acuesta en la cama de Lupe o se tiende a sus pies. Se convierte en una Scheherezada que mantiene embelesada a la temible sultana. «Tienes voz de serpiente». Así, abuela y nieta olvidan el mundo, la muerte de Ruth, la soledad y el dolor que cada una oculta.

—Guagua, vamos al cine, invítame, anda.

2001 Odisea del espacio de Stanley Kubrick las entusiasma.

—Vente a Cuernavaca, Pipis.

Ruth llega con una minifalda, se desviste y se echa desnuda a la alberca. Cuando sale, encuentra a Lupe tijera en mano haciéndola pedazos:

—¿Qué haces? Me la trajo mi papá de Nueva York... Es lo único que me ha traído en su vida.

—Aquí, conmigo, no vengas en esas fachas.

Ruth busca *La Diegada* de Novo en el librero.

—¿Qué te pasa, mocosa? ¿Cómo voy a tener esa mierda? ¿Cómo se te ocurre hablarme de ese maricón? Después de leerlo lo hice pedazos.

—¿Por qué?

—¿Cómo que por qué? ¿Cómo voy a guardar esa porquería?

—¿No guardas cartas del abuelo?

—Nada, nada, no preguntes tanto.

Las pechugas a la vinagreta son las favoritas de Ruth María. Cada vez que su Guagua la invita a comer le pide la receta: «Es un secreto». ¡Qué bálsamo para Lupe la voz de la Pipis dentro de la casa y la presencia de esa linda muchacha que camina los pasos que ella ha perdido, los pasos que nunca dio y se lanza a sus brazos como ella nunca se atrevió a hacerlo con su madre, Isabel Preciado!

«Ruth, quédate a vivir conmigo, comerás a tus horas, yo sé lo que te conviene, mírame a mí. No tienes que ir a ninguna parte porque la gente es mala, si te busca es para hacerte daño. La gente…». Aunque no se lo demuestre, Lupe idolatra a Ruth María.

—¡Ay, Guagua!

Ruth ya ha elegido a Lola Olmedo, más glamurosa, más mundana, más consentidora, su casa enorme, las habitaciones iluminadas y llenas de muebles antiguos, la sala repleta de cuadros de su abuelo y de invitados que noche tras noche la alaban, qué alta, qué bonita, qué lista, qué bien vestida, los vestidos escotados, los tacones altos, la champaña y las cerezas en una gran fuente de plata, regalo de Carlos Trouyet. Todos se le rinden. «Yo conocí a Ruth, tu madre». Confirman que es tan bella como la hija favorita de Diego. «Tú también habrías sido su consentida, una Rivera de cepa, digna de su abuelo».

Ruth María Alvarado tiene apenas diecisiete años cuando opta por vivir con Lola Olmedo. Áspera, Lupe se vuelve un monolito, su gran boca oscura la amenaza: «¡Estás loca de remate! ¡Es lo peor que podrías hacer, vas a ver en los líos en los que te va a meter esa gánster!». Lola solo tiene palabras de alabanza para la adolescente: «Qué guapa eres, qué inteligente, tu abuelo estaría orgulloso de ti, ahora mismo te pintaría de cuerpo entero; te pareces a tu madre, ¡ah, cómo quería el maestro a tu madre, era todo su amor, quizá su único gran amor!».

Además del apoyo, Lola sabe dirigir el enorme caserón de La Noria en Xochimilco y es fascinante abrir la ventana a un tapete verde interminable sobre el que se lucen seis pavorreales. «¿Quieres desayunar cerezas?». Lola es la mujer más poderosa del planeta y a Ruth María le concede todo. Levanta la vista para saludar a *la única nieta del maestro*

—como la presenta con todos— y en su mirada de mujer ejecutiva hay don de mando. Ruth admira al que se impone, al glamuroso, al que triunfa. Cuando Lola Olmedo, chaparrita y de pelo estirado, entra a algún sitio, los demás se hacen para atrás: «Lola sí sabe vivir. Con mi Guagua tengo que dormirme a las seis de la tarde».

Capítulo 46

PEDRO DIEGO, EL PINTOR

Después de la muerte de su madre, tampoco Pedro Diego Alvarado soporta vivir con Lupe Marín. Casi tan alto como su primo Juan Pablo, la frente amplia y despejada, esconde su timidez tras una sonrisa: «Tienes las manos de la Guagua», le dice su hermana Ruth. Si se levanta tarde, Lupe lo regaña: «Eres idéntico a Antonio Cuesta, nunca vas a hacer nada en tu vida». Prefiere irse con su padre aunque tenga otra mujer. No se atreve a reconocer ni a decir en voz alta que quisiera ser pintor hasta que Lupe Marín le regala un catálogo con dibujos de Henri Cartier-Bresson.

—¿Cómo vas a ser pintor con semejante abuelo? —se burla Lupe.

—No le hagas caso. Vence tu miedo y vete a París —lo apoya Alvarado, su padre.

—Tú no eres nadie, ¿qué vas a hacer en París? —insiste Lupe.

A pesar de su enojo, recomienda a su nieto a Cartier-Bresson, quien ve entrar a su casa a un muchacho tímido que lo obedece en todo con un enorme respeto. «Bastante hace Cartier-Bresson con tenerme en su casa». Pedro Diego se esmera por ser invisible y no molestar. Aprende a dibujar en L'École des Beaux-Arts y enseña sus dibujos a Henri Cartier-Bresson, quien corrige, aconseja y a veces lo alienta.

A los cuatro meses Pedro Diego se muda a la Cité Universitaire, allá lo alcanza Juan Coronel: «Mira, Juan, no te voy a estar cuidando. Esta es tu habitación, tú haz tu vida».

El hermano menor pronto recorre París con amigos de aquí y allá. Juan descubre las excelencias del vino francés y las parrandas terminan a deshoras. A la mañana siguiente se avienta al césped del Parc Monceau para dormir la mona y se quita la camisa; de cara al sol, cierra los ojos y de pronto, para su horror, escucha la voz de su abuela que lo parte como un trueno ya que llegó de México sin avisar:

—¡Eres un mugroso *clochard*! ¿Eso viniste a hacer aquí? ¡Tu abuelo a tu edad ya era cubista, y verte tirado en el pasto es mi peor vergüenza! ¡Seguramente estás hasta marihuano!

—Guagua, cálmate. ¿Cuándo llegaste?

—Eso no te importa, ahorita mismo voy a hablar con tu papá.

Lupe da media vuelta y lo deja aterrado. Cuando Juan regresa, la conserje le informa que su padre dejó un mensaje: «Llámame cuanto antes».

—¿Qué estás haciendo, desgraciado? Mañana mismo te regresas a México.

—Rafael, no pasa nada, la Guagua exagera.

—Mañana te quiero aquí.

Juan regresa a México y Lupe se tranquiliza: «Así va a aprender a no andar de vago».

Ahora a ocuparse del otro nieto iluso que pretende ser pintor. Con él recorre varias salas del Louvre y en los días que siguen visitan galerías de arte. Apenas entran, las miradas se concentran en Lupe y los *marchands* preguntan quién es. Parte plaza con su elegancia y su seguridad en sí misma, sus comentarios. Los demás callan para escuchar.

Su nieto descubre en ella una faceta desconocida: su sensibilidad ante la pintura. «Mi abuela sí sabe». De tanto oír a Diego ahora conoce a fondo a Cézanne, explica la pastura de sus naturalezas muertas; también pondera lo mucho que Van Gogh dependía de su hermano Theo y cómo lo cuidó el doctor Gachet. A Lupe le desagrada el decadentismo de Gustave Moreau y en Matisse no ha encontrado nada que la emocione salvo su *Cortina amarilla*.

Visitan el Jeu de Paume y escogen la sala de los impresionistas: «Te voy a mostrar un perro rojo», dice y lo sienta frente a Gauguin. «Aquí molesta el reflejo de la luz del pasillo, párate allá». Pedro Diego permanece durante horas frente a *La casa del ahorcado*. ¿Cómo una casita así puede ejercer tanta influencia? Podría haberla pintado un niño. Será porque le hace pensar en el ahorcado.

—Mira, tú, ese cuadro influyó en Siqueiros.

—No le veo nada en común con Siqueiros.

—Puede parecerte un misterio pero te digo que influyó en él.

Gracias a una fabulosa beca de Televisa, Juan Soriano pudo comprarse dos departamentos en el Boulevard Bonne Nouvelle que su amante Marek Keller convirtió en un palacio. La eficacia de Marek lo abarca todo. Albañiles venidos de Varsovia, de Cracovia, de Sopot, tiran muros, levantan plafones, abren ventanas, convierten piezas diminutas en salones de baile. La estrategia de Marek es insuperable y los trabajadores polacos —mucho más baratos que los franceses— obedecen sus órdenes al pie de la letra.

Soriano invita a Pedro Diego y le presume el retrato de Marek desnudo atado a una estaca a la mitad de una plaza de toros: «¡Ay, Guagua, puros Mareks encuerados! Yo no le veo el chiste».

Como si fuera un estratega, Marek sabe a quién invitar y rendirle pleitesía, cautiva a los posibles compradores y, ante todo, sabe cobrar. Antes, Juan Soriano cambiaba un cuadro por un suéter. «No, Juan, ya no. Nada de que tú me pintas y yo te regalo mis calzones».

Pedro Diego acompaña a Lupe a pie a su hotel en Godot de Mauroy porque prefiere caminar. También en la Ciudad de México va del Paseo de la Reforma al mercado Juárez y a casa de amigos en la colonia Roma, en la Condesa, y en otras aún más alejadas como Coyoacán. Eso sí, para ir al Monte de Piedad del Zócalo sube al transporte colectivo.

—Acércate a Soriano porque es buenísimo para las relaciones públicas —aconseja Lupe a Pedro Diego.

—El bueno es Marek, Guagua, admiro a Juan pero lo que está pintando es una pendejada.

—No importa, tú acércate a él.

—Para mí es muy difícil seguir a alguien que no me gusta.

—Además de pretencioso, eres un idiota —se enoja Lupe—. ¿Quién te crees? ¿Diego Rivera?

—No soy Diego Rivera pero tengo mi opinión y tampoco soy un idiota.

Guardan silencio durante el trayecto al hotel pero cuando Lupe está a punto de dormirse suena el teléfono de su habitación: «Guagua, perdóname».

Lupe regresa a México. Para sorpresa de Pedro Diego, dos semanas más tarde lo llama Aline Mackissack, hija de Chaneca Maldonado: «Traigo un dinero que te envió tu abuela». Durante cuatro meses recibe sobres con dinero hasta que en la última carta Lupe anota: «Fíjate que ya no te voy a mandar dinerito porque ya no tengo nada que vender de Soriano».

Dos años más tarde, Pedro Diego regresa a México con una técnica propia, un excelente manejo del color y una inclinación definitiva por las flores y los frutos. Se instala en un cuarto rentado en la calle de Congreso, en Tlalpan. Gabriela Orozco, hija de su tía María Marín y Carlos Orozco Romero, le ofrece exponer en su galería:

—Estoy muy nervioso —le confiesa a su prima Gaby.

Invita a su abuela y a sus amigos. Un reportero de *Excélsior* lo entusiasma con una entrevista y a la mañana siguiente el encabezado del periódico lo deja mudo: «El nieto de Diego Rivera también pinta». ¡Qué cubetazo de agua helada! ¿Así que eso es él? ¿El nieto? Por más advertencias de Lupe, es la primera vez que se enfrenta a su realidad.

En casa de Henri Cartier-Bresson, en París, nadie lo asociaba con Diego; en México es *el nieto de*. ¿Vale la pena seguir adelante? Recuerda que Ruth comentó alguna vez: «Nada crece a la sombra de los grandes árboles».

—No flaquees —lo consuela Lupe—, ya estás encarrilado. Si te fijas en lo que dicen nunca lograrás nada. En México van a hacer todo lo posible por destruirte, este país es un nido de víboras y de alacranes.

—¿Por qué?

—Huitzilopochtli. Así es México. El joven novelista Carlos Fuentes me lo aseguró. Si logras sobresalir, apenas vas subiendo se cuelgan de ti las pinzas de los cangrejos para jalarte hacia abajo. Me contó que mientras a él lo entronizan en Europa y Estados Unidos, aquí lo hacen pedazos.

Abuela y nieto discurren también acerca de los zapatos Bally, que Lupe idolatra y a los que él debería aficionarse. La conversación gira en torno a cómo vestirse y en lo payo que es Mexiquito, lo corriente de las mexicanas con su sopita de fideos. ¡Qué ignorantes, qué cursis! «Mira lo que es la comida francesa, cuánto refinamiento, cuántos siglos de cultura detrás de cada platillo».

—¡Ay, abuela! A mí me encanta el mole de puro chile cascabel.

—Así no vas a llegar muy lejos.

—Guagua, tu comida es tan sabrosa que me hace pensar en la pintura de Carlos Mérida.

—¿Carlos Mérida? ¡Dios me libre!

—Es que él con unas cuantas líneas lo dice todo y tú con dos o tres condimentos también.

Cuando Pedro Diego le pregunta por la foto que Cartier-Bresson le tomó desnuda de pie, enseñando el trasero, Lupe se enoja:

—¿Él te contó? ¡Qué indiscreto!

—Pero, Guagua, fue hace mil años, ¡muéstramela!

—Estás loco, la rompí.

Ahora que es una mujer de más de setenta años, con nietos adolescentes, la embarga un pudor desconocido. Sus opiniones sorprenden a sus amigas. «¡Qué buena es la vejez porque te aleja de los tormentos de la carne!». Enterarse de que una mujer mayor tiene un amante la enfurece: «No entiendo cómo esas viejas calientes todavía piensan en algo tan inútil». Hace tiempo que ella renunció porque una mañana, después del baño, abrió su bata frente al espejo, miró sus pechos, a punto de venirse sobre la cintura, las células muertas de su vientre, los humillantes huesos de la cresta iliaca, los flancos desgastados, las piernas minadas por finas telarañas azules, y dijo con su voz catedralicia: «Nunca más un hombre». Desnuda, se juró a sí misma: «Nunca más, nunca más», pero su juramento no le impidió soñarse revolcada en un petate en los brazos de Marcello Mastroianni. ¡Qué noche!, y el amor la dejó tan agotada que decidió no levantarse de la cama.

Pedro Diego pasa la mayor parte de su tiempo con ella en el departamento de Reforma o en la casa de Cuernavaca. Le habla de Sylvie, su novia de París, y le confiesa que muere por verla. «Novias encontrarás en todas partes», responde Lupe. Discutir con ella es exponerse a quedar hecho pedazos.

—Guagua, dentro de una semana viajo a París y quiero despedirme de ti.

—Vente a comer mañana.

Apenas le abre la puerta, Lupe vuelve a lo mismo:

—Allá siempre serás un pintorcito de segunda, nunca un Diego Rivera…

—Guagua, déjame en paz, no quiero ser Diego Rivera, quiero pintar. O me respetas o me voy…

—Muy bien, comes y te largas porque no quiero volver a verte en mi vida.

Lupe es una furia alta y amenazadora. Le sirve a su nieto unos tacos dorados con crema que él mastica en silencio mientras se le escurren las lágrimas. Lupe, impasible, lo ignora. Cuando termina de comer, Lupe levanta la mesa y se va a su recámara. Pedro Diego, confundido, lava los platos, el rostro mojado, alucina; el llanto se confunde con el jabón, los restos de crema, la salsa. Las lágrimas no solo brotan de sus ojos sino de sus sienes, lágrimas pesadas de detritus como charcos viscosos.

Cuando termina de lavar pasa frente a la recámara de su abuela y la ve acostada, las manos cruzadas sobre el pecho. Sin pensarlo dos veces la asocia con la Virgen de Guadalupe, hasta percibe una aureola dorada en torno a su cabeza. Se arrodilla a sus pies, le pide su bendición y ella lo mira extrañada:

—¿Sabes?, Jorge Cuesta me quiso dejar y no pudo. Se castró, se sacó los ojos y se ahorcó.

Sin haber probado una gota de alcohol, Pedro Diego la ve de pronto transformarse en la Coatlicue. Un halo negro rodea su figura yaciente y un túnel tenebroso lo jala hacia ella. Las serpientes de su falda, las serpientes sobre su vientre, las que salen de sus ojos se mueven, la vida y la muerte ondulan en sus largos brazos, en sus piernas morenas e interminables, en sus ojos verdes de víbora de cascabel que ahora lo desafían. «No, abuela, no me ahorques». «Abuela, soy joven, estoy buscando, voy a embarcarme, no puedo morir». Tras de Lupe es fácil escuchar el reventar de una ola, luego otra, ¿o será el ruido de un cuerpo que se vacía? A punto de ahogarse, Pedro Diego sale corriendo del departamento, fuera del tiempo y el espacio, conduce su coche sin rumbo enceguecido por el llanto hasta que logra estacionarse frente al Museo de Arte Moderno, a la sombra de los ahuehuetes de Chapultepec, sin saber cómo llegó: «Aquí me quedo, no puedo respirar».

Recorre el museo, se detiene frente a la *Hacienda de Chimalpa* de José María Velasco, y durante más de una hora mira de pie el cuadro, memoriza cada hoja pincelada, cada pastito pincelado, cada nube, y de pronto, sin buscarlo, entra dentro de la pintura. Cruza la puerta, camina entre los muros de adobe de la hacienda, escucha el *cor cor cor cor* de un guajolote, puede palpar en su rostro la nieve de los volcanes. La muerte de Jorge Cuesta lo obsesiona: «Yo no me voy a suicidar como él, no me voy a suicidar, no me voy a suicidar». Escucha la voz que sale de una gran boca de gajos negros: «Ahórcate, ¿qué haces sobre la Tierra?».

Al regresar a su departamento en Tlalpan, ya fuera de sí, saca al patio libros, fotos, dibujos, cuadros, cartas, las sábanas y cobijas de su cama, la almohada y les prende fuego. Arrodillado, el humo lo asfixia hasta que su tesoro, reducido a cenizas, se desvanece.

La luz del amanecer lo regresa a la realidad. Sube a su coche y se refugia en la iglesia de San Agustín de las Cuevas. Llora desconsolado frente a un Francisco de Asís casi desnudo.

Deambula sin saber adónde ir. En la Librería Británica, en avenida de La Paz, se exponen unos dibujos suyos. Ahí encuentra a Carmina Díaz de Cosío y a Gabriela Carral, responsables de la exposición:

—Oye, estás verde, ¿te sientes mal? —se impresiona Carmina.

—Me siento pésimo.

En el Sanatorio Cedros le ponen una sonda directa al estómago: «Tiene paralizados los intestinos», informa el médico. Pedro Diego vomita todo lo que comió con su abuela veinticuatro horas antes:

—No digirió nada pero por fin reaccionó —los tranquiliza el médico.

Lo dejan internado y Carmina de Cosío se encarga de avisarle a Ruth María que aparece de inmediato: «¿Qué te pasó, hermano?». Pedro Diego le cuenta y Ruth María se enfurece con Lupe: «¡Maldita vieja!».

—Llama a Air France y cancela mi vuelo.

El suero pasa gota a gota y lo va limpiando de sus demonios.

A los tres días, Pedro Diego sale con una depresión brutal. Por consejo de su primo Diego Julián inicia sesiones de psicoanálisis: «Usted no puede vivir solo», es el primer consejo del médico. Diego Julián lo lleva a su casa en la esquina de Calero y Altavista, en San Ángel. La compañía de su primo hermano, apasionado del cine, es un bálsamo. «Ándale, tócame "La llorona"». Pedro Diego toma su guitarra a la menor provocación y se sienta a su lado; su primo no lo suelta y ese solo canto lo alivia y sale lentamente del pozo del miedo.

Intenta volver a la pintura pero le es imposible trazar una sola línea. «¡Maldita vieja! Me quemó el cerebro y ahora ni manos tengo». Sus amigos lo sostienen; el arquitecto Caco Parra, que reúne vigas, herrería y ladrillos de las demoliciones para levantar casas extraordinarias, lo invita a Guanajuato y allá conoce a Jesús Gallardo, un paisajista:

—Ándale, píntame una vista de Guanajuato.

Lupe Marín, la abuela, lo llama por teléfono pero él se niega: «Dile que salí, solo escuchar su voz me enferma».

Dos meses más tarde, quien viaja a Francia es su abuela. En París, Lupe informa a Cartier-Bresson y a todos sus amigos que Pedro Diego perdió la brújula y no regresará jamás.

De vuelta en México, cita a todos los nietos en su casa de Cuernavaca para darle a cada quien su regalo como acostumbra cada vez que regresa. Pedro Diego se niega a ir y Diego Julián le lleva un catálogo de Modigliani.

—Toma, yo lo quería pero la abuela dijo que era para ti porque tú eres pintor.

—¡Híjole! Por fin acepta mi vocación.

El obsequio es una tregua y la llama para agradecérselo: «Vente mañana». Como acostumbra, Lupe lo trata como si nada hubiera sucedido. Pedro Diego evita hablar de pintura, es ella quien lo encara:

—Mira, si vas a ser pintor, hazlo, pero encuentra tu propio estilo. No permitas que Diego Rivera te devore.

Capítulo 47

JUAN CORONEL, EL TRANSGRESOR

La relación de Lupe con el menor de sus nietos es distinta a la que tiene con los demás. Juan Coronel la trata como igual así como a su padre, a quien nunca le dice papá sino Rafael. A él, Lupe lo llama «Juan Coronel».

A las cinco de la mañana la abuela se levanta, prepara un café muy negro, lo toma con dos cuernitos «como los franceses», y prende la radio para escuchar *La tremenda corte* con el cómico cubano *Tres Patines*. Juan, que acostumbra levantarse tarde, se adapta al ritmo de la abuela. Despertarse con el olor del café y el sonido de la radio es una novedad agradable.

—Guagua, ¿por qué te gustan tanto los cuernitos?

—Me recuerdan a los *croissants* a los que me acostumbré en París.

Sentarse a la mesa a tomar café casi a oscuras con su abuela es algo nunca visto. Aborrece que Lupe lo obligue a hacer su cama y a ayudarle a barrer y a lavar trastes, pero cuando le ordena: «Ponte a trapear», obedece, levanta la jerga y la exprime.

A su madre no se le habría ocurrido jamás ordenarle que trapeara la cocina o el baño; desde niño tuvo nana, chofer y una mucama a su servicio. En cambio, Lupe Marín barre, limpia, sacude, hace camas, lava la ropa, va al mercado y guisa como los ángeles.

Desde la muerte de Ruth, Juan Coronel se hizo a la soledad, pero también buscó y encontró sus compensaciones lejos de los Rivera porque su tía Lupe no quiere verlo ni en pintura. Ruth María se convierte en el escándalo de la familia no solo los martes, día en que los cinco comen con la abuela, sino durante toda la semana.

Juan Coronel entra a la casa de su abuela y se encuentra con dos cómodas de cedro cubiertas de fotos familiares. Cada nieto se encarga de actualizarlas en su marco de la platería Tane y a Juan le llama la atención una de Antonio Cuesta: «¿Y ese quién es?». «No te importa», esquiva Lupe la pregunta.

El cartero toca a la puerta y en cuanto Lupe voltea el sobre y lee el remitente, hace pedazos la carta:

—¿Quién es, Guagua?

—No seas metiche.

Lupe va a la cocina y Juan Coronel recoge el sobre y en un fragmento de papel aéreo lee: «Lucio Antonio Cuesta». Le pregunta a Diego Julián: «Ah, ese es el hijo de mi abuela con Jorge Cuesta».

¿A poco su abuela se casó con otro además de Diego Rivera? ¿Quién es ese Cuesta? ¿Por qué nadie lo menciona jamás? Vuelve sobre el tema con Diego Julián, el primo con el que mejor se lleva: «No sé mucho, la abuela se casó con el padre de Antonio, luego se separaron y él se suicidó». Pregunta a su hermana Ruth: «¿Sabes algo de Jorge Cuesta?». «No se lo vayas a nombrar a la Guagua porque te corre». ¿Por qué tanto misterio? En la preparatoria, su maestro es aún más parco: «Es un poeta maldito, dedícate a otro».

Juan Coronel se obsesiona y busca poesía de Cuesta. Por fin descubre un librito delgado aún sin abrir. «Jorge Cuesta nació el 22 de septiembre de 1903 en Córdoba, estado de Veracruz. Murió en la Ciudad de México el 13 de agosto de 1942. Estudió Ciencias Químicas. Perteneció al grupo literario Contemporáneos y en 1928 publicó *Antología de la poesía mexicana moderna* y el plan *Contra Calles (crítica sobre el Artículo 3° Constitucional)*. Colaboró en *El Universal*, en la revista *Examen* y en muchos periódicos de la capital». Con el primer cuchillo que se encuentra abre el libro y lo cautiva la introducción de Elías Nandino: «Jorge Cuesta era completamente ajeno a su cuerpo [...]. En él se adivinaba la encarnación de algún trágico personaje de Dostoievski. No era criatura humana ni inhumana; más bien un rencor pensante que pisoteaba a sabiendas la vida».

El primer poema le parece una fórmula química incomprensible. Años más tarde, en la Facultad de Filosofía y Letras, su maestro Salvador Elizondo lo introduce al *Canto a un dios mineral* y le cuenta la muerte de Cuesta con un sinfín de detalles morbosos. Entonces comprende el silencio de Lupe Marín y concluye como Salvador: «Era el mejor de los Contemporáneos».

Si llega a media mañana a visitar a su abuela la encuentra sentada junto a la radio, ávida de noticias.

—Guagua, déjame regalarte una tele...

— Ni quiero ni me hace falta.

Juan Coronel olvida la televisión y es ella quien se la pide.

—¿Y eso?

—Van a transmitir el juego de beisbol y quiero verlo.

A Juan le fascina escucharla. A pesar de que sus tíos Coronel son sastres como lo fue Pedro Coronel, siente que su abuela lo introduce al mundo de la elegancia.

—Guagua, ¿tu estilo es Christian Dior?

—¿Todavía no te das cuenta de que mi estilo es Lupe Marín? —se irrita.

—¿Por qué usas esos moñotes en el cuello de tus blusas?

—Porque al fijarse en el moño la gente olvida mi joroba.

Por su altura, las hermanas Marín tienden a encorvarse y a quien más se le nota es a la bellísima Isabel: «Mi tía casi toca el suelo con la cabeza», informa Juan, y Lupe cambia de conversación. «La odio». Peleada a muerte con sus hermanas, Lupe no le dirige la palabra ni a Carmen ni a María, mujer de Carlos Orozco Romero. Para Juan Coronel resulta incomprensible que Lupe y sus hermanas dejen de hablarse de un día para otro: «Así son las Marín», concluye.

Lupe Marín vende a sus amigas las joyas que elige en el Monte de Piedad. Invita a Juan Coronel para que escoja su primer anillo de oro. Al nieto le hace gracia que su abuela se preocupe tanto por vestir bien o por la marca de su reloj: «Un Rolex te da categoría». A pesar de insistir en que es una bruta, a lo largo de los años Lupe se ha convertido en una mujer de mundo. Intuye en qué momento ofrecer un cuadro de Diego, un boceto de Frida, otro del Dr. Atl o de Pablo O'Higgins que Diego le regaló a lo largo de los años. Bellas Artes adquirió en doscientos cincuenta mil pesos el gran retrato de Diego en el que aparece con las manos cruzadas sobre sus rodillas y con ese dinero construyó su casa en Cuernavaca.

—Juan Coronel, ¿tú crees que algún día alguien escriba mi biografía?

—¿Me lo preguntas por tu colección de *Plumas y pinceles célebres*?

Gran lector desde niño, Juan Coronel le pide a Lupe biografías de pintores. Abuela y nieto conversan acerca de Diego, de Van Gogh, de Gauguin y los prerrafaelitas. «Voy a ser historiador, Guagua».

A Juan Coronel le toca un viaje a París con su abuela, como a Juan Pablo y a Pedro Diego.

Lupe se detiene frente a las prostitutas de la rue Pigalle, va de una a otra y las aconseja en su mal francés:

—No te maquilles tanto, ese color en los párpados te envejece.

—A ti no te queda bien el *rouge*.

Gracias a Chaneca Maldonado el Canal 13 de televisión la invita al programa *A media tarde* que presenta a mujeres triunfadoras. La aparición de Lupe es tan espectacular que la televisora decide contratarla. Las televidentes se reconocen en ella y el programa pasa de quince a cuarenta minutos. Como si estuviera en la sala de su casa, Lupe habla de Diego, de sus lecturas, de sus películas favoritas, de la moda parisina, de cómo amueblar una casa, de lo mal que se viste la diputada mengana, de lo tontísima que es la escritora zutana. A veces regala recetas de cocina, nada la detiene cuando vapulea a tal o cual delegado. ¡Qué notable adquisición la de este genio sin igual! El programa alcanza un *rating* inesperado; es cálido, ocurrente, distinto, cercano a todos. Se parece a Lupe.

Juan Coronel la acompaña al estudio; Lupe aconseja a los técnicos, a las peinadoras, a las maquillistas, al primero que se le ponga enfrente: «Tienen que ir a comprar el pollo a Cuernavaca con don Bulmaro, es el mejor de México». Lo divulga en su programa. Don Bulmaro, el pollero, se hace famoso. Muchos televidentes destinan un día a la semana para ir a su pollería morelense y le cuentan que «los recomendó doña Lupe».

El reconocimiento del público la equipara a Diego; igual que el maestro, va a tener a México a sus pies. Ahora la detienen en la calle y, cada día más popular, Lupe centra su semana en *el día de la tele*. «Usted es mejor en persona que como sale en la TV».

Si llueve, camina bajo el agua con impermeable y paraguas para alcanzar el camión en la calle de Londres, bajarse en el mercado de San Ángel y esperar ahí la combi de los empleados del Canal 13 que los conduce al lejano Ajusco. Si se retrasa, le halaga el «Espérese, allí viene Lupe Marín» de los camarógrafos al conductor. Agradece que los compañeros le tiendan la mano para subir a la combi.

Lupe se levanta más temprano que de costumbre para conseguir pescado fresco y verdura recién cosechada que prepara a la plancha, sin una gota de aceite. Si ve que Juan Coronel aumenta de peso, lo regaña. «Está bien que seas alto, pero no por eso vas a dejarte enfodongar». Cuando murió Ruth, el nieto comía por desesperación. Cada vez que la abraza lo huele: «Sudas mucho, es por lo que comes».

Un mediodía, Juan olvida su cita y Lupe lo llama por teléfono:

—¿Juan Coronel?

—Sí, Guagua...

—Eres un perro.

Juan Coronel la reconoce por su tono de voz: cuando habla bajito, a manera de confesión, es amor; si el tono adquiere un acento castizo, ¡cuidado! Nadie le inspira más confianza que su abuela. Con ella sabe dónde está parado y le confiesa:

—Oye, Guagua, fíjate que no me gustan las mujeres.

Deja de respirar y cierra los ojos, seguro de que en ese mismo instante va a hacer erupción el Popocatépetl.

Lupe lo pasma con su respuesta: «Te voy a presentar un amigo».

—No te preocupes, no pasa nada —lo abraza.

—No sé si lo dices en buena onda o porque quieres vengarte de mi papá.

El martes siguiente Juan encuentra sentado a la mesa de Lupe a un francés, recién llegado de París, nueve años mayor que él, erudito e inteligente: Olivier Debroise. «Te presento a un gran crítico de arte», dice Lupe con un guiño. «Debroise prepara un libro sobre tu abuelo y lo que pintó en Francia: *Diego de Montparnasse*».

Cuando Juan le informa a su padre que es homosexual, Rafael finge indiferencia. Si sus primos antes lo rechazaban por quedarse con la herencia, ahora lo condenan. Ruth María es la única que lo trata como si nada. Lupe Marín, desafiante, invita un día a todos a comer, incluso a su hija Lupe, y al levantarse de la mesa aparece con dos camisas de cambaya, una morada, otra rosa:

—Juan Coronel, mira lo que te hice. ¿Adónde sales en la noche?

—A un bar gay donde tocan grupos de rock.

Lupe decide acompañarlo a El Nueve en la calle de Londres, en plena Zona Rosa. Al principio observa con curiosidad, pero a los quince minutos se tapa los oídos: «Sácame de aquí. Con este griterío voy a quedarme sorda».

Capítulo 48

EL SABIO MENDOZA

En 1980, a los ochenta y cinco años, Lupe sigue yendo al mercado a pie y regresa con su bolsa pesada de frutas y verduras al Paseo de la Reforma. También se dirige a pie a la casa de amigos en la colonia Juárez. Distanciada de su hija mayor y de su segundo marido, el médico Ignacio Iturbe, solo los ve cuando ellos la buscan, o sea, nunca. A Lupe Rivera su nuevo psicoanalista le aconsejó cortar las amarras con una madre castrante y centrada en sí misma. La relación de Lupe Marín es con sus nietos; de los cinco, quienes más la llaman son Juan Pablo, el mayor, y Juan Coronel, el último.

Si pudiera borrar de la faz de la tierra a su hijo Antonio lo haría, pero se entera de su vida por los comentarios de Juan Pablo, el único que lo aguanta.

Al regresar de Europa Antonio Cuesta militó en la Liga Leninista Espartaco, y al lado del poeta Enrique González Rojo se encargó de expulsar a José Revueltas de ella. Marxista dogmático y maligno, arremete contra cualquiera que enjuicie el estalinismo y considera que derrotar a un luchador consagrado como Revueltas sería un triunfo nada desdeñable.

En plena presidencia de Salvador Allende, Antonio viaja a Chile para vivir el «verdadero socialismo desde adentro». Para su tristeza, llega poco antes del golpe de Estado que lo obliga a huir del país, pero en Santiago conoce a Graciela, una muchacha rebelde y comprometida como él. Se enamoran y Antonio, todopoderoso, regresa con ella a México.

Después de un aborto, el alcoholismo de Antonio termina con el amor entre Graciela y el único hijo de Lupe Marín. Desde que se graduó como ingeniero agrónomo en Chapingo, Antonio lleva una vida de bohemia. Eso sí, ya nunca recurre a su madre sino a su hermana, Lupe Rivera, quien lo saca de varios apuros. Cuando comen juntos se deshace en elogios a *la diputada* y más tarde a *la senadora*, pero si se emborracha la ataca: «Eres una burguesa. Eres una pinche priista. Participas en un régimen de mierda».

—Y tú eres un flojo, ponte a trabajar.

Antonio consigue un puesto en la Secretaría de la Reforma Agraria, en Tlaxcala, y se rodea de amigos que lo festejan porque él paga las copas. Su carácter ansioso hace cortocircuito con la tranquilidad de Tlaxcala y pide su traslado a Los Mochis, Sinaloa, cuna de la agricultura mexicana a la par del Bajío. A Antonio le toca certificar que las semillas cumplan con los requisitos de la Secretaría de la Reforma Agraria. Pronto se ve rodeado de terratenientes obsequiosos que cultivan su amistad porque una certificación oficial asegura la venta de la cosecha. El frijol, el arroz, el maíz, el sorgo, la soya son semillas privilegiadas. Cuando Antonio se da cuenta de que las parrandas con los magnates del pueblo lo comprometen, entra en conflicto con su antiguo comunismo: «Estoy enriqueciendo a una bola de desgraciados».

«Me voy a Cuba a hacer la Revolución», le anuncia a su hermana Lupe, pero olvida el viaje porque conoce a la norteña Sonia López, con quien se casa y tiene dos hijos: Jorge Vladimir y Norma Patricia.

Lupe Marín se entera por Juan Pablo de que su único hijo le dio dos nietos en Sinaloa.

—¿Te gustaría conocerlos, Guagua? —pregunta Juan Pablo.

—No.

Por más que trata de mediar entre su abuela y su tío, Juan Pablo fracasa. Escucha sus razones y tolera sus caprichos: «¡Ay, mi abuela!».

Para el resto de los nietos, Lupe Marín es menos fácil de sobrellevar. Las discusiones entre la abuela y Diego Julián, Pedro Diego y Ruth María terminan en pleito. «Pues si no te gusta, lárgate», le grita a cada uno. Juan Coronel sabiamente la ignora. Ríe de sus desplantes como ríe de los de su padre, de los de su tía Lupe Rivera que lo mira de arriba abajo y de cualquiera que se le acerque.

Al único a quien Lupe le entrega *La Diegada* es a Juan Coronel. «Mira, he escondido el libro durante toda mi vida en un cajón de la cómoda». Juan lo lee y comenta: «Algún día tendrá que publicarse de nuevo». «¿Cómo que publicarlo de nuevo? ¡Estás loco!». «Es que disfruto tus recuentos del pasado». ¡Qué cabrón el muchachito! Lupe es tan claridosa que por momentos la adora aunque en otros le cuelgue el teléfono. Con la edad se ha vuelto reiterativa e insiste en que Lupe Rivera, su hija, se viste mal. «Mira, tan botijona y se ensarta una falda apretada. ¿Qué no se dará cuenta? Los Pérez Acevedo se comportan como si hubieran bajado del cerro a tamborazos.

El dinero no ha civilizado a mexicano alguno, anoche conocí a unos pelados multimillonarios de última hora». Aunque nunca dice una grosería, sonríe al oír el dicho: «Este es el año de Hidalgo, pendejo el que deje algo».

Sus nietos llegan a comer compungidos por el suicidio de uno de sus compañeros. Lupe los escucha en silencio mientras les sirve, y de pronto prorrumpe con voz de sargento:

—Tú, Juan Pablo, me gustas para que te eches un coctelito de somníferos; tú, Diego Julián, para que te ahorques; tú, Juan Coronel, date un balazo y así honrarás tu nombre de corrido; tú, Ruth, córtate las venas, y a ti, Pedro Diego, siempre tan llorón, te conviene tirarte al paso del tren y acabar de una vez por todas…

Pasmados, guardan un silencio sepulcral hasta que Juan Coronel sonríe y los demás se levantan de la mesa atolondrados. El sarcasmo de Lupe es quirúrgico. Ninguno vuelve a mencionar al suicida.

Además de sus nietos, la pintora Martha Chapa busca a Lupe y le ofrece no solo las manzanas de sus telas, sino la gran manzana de la amistad. «Las frutas, teniendo de fondo paisajes vivientes, llenan todo deseo de belleza. Me encanta tener o ver en un cuadro algo que para mí sea completo o placentero», le escribe Lupe para felicitarla aunque no asiste a la exposición, pero a la mañana siguiente se presenta en la galería de Lourdes Chumacero, en la calle de Estocolmo, para ver sus nuevos cuadros.

«Para mí fue una sorpresa maravillosa ver cómo día a día tu pintura se vuelve más placentera y mejoras tu oficio. Ni hablar de cómo se conoce que trabajas con verdadera pasión», le escribe de nuevo a Martha Chapa.

La relación de Lupe con su nieta Ruth tiene tantos altibajos que la juventud y la compañía de Martha Chapa la compensan. Aunque Lupe alega: «Ya no quiero conocer más gente», imponer su voluntad y su buen gusto es todavía una urgencia. «Muero por conocer a doña Lupe Marín», insistió la joven de las mil manzanas y Lourdes Chumacero se la presentó. A la primera cita en el Paseo de la Reforma Martha llegó vestida de blanco.

—Si regresas a mi casa de pantalones y vestida de recamarera o de enfermera, no te recibo. Y si vienes, debes traer algo en las manos —la regañó Lupe.

Desde entonces Martha Chapa la llena de regalos. «Lupe divina, Lupe preciosa, Lupe linda; Lupe, mi amor, Lupe, vente a comer a la casa; Lupe, te invito al cine; Lupe, quiero estrenar un vestido rojo para mi exposición y solo tú puedes hacérmelo. Andrés Henestrosa me hizo el prólogo. Alí Chumacero me adora. José Luis Cuevas me llama a todas horas. El director de orquesta Enrique Bátiz me persigue. Lupe, qué hermosa, qué inteligente eres, Lupe, sin ti México no sería lo que es».

«Nunca más vuelvo a usar pantalones —ni para pintar— porque a Lupe no le gustan», declara a la prensa a la que convoca cada tercer día. En las comidas en casa de Martha, extraordinaria creadora de recetas a base de flores de Jamaica y de flor de calabaza, romero, albahaca y otras hierbas que provienen de la cocina prehispánica, se relamen Andrés Henestrosa, su esposa Alfa y Cibeles, su hija, Guadalupe Amor, José Luis Cuevas, Alí Chumacero y Lourdes, la generosa directora de la galería que expone a Martha Chapa y lanza a todos los nuevos valores.

«Lupe, tú eres la reina». Martha Chapa sabe recibir y muchas tardes abandona su estudio para acompañar a Lupe al cine. Si por Lupe fuera irían a diario porque el cine Roble, a media cuadra de su casa, se construyó solo para ella. «Oye, tú, esa pantalla gigantesca te permite verlo todo». Si Martha tiene otro compromiso, Lupe deja de llamarla durante una semana.

—Tú te tomaste la peligrosa atribución de despreciarme —es su respuesta cuando Martha pregunta el porqué.

Ruth, su nieta, es menos complaciente: alega, se defiende, y si la discusión es agria desaparece durante semanas. Los primos hermanos no saben si intervenir. «Pipis, tus amigos no me gustan, son muy vulgares». «Son mis amigos». «A mí me parecen unos cafres». Entre la nieta y la abuela puede pasar cualquier cosa: «Esas amistades te van a llevar por mal camino», se enoja Lupe. «Es mi vida», responde la única, ahora sí, ella, la nieta de Diego Rivera.

Ruth María abandona La Noria y a Lola Olmedo porque Rosa Luz Alegría le ofrece un puesto en la Secretaría de Turismo, y su abuela respira aliviada. El trabajo es la mejor terapia y Ruth, por fin, se siente reconocida. Feliz de la vida, le lleva proyectos de turismo a la primera mujer en llegar a una secretaría de Estado. Universitaria, Rosa Luz es guapa, inteligente, atractiva y aunque Ruth es más alta, más ágil, más alegre, verlas caminar juntas por los pasillos de la secretaría es un espectáculo formidable.

—Mira, Guagua, traigo un programa para proteger a las ballenas y a las tortugas. También vamos a promover el uso de la energía solar. Rosa Luz es una central de energía.

—Dicen que está allí por ser amante de López Portillo...

—Guagua, no difundas chismes, eso dicen de todas las mujeres que triunfan.

A Lupe le caen en el hígado algunas medidas de la nueva secretaria de Turismo, como la de las mujeres policías de sombrerito y saquito que hablan inglés con acento de azafata, pasean por la Zona Rosa y se llaman Unidad de Protección y Asistencia al Turista (UPAT). En cambio, Ruth adora a Rosa Luz Alegría, a quien se refiere como *la doctora*. Así como Lola Olmedo la deslumbró, ahora es Rosa Luz quien tiene la última palabra.

—Ruth, ¿por qué hueles a petate quemado?

—Guagua, no exageres, a veces me fumo un churrito, todos lo hacen.

—¿Lo hace tu adorada Rosa Luz?

—Eso sí que no lo sé.

Cuando su abuela llama *López Porpillo* al presidente y se refiere a su fama de don Juan, Ruth lo defiende.

—Guagua, no vayas a decir esas cosas en la tele porque me corren.

De un día para otro Ruth María se convierte en agente, y aunque el cuerpo de asistencia al turista solo depende de Rosa Luz Alegría, la funcionaria decide comunicárselo a Arturo Durazo, *el Negro*, jefe de la policía capitalina, que responde untuoso: «Es un honor tener a la única nieta del maestro Rivera entre nosotros».

Ruth da la noticia y su hermano Pedro Diego y sus primos Juan Pablo y Diego Julián se miran atemorizados. «¿Tú sabes lo que es ese mundo? ¡Van a matarte, hermana!», se indigna Pedro Diego Alvarado. «No lo hagas —insiste Juan Pablo—, eso no es para ti». Juan Coronel se limita a un lacónico: «Si eso es lo que quieres…».

«Prefiero no verla», dice Lupe Rivera, quien se mantiene lo más lejos posible de esa sobrina —cubeta sin fondo— a quien ya le regaló vestidos.

—Pero ¿qué diablos vas a hacer en ese nido de ratas con ese horrible negro? —se enfurece Lupe Marín.

Nada ni nadie convence a Ruth, quien cree que un uniforme cambiará su destino y le dará confianza en sí misma y en los demás.

—Guagua, no todo es corrupción, yo sí voy a ayudar a México.

Lupe recibe los martes a sus nietos a la una en punto. Juan Pablo y Juan Coronel, los asiduos, no tienen día porque aparecen a cualquier hora. Juan Pablo es quien toca a la puerta con mayor frecuencia y Lupe le sonríe porque verlo a él es su mayor felicidad. Llegar tarde a comer con la Guagua es una ofensa. Ese martes, la única que falta es Ruth María: «¿Qué le habrá pasado a esa loqueta?», se preocupa la abuela.

Cuando deja de asomarse por la ventana que da al Paseo de la Reforma, cree que escucha pasos en la escalera y va de nuevo a la ventana. De pronto, el Paseo de la Reforma se llena de motociclistas y de patrullas que rodean el edificio. Lupe mira a Diego Julián y le espeta: «¿Qué hiciste? ¡Ya ves, vienen por ti y esa gentuza se presenta en mi casa, es el colmo!». Un segundo más tarde Ruth entra triunfante uniformada de policía y le ordena a dos guaruras que la esperen afuera: «Guagua, ya tengo un trabajo sólido, todos los que están allá abajo son mis compañeros».

—¿Te has vuelto loca? ¿De qué estás hablando?

—Es la UPAT, Guagua, la UPAT, y yo soy la jefa de la unidad, todos los que ves en la calle están a mis órdenes, dirijo a toda la Unidad Policial de Ayuda al Turista.

—¡O eres demasiado inocente o eres muy tonta para darte cuenta de en qué te metiste!

—Guagua, tengo hambre, ¿no nos vas a dar de comer? —sonríe Ruth sin conciencia del revuelo que causa.

Pedro Diego, Juan Pablo y Diego Julián se sientan. Lupe va de la cocina a la mesa y trae los platos ya servidos con el rostro descompuesto. «Siéntate, ya nos has retrasado demasiado», le ordena a su nieta. Ruth lo hace como autómata. «¿Estará drogada?», se pregunta Diego Julián, el de los hongos alucinógenos.

Desde el Paseo de la Reforma suben los cláxones de los automóviles ya que la presencia de la policía ha causado un embotellamiento.

—Ya váyanse —ordena Lupe, que súbitamente se encorva como si le hubieran caído cien años encima.

Una tarde, después de comer, Lupe ofrece acompañar a Juan Pablo. «Me hará bien dar unos pasos en el Paseo de la Reforma. No me sentó la comida». Al observar cómo camina, Juan Pablo la percibe muy frágil:

—Guagua, ¿por qué no ves a un médico?

—Porque son unos matasanos, yo tengo a *el Sabio Mendoza*.

Una de sus marchantas en el mercado Juárez le aconsejó ver al chamán llamado *el Sabio Mendoza*, quien atiende a una multitud ferviente cerca del Politécnico, en el norte de la ciudad. «Ese chamán ha salvado la vida a varias personas con una dieta». Verlo es su secreto, a nadie se lo comenta hasta que Chaneca Maldonado insiste en llevarla con el gastroenterólogo Luis Landa Verdugo:

—Ya tengo mi doctor y mi tratamiento —se defiende frente a él.

Chaneca es tan convincente que Lupe le cuenta que el Sabio Mendoza le diagnosticó un problema en el páncreas y le ordenó ingerir pechugas de pollo y alcachofas para limpiar su sistema digestivo. «Lo mío es una purificación».

—¿Pero de dónde sacaste a ese Mendoza?

—No entiendo por qué me haces esa pregunta, es un sabio, un investigador.

Lupe sigue sus indicaciones a pie juntillas. La dieta de pollo hervido la hace perder peso pero insiste en que se siente mejor. Invita a sus nietos y les cocina tacos dorados, mole, enchiladas, pero no prueba bocado; su disciplina es inquebrantable.

—¿Ni siquiera un taco puedes comer? —se preocupa Juan Pablo.

Lupe, inmutable, deshoja su alcachofa hasta arrancarle el corazón.

Capítulo 49

LA ÚNICA

«¿Qué haces aquí?», pregunta Lupe al ver a Antonio Cuesta en la puerta de la casa de Cuernavaca. «Vine a verte, al menos invítame un vaso de agua». «Pareces *hippie*». Alto y desgarbado, Antonio es ya un cincuentón pero conserva en la mirada el desamparo de su infancia. Antes de abrirle, Lupe le advierte: «Salgo al mercado, te doy diez minutos».

—¿Te acompaño?

—Por nada del mundo.

Sentado en la cocina frente a una taza de café, Antonio desmenuza su fracaso matrimonial, su vida en Tlaxcala y en Sinaloa, su regreso al DF, sus poemas y novelas, pero sobre todo insiste en ponderar las gracias de su hijo Jorge: «¿Y no había otros nombres que le fuiste a poner ese?», recrimina Lupe.

—Mi padre era un gran poeta.

Con el mismo mal humor, Lupe lo escucha impaciente, la mirada fija en la puerta. «Parece la Coatlicue», piensa Antonio.

—Si tienes tanta prisa, puedo venir la semana que entra —sugiere el hijo.

—No hace falta.

«Mejor no hubiera ido», se queja Antonio con Juan Pablo. Desde que se separó de su segunda mujer, Sonia, Antonio aparece pálido a cobrar su cheque quincenal en la Secretaría de la Reforma Agraria, en la calle Porfirio Díaz 19 en el centro de Tlaxcala. «Es mejor pagarle a que venga a trabajar borracho», le dice el secretario a Wilebaldo Herrera, uno de los pocos amigos tlaxcaltecas que lo toleran, escritor como él, el único que lo escucha decir sus poemas y le echa la mano cuando se queda sin un quinto:

—Antonio, deja el alcohol —aconseja Wilebaldo.

—Lo necesito para escribir.

Además de su vecina en Cuernavaca, Lucero Isaac, y la pintora Martha Chapa, Chaneca Maldonado es la favorita: «Oye, loqueta, ¿contigo nunca me he enojado, verdad?». «Porque yo no le entro al pleito», ríe Chaneca.

También se inventa una amiga imaginaria y la llama *Beti Botiú*. Finge que la conoció en uno de sus viajes a París, donde vive una verdadera Betty Bouthoul: «Te la presentaría, pero solo va a estar de paso en mi casa porque se va a Acapulco», le avisa a Chaneca. Beti Botiú es la mujer más elegante del mundo, Beti Botiú sabe recibir, Beti Botiú fue amante del príncipe de Polignac y del duque de York. Diecisiete trajes Chanel cuelgan en el armario de Beti Botiú, quien da los mejores consejos...

—Me muero por conocer a Beti Botiú —ruega Lourdes Chumacero.

Casada con Fernando Rafful, secretario de Pesca, la publicista Chaneca Maldonado promueve las *Pepepez*, unas hamburguesas hechas con varios tipos de pescado con alto contenido nutritivo.

La Organización de las Naciones Unidas para la Agricultura y la Alimentación (FAO) invita a la señora esposa del secretario de Pesca a Roma a hablar de su proyecto como una alternativa para paliar el hambre.

—Yo te acompaño, loqueta, pero con una condición: que pasemos a Zúrich a comprar zapatos Bally, los únicos que toleran mis pies.

—¡Ay, Lupe! Ya estás como María Félix, que declaró que los únicos que compra son Harry Winston. Además, hay zapatos Bally en Roma.

—Pero mi marchanta española está en Zúrich y me atiende como me gusta. Además, necesito unos que combinen con el vestido que estoy haciéndome para el 15 de septiembre porque voy a ir al Grito con Jorge Díaz Serrano, el único hombre que queda en México. Todos se van a dar cuenta de que mis zapatos son del año pasado.

Chaneca modifica su itinerario para darle gusto a Lupe, y de Roma parten a Zúrich. Lupe camina toda la Bahnhofstrasse hasta el hotel Claridge con cinco pares de zapatos colgados del brazo izquierdo y cuatro del brazo derecho. No permite que nadie le ayude. Chaneca la lleva a la Grossmünster, la catedral construida por Carlomagno, y Lupe se arrodilla frente al altar. Chaneca, extrañada, guarda silencio. Luego asisten a un juego de hockey sobre hielo, y a pesar del cansancio Lupe disfruta a esos jóvenes alados que apenas rozan la pista. Algo le falta a este viaje que hace que Lupe no se reconozca tan feliz como en los anteriores. Recuerda al Ulises de Julio Torri en su *Circe*: «[...] como iba resuelto a perderse, las sirenas no cantaron para él». A ella ya no es necesario amarrarla a mástil alguno.

Al salir comenta: «Muero por un chabacano». «Extrañas la fruta de México», constata Chaneca, y en el hotel ordena subir a la habitación un frutero «con muchos chabacanos». A la mañana siguiente la encuentra en la cama con unas ojeras espantosas:

—¿Qué tienes, Lupe?

—No dormí, tengo diarrea, ha de ser por los chabacanos.

—¿Te empacaste todo el frutero?

—No, oye, estoy preocupadísima porque es diarrea negra.

Sus ojos verdes pierden fuerza, mira con desconfianza todo lo que le sirven, solo ordena pechuga de pollo hervida y verduras, se altera al pensar que pasará mala noche: «Todos me dicen que tengo que tomar agua pero yo nunca tomo».

Chaneca le aconseja regresar a México y buscar un médico pero Lupe insiste en ir a Roma para ver a dos amigas. Cuando llegan al aeropuerto internacional Leonardo da Vinci se despide y deja a Chaneca con un palmo de narices. Dos señoras elegantes y eufóricas festejan a la mexicana alta que las abraza sin entusiasmo y advierte:

—Estoy muy débil, me siento mal.

Ya en México, pone en venta su casa de Cuernavaca y no vuelve a salir del departamento de Paseo de la Reforma. Mucho más delgada, las ojeras contrastan con la palidez de su rostro y muestran un cansancio desconocido. Los nietos se preocupan y Lupe los tranquiliza: «Mañana mismo voy con un médico». A quien recurre es al Sabio Mendoza y regresa con una gran bolsa de té de boldo para añadir a su dieta de pollo y verduras al vapor.

—Guagua, tú me cuidaste cuando era niño, ahora yo te voy a cuidar a ti y vas a ver que pronto sales de esta, pero tienes que comer —Juan Pablo la visita todos los días.

—No tengo hambre.

Cada vez que Juan Pablo pregunta: «¿Ya comiste?», Lupe responde: «Es que todo me cae mal». «¿Cómo sabes que te cae mal?», pregunta el nieto mayor. «Es que todo lo arrojo», lo mira desesperada.

Una tarde llama a Juan Coronel: «¿Puedes venir? Me siento muy mal».

—¿Qué pasa, Guagua? —toca a la puerta con su primo, Diego Julián.

—Necesito ponerme una lavativa, hace ocho días que no voy al baño.

Los jóvenes se miran apenados. «Ha de estar desesperada para llegar a esto», piensa Diego Julián. Lupe se acuesta de lado y se introduce la cánula del enema. Azorados, los dos nietos sostienen en lo alto la bolsa con agua. Los tres aguardan. Los nietos recuerdan su cuerpo fuerte y elástico y verlo ahora frágil y debilitado los avergüenza.

Cuando Lupe sale del baño, sus ojos son de angustia:

—No sirvió, no salió nada, pura agua.

—Guagua, tienes que llamar al médico —insiste Juan Coronel.

A su regreso de Roma, Chaneca Maldonado la encuentra empequeñecida dentro de su bata inglesa de corte masculino:

—Jamás te vayas a comprar una bata de mujer con olanes, son horrorosas, debemos traer siempre batas de seda. Hay que quemar todas las fibras artificiales, loqueta. ¿Tus calzones son de algodón? Solo usa algodón, seda y lino, todo lo demás es horroroso y además daña la piel.

—Lupe, yo nunca he usado bata.

—¿Y qué usas?

—Unos maos hawaianos que sirven también de camisón.

—¡Ay, no, no, no, loqueta, qué horror!

En la cocina, Chaneca busca algo de cenar y no encuentra nada: «Lupe, ¿y la muchacha?». «Ay, no, fíjate que era insoportable y la corrí. Tampoco como pollo porque el único pollo que se puede comer en México es el de don Bulmaro y ya no he ido a Cuernavaca».

—No te apures, yo te presto a Pedro, el chofer de Pesca, para que te lleve un día a la semana a buscar tu pollo.

—Loqueta, eso estaría muy bien, ¿pero no estás abusando del poder?

—En todo caso, es el único abuso que he cometido.

Regresa de Cuernavaca con puras pechugas y le advierte a Chaneca: «Lo único que se debe comer del pollo es la pechuga sin piel».

Al ver que Lupe desmejora, Chaneca se angustia: «Ese Sabio Mendoza te está matando». Le ofrece su casa y la atención de un buen médico.

Para su sorpresa, Lupe accede a irse a vivir con ella a la avenida Juárez y le prepara un cuarto muy acogedor. Martha Chapa, alarmada, la visita con frecuencia, y Lupe las sorprende al informarles:

—¿Saben cuál es mi mayor satisfacción? Haber sido *la única* en la vida de Diego Rivera.

—¿La única? Con la bola de viejas que tenía —ironiza Martha Chapa.

—Sí, pero yo fui la única que se casó con él por la Iglesia.

Capítulo 50

UN DÍA PATRIO

Los nueve sobrinos de Fernando Rafful disfrutan su conversación por su memoria de elefante. Además, Lupe ha visto miles de películas y conocido a celebridades como María Félix.

—No sabes qué alegría me dan esos muchachos, dicen que soy una cinéfila. Oye, ¿qué será eso de cinéfila?

El médico ordena una serie de análisis y manda llamar a Chaneca a su consultorio:

—Tiene aterosclerosis en los intestinos.

—¿Y eso qué es?

—¿Ha visto usted las tripas de los pollos cuando las cuelgan afuera en las pollerías y se secan? Así tiene los intestinos la señora Lupe, totalmente muertos. No hay nada que hacer pero sería mejor que la llevara a casa de su hija… porque se va a morir.

Como único medicamento, el doctor Landa receta un alimento especial parecido a la papilla de los bebés: «¿Qué te dijo el médico, loqueta?», pregunta Lupe ansiosa. «Que con esto te vas a componer».

Chaneca busca a Lupe Rivera: «Llévate a tu mamá, no hay nada que hacer, su estado es gravísimo».

Lupe cambia la expresión de rechazo en su rostro cuando Chaneca le explica que es el fin y da por concluida la entrevista: «Déjame prepararle una recámara; en tres o cuatro días paso por ella. ¿Es necesaria una cama de hospital?».

Lupe Marín le pide a su nieto Juan Coronel que le guarde sus alhajas: «Claro, Guagua, yo te las cuido». Verse mimada por sus nietos la reconforta. Chaneca prefiere no espantar a Juan Coronel y cuando se despide de su abuela, entra como castañuela a la recámara:

—¿Qué crees? Lupita te va a llevar a su casa.

—¿Lupe, mi hija?

—Sí, Lupe, tu hija, dizque a fuerza te tienes que ir con ella porque ya te arregló una habitación divina con una cama con sábanas de más de cuatrocientos hilos y almohadas bordadas para que estés a todo dar.

—Qué raro, hace mucho tiempo que no me habla.

—Te vas unos días y luego regresas conmigo.

—Oye, loqueta, ¿crees que me voy a morir?

—No, hombre, yo he visto gente mucho más enferma y no le pasa nada.

—¡Ay, oye, porque donde me muera antes del Grito, me mato! Jorge Díaz Serrano ofreció pasar por mí el 15 para ir a Palacio Nacional y ya tengo el vestido, los zapatos, la bolsa, todo.

Lupe Marín entra por su propio pie a casa de su hija. Hay mucha fiereza en sus pasos pero algo en su corazón ya no responde. La antigua casa en la calle de Sadi Carnot, en la colonia San Rafael, luce muebles de época, traídos de todas las tiendas de antigüedades de la República, sobre todo de San Miguel Allende. «¡Pero si esta casa es un verdadero museo! ¡Qué maravilla! ¡Qué buen gusto! ¡Mira qué bonito baño me tocó! ¡Qué tina! ¡Qué porcelanas! ¡Son un tesoro!». La amplitud de la recámara con su cama blanca de sábanas impolutas le recuerda su habitación en el gran hotel de Zúrich.

—¡Qué europea te has vuelto, Lupe! ¡Cuánta elegancia! ¡Cuánto refinamiento! —exclama agradecida y su hija le sonríe.

«Qué bueno, ya está en su territorio, con su hija», se consuela Chaneca.

Guadalupe Rivera intenta reconciliarse con su madre. Su psicoanalista, sus hijos y sus amigos le aconsejan: «Si no te liberas de tu sentimiento contra ella, nunca vas a estar bien». Al verla tan enferma, Lupe chica hace lo posible por entenderla pero revive su niñez y la increpa:

—Eres muy buena abuela, podrías haber sido mejor madre.

—Ahora que tú eres madre, dime si crees que todo lo has hecho muy bien, Pico.

Hace años que no la llama Pico. A Ruth, ya grande, jamás le dijo Chapo. A lo largo de los años Guadalupe Rivera se ha forjado un mecanismo de defensa que además de sus miles de sesiones de psicoanálisis le permitió tomar distancia de lo que significa ser hija de dos gigantes. Su hermano Antonio nunca superó el desprecio materno y la infame muerte paterna: «Pobre Antonio, ese sí tuvo una vida horrible, más que horrible, ni a mi peor enemigo podría desearle una vida como la de mi hermano».

Un mes después, totalmente lúcida, Lupe Marín insiste en traer de su departamento de Paseo de la Reforma su vestido para la ceremonia del Grito el 15 de septiembre: «Loqueta, tienes que ir por el vestido y los zapatos Bally, el vestido está colgado en su funda en el ropero, los zapatos envueltos en papel de China todavía en su caja. No olvides las medias, son de París, ni la bolsa de noche, la del cierre de oro». Llama a Ruth, su nieta, y le cuenta entusiasmada que pasará la noche del 15 de septiembre en Palacio Nacional con Jorge Díaz Serrano.

—Qué bueno, Guagua, porque al otro día podrás verme desde el balcón presidencial encabezar el desfile con la UPAT y voy a llevar mi uniforme de gala. Soy la primera, la abanderada.

—¡Ay, qué horror!

El doctor Landa ofrece mantener a Lupe con suero intravenoso para alargarle la vida pero su hija rechaza prolongarla inútilmente. Los nietos también opinan que no tiene caso, su Guagua está hecha un esqueleto. Juan Pablo, Diego Julián, Ruth María, Pedro Diego y Juan Coronel entran y salen de la casa de la colonia San Rafael. Lupe se mantiene erguida sobre sus almohadas, aunque por momentos el dolor la doblega. Con una paciencia inusitada, su hija Guadalupe abandona su oficina para atenderla.

Si en Zúrich Lupe borraba la muerte, ahora tiene la sospecha de que va a morir. Lejos de aterrorizarse, se siente aliviada. Al fin y al cabo, ¿a quién le importa *realmente*? ¿Acaso no es la vejez un ir de aquí para allá hasta terminar olvidada en un rincón? Lo mejor sería caminar a orilla de los maizales de Chapingo, entrar a la capilla como la primera vez, ese domingo en que Diego la llevó para que se viera inmensa en el altar mayor dominando cielo y tierra con su vientre desnudo, pero ahora solo le queda constatar acostada sobre sus almohadas bordadas de encaje: «Ya no puedo ni sentarme sola a la orilla de esta cama que tengo tanto miedo de ensuciar».

¡Ah, si estuviera Ruth! A Antonio, Lupe lo barrió de su vida desde que nació. «¿Qué pensaría Jorge antes de morir? ¿Pensaría en mí? ¿Se arrepentiría de su locura?». Se le viene a la cabeza la imagen de Diego, el gigantón que la sacó de la pobreza y le construyó un altar en Chapingo porque ella, Lupe Marín, es única y merecía algo más que vivir y morir en Zapotlán el Grande. Su lugar está aquí, en el altar de Chapingo, su vientre a la vista, su desnudez de tierra tasajeada, su desnudez de sol, su desnudez de muerte. «A lo mejor al único a quien le importé fue a mi papá».

Hace días que no tolera el agua y apenas mueve sus labios secos.

La voz de Lupe Marín es cada hora más débil y sus nietos tienen que poner la cabeza junto a su boca para oírla. Aunque apenas se levanta de la cama no pierde su sentido crítico y los hace reír de cuando en cuando. En la noche lucha con las sombras del pasado; su madre, Isabel Preciado, ya no la rechaza, al contrario, la llama: «Ven acá. Quince hijos son muchos. La más alta, la más difícil, fuiste tú, Lupe. De todos, solo quisiste a Celso, el mayor, y a Justina, la que te enseñó a coser». Isabel Preciado la mira con ojos de tristeza. «Mamá, yo hubiera querido estar más cerca de ti, ofrecerte algo de mi vida, pero creí que no me querías». Isabel permanece impávida, los ojos clavados en los suyos: «Ahora entiendo tu dolor cuando murieron Mariana y Celso. Con tu silencio cavaste un vacío, una fosa en la vida de tus hijos vivos para dedicarte a los muertos. Perder a un hijo es lo peor que le puede pasar a un ser humano pero tú olvidaste a los vivos».

Lupe, los labios partidos por la fiebre, implora: «No te vayas, mamá, veme, mamá, aquí estoy». Se endereza con dificultad, sus manos sobre la sábana sudan frío. Todo su cuerpo es de hielo y don Francisco Marín, su padre, se niega a abrazarla y le pregunta casi con asco:

«¿Hace cuánto que no te bañas?». «¿Huelo mal? ¿A qué huelo? ¿Por qué te tuviste que ir cuando más te necesitaba? Nadie me dijo que te habías muerto, te esperé y esperé…». Su padre ofrece: «Ándale, vamos a dar una vuelta en mi caballo». «Pero no me he bañado». «Sí, ya estás limpia —asegura él—, te cayó una lluviecita tempranera». A Lupe la invade una extraña concupiscencia e intenta levantarse pero su hija mayor la detiene: «Espérate, mamá, vamos a traerte el cómodo».

—Ya vete a dormir, Piquitos, yo voy a hacer lo mismo.

Bajo las sábanas, recuerda que Diego le dijo: «Eres la única con la que me casaría de nuevo ante el mismito papa». Extiende sus largas manos para tomar las de Diego Rivera, las busca sobre el cobertor pero no encuentra nada. ¿Es ese el fin, no encontrar nada?

Nada, nadie.

El peor de sus fantasmas es Cuesta; la mira en silencio mientras intenta cruzar los brazos sobre su vientre para esconder una gigantesca mancha de sangre. «¿Qué te hiciste? ¿Por qué estás todo ensangrentado? ¿Dónde está tu pene? ¿Cómo era tu pene? ¿Dónde tus testículos? ¡Ah, cómo amé la férrea voluntad con la que me poseías a pesar de ti mismo, a pesar de tu hermana, a pesar de Villaurrutia, a pesar de tus padres! ¡Me amabas con meticulosidad, duro, guerrero, a diferencia de Diego, a quien todo se le iba por la boca! Nunca oliste a sudor como Diego, nunca fuiste de multitudes, nunca del pueblo, el olor del pueblo, nunca abandonaste tu cuerpo ni el mío; entonces, ¿por qué? ¿Por qué te hartaste de ti mismo? Me afrontaste armado de un solo puñal, el de tu mente, y no con el apetito ligero de Diego. Fui yo, fueron mis hijas quienes recibieron los inmensos tesoros de tu ternura. ¿Te dolió el rechazo de Pico? ¡Nunca me lo dijiste! Ahora comprendo cuánto sufriste, pero no me culpes de tu locura y no me pidas que busque en tu poesía una señal, no soy creyente, nada de lo que escribiste fue para mí, por eso nunca te leí, nunca supe qué diablos te sacabas de adentro con tanto esfuerzo, a lo largo de tantas horas de espera. Lo que sí sé es que esas palabras nunca fueron tu punto de partida, nunca arrancaste ni saliste a flote a partir de tu amor por mí, preferiste convocar a la muerte, escogiste chorrear sangre dentro de una bañera».

Mil potros galopan encima de su pecho escuálido y arrastran los recuerdos, destripados por los años:

«Guadalajara olía a zapatos y a naranjas agrias. Jorge decía que un cuarto que huele a naranja es vulgar. Entonces yo usaba los zapatos que me heredaba Celso, mi hermano mayor. En esos años yo solo olía a niña, chiroteaba en la calle como todas las muchachitas que saltan a la cuerda, salía de la casa por la ventana y echaba a correr al Jardín Escobedo y mis hermanas —unas gorditas sin chiste— me acusaban, el único que me quería era Celso el que iba a ser médico, el único que me veía y no me decía: "Quítate, sácate, a ti no te toca". Al contrario, Celso insistía: "En ti se ven más bonitos mis zapatos". "A todos les estorbo, Celso". "A mí me haces falta". Hacer falta es la primera ley del amor. Celso me escogía por encima de los demás a pesar de mi chiroteo y mis pies. A mis hermanas les molestaba mi voz, mi caminar; de mí todo les caía mal porque chiroteaba. Un día me entregué a la desesperación y les dije: "Lo que yo quisiera es que se cayera ahorita el techo y nos matara a todos". Mi madre se horrorizó pero seguí deseando su muerte. Por eso me vine huyendo de Guadalajara. Oye, Panzas, ¿quién es esa modelo? ¿Por dónde entró? ¿Es la italiana? ¿La desvestiste tú?».

401

—Guagua, ¿tienes hambre? —pregunta Juan Pablo sentado al borde de la cama.

—¿Qué? ¿Ya amaneció? ¿Se fueron las monjas?

—No hay monjas aquí, Guagua.

«Cuando me mandaron internar en el Colegio Teresiano de Zamora aborrecí a las monjas porque me daban un triste plato de frijoles mientras ellas comían pollo. ¿Te parece bien semejante injusticia? ¿Y Mariana, mi hermana? ¿Cuándo viene Mariana? ¿Puedo ir a verla? Mamá tardó un mes en confirmarnos su muerte; se encerró en el hospital y pidió que cubrieran la ventana: "No aguanto la luz", fue lo único que dijo. En el hospital se compadecieron de ella cuando les rogó: "No me quiero ir, no me puedo ir, no puedo moverme". Yo le dejaba la canasta de la comida en el pasillo frente a su puerta y esperaba afuera. Sin una palabra, me regresaba la canasta vacía y cerraba la puerta. No era a mí a quien quería ver sino a Mariana. De regreso con la canasta, repetía: "Mamá, veme, mamá, aquí estoy". Pero nunca me vio. Ni una palabra para mí. ¿Quién tuvo una palabra para mí?

»¿Por qué no se habrán querido Lupe y Ruth? ¿Por qué no se enlazaron como dos arbolitos fuera de mi ventana? ¿Fue Diego el que las separó al escoger a Ruth? Tampoco yo quise a mis hermanas, solo a Justina. De grande hubiera podido amar a Isabel —porque se parecía a mí— pero se metió con Jorge».

Lo que más anhela Lupe es ver la figura de Ruth porque su sonrisa iluminaría el resto de sus días, cuántos días, muchos días, todos los días que faltaran.

«Anoche no viniste, no te pude contar lo alto y guapo que se ha puesto tu hijo Juan Coronel, seguro ya sabes que Pedro Diego es pintor como Diego y que Ruth María ya entró en razón. Seguro también te das cuenta de la falta que me haces, del daño que me hiciste al irte, de la prisa con la que te fuiste, la prisa frenética con la que vivías, qué poquito tiempo me dedicaste, solo fuiste de tu papá, solo él contó para ti, para él eran tus horas, todas las del día y las de la noche porque elegiste vivir con él, sin hijos, sin marido, solo para velar su sueño y preguntarle al amanecer: "Papá, ¿qué se te ofrece?". ¡Ofrecida! Eso fuiste con él, por eso posabas durante horas con el pesado espejo redondo entre los brazos y nunca le dijiste: "Papá, ya me cansé". Porque de él nunca te hartaste pero de mí sí y de tu hermana y sus ambiciones también. Cuando él murió ya no tenías por quién vivir, ni por tus hijos ni por mí ni por ti misma ni por el fachoso ese con quien te arrejuntaste».

Lupe, su hija, apenas alcanza a escuchar el hilo de voz: «Oye, Ruth, ¿sabes?, tu muerte me mató a mí también».

—Tráele otro cobertor, parece que tiene frío —ordena Lupe Rivera a su hijo mayor.

La mañana del 15 de septiembre de 1983, justo en un *día patrio*, Lupe amanece con un fuerte dolor en la boca del estómago.

—Voy a buscar un sacerdote —le dice Guadalupe Rivera a Diego Julián.

En cuanto sale de la habitación, Lupe Marín le indica a su nieto que se acerque. Diego Julián solo percibe un susurro pero sí distingue el brillo de sus ojos. La abuela cubre con las dos manos la de su nieto que bajo los largos dedos parece de niño.

—Guagua —dice por primera vez Diego Julián.

Cuando Lupe Rivera regresa con el sacerdote, encuentra muerta a su madre. «Murió en brazos del nieto menos querido», dirá años más tarde.

El sacerdote bendice a una Lupe Marín empequeñecida que ya nada tiene que ver con la mujer que devoraba bateas repletas de frutas y partía plaza al entrar a cualquier sitio.

Guadalupe Rivera llama a su marido, a Juan Pablo, a Ruth María, a Pedro Diego, a Juan Coronel y a Chaneca Maldonado. En la sala, pregunta: «¿Y las alhajas de su Guagua?». Los demás se hacen eco: «De veras, ¿y las alhajas? ¿Quién las tiene?». «Están en mi casa», responde Juan Coronel para sorpresa de todos. «Mañana mismo se las traigo». «¿Pero por qué las tienes tú?», pregunta Lupe Rivera. «Ella me las dio».

Chaneca toma la batuta: «Hay que contratar a la funeraria».

Pasada la medianoche pregunta:

—Lupe, ¿qué vas a hacer con tu mamá?

—¿Cómo que qué voy a hacer con mi mamá?

—Pues la tienes que sacar de aquí.

—¿Cómo?

—¡Lupe!

—De veras, Chaneca. ¡No lo había pensado!

—¿Estás atontada o qué?

—Completamente.

Nadie se mueve. Aquí el rezo no tiene ningún valor terapéutico. El único que lo reclamaría sería Juan Pablo pero toda su vida, desde niño, su consigna ha sido la de la mesura.

Guadalupe Rivera recuerda que su tía Carmen Marín tiene una cripta en el Panteón Francés de San Joaquín: «Tía, te quiero pedir por favor que me dejes llevar a mi madre a tu mausoleo». «Llévala. Me disgusté con ella pero es mi hermana».

La velan en Gayosso, en la calle de Sullivan, en medio de sus nietos. Martha Chapa, Lourdes Chumacero, Lola Álvarez Bravo, Lucero Isaac y Concha Michel pasan largas horas al lado del féretro. Aparecen pocos periodistas. Juan Pablo Gómez Rivera llama a Antonio Cuesta a Tlaxcala y le responde con un hiriente: «Estoy ocupado». Las hermanas Marín, tantas veces peleadas, tampoco hacen acto de presencia.

Lupe Marín hereda setenta y cinco mil pesos a cada uno de sus cinco nietos, y además a Juan Coronel le deja sus libros y una escultura de Francisco Marín: «Con este dinero voy a publicar *El Faro*, mi revista», informa Juan a su hermana Ruth María.

En el Panteón de San Joaquín solo permanecen de pie frente a la cripta Guadalupe Rivera y Chaneca Maldonado. Chaneca rompe el silencio: «¿Te reconciliaste con tu mamá?». Pico-Guadalupe Rivera Marín no la oye, está muy lejos, amarrada a una reja de Catedral, frente al Monte de Piedad. Llora de vergüenza porque se ha orinado. El rostro oscuro de su madre se inclina sobre el suyo: «Muchachita idiota», los ojos de jade que la amenazaron toda la vida la encandilan y congelan en su garganta cualquier lamento. Respira hondo y alcanza a balbucir:

—Ya vámonos. Aquí no hay nada más que hacer.

FIN

ENTREVISTAS

Guadalupe Marín Preciado[†]
Guadalupe Rivera Marín
Ruth Rivera Marín[†]
Antonio Cuesta Marín[†]
Juan Pablo Gómez Rivera
Diego Julián López Rivera
Ruth María Alvarado Rivera[†]
Pedro Diego Alvarado Rivera
Juan Coronel Rivera
Rafael Coronel
Concha Michel[†]
Miguel Capistrán[†]
Víctor Peláez Cuesta
Marduck Obrador Cuesta
Chaneca Maldonado
Jaime Chávez
Osvaldo y Lautaro Barra
Horacio Flores Sánchez
Trabajadores del ingenio El Potrero (Córdoba, Veracruz)
Javier Aranda Luna
Pável Granados
Wilebaldo Herrera
Arturo García Bustos
Rina Lazo
Martha Chapa

BIBLIOGRAFÍA

Arredondo, Inés. *Acercamiento a Jorge Cuesta*. México: SEP/Diana, 1982.

AA.VV. *Testimonios sobre Diego Rivera*. Introducción de Andrés Henestrosa. México: UNAM, 1960.

————. *Historia de la pintura en México* (tres tomos). México: Comermex, 1989.

————. *Los niños mexicanos de Diego Rivera*. México: Instituto Nacional de Bellas Artes, 1998.

————. *Estética socialista en México. Siglo xx*. México: Instituto Nacional de Bellas Artes, 2003.

Blanco, José Joaquín. *La paja en el ojo*. México: Universidad Autónoma de Puebla, 1980.

Bozal, Valeriano. *Diego Rivera*. Madrid: Quorum, 1987.

Bradu, Fabienne. *Dama de corazones*. México: Fondo de Cultura Económica, 1995.

Cardoza y Aragón, Luis. *El río. Novelas de caballería*. México: Fondo de Cultura Económica, 1986.

Cuesta, Jorge. *Poesía*. México: Estaciones, 1958. [Obsequio de Víctor Peláez Cuesta.]

————. *Poemas y ensayos*. Recopilación y notas de Miguel Capistrán y Luis Mario Schneider. México: UNAM, 1978.

————. *Ensayos políticos*. Introducción de Augusto Isla. México: UNAM, 1990.

————. *Ensayos críticos*. Introducción de María Stoopen. México: UNAM, 1991.

————. *Obras. Trabajos literarios. Pensamiento crítico* (tomo I). Recopilación de Miguel Capistrán y Luis Mario Schneider. México: Ediciones del Equilibrista, 1994.

———. *Obras. Pensamiento crítico. Epistolario* (tomo II). Recopilación de Miguel Capistrán y Luis Mario Schneider. México: Ediciones del equilibrista, 1994.

———. *Obras reunidas. Poesía* (tomo I). Edición de Jesús Martínez Malo y Víctor Peláez Cuesta con la colaboración de Francisco Segovia. México: Fondo de Cultura Económica, 2003.

———. *Obras reunidas. Primeros escritos. Miscelánea. Iconografía. Epistolario* (tomo III). Edición de Jesús Martínez Malo y Víctor Peláez Cuesta con la colaboración de Francisco Segovia. México: Fondo de Cultura Económica, 2007.

De la Torriente, Lolo. *Memoria y razón de Diego Rivera* (dos tomos). México: Renacimiento, 1959.

Domínguez Michael, Christopher. *Jorge Cuesta y el demonio de la política*. México: Universidad Autónoma Metropolitana, 1986.

———. (editor). *Los retornos de Ulises. Una antología de José Vasconcelos*. México: Fondo de Cultura Económica/Secretaría de Educación Pública, 2010.

Durán, Manuel. *Antología de la revista* Contemporáneos. México: Fondo de Cultura Económica, 1973.

Ehrenburg, Ilya. *Las aventuras del mexicano Julio Jurenito y sus discípulos*. Traducción de Irving Zeitlin. Buenos Aires: Siglo Veinte, 1945.

Espejo, Beatriz. *Julio Torri. Voyerista desencantado*. México: UNAM, 1986.

Fell, Claude. *José Vasconcelos. Los años del águila (1920-1925)*. México: UNAM, 1989.

Gallo, Rubén. *Máquinas de vanguardia. Tecnología, arte y literatura en el siglo XX*. Traducción de Valeria Luiselli. México: Sexto Piso/Conaculta, 2014.

García Barragán, Elisa, y Luis Mario Schneider. *Diego Rivera y los escritores mexicanos. Antología tributaria*. México: UNAM, 1996.

García Terrés, Jaime. *Poesía y alquimia. Los tres mundos de Gilberto Owen*. México: ERA, 1980.

Herrera, Hayden. *Frida Kahlo*. México: Diana, 1994.

Herrera, Wilebaldo. *Jorge Cuesta y la manzana francesa*. México: Ediciones Rimbaud, 2004.

Huerta Nava, Raquel (compiladora). *Jorge Cuesta: la exasperada lucidez*. México: Conaculta, 2003.

Kahlo, Isolda P. *Frida íntima*. Bogotá: Dipon, 2004.

Katz, Alejandro. *Jorge Cuesta o la alegría del guerrero*. México: Fondo de Cultura Económica, 1989.

León Caicedo, Adolfo. *Soliloquio de la inteligencia. La poética de Jorge Cuesta*. México: Instituto Nacional de Bellas Artes, 1988.

March, Gladys. *Diego Rivera. My Art, My Life. An Autobiography.* Nueva York: Dover Publications, 1991.

Marín, Guadalupe. *La Única.* México: Jalisco, 1938. [Obsequio de Víctor Peláez Cuesta.]

—————. *Un día patrio.* México: Jalisco, 1941. [Obsequio de Guadalupe Marín.]

Marnham, Patrick. *A life of Diego Rivera.* Nueva York: Alfred A. Knopf, 1998.

Monsiváis, Carlos. *Jorge Cuesta.* México: Terra Nova, 1985.

————— y Rafael Vázquez Bayod. *Frida Kahlo. Una vida, una obra.* México: Conaculta/ERA, 1992.

—————. *Adonde yo soy tú somos nosotros. Octavio Paz: crónica de vida y obra.* México: Raya en el Agua, 2000.

—————. *Salvador Novo. Lo marginal en el centro.* México: ERA, 2000.

—————. *Historia mínima de la cultura mexicana en el siglo XX.* Edición preparada por Eugenia Huerta. México: El Colegio de México, 2010.

Novo, Salvador. *Sátira.* México: Diana, 1978.

Obrador Cuesta, Marduck. *Jorge Cuesta. El rumor de su vacío.* México: Instituto Mexicano de Cultura, 2013.

Orozco, José Clemente. *El artista en Nueva York (Cartas a Jean Charlot, 1925-1929 y tres textos inéditos).* Prólogo de Luis Cardoza y Aragón. Apéndice de Jean Charlot. México: Siglo XXI, 1971.

Ortiz de Montellano, Bernardo. *Figura, amor y muerte de Amado Nervo.* México: Xóchitl, 1943.

Panabière, Louis. *Itinerario de una disidencia. Jorge Cuesta (1903-1942).* Traducción de Adolfo Castañón. México: Fondo de Cultura Económica, 1996.

Poniatowska, Elena. «La arquitecta Ruth Rivera: "Durante siete años yo fui la única mujer entre varones"». *Novedades*, 26 de febrero de 1964.

Prignitz, Helga. *El Taller de Gráfica Popular en México, 1937-1977.* Traducción de Elizabeth Siefer. México: Instituto Nacional de Bellas Artes, 1992.

Ramos, Samuel. *Diego Rivera.* México: UNAM, 1986.

Rivera Marín, Guadalupe. *Un río, dos Riveras. Vida de Diego Rivera (1886-1929).* México: Alianza, 1989.

Rodríguez, Antonio. *David Alfaro Siqueiros.* México: Terra Nova, 1985.

Rodríguez Prampolini, Ida (coordinadora). *Muralismo mexicano, 1920-1940. Crónicas* (tomo I). *Catálogo razonado I* (tomo II). *Catálogo razonado II* (tomo III). México: Fondo de Cultura Económica/Universidad Veracruzana/Universidad Nacional Autónoma de México/Instituto Nacional de Bellas Artes, 2012.

Schneider, Luis Mario. *Dos poetas rusos en México: Balmont y Maiakovski*. México: SepSetentas, 1973.

————. *El estridentismo. La vanguardia literaria en México*. México: UNAM, 2013.

Segovia, Francisco. *Jorge Cuesta: la cicatriz en el espejo*. México: Ediciones Sin Nombre, 2004.

Sheridan, Guillermo. *Los Contemporáneos ayer*. México: Fondo de Cultura Económica, 1993.

————. *Malas palabras. Jorge Cuesta y la revista* Examen. México: Siglo XXI, 2011.

Suárez, Luis. *Confesiones de Diego Rivera*. México: ERA, 1962.

Tibol, Raquel. *Frida Kahlo en su luz más íntima*. México: Debolsillo, 2006.

————. *Diego Rivera. Luces y sombras*. México: Lumen, 2007.

Torres Bodet, Jaime. *La victoria sin alas. Memorias*. México: Biblioteca Mexicana de la Fundación Miguel Alemán A. C., 2012.

Vasconcelos, José. *Ulises criollo* (dos tomos). México: Fondo de Cultura Económica/Secretaría de Educación Pública, 1983.

Villaurrutia, Xavier. *Nostalgia de la muerte. Poemas y teatro*. México: SEP/Fondo de Cultura Económica, 1984.

Volpi, Jorge. *A pesar del oscuro silencio*. México: Joaquín Mortiz, 1992.

Wolfe, Bertram D. *The Fabulous Life of Diego Rivera*. Nueva York: Stein and Day, 1969.

————. *La fabulosa vida de Diego Rivera*. Traducción de Mario Bracamonte. México: Diana, 1972.

Woroszylski, Wiktor. *Vida de Mayakovsky*. Versión de Isabel Fraire. México: ERA, 1965.

ÍNDICE